LA FORTUNE DES LAUFER

Paru dans Le Livre de Poche :

LA NUIT DES ENFANTS ROIS
LA GAGNE
LA GUERRE DES CERVEAUX
SUBSTANCE B
LES ENFANTS DE SALONIQUE :
1. *Les Enfants de Salonique*
2. *La Femme secrète*
3. *Diane*
VOYANTE
VOL AVEC EFFRACTION DOUCE
ENNEMI
LES MAÎTRES DU PAIN
L'HÉRITAGE *(Les Maîtres du pain 2)*

BERNARD LENTERIC

La Fortune des Laufer

PLON

À Laure Killing

1

Elle danse, Marthe Tourasse. Au bal de la rue Lecourbe, sous les drapeaux alliés suspendus à toutes les fenêtres. On danse en plein air, en pleine rue. Il n'y a pas de piste. On danse sur le pavé. Le pavé a valsé, lui aussi, il n'y a pas si longtemps. Même pas un an. Après, on a dansé pour fêter la Libération. Aujourd'hui, c'est pour célébrer la Victoire.

Marthe se souvient de l'été dernier. Un bel été, vraiment. Il sentait la poudre et le sang, la liberté et l'espoir. Elle a servi le vin de son père aux petits gars des barricades. Lucien Tourasse était trop occupé à prendre l'hôtel de ville avec les FTP pour tenir la boutique. En partant avec sa pétoire sous le bras, il avait dit à Marthe et à Charlotte de servir les patriotes sans les faire payer. Elles s'étaient récriées, abasourdies par cette folle générosité de la part d'un homme qui comptait le moindre sou. Il leur avait répondu, superbe : « Ce soir, on sera morts ou on sera libres, alors qu'est-ce que ça peut faire ? »

Marthe a servi à boire gratis sur la barricade. Et un peu plus tard, quand les troupes alliées sont arrivées, elle a embrassé les libérateurs. Des Français, puis des Américains. C'étaient les premiers garçons qu'elle embrassait. Leurs baisers étaient sucrés, parfumés à la chlorophylle. Depuis ces jours de folie, elle n'a goûté à la bouche d'aucun homme. Elle se garde. Ce n'est pas qu'elle soit prude. Elle est consciente de sa propre valeur. Pas de perles aux pourceaux, pas de grand cru pour les amateurs de piquette.

Maintenant, neuf mois après l'entrée des Alliés dans la capitale, comme pour une gestation et une naissance, c'est le printemps de la Victoire. On laisse à nouveau éclater sa joie.

Entre la libération de Paris et la victoire finale, on a eu le temps de renouer avec la grisaille du quotidien, les privations, les mauvaises nouvelles, la peur que le cauchemar ne recommence. Au moment de l'offensive des Ardennes, par exemple, ou quand Paris a été touché par les V2.

En dehors de ces événements collectifs, il y a eu les coups du sort personnels. Sonia, l'amie de Marthe, sait à présent que ses parents ne reviendront jamais. On a trouvé leurs noms sur un registre. Deux noms parmi beaucoup d'autres, sur beaucoup d'autres registres et beaucoup d'autres listes.

Marthe, elle, a appris que le fils Baucheron non plus ne reviendra pas. Engagé en septembre pour la durée de la guerre, tué en novembre. Elle n'était pas amoureuse de lui, mais on les considérait comme fiancés. Il était auvergnat comme elle et les parents se connaissaient.

Marthe laissait dire. Elle n'avait pas l'intention de se marier avec Guy Baucheron, mais il était gentil. La question ne se pose plus, il est mort. En pensant à elle, peut-être? Il ne l'avait jamais embrassée. Il n'avait pas osé. Aurait-elle accepté? Peut-être par compassion, le jour de son départ pour la guerre et pour la mort.

Aujourd'hui c'est officiel, la bête est morte, là-bas dans son bunker. L'Allemagne a capitulé. Les mauvais jours ne reviendront plus, c'est sûr. Après ce qu'on a souffert, on est bien décidé à profiter de la vie, à se la faire belle, ensoleillée.

L'Europe n'est peuplée que de rescapés. Ils ont peine à y croire. La guerre a tant fauché autour d'eux!

Pourquoi s'en sont-ils sortis, eux, et pas les autres, les innombrables autres ? Ils ne savent pas. Ils ne veulent plus rien savoir. Ils dansent comme des fous, un accordéon, une guitare, un saxophone, et hop, on se jette à la tête du premier ou de la première venue, on oublie tout, c'est la fête des corps.

Ce ne sont pas des bals, mais des cérémonies païennes. Ces jeunes femmes aux cheveux coiffés en choucroute, rieuses et effrontées dans leurs robes à fleurs, et ces jeunes hommes aux joues creuses, aux muscles durs, presque tous encore en uniformes, croient vivre pour eux-mêmes, poursuivre chacun son destin.

Ils se trompent. En réalité ils ne s'appartiennent pas. Un devoir secret les anime, un désir inconscient les gouverne. Ils doivent se trouver et s'accoupler pour réaffirmer les droits imprescriptibles de la vie. La fourmilière humaine a été écrasée, piétinée pendant quatre ans. Il faut la reconstituer, nier, par une frénésie d'unions et de naissances, l'empire de la mort qui s'est constitué pour un temps sur la terre, dont la destruction a coûté si cher. Ils obéissent fiévreusement à cette loi qui les dépasse. Même sous-alimentés, ils sont jeunes et pleins de sang, ils s'en promettent et ils s'en donnent. Ils se frottent, ils se cherchent, ces corps qui l'ont échappé belle tous les jours pendant si longtemps !

Parmi eux, le corps infiniment désirable de Marthe Tourasse tourbillonne au milieu de cette rue barrée et transformée en dancing. Elle danse. Comme tout le monde. Mieux que tout le monde. Elle brûlerait les planches, s'il y en avait. Un formidable appétit de vivre l'habite. Pour elle une chose est assurée : entre tous ces hommes en uniforme autour d'elle, il y en a un pour elle. Il va apparaître, et elle le reconnaîtra. Ce soir. Ou bien demain. Il peut très bien entrer demain dans le boui-boui du père Tourasse et demander qu'on lui verse à boire... Mais au bal, ce serait plus simple : ils pourraient s'enlacer tout de suite. Elle attend avec confiance.

L'idée de contribuer à la renaissance d'une France

hier vaincue, humiliée et déshonorée, qui vient d'échapper à un désastre qui aurait pu être définitif, ne l'effleure pas un instant. Ce printemps victorieux, c'est le printemps de sa vie à elle. L'air de Paris pétille comme du champagne ; elle a le sentiment que le bonheur est là, autour d'elle, et elle est bien décidée à ne pas le laisser filer. Jusqu'à présent elle en a surtout bavé.

2

Elle aurait aussi bien pu pousser de guingois, chétive comme une plante mal aérée, pas assez ensoleillée... Son institutrice, la brave Mme Ducret, s'est inquiétée pour elle. Pauvres comme ils étaient dans cette famille, et durs à la tâche... Avant l'école, après l'école, et même quelquefois à la place de l'école, Marthe aidait son père. Et que je te trimballe des cageots, et que je te soulève des sacs de charbon, et que je t'empile des montagnes de ligots dans l'escalier qui sert de remise... Les Tourasse trouvaient ça normal. La petite contribuait à gagner le pain de la famille. Ni son père ni sa mère ne rechignaient au travail. Marthe estimait ça normal, elle aussi. À présent, il lui semble ne pas avoir eu d'enfance.

Mme Ducret craignait qu'elle n'attrape la tuberculose. Elle n'aurait pas été la première, dans ce quartier de besogneux et d'immigrés où, faute de mieux, les Ritals et les Polaks s'entassent dans des immeubles vétustes et humides. Eh bien, malgré le salpêtre des murs et le poêle allumé tard et éteint tôt dans l'année, et alimenté à la poussière de coke et aux miettes de boulets, Marthe a échappé à tout, chlorose, rachitisme et tuberculose.

Malgré la nourriture chichement comptée par Lucien et Charlotte, montés à Paris de leur Cantal et acharnés à économiser le moindre sou, la petite fille fragile est devenue cette créature magnifique. Un corps plein et dru, une carnation d'actrice, des dents comme des perles... De qui tient-elle ? Le père Tourasse est solide, mais rustaud. Charlotte était belle femme, mais maintenant sa peau est jaune et sèche, sa taille lourde. Il y a quelque chose de miraculeux en Marthe. En un temps où les joues et les flancs creusés par les restrictions n'ont pas fini de se remplumer, elle respire la santé.

Et elle danse. Elle danse dans sa petite robe à fleurs en cretonne de rideaux. Elle l'a coupée et cousue elle-même sur la vieille Singer de Charlotte, sur un patron découpé dans *Mes travaux*. Charlotte n'avait pas le temps.

Trop occupée par le traitement des tickets. On est vainqueurs, mais il faut encore des tickets pour tout. Quant à acheter... Il ferait beau voir qu'on achète quelque chose qu'on peut faire soi-même, chez les Tourasse !

Les tickets de rationnement constituent son cauchemar. En quatre années d'occupation, et bientôt une cinquième année de restriction sans occupation, il lui est passé des centaines de milliers de tickets de charbon et de vin entre les mains. Elle en a par-dessus la tête. Ils symbolisent la dureté de la vie, quand on est la fille d'un Lucien Tourasse courageux, mais pas très malin.

Des commerçants malins, il y en a eu. Ceux-là, les années d'occupation leur ont rapporté gros. Marthe en connaît qui n'ont pas de souci à se faire pour l'avenir, maintenant que les premiers temps de l'épuration sont passés. L'argent gagné au marché noir va pouvoir sortir de sa cachette... Mais ce soir, Marthe préfère ne pas y penser.

La salle est bondée. Toute une jeunesse est là, qui veut vivre. Les garçons sont presque tous militaires, ou démobilisés de fraîche date. Beaucoup d'étrangers : les Alliés. Beaucoup d'Américains, quelques Anglais, et des Français d'outre-mer, nombreux aussi. Peaux cuivrées ou noires, accents pittoresques. De Gaulle et Giraud n'ont refusé personne. L'armée de la

France libre, c'est aussi une armée coloniale. Ce qu'on appelle encore l'Empire français a pesé dans la balance. Les peuples ont acquitté le prix du sang. Légitimement, ils attendent quelque chose en échange. On ne va pas tarder à l'oublier et plus tard on le paiera cher...

Dans sa robe en cretonne, avec les regards de ces dizaines de mâles posés sur elle, Marthe se sent la reine du bal... Marthe porte des chaussures à lanières en raphia et à semelles de bois. Ça claque sur le pavé, mais qu'est-ce que ça fait ? Le pied est cambré, le mollet rond, la jambe longue et nerveuse. Et puis il y a cette tignasse noire, luisante, bouclée, une toison animale, mouvante et odorante, qui fascine littéralement les hommes.

Sous ce casque vivant, le visage de Marthe est étonnant. La beauté à cent lieues de la joliesse. Une bouche grande, aux lèvres rouges, d'une avidité prometteuse. Le nez est busqué, aquilin, les yeux vert-jaune, d'une fixité étrange, tel un oiseau de proie.

Elle plaît, mais elle fait peur aussi. Il y a des hommes qu'elle attire irrésistiblement, comme la flamme attire les papillons, et il y en a qu'elle glace. Elle fait l'effet d'un aigle qui les guette, pauvres petits mulots trop tendres pour une telle prédatrice.

Mais ceux qu'elle attire, et qui brûlent de mesurer leur virilité à sa féminité provocante, n'ont pas la partie facile. Les femmes se donnent volontiers, dans cette atmosphère de kermesse. Cette guerre, comme la précédente, a fait éclater bien des convenances, elle a modifié les mentalités et les conduites. Mais Marthe ne s'abandonnera pas au premier venu. Les hommes qui la serrent contre eux le temps d'une danse ont une sensation étrange : celle d'être jaugés, pesés et pour finir rejetés, au terme d'un examen où personne ne donnerait satisfaction.

3

C'est pourtant un temps et un lieu où les hommes qui ont fait leurs preuves ne manquent pas. Bien sûr, il y a là des jeunes blancs-becs du quartier. Ils reluquent la fille du bougnat depuis qu'ils ont une ombre de moustache. Plusieurs ont connu leurs premiers émois en rêvant à son corps.

Mais il y a surtout des soldats en permission, des démobilisés, encore empruntés dans leurs vêtements civils retrouvés, des prisonniers rentrés d'Allemagne. Certains tiennent à peine debout. Mais pour rien au monde ils n'auraient renoncé à aller danser ce soir-là, le soir de la victoire. C'est leur certificat de survivant qu'ils sont venus chercher dans ce bal de quartier.

Beaucoup de ces types-là ont vu l'enfer de près. Ce n'est pas une petite bougnate de vingt ans, une diablesse aux boucles noires, qui va leur faire peur. Pourtant elle les tient en respect, elle les intimide. Oh, ils n'hésitent pas à danser avec elle, plutôt trois fois qu'une! Les autres filles, folles de jalousie, la fusillent du regard. Mais quand elle est dans leurs bras, la plupart des hommes se tiennent bien et n'osent pas la moindre privauté.

Quant à ceux qui lui font des avances verbales plus précises que le simple flirt de rigueur, elle leur cloue les lèvres d'un regard. Elle est belle comme une actrice américaine, et les malheureux ont l'impression de jouer dans un film sans bien connaître leur texte, sans savoir exactement s'ils incarnent le héros à qui la belle est promise, ou un gêneur ridicule.

Justement, son cavalier la serre d'un peu trop près… Un Anglais. James Evans. Pointeur sur un char lourd dans un régiment de la Guard, aux épaules larges, aux cheveux blonds et bouclés, les yeux bleu pâle et injectés de sang. Marthe a hâte que la danse s'achève. Il ne lui plaît pas.

Les Anglais ne sont pas très nombreux à Paris. Leurs troupes stationnent plutôt dans le Nord et en Belgique.

À Paris, il y a surtout des Américains. Les Anglais sont moins cotés que les Yankees à la bourse du cœur des jeunes Françaises, bien qu'on les dise mieux élevés. Ils ont le paquet de cigarettes et la paire de bas nylon moins faciles. Question de solde et d'approvisionnements. Même professionnels, les tommies font figure de fauchés à côté des GI's...

Cet Anglais-là n'est pas bien élevé. Il presse son bas-ventre contre l'estomac de Marthe... Il est de taille moyenne, et elle, elle est plutôt petite. Il fait ça pour lui montrer qu'il bande. Qu'est-ce qu'il s'imagine ? Elle est encore vierge, mais elle connaît la vie. Et elle en a assez qu'il frotte son machin sur sa jolie robe en cretonne.

La fille du bougnat a grandi dans la rue. La gouaille du faubourg lui est familière.

— Eh, le mécano, c'est ta burette que je sens comme ça ? Pose-la, tu vas tacher ma robe !

— *What? What do you mean?...*

Il a rougi. Il n'est pas sûr d'avoir tout saisi, mais le ton de la voix de Marthe est sans équivoque : froid et dur.

Elle se dégage.

— Bye-bye, Tommy ! Tu t'es trompé d'endroit : c'est pas un bordel, ici, c'est un dancing !

— *What? Wait a minute, girl... You cannot leave me this way!...*

Elle commence à se débrouiller en anglais. Les Alliés sont là depuis neuf mois.

Elle apprend toute seule, dans un livre que lui a prêté Mme Ducret. Pourquoi Marthe apprend-elle l'anglais ? Elle ne sait pas exactement. Les Anglo-Saxons ont gagné la guerre. Ils sont partout ; ça suffit, comme raison.

— Un peu que je peux ! *Fuck you!*

Sans lui accorder un regard, Marthe se fraye un

chemin à travers les couples enlacés et rejoint la table où Sonia Minza l'attend devant un diabolo à la saccharine. Sonia lui lance un regard interrogateur. Qu'est-ce qui se passe ? La danse n'est pas terminée...

— Tous les porcs ne sont pas à la campagne... Il y en a aussi dans l'armée anglaise !

— Je vois !

Sonia a une grimace complice. Tous les Anglo-Saxons ne sont pas des gentlemen. Mais il y en a des gentils. Ryan, notamment. Un petit fantassin natif du Middle West. Depuis qu'elle le fréquente, elle ne pense plus qu'à lui. Ce soir il est de garde, alors elle est triste. Elle n'est sortie que pour accompagner Marthe. Pour Ryan, bien qu'elle ait le béguin, elle se méfie tout de même. Elle connaît les hommes beaucoup mieux que Marthe. Quelques semaines d'errance désespérée sans feu ni lieu entre Brest et Paris, deux ans plus tôt, lui ont ouvert des horizons sur la nature humaine en général, et sur la mentalité des mâles en particulier. Heureusement, pour redorer un peu le blason masculin, il y a Louis. Elle est sa maîtresse, mais elle se sent un peu comme sa fille. Il a quarante ans de plus qu'elle. Il la protège et elle n'a pas envie de le faire souffrir. Il s'est montré bon pour elle. Mais il a des rides, des bajoues et de la bedaine, et presque plus de cheveux. Ryan a vingt-deux ans, il est petit et si mignon, avec son menton partagé en deux par une fossette. Sonia n'a jamais fait l'amour avec quelqu'un de jeune.

Ça s'est trouvé comme ça. Quand elle a fui Brest, elle était encore vierge, et au cours de sa cavale elle n'a rencontré que des hommes mûrs.

— Aïe ! fait-elle en grimaçant à l'adresse de Marthe, ton Anglais... Il a l'air de s'accrocher...

Marthe se retourne. Effectivement, le tankiste approche d'un pas rapide, les poings serrés. Elle a un geste d'impatience.

— Quel pot de colle !

— Fais attention, Marthe, il a l'air mauvais. Marthe ! Oh, le salaud !

4

Sans préavis, Evans a giflé Marthe à la volée. Une vraie gifle qui fait mal. Sous le coup, la jeune fille est projetée en arrière. Elle renverse la chaise sur laquelle elle s'apprêtait à s'asseoir et la table qui supporte les diabolos, la carafe, la soucoupe, et son sac à main.

— Salaud ! Salaud !

Toutes griffes dehors, Sonia se jette sur le butor. Elle est morte de peur. La violence physique lui fait horreur, mais sa solidarité avec Marthe est totale. Marthe lui a sauvé la vie, quand elle a débarqué à Paris, en 43, seule, sans toit, sans papiers. Sans papiers montrables à la police en cas de rafle ou de contrôle... Elle avait seize ans. Elle était lasse de coucher avec des inconnus pour ne pas dormir dans la rue ou pour manger. Quand Marthe l'a prise en charge, elle était sur le point de se jeter à l'eau. Alors si on touche à Marthe, la douce Sonia se transforme en bête féroce.

Devant cette furie tremblante mais déterminée, l'Anglais recule comme devant un fauve. Sonia l'a griffé. Il touche sa joue. Le sang coule, bien rouge.

— *Dirty bitch !* siffle-t-il entre ses dents.

Il jauge l'adversaire. Sonia est plantée devant lui, échevelée, au bord des larmes. Elle ne sait pas ce qui l'attend. D'une voix suraiguë, elle prend l'assistance à témoin de l'agression dont Marthe a été victime.

Depuis la table voisine, un homme a tout vu.

Le poing massif de l'Anglais se ferme. Il sent l'hostilité autour de lui. Il va faire taire cette fille. Après, il ne faudra pas traîner dans le secteur. Heureusement, il y a quelques autres Anglais dans la salle, si les choses se gâtent.

Derrière Sonia, sonnée par la terrible gifle, Marthe essaye en vain de se relever. Elle s'est entaillé le genou sur les débris de verre. Sa petite robe en cretonne est tachée de sang.

Elle n'a pas peur. Malgré la gifle, elle analyse la situation avec lucidité. Elle vaut mieux que ce type. Il lui suffit de cogner pour inverser le rapport de forces. Elle est à terre, endolorie et souillée, et il est debout, triomphant. Un désir de se venger, d'écraser son adversaire à coups de talon la submerge. Pour la première fois de sa vie elle voudrait être un homme, pour pouvoir cogner, cogner... Elle tuerait ce type sans la moindre hésitation, elle en est sûre.

Dans un brouillard, elle le voit s'apprêter à frapper encore. Cette fois-ci, c'est Sonia qui va trinquer. Sonia ! La seule personne au monde pour laquelle Marthe ressente de l'amitié... Sonia *appartient* à Marthe comme une chose qu'on a trouvée dans la rue. Et d'ailleurs, c'est vrai, elle a trouvé Sonia dans la rue, et elle l'a ramassée. Sans elle, Sonia était *perdue*. Marthe ouvre la bouche pour prévenir Sonia.

Alors que le bras du tankiste allait se détendre, une main ferme a écarté la jeune fille de sa trajectoire.

— Garez-vous, mon p'tit, c'est méchant, ces bêtes-là !...

L'homme est en uniforme. Un soldat de l'armée Leclerc : 2e DB. Un tankiste lui aussi, mais français. Sergent-chef, disent les galons sur sa manche.

Sonia l'avait remarqué un peu plus tôt. Il était assis à une table voisine de la sienne. Il se tient debout près d'elle, arbre immense la protégeant de sa ramure. Elle n'en croit pas ses yeux. Des types comme ça, elle croyait que ça n'existait que dans les musées.

Un jour, du temps des Allemands, Marthe et Sonia sont entrées dans un grand hall d'exposition. Un peu par hasard, attirées par les affiches représentant des statues d'Arno Brecker. Sonia avait arraché son étoile depuis longtemps. Personne ne prit garde à elle ce jour-là. Il y avait beaucoup de monde, pour admirer ces statues symbolisant la pureté raciale prônée par le régime nazi. Devant ces musculatures idéales, ces mollets renflés, ces torses bombés, ces ventres plats, les deux jeunes filles étaient restées bouche bée... Eh bien, l'homme qui se rapproche le plus de cet idéal, c'est lui, le sergent-chef de la 2e DB qui s'en prend maintenant au tankiste britannique. Mais c'est un homme de chair et d'os, aux mouvements souples et fluides, au visage ouvert. De ses traits, de ses expressions, se dégage un charme solaire qui renvoie au néant le souvenir des Vikings figés d'Arno Brecker.

— Tu vas fort avec les dames ! Viens plutôt jouer avec moi, entre hommes, on s'amuse mieux !

Evans sursaute. Le Français veut la bagarre, il va l'avoir.

Le silence s'est fait autour d'eux. Marthe est fascinée par le spectacle de ces deux hommes prêts à s'affronter.

Le Français doit mesurer 1,90 mètre. Il se tient très droit, sans raideur. Ses membres demeurent souples, détendus. Un mot vient à l'esprit de Marthe, dont l'étourdissement se dissipe : « élégance ». Ce gars-là est naturellement élégant. Son uniforme semble provenir de chez un grand tailleur.

5

Elle lui tourne le dos. Elle ne voit pas son visage, mais elle entend sa voix. Chaude, grave, avec un accent alsacien ou lorrain, ou peut-être luxembourgeois, Marthe ne sait pas au juste. Ce Leclerc (on appelle comme ça les hommes de la 2e DB) a aussi une diction un peu lente de paysan. C'est peut-être ce qui donne tout leur sel aux lazzis qu'il adresse à son adversaire : il se fout de lui posément, paisiblement.

Face à lui, l'Anglais sent l'effort et la sueur. La salle n'est pas de son côté. La foule prendra parti pour le Français, sans même connaître la raison de la querelle.

L'Anglais crache un juron. Le Français lance sa jambe, cueille Evans au jarret, de la pointe de sa chaussure. Voilà Evans les quatre fers en l'air, écrasant sous ses reins les verres ballons et les soucoupes en bakélite.

La foule rit. L'Anglais grince des dents. Il est humilié, le fond du pantalon trempé de vin et de limonade mélangés. De sang aussi. Il s'est tailladé les fesses sur les tessons. Le Frenchie sourit, découvrant des dents magnifiques. Irrésistible. Errol Flynn dans *Les Aventures de Robin des Bois*. Ce gars-là est vraiment irrésistible! Et ce front haut, ces traits réguliers, ces cheveux bouclés, châtain-blond, avec ces yeux mordorés et ces cils incroyablement longs...

Les Français encouragent leur compatriote.

L'Anglais se redresse d'un bond, sous les huées. Cette fois, ses yeux flamboient du désir de tuer. Les deux hommes se sont mis en garde. Ils se cherchent.

Deux fois, trois fois, Evans feinte, puis balance une droite. En vain. Le Français esquive avec agilité.

Le Français virevolte, danse avec un petit sourire aux lèvres. Et soudain, il frappe. Sans effets de style, sans fioritures. Comme un coiffeur donne ses coups de ciseaux: avec soin et précision.

Un direct atteint l'Anglais en plein visage. Le nez s'est plié à angle droit sous le poing lancé comme un boulet.

Craquement de sinistre augure. Jet de sang. Douleur intense. La pensée s'est considérablement ralentie, dans le cerveau de l'Anglais.

Evans beugle, à l'adresse de ses compatriotes:

— *Comrads, help! Help me fuck this son of a bitch!*

— Faut qu'on y aille, Hoggy, dit Lindsay, un camarade d'Evans.

— Ouais, avant que l'autre l'achève, ricane Hoggy, un autre soldat anglais.

Il glisse ses doigts dans les anneaux d'un coup-de-poing américain.

— *Don't let me down, guys!* implore le tankiste d'une voix altérée par sa fracture.

À l'instant où le Français s'apprête à en finir,

Hoggy et Lindsay entrent dans la danse. Heureusement, c'est Lindsay qui cogne le premier, à main nue. Pris par surprise, le géant n'a pu parer le coup. Sa pommette gauche s'ouvre et saigne. Il riposte aussitôt. Lindsay encaisse un coup de poing meurtrier et bat en retraite. Hoggy, prudent, attend le moment favorable.

Un coup-de-poing américain écrase et déchire les chairs, là où un simple coup ne fait que les meurtrir. Celui de Hoggy est en acier chromé. Chacun de ses quatre anneaux est prolongé par une large pointe, haute d'un bon centimètre.

Hoggy s'élance... Et s'effondre aussitôt entre les chaises et les tables renversées.

Marthe s'est jetée dans ses jambes. Accrochée à lui comme une pieuvre, elle le griffe, le mord, le bourre de coups qui cherchent le bas-ventre, tandis que ses ongles ravinent son visage de stries sanglantes, et menacent les yeux.

Stupéfait, terrifié par cette attaque soudaine, Hoggy s'affole, se débat comme un diable, mais dans ce corps à corps, dans cette étreinte frénétique, le coup-de-poing américain ne sert à rien.

Sonia a saisi une lourde bouteille d'eau de Seltz dans son armure de métal argenté. Elle en martèle le crâne de Hoggy...

Indifférent au flot de sang qui coule de son nez, Evans tente sa chance. Le Français a rattrapé Lindsay, et il est en train de le réduire en capilotade. Le géant tourne à demi le dos à Evans. Mais à l'instant où Evans passe à l'attaque, il lui fait face.

— Te revoilà ! Attends, je vais te remettre le nez à l'endroit...

6

Marthe et Sonia sont assise côte à côte sur un inconfortable banc de bois, dans un couloir de la préfecture de police. Sonia pense aux misères qui ont dû se succéder sur ce banc. Elle se souvient des derniers temps de sa vie à Brest, auprès de ses parents, de la longue suite d'humiliations et de tracasseries administratives qui a abouti à leur arrestation. Maintenant, elle sait où on les a envoyés... Bien sûr, la guerre est finie, les lois raciales ont été abolies, mais toute relation avec l'autorité l'effraye aujourd'hui encore.

Marthe n'a pas les mêmes souvenirs traumatisants. Elle ressent simplement une intense curiosité.

Elles sont passées par l'infirmerie du dépôt. Là, on a badigeonné les ecchymoses de Sonia d'eau oxygénée et pansé les coupures de Marthe. On a vérifié leurs papiers, on a écouté les témoins. Pour elles, tout va bien, elles sont les victimes. Un policier leur a dit qu'elles pouvaient rentrer chez elles. Mais elles préfèrent attendre. Elles veulent savoir ce qui va arriver au sergent-chef Laufer. Rodolphe Laufer. Elles ont appris le nom du géant pendant les interrogatoires. Lui, il n'est pas considéré comme une victime, loin de là !

Avec une mauvaise foi éclatante, tradition britannique oblige, la prévôté anglaise fait un foin de tous les diables au sujet du nez cassé d'Evans et des traumatismes multiples de Lindsay. Ils passent sous silence les morsures et les griffures de Hoggy. Ils préfèrent minimiser le rôle des deux jeunes filles dans l'incident. Mais pour Laufer, ils veulent une sanction exemplaire. Le coupable, c'est Laufer. Tous les soldats anglais l'ont juré comme un seul homme, c'est lui qui a commencé. Les autorités britanniques en font une affaire diplomatique. Le QG allié a téléphoné. Le préfet de police s'apprête à recevoir un délégué anglais.

Marthe et Sonia ont pris fait et cause pour leur défenseur. Elles auraient de toute façon témoigné en sa faveur. C'est le plus bel homme qu'elles aient jamais rencontré.

Son attitude a achevé de les séduire. Alors que tout le monde s'agite autour de lui, il demeure d'un calme olympien. Il pose sur tout ce qui porte un jupon un regard d'une douceur et d'une bienveillance infinies. Vis-à-vis de ses accusateurs anglais, c'est l'ironie qui l'emporte. Enfin, face aux autorités policières et militaires françaises qui lui demandent des comptes, il se comporte avec une assurance paisible.

Marthe et Sonia ont compris la raison de cette assurance en saisissant les bribes d'une conversation entre un membre de la préfecture de police et l'officier de liaison envoyé par la 2e DB. Le policier semblait enclin à céder aux exigences anglaises, et à sévir contre Laufer. L'officier de liaison ne l'entendait pas de cette oreille. Les mots qu'il a prononcés résonnent encore dans l'imagination des deux jeunes filles : « Pas question... Avec ses états de service, Laufer est intouchable, vous m'entendez ? Il faut le tirer de là ! »

— Intouchable, peut-être... Mais dans une heure j'aurai Preston-Mallory dans mon bureau. Le responsable de la police militaire anglaise. Le plus formidable emmerdeur en exercice. Alors, merci pour le cadeau !

— Ah, ils envoient Preston-Mallory ? Eh bien, nous n'allons pas nous laisser marcher sur les pieds. J'appelle Quétigny-Lamblais !

— Qui ?

— Le lieutenant-colonel Alphonse-Aimé Marie Albert Bertin de Quétigny-Lamblais. Il va en faire du petit bois de Preston-Mallory...

— J'avoue que j'aimerais voir ça !

Marthe et Sonia ont également très envie de voir ça. C'est pourquoi elles résistent par les moyens les plus déloyaux aux injonctions du planton de service désireux de les voir débarrasser le plancher.

Dès qu'elles sont debout, l'une d'elles simule un étourdissement qui les contraint à se rasseoir sur le banc. Le planton n'est plus dupe de ces simagrées. Mais comment ne pas se laisser attendrir par les œillades dont elles le bombardent chaque fois qu'il fait mine de se fâcher...

Elles se le sont juré, elles ne quitteront pas la préfecture avant l'explication finale entre le terrible Preston-Mallory et son challenger français, le lieutenant-colonel de Quétigny-Machin. Elles y glisseront même leur grain de sel si l'occasion leur en est donnée. Déjà, elles ont vu passer Herbert Preston-Mallory. Le *stick* de jonc vernis sous le bras. Le teint rouge brique. L'œil bleu empire. Un mépris infini pour tous ces Français mal élevés. À l'évidence, il se croit aux Indes. Les *natives* d'ici ont tout juste la peau un peu plus claire que ceux de là-bas, mais ils ne l'ont pas beaucoup plus propre, à son avis.

Il est en conversation dans le bureau du préfet depuis vingt minutes. On perçoit de l'extérieur des éclats de voix qui ne laissent rien augurer de bon. Enfin, Quétigny-Lamblais arrive à son tour, précédé d'une odeur d'eau de toilette surprenante chez un guerrier.

De leur banc, Marthe et Sonia dévorent des yeux l'homme qui est censé sauver leur sauveur. Le lieutenant-colonel Alphonse-Aimé Bertin de Quétigny-Lamblais est de taille moyenne, et de constitution plutôt frêle, délicate, presque féminine. Deux détails viennent immédiatement corriger cette impression. Le premier, c'est l'impressionnante brochette de décorations qui barre sa poitrine. Le second est constitué par les cicatrices qui constellent sa personne. Il lui manque deux doigts, le lobe d'une oreille, une respectable portion de cuir chevelu, et un petit bout de narine. Si l'on ajoute à cela une claudication marquée, et s'il en cache autant qu'il en montre, il n'a sans doute pas gagné ses médailles dans un bureau. L'homme ne joue d'ailleurs pas à l'infirme. Un sourire amène flotte sur ses lèvres, et il salue au passage Sonia et Marthe avec une urbanité dont elles n'ont guère pris l'habitude dans la fréquentation de la clientèle de leurs bougnats respectifs.

Le planton s'empresse pour ouvrir au lieutenant-colonel la porte du bureau où le préfet est déjà aux prises avec Preston-Mallory. Il entre, emportant avec lui son aura parfumée. Preston-Mallory le toise de son œil bleu glacial d'alcoolique distingué. Le regard noir du Français ne fléchit pas.

7

Il est deux heures du matin quand des pas résonnent sous le porche de la préfecture de police. Depuis un long moment, Marthe attend toute seule. Quand le planton s'est fâché, Sonia s'est résignée à rentrer chez elle. Marthe a décidé d'attendre dehors la sortie de Laufer.

Sonia a tenté de la raisonner.

— Il est tard, Marthe, on n'a plus qu'à rentrer... On reviendra demain prendre des nouvelles. Ils ne le relâcheront pas ce soir, voyons !

Marthe a secoué la tête.

— Non, non, il va sortir... Tu as entendu ce qu'ils ont dit : « Avec ses états de service, il est intouchable ! » Ne t'occupe pas de moi, toi, rentre, Louis doit s'inquiéter.

— Tu as raison...

Elle se mord les lèvres. Elle entretient avec Louis des relations terriblement compliquées. Il est à la fois son patron, son père et son amant. Il la laisse sortir sans lui, aller au bal en compagnie de Marthe. Il sait bien qu'à son âge elle ne peut pas être amoureuse de sa bedaine et de ses bajoues. Il a honte de ne pas la mériter. Il a conscience de l'avoir achetée. Elle a échangé son corps contre de la sécurité, contre de la nourriture. Mais une époque nouvelle a commencé. Elle n'est plus en danger de mort... Et puis Louis ne sait pas danser les danses américaines, et il faut bien qu'elle s'amuse. Mais il est tard. Il doit penser qu'elle est en train de découcher, c'est-à-dire de coucher avec quelqu'un d'autre. Il doit être malheureux.

Sonia a filé, et Marthe a continué à attendre, toute seule devant le porche.

De temps en temps arrivent ou partent des voitures de police, des fourgons. Dans les semaines qui ont suivi la Libération, une activité intense régnait dans tous les lieux officiels. La police avait beaucoup à se faire pardonner. Alors on arrêtait à tours de bras, on interrogeait, on tabassait, on fusillait, aussi. Pas les mêmes. Pendant quatre ans, ç'avait été des communistes, des Juifs, des gaullistes. À présent on s'en prenait aux miliciens et aux collabos de tout poil. Ça n'était pas les mêmes qu'on tabassait, mais c'était souvent les mêmes qui tabassaient...

Enfin le calme est revenu, mais un regain d'animation s'est manifesté avec la chute de l'Allemagne. On a attrapé là-bas nombre de traîtres qui s'étaient enfuis l'an dernier dans les fourgons de l'ennemi en déroute. Ça fait de nouvelles fournées pour les tribunaux d'épuration.

Marthe n'a pas vu passer Laufer. Pourvu qu'on ne l'ait pas embarqué dans un panier à salade, sans qu'elle s'en aperçoive. Heureusement, il ne pleut pas, une légère brise souffle sur le boulevard. En contrebas, la Seine roule ses eaux sombres. La température est douce. Marthe n'a pas sommeil. Les sentinelles l'ont d'abord regardée d'un air suspicieux. Elle leur a dit qu'elle attendait quelqu'un. Ils ne l'ont pas chassée.

Le bruit des pas devient plus précis. Le cœur battant, Marthe se rapproche. Elle se traite d'idiote. Même si c'est lui, qu'est-ce qu'elle pourra bien lui dire ? Elle trouvera.

Il y a deux hommes. Elle les voit. L'un est très grand. Elle les entend parler, rire.

— Ça ne m'étonne pas qu'Adolf se soit cassé les dents sur les Anglais... Ce Mallory, quel crampon!

Marthe a reconnu l'accent de Laufer, sa diction lente.

— On a eu de la chance, répond Quétigny-Lamblais de sa voix aux intonations précieuses. Si je n'avais pu joindre Leclerc au téléphone, tu étais cuit! Mallory n'aurait jamais cédé...

Ils ne sont plus qu'à quelques mètres de Marthe. La jeune fille a beau ne rien connaître à la vie militaire, elle devine que ce tutoiement et cette familiarité entre un sergent et un lieutenant-colonel doivent être rarissimes. Ces deux hommes sont plus que des compagnons d'armes: des amis, sans aucun doute.

— Quand il a accepté de ne pas donner de suite à l'affaire, on aurait cru qu'il signait la reddition de l'Angleterre! s'esclaffe le géant. Quelle tronche il faisait!

— Et si Leclerc n'avait pas été là, j'aurais appelé de Gaulle!

— Messieurs...

Ils allaient passer devant Marthe sans la voir, tout à leur conversation. Ils se tournent vers elle. Elle rougit de son audace. Ce n'est pas son genre de rougir. Mais Laufer l'intimide, et aussi ce lieutenant-colonel pommadé qui réveille les Leclerc et les de Gaulle en pleine nuit.

— Mademoiselle?

C'est Laufer qui a parlé. Il n'a pas l'air de la reconnaître. L'a-t-il seulement vue, au dancing?

— Je... Excusez-moi... J'étais au bal, tout à l'heure. C'est moi qui...

— Ah, oui! C'est vous qui vous êtes jetée sur le type au coup-de-poing américain. Je vous dois une fière chandelle...

— Non, c'est moi... L'autre Anglais m'avait giflée; j'ai bien cru qu'il m'avait arraché la tête!

— Disons que nous avons fait une bonne équipe... Il est tard, on vous dépose quelque part?... Tu as la Jeep, Phon-Phon?

Le lieutenant-colonel ne bronche pas en entendant ce diminutif ridicule.

— Non, je suis venu à pied. Vous habitez loin, mademoiselle ?

8

— Oh, je peux rentrer à pied !

— On vous accompagne, c'est plus prudent... Rodolphe va se faire un plaisir, dit Quétigny-Lamblais en tournant vers son compagnon un regard brillant d'ironie.

— Bien sûr ! dit le géant en souriant à Marthe. Paris n'est pas sûr. La pègre et les déserteurs ont investi Pigalle, ils font la loi dans les cabarets et les bor... Euh... Excusez-moi, mademoiselle !

Rodolphe Laufer se retourne vers Quétigny-Lamblais.

— Salut, mon colonel... Et merci pour le coup de main ; je te revaudrai ça.

L'officier hausse les épaules.

— Ne t'avise pas de cogner sur un général américain, parce que là...

— Les généraux américains ne giflent pas les dames.

— En principe, non. Eh bien, bonsoir, mademoiselle. Méfiez-vous de Rodolphe, c'est un séducteur...

Le lieutenant-colonel Quétigny-Lamblais s'incline galamment devant Marthe, puis serre la main de Laufer et s'éloigne en sifflotant

Laufer considère le boulevard désert, à gauche puis à droite, et tourne vers Marthe un regard interrogateur.

— Eh bien ? De quel côté ?

— J'habite dans le 15e... Et vous ?

C'est une question dangereuse pour une jeune fille en compagnie d'un homme qu'elle ne connaissait pas quelques heures plus tôt. Une telle question pourrait même passer pour une invite ou une provocation. Marthe s'en moque. Rodolphe Laufer la dévisage avec insistance. Il s'y connaît en femme. Celle-ci n'est pas une fille facile. Mais alors, pourquoi soutient-elle ainsi son regard ? Une innocente audacieuse ? La combinaison la plus séduisante. Il lui plaît, c'est certain. Elle l'a attendu des heures pour le remercier. D'ailleurs, il plaît à la plupart de celles qu'il rencontre. La bienveillance du destin à son égard. *Laufer-le-veinard*. Une chance qui ne s'est jamais démentie, ni à la guerre ni en amour.

Il entoure de son bras les épaules de Marthe.

— Je suis en permission. J'ai un billet de logement à la caserne Berthier, mais... Je connais un petit hôtel confortable, pas bien loin d'ici.

— Quoi ! Tu as... Tu l'as fait ?

Sonia et Marthe sont assises à une table de bistrot, dans la salle minuscule du *vins-bois-charbon* de Louis. C'est l'heure creuse. Sonia ne s'attendait pas à voir apparaître Marthe à cette heure-ci. L'heure creuse, ça ne signifie pas qu'on n'a rien à faire, chez les bougnats. Il n'y a presque pas de clients, mais on profite du calme pour laver, frotter et rincer tout ce qui peut l'être, pour mettre de l'ordre dans l'arrière-boutique... Mais pour l'instant, bouche bée, Sonia contemple Marthe. Elle a fait l'amour, cette nuit, avec le bel Alsacien. Dans une chambre d'hôtel, dans l'île Saint-Louis. C'était la première fois qu'elle dormait à l'hôtel... À vrai dire, elle n'a pas beaucoup dormi. Puis, le jour s'est levé et elle s'est dit : « Voilà, j'ai eu ma première nuit d'amour. »

— Qu'est-ce qui t'a décidée ?

— C'est lui, l'homme que je devais rencontrer. C'est mon destin !

— Mais tu es folle ! Tu es restée vierge jusque-là alors que tous les hommes te tournent autour, et tu te donnes en quelques heures au premier venu...

— Ce n'est pas le premier venu. C'est Rodolphe Laufer.

— Pour lui, tu es peut-être la première venue... Les hommes, je les connais. Ils ne pensent qu'à faire l'amour. Pour eux, ça n'engage à rien, c'est comme de boire un verre de vin. Et ça t'a plu, au moins ?

— C'était merveilleux !

— Eh bien, voilà déjà une chance, parce que ça ne l'est pas toujours...

— Je sais, tu m'as raconté.

Sonia a raconté à Marthe, en effet. Les inconnus qu'elle a suivis, pour survivre après son départ de Brest en 43, pour gagner la zone libre. Mais sans argent, sans faux papiers, avec son inexpérience et sa timidité, l'entreprise avait vite tourné à la catastrophe : une épopée dérisoire et sinistre... Bientôt, la faim l'avait réduite à une mendicité puis à une prostitution à peine déguisée... Des coucheries tristes, qui la laissaient à demi morte de honte. Mais c'était ça ou entrer dans un commissariat, et dire : « Je m'appelle Sonia Minza, je suis juive, mes parents ont été arrêtés, j'ai peur, je me suis enfuie, mais maintenant j'ai faim, j'ai froid, alors je me rends, envoyez-moi les rejoindre... »

Tout ça, elle l'a raconté à Marthe. Elle lui a même raconté qu'une fois, c'est une femme qu'elle a suivie. Ça ne lui a pas été plus agréable qu'avec les hommes, mais au moins la femme était gentille, et elle lui a donné un peu de linge de rechange.

Sonia n'a pas raconté Louis à Marthe. Louis est un cousin des Tourasse, à la mode d'Auvergne. C'est Marthe qui lui a amené Sonia. Et puis Louis s'est conduit différemment. Il a couché avec elle, bien sûr, mais comment dire... Avec respect. Dans les bras de Louis, Sonia n'a pas ressenti plus de plaisir qu'avec les autres, mais elle a été traitée comme un être humain.

— Tu m'as raconté, répète Marthe, mais ça n'est pas la même chose... Ce que tu m'as raconté, c'était sale, ou ennuyeux. Avec Rodolphe, c'est comme de se baigner dans un lac aux eaux transparentes, très pures...

9

Marthe soupire au souvenir des heures qu'elle a passées auprès de son premier amant. Elles sont proches, et pourtant elle en a déjà une nostalgie presque insupportable.

— Tu ne peux pas savoir, reprend-elle.

— Tu as...

Malgré elle, Sonia baisse la voix à l'instant de prononcer un mot dont, en dépit d'une expérience qui fait défaut à bien des femmes plus âgées, elle ignore toujours le sens véritable. Comme le dit si bien Marthe, Sonia « ne peut pas savoir ».

— Tu as joui ?

Sans fausse honte, Marthe hoche la tête, et dans ce mouvement ses lourdes boucles brunes s'agitent en un frémissement animal.

— Oui.

— Comme... Comme dans *Les Délices charnelles* ?

Par pudeur, par envie peut-être, Sonia tente de prendre la chose à la légère. *Délices charnelles*, c'est un livre coquin qu'elles ont trouvé dans la modeste bibliothèque de Louis. Sonia l'a lu la première, et quand elle l'a passé à son amie, elle lui a dit que ça n'était pas du tout comme ça, l'amour... Il n'empêche qu'elles en ont relu des passages ensemble, avec des rires un peu gênés, en prêtant l'oreille pour prévenir un retour inopiné de Louis.

Marthe renifle pour marquer son mépris.

— *Délices charnelles*... Tu parles ! Avec Rodolphe, c'est tellement... Tellement profond, tellement fort !

— Alors c'est vrai, tu es...

Ce mot-là, Sonia a encore plus de mal à le sortir que le précédent, comme s'il était plus obscène, ou plus tabou que le mot « jouir ».

— Heureuse ?

C'est Marthe qui le prononce. Celle lueur qui

illumine sa vie depuis cette nuit, ça doit être le bonheur !

— Heureuse… Je crois.

— Mais vous ne vous connaissez pas…

— Qu'est-ce que ça fait ? Et puis si, on se connaît, on se connaît très bien… Enfin mieux qu'on ne connaît personne d'autre : par la peau, par les lèvres…

— Oh, ça…

Marthe devine que Sonia pense à ceux qu'elle a connus de cette façon pendant sa cavale.

— C'est pas pareil, dit-elle.

Sonia baisse la tête.

— Mais tes parents ? T'es pas rentrée de la nuit ? Qu'est-ce qu'ils ont dit ?

Marthe montre un petit baluchon posé à ses pieds.

— Mon père m'a demandé où j'étais passée. J'ai refusé de répondre, alors il m'a virée de la maison.

— C'est pas vrai !

— Eh oui… J'ai pris quelques vêtements, et me voilà. C'est plus que ce que tu avais, toi, quand tu as quitté Brest.

Sonia pose sa main sur celle de Marthe. Elle est sincèrement émue, mais aussi contente de savoir son amie dans l'embarras : enfin, l'occasion lui est donnée de s'acquitter, au moins en partie, de la dette contractée pendant les années noires.

— C'est vrai. Ne t'inquiète pas, je t'aiderai comme tu m'as aidée quand on s'est rencontrées… Tu vas dormir avec moi, chez Louis.

— Vous faites chambre à part ?

— Oui. Quand il me réclame, je le rejoins dans sa chambre. Je préfère. Dormir seule, avoir au moins ça à soi, c'est un privilège, non ?

— Pas quand on a dormi une fois avec celui qu'on aime.

— Peut-être. Tu as de l'argent ? Tu en veux ?

Marthe fait non de la tête.

— J'ai un peu d'argent que ma mère m'a donné. En cachette de mon père. Et puis, je vais travailler. Il y a d'autres bougnats dans Paris ! Dès que j'aurai réglé ça, j'irai voir Rodolphe.

La voix de Marthe s'adoucit à ces derniers mots. Une émotion, un espoir, ou peut-être est-ce l'accent de la confiance absolue ?

— Tu es sûre ?

— Oui, je suis sûre. Qu'est-ce que tu veux que je fasse d'autre ?

— Il va peut-être t'envoyer sur les roses. Tu sais, les hommes...

— Je sais, je sais, mais...

Marthe se retient de continuer. Il y a ce que les femmes semblables à Sonia savent des hommes par expérience, et puis il y a ce que les femmes comme Marthe en savent d'instinct. Sonia est gentillette. Marthe est belle. Ça change tout. Mais cela, Marthe ne peut pas le dire à Sonia.

— Je ne suis pas forcée de lui dire que mes parents m'ont chassée de la maison... Je vis chez Louis, avec toi, et puis le soir je vais voir Rodolphe, c'est tout.

— Tu sais où le retrouver, au moins ?

— À la caserne Berthier.

— Il est en permission ou bien c'est son unité qui est cantonnée là ?

— Il est en permission. Les Leclerc sont en Allemagne, voyons !

— Alors il va bientôt repartir.

— Mais il reviendra.

— Peut-être.

— Non. Pas peut-être. Sûrement.

10

Sonia dévisage son amie. Elle croyait la connaître. À travers cet élan, cette confiance dont Marthe est d'ordinaire si avare, Sonia découvre une facette insoupçonnée de sa personnalité. Elle la tenait pour un être secret, méfiant, qui ne se donne pas. Mais Marthe peut se montrer généreuse. Deux ans plus tôt, quand Sonia est venue s'échouer sur le pavé de Paris, Marthe l'a abordée en pleine rue. Une Marthe de dix-huit ans, belle et brusque dans son tablier noir d'aide bougnate. Une Sonia de dix-sept ans, une chienne battue, aux flancs creux. Marthe lui a souri. Depuis des semaines, c'était le premier sourire qu'on adressait à la jeune fuyarde. Celle-ci a souri à son tour. Un sourire grimace a éclairé un instant ses traits tirés par la fatigue et la faim. Plus Sonia connaît Marthe, et moins elle comprend pourquoi celle-ci lui a souri, pourquoi elle lui a sauvé la vie. En quoi Marthe avait-elle besoin d'elle ? Marthe la considère-t-elle vraiment comme son amie ? Cherchait-elle un repoussoir ? Quelqu'un à protéger et à dominer ? Qu'est-ce que ça peut faire ? L'amitié, ça n'est pas forcément une source limpide.

En 43, Marthe s'est chargée de Sonia. Elle ne l'a pas amenée chez elle. Les parents Tourasse ne l'auraient pas accueillie. Pas par méchanceté. Ils sont durs, mais ils ne sont pas méchants. Mais le problème auquel Marthe est immédiatement confrontée est clair : les Tourasse ne plaisantent pas avec la vertu des filles, et surtout celle de la leur. Rester pucelle jusqu'au mariage, c'est une question d'honneur. S'il vend ou s'il achète une pièce de vin, Lucien n'entend pas qu'elle ait été mise en perce avant la livraison...

Mais pour en revenir à Sonia, en 43, la vie était bien trop compliquée pour qu'on s'encombre d'une adolescente qui ne vous était rien et qui parlait français avec le genre d'accent qui vous attirait immanquablement des ennuis. Quand Marthe a rencontré Sonia, elle n'a même pas essayé de la faire héberger par ses parents. Elle l'a emmenée directement chez Louis.

Louis est bougnat et natif du Cantal, lui aussi. Il est veuf. Sa femme est morte en 42. Phlébite. Qu'est-ce qu'un bougnat peut faire tout seul, sans une femme pour tenir la boutique pendant qu'il livre les boulets et les bûches ? Marthe entraîna Sonia chez Louis en la tenant par le bras, comme une prisonnière. Une fois dans la boutique, avec un pragmatisme et un cynisme époustouflants, en présence de Sonia qui ne savait pas où se mettre, elle leur dit à tous les deux comment elle voyait les choses.

— Louis, puisque t'es tout seul comme un vieux kroumir, tu peux prendre Sonia chez toi.

— Hein ? Mais est-ce qu'elle a des papiers, au moins ? objecta Louis. Par les temps qui courent...

— Des papiers ? Tu traficotes sur le charbon et le beurre, non ?

— Chut, malheureuse !...

— Tu as forcément des relations. Tu dois pouvoir lui procurer des papiers d'identité... Sonia t'aidera à vendre, elle te fera la tambouille et la lessive, elle fera tout ce que tu voudras. Elle est prête à tout pour manger, pour ne plus dormir dans la rue, pour rester en France...

En disant « prête à tout », Marthe s'était retournée vers Sonia. Et Sonia, toute rouge, avait baissé les yeux en signe d'assentiment.

Louis s'était laissé forcer la main. C'est un brave type, Louis, pas un exploiteur, pas un vieux cochon. Juste un homme qui se sent bien seul depuis la mort de sa femme.

Alors, avait-il « abusé » de la détresse de Sonia ? Sonia seule pouvait en juger.

Servante et maîtresse du bougnat que Marthe a placé sur son chemin, Sonia a survécu à l'occupation, grâce à Marthe. Il ne s'agissait peut-être chez Marthe que d'un caprice. Sauver une vie.

Et puis, en sauvant Sonia, Marthe s'est assuré en même temps une alliée, une complice. Sonia fait les trente-six volontés de Marthe. Elle a besoin d'obéir à quelqu'un. Après l'arrestation de ses parents, il n'y avait plus personne pour lui dire quoi faire, où aller. Et Marthe est venue.

Sonia laisse flotter son regard sur le beau visage énigmatique de Marthe. Elle ne la croyait pas capable d'aimer. Sonia sait que Marthe « l'aime bien », comme elle « aime bien » Louis, ou ses parents. Mais se laisser gagner par une émotion plus forte et peut-être en arriver à préférer quelqu'un d'autre à soi-même, ça, Sonia en croyait Marthe incapable.

11

— Vous vous êtes donné rendez-vous ? demande Sonia.

— Pas vraiment. Quand je me suis réveillée, il était déjà parti. On n'avait presque pas dormi. J'ai pas l'habitude... Il avait réglé la chambre, et il avait filé. Mais je ne m'inquiète pas : sergent-chef Rodolphe Laufer, Ire armée française, 2e division blindée... Je suis sûre que tout le monde le connaît ! Bon, c'est pas tout ça, il faut que je me trouve une place de serveuse. Je vais aller voir mon oncle Robert.

— Le frère de ta mère ? Celui qui est si riche ? Mais si ton père lui a dit...

— Mon père se ferait hacher menu plutôt que d'avouer à son beau-frère que je ne me suis pas conduite « comme une fille sérieuse » ! Oncle Robert s'en fout, de toute façon. Ils ne se parlent plus depuis longtemps. Tu comprends, la guerre a rapporté une fortune à mon oncle et une blessure à mon père...

À la différence de nombreux commerçants, Lucien Tourasse ne s'est guère enrichi pendant ce conflit. On peut être auvergnat, âpre au gain, honnête et même patriote. L'été dernier, Lucien a dégagé de sous un tas de charbon la pétoire qui lui servait, adolescent, à chasser le sanglier, là-bas en Auvergne. Et il a libéré Paris avec l'aide de quelques teigneux comme lui. Au cours de cette aventure, il a récolté une balle de Mauser dans le mollet, qui n'a pas fini de lui empoisonner la vie.

— Oncle Robert n'est pas à cheval sur la vertu ni sur le patriotisme. Sans ça il n'aurait pas vendu du champagne aux tenanciers des bordels pour soldats allemands pendant l'occupation! Il connaît tout le monde dans la limonade. Il me trouvera une place... Je peux installer mes affaires dans ta chambre et faire ma toilette?

— Bien sûr. Tu mangeras avec nous, ce soir? Que je le dise à Louis...

— Franchement, si je peux dîner avec Rodolphe, je préfère... J'irai à la caserne Berthier après avoir parlé avec mon oncle. Si tu ne me vois pas revenir, tu sauras où je suis... Tu aurais une clé à me passer? J'espère rentrer tard! conclut Marthe avec une grimace de gourmandise.

Puis elle reprend sa voix de sœur aînée:

— À partir de maintenant, tu vas voir, ça va changer... Trouve-t'en un, essaye-les tous s'il le faut, y en a forcément un pour toi.

— Oh, Marthe...

Sonia feint d'être choquée, mais elle ne peut s'empêcher de rire.

— Mais, parvient-elle à articuler, c'est pas spécialement un Ricain que je veux, c'est un homme. Un Français ferait très bien l'affaire!

— Et pourquoi pas Quétigny-Machin?

— Le colonel? Tu me vois, moi, avec un officier?

— Rodolphe m'a parlé de lui, hier soir. C'est pas un officier comme les autres, c'est même un drôle de numéro!... Je te raconterai, mais là, il faut que j'y aille. Mon oncle habite à l'autre bout de Paris. Alors, t'as une clé pour moi?

Sonia décrocha d'un tableau de bois, derrière le comptoir, un petit trousseau qu'elle tendit à Marthe.

— Qu'est-ce que je dis à Louis?

— Dis-lui seulement que je vais dormir quelques nuits dans ta chambre.

— Oui, mais si tu n'y dors pas, justement?

— Dis-lui toujours ça... Je lui parlerai demain.

12

— Mais ma parole, c'est ma petite Marthe !... Eh bé ! Comme tu as grandi, dis donc ! Ça te fait combien, maintenant ?

— Vingt ans, tonton.

— Vingt ans ! C'est bien ce qui me semblait... Approche donc, que je te voie mieux ; viens m'embrasser ! Je te fais pas peur, au moins ?

— Oh non, tonton.

Marthe s'avance. Son oncle se lève et contourne son bureau en acajou pour venir à sa rencontre

La pièce est immense, presque vide. Elle ne contient que ce bureau devant lequel sont disposés deux fauteuils recouverts de cuir, une armoire vitrée et grillagée qui contient des dossiers, et un gros coffre-fort peint en noir. C'est peu, pour soixante-dix mètres carrés. Habituée à l'appartement minuscule de ses parents et à celui de Louis qui ne vaut guère mieux, Marthe s'étonne qu'on dispose de telles surfaces sans rien en faire de particulier. Réflexe de fille bougnat. La place libre, les riches ne sont pas forcés d'y entreposer du charbon, du petit bois ou des bouteilles vides. Ils en jouissent comme elle est : pure comme du vin. Ils évoluent à l'aise dans ces immensités. Marthe note mentalement cette découverte. La richesse, c'est aussi l'espace.

L'oncle s'immobilise avant qu'elle ne l'ait rejoint. Il la laisse venir, et se donne ainsi le temps de la détailler. Son regard brille. Dans la famille, il a une réputation de chaud lapin, et depuis cette nuit, Marthe n'ignore plus rien de l'effet qu'elle produit sur un homme.

Tant mieux, se dit-elle. Elle a au moins cet atout-là. L'oncle a tous les autres. Richesse, autorité, expérience.

Il n'a qu'un coup de téléphone à passer pour lui

trouver du travail. Le fera-t-il ? Pourquoi le ferait-il ? Marthe doit montrer à cet homme tout-puissant qu'elle mérite ce coup de téléphone, sinon il ne bougera pas le petit doigt.

Mais attention, il faut qu'elle s'arrange pour l'émoustiller sans rien lui accorder. Ce n'est pas exactement une réputation de séducteur, qu'il s'est faite, mais plutôt de vieux salaud. S'il peut coucher avec sa nièce, il n'hésitera pas une seconde.

— Que tu es belle, ma grande !

Elle est face à lui, à présent. Il ouvre grand les bras. Elle affecte de s'y jeter avec une confiance de petite fille. Elle le sent frissonner à son contact, vieux carnassier humant la viande fraîche. Elle réprime un frisson de dégoût. Il est obèse et souffre d'un eczéma chronique.

Lucien Tourasse n'appréciait pas les nouvelles fréquentations de son beau-frère. Avec sa sincérité rugueuse, il ne le lui a pas envoyé dire. Robert l'a toisé d'un œil méprisant. Pour lui, un homme qui ne saisit pas la chance quand elle se présente, c'est qu'il ne la mérite pas. Il peut « crever la gueule ouverte ».

Robert palpe les bras et les épaules de Marthe.

— Dis donc, tu es solide ! Tu fais du sport ?

Elle se dégage en riant.

— De la natation... L'hiver, je vais aux Tourelles, et l'été à Deligny.

— Ça te réussit. Tu es sage, j'espère, parce que les garçons doivent te tourner autour, belle comme tu es.

Depuis qu'elle lui a échappé, il ne sait pas trop quoi faire de ses mains. Il les fourre dans ses poches. Il est frustré. Il s'attendait à un bonjour un peu plus long. Ce n'est pas que la chair lui manque. Il est connu comme le loup blanc dans tous les bordels de la capitale. Gros consommateur, exigeant, mais qui ne rechigne pas à payer pour ses plaisirs.

Cependant, les putains, ça n'est pas pareil. Marchandise usée, avachie, même quand elle à toutes les apparences de la fraîcheur. La convoitise le saisit devant cette nièce innocente et superbe.

— Hein, dis ? Tu te gardes ? Ton père n'apprécierait pas, tu le sais ?

— Je suis une fille sérieuse, tonton.

En prononçant ces mots, elle cambre imperceptiblement le torse. Ce mouvement qu'il croit involontaire lui permet d'apprécier sa poitrine.

— Et comment il va, ton père, au fait ? Ça fait un bout de temps que j'ai pas eu de nouvelles... Ça s'est bien remis, son mollet ?

— Oui, et tu sais quoi ? On va le décorer.

— Ce sera toujours ça..., grommelle Robert.

Il s'en fiche. À ses yeux, l'héroïsme désintéressé, c'est de la bêtise. Un homme peut, et même *doit*, risquer sa vie s'il peut espérer rafler le gros paquet. Mais qu'un commerçant et un père de famille aille faire le coup de feu « comme un con » le jour de la libération de Paris, quand il y a dans chaque rue des petits gars de dix-huit berges qui le feront bien mieux que lui, et avec plaisir, en plus, ça lui semble stupide. Enfin, on ne choisit déjà pas sa famille, alors sa belle-famille...

— Yvonne, ça va bien ? Tu lui diras que je pense souvent à elle, mais quoi, le travail, les affaires, j'ai pas un moment à moi pour aller la voir... Je remarque qu'elle non plus, d'ailleurs ! Enfin, tu lui diras que je l'embrasse.

— Je te promets, je lui dirai.

13

Il y a un instant de silence et de gêne. Que dire, maintenant ? Elle a téléphoné pour le rencontrer, elle n'a pas dit pourquoi. Il a accepté, par curiosité. Si elle n'était pas aussi bien foutue, il lui ferait sentir qu'il n'a pas que ça à faire. Les Allemands sont partis, mais le commerce continue avec les Américains. Eux aussi vont partir, un jour ou l'autre. Et alors ? Il y aura toujours quelqu'un pour boire du champagne et pour faire la java. Depuis que le monde tourne, il y a des malins qui prennent du bon temps pendant que les autres se crèvent la santé à travailler comme des brutes pour trois francs six sous, et ce sera toujours comme ça.

Oncle Robert a une conception du monde très simple. Toute l'activité humaine n'a qu'un but : dégager assez de fric pour pouvoir s'amuser, fumer des havanes, se saouler au champagne, baiser les filles qui sentent bon dans des draps propres, péter dans la soie, pisser dans la porcelaine... Pour y parvenir, tous les moyens sont permis. Voilà pourquoi les vrais hommes, les esprits lucides, travaillent et font travailler les autres. Le reste, c'est du pipeau.

Au moment où il s'apprête à ouvrir la bouche pour dire : « Au fait, quel bon vent t'amène ? », elle le devance. Il ne faut pas le laisser conduire l'attelage.

— Tonton, je cherche du travail.

— Ah bon ?

Il la dévisage en plissant les yeux. Du travail, elle en a chez son père. Alors ? Y aurait-il une mésentente entre eux ? Il décide de la laisser parler. Peut-être trouvera-t-il le moyen d'amener ce morceau de roi dans son lit, contre sa peau de crocodile ?

Elle lit dans ses pensées. Elle a conscience de jouer une partie d'échecs. Marthe ne conçoit pas les relations entre les humains en dehors d'un rapport de forces.

Du moins, elle ne les concevait pas autrement jusqu'ici... Jusqu'à Laufer et à la nuit qu'ils ont passée ensemble.

Avec sa mère, avec son père, ce rapport de forces est simple : elle les domine... Avec Sonia aussi, c'est tout simple. Sonia s'abandonne. Avec Rodolphe... Elle soupire. Avec Rodolphe, bien sûr, c'est autre chose. Mais ce n'est pas le moment de penser à Rodolphe. On ne pense pas à un ange quand on a affaire à l'oncle Robert, un démon. Au fait, qu'est-ce qui prouve que Rodolphe est un ange ? Non, Rodolphe n'est certainement pas un ange, et ça n'a pas d'importance; il est juste le démon particulier dont Marthe à besoin.

— Tu sais, tonton, je crois que je n'arriverai à rien, chez mon père...

— Tiens! Pourquoi ça?

Elle hausse les épaules. Ses seins se soulèvent à nouveau, sous la petite robe en cretonne.

— Question... de philosophie.

Robert ricane. Pauvre nouille de Lucien, désavoué, trahi par sa fille...

— Tu as raison, ma petite Marthe... Question de philosophie, ton père n'a jamais rien compris! Mais toi, tu n'es pas comme lui... Alors, dis-moi, qu'est-ce que tu veux faire?

Marthe hésite. Si elle lui demande une place de fille de salle, il la lui procurera sans doute, mais il l'englobera dans le mépris qu'il voue à Lucien.

— Je veux tenir une caisse. Dans une brasserie.

L'oncle Robert émet un petit sifflement à la fois ironique et admiratif.

— Une caisse, en brasserie, rien que ça!... Tu sais que c'est un poste de confiance, ça?

— Et alors, tu n'as pas confiance en moi?

— Si, si, bien sûr, c'est pas la question, mais...

Il plonge dans les yeux de Marthe son regard de crapaud. Elle soutient sans faiblir ce regard glauque.

— Une brasserie, c'est autre chose qu'un bois-charbon, cocotte. Dans une brasserie, la caissière voit passer en quelques heures plus d'argent que ton père n'en voit dans son année... Il faut savoir compter, vite et juste...

— Je sais compter.

C'est vrai, elle sait compter. Pas seulement les tickets de rationnement. Elle tient les comptes du boui-boui de son père depuis des années, en plus du reste. M. Dunois, le vrai comptable, n'a qu'à repasser derrière elle, c'est toujours juste. En fait, Lucien ne lui paye que sa signature au bas du bilan.

— Sans doute, mais...

— Mais quoi encore?

Elle s'impatiente. Il sourit dans ses bajoues. Elle

est volontaire. Ça lui plaît. Il est presque décidé à l'aider.

— Il faut tout surveiller. Les clients, les garçons... Ça va à toute vitesse, ça t'arrive de tous les côtés, c'est un tourbillon...

— Je peux le faire. Chez mon père, c'est tout petit, d'accord, mais il n'a jamais manqué un sou dans la caisse à la fin de la journée !

L'oncle Robert observe Marthe en connaisseur. Elle est têtue. Elle doit se montrer féroce. Bien, bien... Il ne lui fera même pas payer cher l'aide qu'il est de plus en plus disposé à lui accorder... Pour le moment.

14

Boulevard Berthier, midi dix. Il fait beau. À travers les feuilles des platanes, les rayons du soleil projettent des taches de lumière mouvantes sur les épaules des passants. Les talons compensés de Marthe claquent sur le trottoir. Elle connaît bien ce quartier. On est tout près de la porte des Lilas et de la piscine des Tourelles, qu'elle fréquente chaque hiver. Elle passe devant un des bastions qui s'échelonnent au long des boulevards des Maréchaux. Derrière, ce sont les fortifs et la zone. De hauts murs lépreux encore surmontés de pentes herbues, semées de cabanes misérables où vit une humanité déchue.

La jeune fille marche vite. Elle n'a pas peur des déshérités et des épaves qui vivent sur la zone. On est en plein jour, et d'ailleurs, avec la proximité de la caserne Berthier, le coin grouille de militaires. Non, elle n'a pas peur ; elle a la rage.

Une rage sourde qui ne l'a pas quittée depuis qu'elle est sortie du bureau de son oncle. Elle ne parvient pas à se calmer. Elle a pourtant obtenu ce qu'elle voulait. L'oncle Robert a passé un coup de téléphone. Et en raccrochant, il lui a confirmé que c'était fait, qu'elle pouvait se présenter en fin d'après-midi à la brasserie Le Gorin, porte de la Chapelle. Elle commence ce soir. Bien entendu, pas question de tenir une caisse toute seule du jour au lendemain. Mme Simone la formera. Mme Simone doit prendre sa retraite dans quelques mois. Si Marthe donne satisfaction d'ici là, elle pourra lui succéder. Attention, ça ne sera pas du gâteau : midi et soir, quatre cents couverts en moyenne, trois cents additions, une carte aussi complète que le permet la dureté des temps... Mais Marthe aura le pied à l'étrier. C'est ce qu'elle veut, non ?

C'est exactement ce qu'elle voulait. Malgré sa méfiance instinctive, malgré la dureté de son caractère, Marthe est jeune. Elle n'a pas encore perdu toute la naïveté de l'enfance. Tout à coup son oncle lui est apparu sous un jour nouveau. Marthe s'est laissé piéger par un écho, par un souvenir.

Quand elle était enfant, avant la guerre, il y a eu des Noëls familiaux, des poupées et des confiseries au pied du petit arbre que Lucien Tourasse offrait à sa fille. Des sapins de Noël, il en vendait lui-même. Celui qu'il gardait pour sa famille, c'était celui dont personne n'avait voulu. Marthe s'en fichait, la magie de Noël agissait quand même... En ce temps-là l'oncle Robert fréquentait encore sa sœur et son beau-frère. Il était déjà beaucoup plus à l'aise qu'eux, et forcément, c'était lui qui apportait le plus beau cadeau. Marthe se souvient de l'arlequin de ses dix ans. Oui, c'était pour la Noël 1935. Un temps qui lui paraît si lointain, maintenant. Cette année-là, l'oncle Robert lui a offert un magnifique arlequin à la tête de porcelaine, vêtu d'une livrée à losanges multicolore. Des semaines durant, elle a été amoureuse de ce jouet. Et en grandissant, elle l'a conservé comme la prunelle de ses yeux. Elle l'a encore. Il est assis sur le bord d'une étagère, au-dessus de son lit, chez ses parents. Elle ne l'a pas emmené en bouclant son baluchon ce matin, quand son père l'a chassée. Elle avait peur de trop se charger. Mais aussi et surtout parce qu'elle voulait laisser chez ses parents quelque chose de très précieux, pour signifier qu'elle reviendrait. Que la brouille d'aujourd'hui n'était qu'un épisode. Ce n'est pas parce qu'il lui venait de l'oncle Robert que Marthe a aimé ce pantin si longtemps, mais parce qu'il symbolisait son enfance. Mais maintenant elle le hait, comme tout ce qui évoque de près ou de loin le frère de sa mère.

Marthe songe à la scène qu'elle vient de vivre, et des larmes de rage et d'humiliation lui montent aux yeux. Robert a raccroché le téléphone. De sa voix bonasse, tout en se penchant sur son bureau pour inscrire l'adresse de la brasserie Le Gorin sur un carré de papier, il lui parle de Mme Simone, la vieille caissière qui va lui apprendre le métier. Marthe boit ses paroles comme du petit-lait. Dans sa joie d'avoir trouvé du travail, exactement le travail dont elle rêvait, elle est presque redevenue l'enfant qui contemplait son arlequin de tissu à la lueur des bougies le soir de Noël 1935. *Oui, tonton, merci, tonton, c'est formidable*... Il se tourne vers elle, fait mine de lui tendre le papier de la main gauche, suspend son geste, garde le papier hors d'atteinte, se colle contre la jeune fille...

Les larmes coulent sur les joues de Marthe. Quand elle croise un troufion, elle baisse la tête. Elle marche comme un automate. Elle se mord les lèvres. Elle se traite de tous les noms. Elle l'a laissé faire. Toutes ses belles résolutions se sont envolées devant le petit carré de papier qui voletait au-dessus d'elle comme un papillon blanc. Ça n'est pas allé très loin, ça n'a pas duré longtemps, heureusement... Elle ravale ses larmes. L'oncle Robert n'a pas voulu aller jusqu'au bout. Qu'est-ce qu'elle aurait fait, s'il avait tenté de... Elle n'en sait rien elle-même. En tout cas, quand elle s'est *enfin* dégagée, il n'a pas insisté. Au fond, il avait eu ce qu'il désirait pour cette fois : affirmer son pouvoir, la marquer de son empreinte ! Un haut-le-cœur la saisit. Il l'a touchée. Au plus intime. Une privauté révoltante, parce que incongrue, brutale, sans égard. Une grimace de dégoût tord le visage de Marthe.

Elle croit sentir encore le doigt de son oncle la pénétrer. Elle veut chasser ce souvenir. Elle n'y parvient pas. Elle appelle à son secours l'image de Rodolphe, contre elle, dans la pénombre de leur chambre d'hôtel, cette nuit. Et peu à peu elle s'apaise. Par la grâce d'un être, les mêmes gestes peuvent prendre un tout autre sens. Elle se remémore les caresses de Rodolphe et l'univers se pare de reflets chauds, dorés... L'image hideuse de l'oncle Robert, rouge et suant, sa main droite fourrée sous sa jupe, s'estompe et disparaît. Un jour, elle se vengera. Cette certitude chasse pour un instant le souvenir de son humiliation.

15

Marthe se retient à grand-peine de taper du pied comme une petite fille mécontente. Face à elle, le sous-officier de service réprime un sourire narquois qui la met hors d'elle-même.

— Dites donc, il vous fait de l'effet, ce... soldat...

— Rodolphe Laufer... Sergent-chef Rodolphe Laufer !

Le sous-off se retourne vers la sentinelle et lui adresse un clin d'œil complice.

— Baufer, hein ?

— Non, Laufer ! Rodolphe Laufer ! rectifie Marthe. Il est sergent-chef au 501e... Un grand blond, très grand... C'est un Alsacien, il a l'accent...

— Vous savez, des sergents-chefs, au 501e, y en a des tripotées, et des Alsaciens aussi... Et d'ailleurs, le 501e, à l'heure qu'il est, il est en Allemagne.

— Oui, mais pas lui. Je l'ai vu hier ! Il est en permission...

— En permission alors que le 501e visite le nid d'aigle de Hitler ? Il manque le meilleur, celui-là... Enfin, ça se discute. Il y a aussi des monuments intéressants à Paris, admet le sous-off en lorgnant le corsage de Marthe.

La jeune fille accueille très mal le compliment.

— Vos boniments, vous pouvez vous les garder !

— Holà ! Le prenez pas comme ça.

— Je le prends comme je veux ! J'ai besoin de voir le sergent-chef Laufer, c'est urgent, et vous, vous me faites perdre mon temps avec vos vulgarités !

— J'ai seulement dit...

— Oh, ça va ! Vous allez vous décider à me renseigner, ou il faudra que je m'adresse à un officier ?

— Ça tombe bien. Que puis-je faire pour vous, mademoiselle ?

Marthe se retourne. Dès les premiers mots, elle a reconnu les intonations précieuses du lieutenant-colonel de Quétigny-Lamblais. Sanglé dans son uniforme impeccable, pommadé, parfumé, le teint frais et l'œil bleu, il ressemble à une poupée militaire à peine sortie de sa boîte.

Marthe rosit.

— Oh, bonjour... Je cherche Rod... Le sergent-chef Laufer.

— Et cet abruti essaye de vous faire du gringue au lieu de vous renseigner, c'est ça, Franchescini ?

— Mon colonel...

— Taisez-vous, Franchescini ! Filez, et trouvez-moi Laufer, au trot !

— À vos ordres, mon colonel !... Euh... Mon colonel...

— Oui ?

Devant la mimique gênée de Franchescini, Quétigny-Lamblais finit par comprendre que le sous-officier voudrait lui parler sans être entendu de Marthe. Le lieutenant-colonel fronce les sourcils et entraîne son subalterne à l'écart.

Les yeux baissés, entrecoupant ses explications de toussotements embarrassés, Franchescini parle quelques instants. Quand il a terminé, Quétigny-Lamblais le congédie sèchement et revient vers Marthe.

— Je suis désolé, mademoiselle... Rodolphe a reçu ce matin l'ordre de rejoindre son unité dans les plus brefs délais. Un transport décollait au Bourget à dix heures, pour Salzbourg. C'était à saisir.

— Mais alors, ce sous-officier le savait...

Quétigny-Lamblais a une moue désabusée.

— Mademoiselle, dans l'armée, la connerie est une chose fort répandue...

Le troufion de garde à la barrière ne manque pas une miette de la conversation. Il se marre. Quétigny-Lamblais le foudroie du regard. L'homme s'éloigne en sifflotant.

Le lieutenant-colonel se tourne à nouveau vers Marthe. Elle est au bord des larmes.

— Vous êtes déçue ? Ne vous en faites pas, allez, la guerre est finie ; il ne risque plus rien... Il a votre adresse ?

— Je lui ai dit où j'habitais, cette nuit... enfin, hier soir, mais depuis, j'ai déménagé, et il ne le sait pas.

— Eh bien, donnez-moi votre nouvelle adresse, et je la lui communiquerai.

— Vous voulez bien ?

— Puisque je vous le propose...

Il lui tend un luxueux porte-mine et déchire une feuille d'un petit calepin. Elle a inscrit l'adresse de Louis. À ce moment précis, le doute l'envahit.

— À quoi bon ?

— Pardon ?

— Le temps que vous lui transmettiez ma nouvelle adresse, il m'aura déjà oubliée...

— Allons, ne dites pas ça...

— Les filles, ça doit défiler avec lui, ne me dites pas le contraire !

— Il en a connu quelques-unes, en effet. Mais elles n'étaient pas aussi séduisantes que vous.

Elle hausse les épaules. Un sentiment jusqu'alors inconnu la submerge. Ce n'est rien d'avoir été chassée du logis familial par son père, et d'affronter tout à l'heure la redoutable Mme Simone, dont Robert a dépeint le terrible caractère... Même l'odieuse caresse de l'oncle n'a pas d'importance, si l'espoir de revoir Rodolphe et d'être encore aimée de lui reste intact... Mais si cette lumière-là s'éteint, alors, tout devient inutile, la souillure de tout à l'heure devient indélébile.

Sous ses dehors de guerrier, Quétigny-Lamblais est un homme sensible. Il a lu sur le visage de Marthe l'alternance de la ferveur et de la désespérance. Il s'en émeut. Parce qu'elle est belle, bien sûr, mais plus encore parce qu'il devine en elle une force hors du commun, une flamme intérieure. Et qu'il l'a sentie vaciller.

— Dites-moi, mon petit, avez-vous des projets en cette belle journée ?

16

La Jeep roule à vive allure sur le boulevard. Le chauffeur, un Sénégalais immense au poitrail barré d'une brochette de décorations, sourit de toutes ses dents en fonçant droit devant lui, indifférent à toute signalisation. De temps en temps, Quétigny-Lamblais tente de le calmer :

— Lève le pied, Mahdouf, on n'est pas au front !

Mahdouf daigne ralentir un instant, mais bientôt la griserie de la vitesse le reprend, et il laisse le moteur s'emballer à nouveau.

— N'ayez pas peur, mademoiselle. Le danger ne vient pas de lui, il conduit très bien.

— Je n'ai pas peur.

Marthe sent le vent baigner ses cheveux. Le soleil de mai inonde le boulevard des Maréchaux presque désert, à l'exception de quelques camions militaires et de rares voitures particulières. La Jeep roule vite, mais la jeune fille se sent bien mieux. Son coup de cafard est passé. Grâce à Quétigny-Lamblais, elle a repris confiance.

Il tire une carte de visite de sa poche et la lui tend.

— On arrive à La Chapelle. Prenez ça, et appelez-moi, si votre soirée se libère.

— Ça m'étonnerait...
— Prenez toujours, vous verrez bien.
— D'accord.
Marthe met la carte dans son sac. Quétigny-Lamblais s'est offert à la sortir, pour lui changer les idées. Mais ce soir, elle commence chez Le Gorin, et pour rien au monde elle n'y renoncerait.
L'humiliation qu'elle a subie, la privauté de l'oncle, c'était le prix à payer pour la place de caissière. Eh bien, elle a payé, elle veut son dû.
À cinq cents mètres de la porte de La Chapelle, Marthe se penche vers Mahdouf.
— Vous pouvez m'arrêter là, hurle-t-elle pour se faire entendre de lui.
— Ça va vous faire une trotte, s'étonne Quétigny-Lamblais.
— Ça ne fait rien. Je préfère.
L'officier comprend. Elle commence dans une nouvelle place. Une arrivée discrète vaut mieux qu'un débarquement en fanfare, en compagnie d'un officier supérieur, à bord d'une Jeep conduite par un Sénégalais... Mais combien de jeunes filles auraient su résister, comme Marthe, à l'envie d'en installer, aux yeux de ses futurs compagnons de travail ?
Quétigny-Lamblais hoche imperceptiblement la tête.
— Vous êtes une petite personne qui réfléchit...
Pour toute réponse, elle lui adresse un sourire.
— Déposez-moi là... on va finir par dépasser la brasserie...
— Mahdouf ! Gare-toi !
— Pas la peine, je saute en marche...
La Jeep freine brusquement et s'immobilise au bord du trottoir. Marthe descend.
— C'est d'accord, vous m'appelez ? lui demande Quétigny-Lamblais.
— Plutôt demain. Lundi, la brasserie sera fermée...
Le visage de Quétigny-Lamblais s'éclaire.
— Demain, ça me donne une idée... D'accord. À demain.

— D'ici là, vous n'oubliez pas d'envoyer mon adresse ?

— C'est promis.

— Merci. À demain.

Elle s'élance d'un bon pas sur le boulevard. Quétigny-Lamblais et son chauffeur suivent un instant des yeux sa silhouette dansante.

— Quelle belle poulette, mon colonel ! Ça, c'est du nanan... Quand tu n'en voudras plus, je veux bien finir l'assiette...

— Pas touche ! Propriété privée du sergent-chef Laufer.

— Encore une ! C'est pas juste, mon officier, les gonzesses, c'est tout pour Laufer !

— Tu exagères : il ne monopolise que les plus belles !... Allez, démarre, va !

Mahdouf obéit. La Jeep dépasse Marthe, à peine visible sous les arbres.

La jeune fille poursuit sa route. D'un coup d'œil, elle consulte sa montre. C'est encore celle de son baptême. Une montre d'enfant, très simple. Son père à déjà changé plusieurs fois le bracelet. Chez les Tourasse, les choses doivent durer. Elle a une pensée fugitive pour Lucien, ce crétin de héros près de ses sous, aux idées rigides, qui l'a jetée à la rue ce matin.

À la brasserie Le Gorin, elle ne pense déjà plus à son père. Elle longe la vitrine à demi occultée par des rideaux de dentelle, soutenus par des triangles de cuivre brillant. À l'intérieur, des tentures grenat, de la moleskine fauve, un immense comptoir de bois ciré, des torchères surmontées de globes de verre ornés de motifs tarabiscotés, un océan de tables couvertes de nappes immaculées... Tout un luxe de boulevard qu'elle confond avec le vrai luxe pour n'avoir connu que la mistoufle ingénue des bouis-bouis de Lucien ou de Louis.

Il est encore tôt. Les tables sont dressées, mais il n'y a aucun client dans la salle de restaurant. En revanche, avec le beau temps, de nombreux consommateurs sont installés en terrasse ou se tiennent devant le bar. Au centre, légèrement en retrait,

Marthe aperçoit un haut pupitre de bois blond, qui tient à la fois de la cathèdre magistrale et de la chaire d'ecclésiastique. La caisse. La Sainte Caisse où, deux fois par jour, midi après midi, soir après soir, la Sainte Recette se déverse entre les mains expertes de Mme Simone. Et un jour, très bientôt, songe Marthe, ce sera entre ses mains à elle...

À proximité du meuble, Marthe distingue une silhouette minuscule et grise qui s'affaire à Dieu sait quoi : fourbissage de trombones métalliques, décrassage de tampons de caoutchouc aux armes de la maison. Sans aucun doute, c'est la titulaire, la terrible Mme Simone. Marthe avale une grande goulée d'air, et, sans trembler, s'avance pour affronter la bête.

17

Mme Simone est un Minotaure féminin, tapi au fond de son labyrinthe de chaises, de banquettes, de tables chargées de vaisselle et de verrerie. Marthe ignore à peu près tout de la mythologie grecque. Elle n'a pas songé à établir cette comparaison, mais elle n'en était pas très éloignée lorsque au premier coup d'œil elle a traité mentalement la caissière de « vieille vache ». En tout cas, ce Minotaure-là a trouvé son Thésée, un Thésée également féminin, en la personne de Marthe.

En riant, Marthe raconte cette première prise de contact au lieutenant-colonel de Quétigny-Lamblais. On est lundi, Marthe est de repos. Elle l'a rejoint dans un café, près du ministère de la Guerre.

— Alors nos regards se sont croisés ; elle voulait me faire baisser les yeux, j'ai tenu le coup... Ce n'était pas si facile : elle a des yeux de louve, gris et jaune, avec une lueur de férocité incroyable...

— Il faudrait savoir. C'est une vieille vache ou une vieille louve ?

— Elle tient des deux. Mais je crois qu'on va s'entendre. Ces gens-là, s'ils ne vous mangent pas tout cru le premier jour, ils vous prennent à la bonne.

— Et vous n'êtes pas du genre à vous laisser manger toute crue.

— Non.

Le ton de Marthe est celui de la certitude, de la confiance absolue en elle-même. Pourtant, Quétigny-Lamblais la sait vulnérable.

— Sauf si le grand méchant loup s'appelle Rodolphe Laufer...

Elle pâlit.

— Vous avez des nouvelles, dites ?

— À l'heure qu'il est, il doit se prélasser sur les coussins du Führer et boire le vin de Goering à Berchtesgaden.

Marthe écoute à peine. Le repaire de Hitler, elle s'en contrefiche. Son intérêt ne renaît qu'à l'instant où Quétigny-Lamblais en revient à Rodolphe.

— Il va sûrement vous écrire... En attendant, amusons-nous ! Je vais vous emmener dans le monde...

— Dans un cabaret, moi ?

— Non, pas dans un cabaret. Dans un cocktail. Dans un cocktail, on ne paye pas ce qu'on boit ; c'est très chic.

— Mais qui paye ?

— L'organisateur du cocktail.

— Et là où vous voulez m'emmener, qui c'est ?

— Un duc, je crois. La paix est revenue, la vie mondaine reprend ses droits. Vous verrez, on va bien s'amuser.

— Non, je n'irai pas. Je ne saurais pas me tenir. Je ne veux pas vous faire honte. Et je ne veux pas *me* faire honte...

— Marthe... Qu'est-ce que vous me chantez là? Comment pourrait-on avoir honte de vous ?

— Parce que je ne connais pas les usages... Je ne suis qu'une fille de bougnat, et ça crève les yeux !

— Allons ! Vous êtes une princesse !

— Si vous voulez dire que je suis bien roulée, je le sais. Mais une princesse, c'est autre chose.

— Vous êtes bien roulée, *et* vous êtes une princesse. Et si vous me laissez faire, je vais vous le prouver ce soir.

Quétigny-Lamblais règle les consommations et fait signe à la jeune fille de le suivre.

— Nous allons faire de vous une jeune fille de la bonne société, vous allez voir !

Mis en gaieté par son idée, Quétigny-Lamblais demeure sourd aux protestations de Marthe. Elle hésite entre inquiétude et curiosité. Mais comment résister au fringant officier qui l'entraîne avec fougue vers le boulevard ? Devant l'église Saint-Germain-des-Prés, ils retrouvent la Jeep. Mahdouf lève la tête du *comic book* dans lequel il était plongé.

— Où on va, patron ?

— À la Samaritaine de luxe, à la Madeleine. Nous allons habiller cette demoiselle de pied en cap...

Il se retourne vers Marthe.

— J'aurais préféré un vrai tailleur, qui vous aurait taillé une robe sur mesure, mais le temps presse, on improvise. Allez, Mahdouf, fissa, fissa ! Et tu me rappelleras de t'inscrire pour trois jours d'arrêt en rentrant.

— Qu'est-ce que j'ai fait ?

— Lecture débile pendant le service. Allez, hop, démarre, direction la Madeleine !

18

Marthe croit vivre un rêve. D'ailleurs, n'est-ce pas le rêve de toute femme de se voir conduire dans un grand magasin par un homme décidé à lui offrir une garde-robe complète ? Quétigny-Lamblais n'est pas seulement disposé à payer vêtements et chaussures, foulards, sac à main, parfum et produits de beauté. Il est aussi désireux de l'aider à les choisir, en connaisseur raffiné, en amateur de femmes attentif. Avant la guerre, combien de proies déjà à demi consentantes a-t-il ainsi entraînées par les travées des magasins de luxe? « Une femme qui se laisse habiller se laissera déshabiller. »

Mais en ces circonstances, sa démarche est désintéressée. Rodolphe a marqué Marthe de son empreinte. La loyauté du lieutenant-colonel vis-à-vis du sergent-chef est totale. Cependant, la jeune fille l'intrigue. Une force l'habite. Un puissant élan vital infiniment supérieur à celui de la plupart des êtres humains. En Marthe, ce qui fascine cet ancien élève des jésuites, étudiant en philosophie chrétienne arraché à un destin de précepteur des âmes par un penchant doublement irrésistible pour les femmes et les armes, l'a fasciné chez Rodolphe de la même manière. Une souveraineté animale, une aisance de fauve ingénu et une absence totale de sens du péché. Ces deux-là se sont immédiatement reconnus. Rodolphe collectionne les succès amoureux comme d'autres collectionnent les timbres.

Auxiliaires féminines des armées française, anglaise, américaine, mais aussi femmes indigènes, femmes voilées de Libye et de Syrie, jeunes Anglaises pendant le débarquement... Quétigny-Lamblais a l'intuition que Marthe ne fera pas que figurer dans la longue liste des conquêtes de l'Alsacien. Outre ses penchants pour le sexe et la guerre, une troisième cause a naguère détourné le jeune Alphonse-Aimé de Quétigny-Lamblais de la vocation ecclésiastique : le goût du jeu. C'est un joueur, mais un joueur atypique. Il ne joue pas avec des dés ou des cartes, mais avec des êtres humains. Et avec Rodolphe et Marthe, il a l'impression d'avoir un carré d'as entre les mains. Reste à trouver le jeu, ou à l'inventer. Un poker fou, où l'on dicterait sa loi au destin, en jetant des êtres humains sur le tapis.

Dans le salon d'essayage, Quétigny-Lamblais est assis les jambes croisées. La responsable du salon, une respectable dame, col de dentelle, binocles et cheveux blancs coiffés en bandeaux, l'a respectueusement débarrassé de son képi. Elle se souvient d'avoir vécu des scènes semblables, il y a peu de temps. À l'époque, les officiers qui assistaient à la séance d'essayage de leurs protégées étaient vêtus d'uniformes *feldgrau*. Depuis lors, quelques-unes des petites protégées ont été tondues par la foule... La dame respectable n'a pas d'état d'âme. C'est le commerce, c'est la vie.

Marthe évolue devant Quétigny-Lamblais. Chaque mouvement de la jeune fille le confirme : elle est *royale*. Sa gaucherie, ses maladresses ne comptent pas. On les oublie au profit de son élégance naturelle.

Tout d'abord, Marthe a semblé embarrassée. Quétigny-Lamblais allait assister à la séance. Mais il l'a rassurée d'un sourire, et la caution de l'habilleuse aux cheveux blancs a achevé de la tranquilliser. Il ne s'agit que de passer une robe dans une cabine, et d'évoluer ensuite devant une glace, en présence du lieutenant-colonel. Marthe n'a pas tardé à prendre goût à cet exercice. Être observée, sentir sur soi un regard critique mais chaleureux et bientôt admiratif, ne peut que plaire à une femme.

— Marthe... Laissez cette robe vivre sur vous ! Elle vous va très bien... Il faudrait juste remonter l'ourlet d'un centimètre ou deux... Non, un centimètre et demi suffira, n'est-ce pas, madame ?

— Je dirai un centimètre et demi, moi aussi, confirme la dame aux bandeaux. Vous avez l'œil, mon général !

— Appelez-moi colonel, ça suffira, chère madame. Si nous prenions celle-là, il faudrait nous remonter l'ourlet immédiatement : c'est pour ce soir.

— Ce soir ? Mais c'est impossible ! Il faut huit jours pour les retouches, et en ce moment je n'ai pas toute mon équipe...

Les yeux de Quétigny-Lamblais lancent des éclairs.

— Maintenant.

— Pardon, colonel ?

— Maintenant. Mademoiselle va ôter cette robe, et vous allez la donner *maintenant* à raccourcir à une de vos retoucheuses. Ou vous la retoucherez vous-même. J'enverrai mon ordonnance la chercher dans... deux heures. Je vous accorde deux heures, pas une minute de plus.

La dame aux bandeaux blancs à un haut-le-corps. Elle règne sur son service d'une main de fer. Avec la clientèle, elle est aimable, voire obséquieuse, mais elle ne s'est jamais laissé dicter sa conduite.

— Mais, monsieur, il n'en est pas question !

— Madame, c'est un ordre.

Sous les yeux étonnés de Marthe, Quétigny-Lamblais s'est instantanément métamorphosé en officier pète-sec. Debout, très droit, la bouche dure, il fixe la dame aux bandeaux d'un œil féroce.

— Madame, quand en Cyrénaïque on m'a dit de prendre Ouafr El-Kasr coûte que coûte, j'ai eu deux cent vingt-sept tués en trois heures, mais j'ai enlevé la position... Alors vous allez me refaire cet ourlet immédiatement !

Que répondre à un tel discours ? Elle capitule.

— Bien, je ferai de mon mieux, colonel.

— Je n'en doute pas. À présent, montrez-nous votre lingerie... Pendant ce temps, j'irai griller une cigarette. Et faites monter des foulards, et une dizaine de paires de chaussures différentes, assorties à cette robe ; elle les essayera à mon retour.

— Mais, colonel, ceci est un salon d'essayage d'articles de confection... Pour la chaussure et la lingerie, il existe d'autres rayons.

— Madame, je...

— Bien, bien, mon colonel, ne vous mettez pas en colère...

19

À la nuit tombée, la Jeep conduite par Mahdouf se range devant un hôtel particulier du Marais. Un haut mur, un portail monumental orné d'un blason... Au dernier moment, une crainte irraisonnée envahit

Marthe. Elle va trébucher sur ses hauts talons. Elle va s'étaler devant les invités, on va se moquer d'elle. Elle entend déjà les rires et les commentaires méprisants... Son orgueil se révolte à cette idée. Un tel abîme social la sépare des élégantes silhouettes qui convergent, elles aussi, vers l'hôtel particulier. Elle ne supporterait pas qu'on le lui fasse sentir.

— Donnez-moi la main, Marthe. Vous ne trébucherez pas, j'en suis certain.

Elle se tourne vers son mentor. Il est souriant, serein. Il lui a exposé quelques règles simples à l'usage des femmes peu accoutumées à évoluer dans le monde. Si elle les observe, il ne peut rien lui arriver de fâcheux. Elle les passe désespérément en revue : sourire fugitivement, parler peu, écouter surtout, en regardant son interlocuteur avec un intérêt marqué. Laisser les autres se découvrir, s'exhiber, faire la roue : qu'ils prennent à leur compte tous les frais de la conversation et de la rencontre... Se contenter d'être, puisque c'est là sa force : être, être plus que tous les autres, dont l'existence n'est pas un miracle.

Quétigny-Lamblais a deviné son trouble, sa peur de tous ces gens plus riches qu'elle, plus cultivés qu'elle. En cet instant, toute la misère Tourasse pèse sur la poitrine de Marthe et l'oppresse.

— Venez, Marthe, lui souffle-t-il. Vous avez ce que tout l'argent du monde ne leur procurera jamais...

Avec douceur, il saisit son poignet et l'entraîne sous un haut porche sonore. Les hauts talons claquent sur le pavé qui a vu passer naguère les carrosses des rois et des favorites.

— Alphonse-Aimé ! Quelle joie de vous voir !

Le couple qui les précède se retourne vers eux.

— Edmond ! Lauraine ! Vous êtes donc à Paris ?

— Depuis peu... Nous arrivons de New York, c'est notre première sortie...

L'homme est petit et rond dans son smoking. Il a des cheveux blancs coupés très court. La femme, beaucoup plus jeune, est aussi beaucoup plus grande que lui. Très longues jambes, profil aquilin, robe et étole de soie, elle a énormément d'allure.

— C'est comme moi...

— Vous arrivez d'Autriche ? Comment était Berchtesgaden ?

— Ne m'en parlez pas, je n'ai rien vu ! Je pantoufle au ministère depuis des mois. À moi la paperasse, aux autres la gloire...

— Vous en avez assez fait... Mais vous devriez nous présenter cette jeune femme.

— Bien volontiers...

Quétigny-Lamblais fait de rapides présentations : Edmond et Lauraine ; lui, administrateur civil, a négocié d'importants contrats aux États-Unis. Il est un de ceux qui ont assuré l'intendance de la France libre. Elle, lasse de poser pour les magazines de mode, s'occupe depuis la Libération de promouvoir de grands couturiers et parfumeurs français à New York. Pour présenter Marthe, le lieutenant-colonel demeure dans le flou : Marthe, une amie.

La beauté de la jeune fille n'a pas échappé aux Gambier-Heurtise. C'est la femme, Lauraine, qui la contemple et lui sourit avec le plus d'intérêt...

— Mes compliments, Alphonse-Aimé, elle est ravissante... Quant à vous, jeune fille, prenez garde, Alphonse-Aimé est un bourreau des cœurs.

Comment peut-on rougir, et garder en même temps un parfait naturel ? Marthe accomplit ce tour de force, que Quétigny-Lamblais apprécie en silence.

— Il ne sera pas le bourreau du mien, assure-t-elle d'une voix ferme.

— Voilà une jeune personne qui sait ce qu'elle veut ! s'exclame Lauraine Gambier-Heurtise.

— Et malheureusement, ce n'est pas moi qu'elle veut, confirme Quétigny-Lamblais avec une grimace comique. C'est un de mes amis, un garçon magnifique, hélas...

— Heureux mortel ! répond Lauraine sans cesser de dévisager Marthe.

La jeune fille cille sous ce regard insistant, à la fois scrutateur et affamé.

— Tiens, ne dirait-on pas Irène Delobet? dit à mi-voix Edmond Gambier-Heurtise.

Les yeux se tournent dans la direction qu'il indique. Une silhouette élégante, légèrement empâtée, vient d'apparaître sous le porche.

— Tailleur Poiret, talons vertigineux, nuage de Chanel 5, c'est bien elle! chuchote Lauraine. La croupe est un peu lourde, mais la carnation superbe! Je me demande qui lui tient lieu de chevalier servant, depuis que son mari est au fort de Romainville...

— Quartier des condamnés à mort, confirme Edmond. Son recours a toute chance d'être rejeté: il s'est trop mouillé. Ah, voilà le chevalier servant... Qui est-ce?

— Xavier Courteret, l'informe Quétigny-Lamblais.

— Cet impuissant? Choix judicieux ainsi, on ne peut pas soupçonner Irène de s'envoyer en l'air pendant qu'on fusille son mari, dit Lauraine. Que vient-elle faire ici? Elle sort un peu tôt dans le monde, pour une future veuve de collabo...

— Sans doute vient-elle chercher de l'aide...

— Ici? Mais la moitié des invités pourrait remplacer son mari face au peloton d'exécution, il n'y aurait pas d'injustice...

— Lauraine, voyons!

— J'exagère?

— Non. Mais tu parles trop fort.

20

— Hello, vous tous!

En arrivant à la hauteur du petit groupe, les nouveaux venus saluent. Marthe discerne dans la voix d'Irène Delobet une angoisse à peine contenue, sous l'apparente familiarité. Les compagnons de Marthe réagissent chacun à leur manière au salut d'Irène. Les Gambier-Heurtise y répondent avec une courtoisie un peu lointaine. Ils ne souhaitent pas qu'Irène s'attarde auprès d'eux... La France, Paris, et le Tout-Paris, sont encore partagés entre « ceux qui se sont mal conduits » et les autres. Les autres, du moins certains d'entre eux, sont en train de payer les pots cassés. Ce n'est que justice, mais les Gambier-Heurtise, du bon côté de la barrière, n'ont pas l'intention de se commettre avec l'épouse d'un Delobet...

Quétigny-Lamblais, lui, se fout du qu'en-dira-t-on. Sa nature généreuse l'incite à afficher son amitié pour Irène Delobet.

— Irène, ma chérie, comme tu es belle !

— Vil flagorneur !

— Que je meure sur place si je mens !...

Les Gambier-Heurtise s'éclipsent. Alors Quétigny-Lamblais embrasse la réprouvée et serre la main de Xavier Courteret. Indépendamment de sa piètre réputation d'amant, Courteret a prouvé pendant l'occupation qu'il a des *cojones* en s'engageant dans la Résistance. Aujourd'hui, médaillé, sous-secrétaire d'État dans le gouvernement de Gaulle, il est la caution d'une femme désireuse de sauver son mari du peloton. Cependant, malgré Courteret, malgré les nombreuses et brillantes relations du couple Delobet, rien n'est joué. Delobet ne s'est pas contenté de vendre des matières premières aux Allemands. Il a aussi livré des êtres humains. Il risque de le payer de sa vie.

— Comment va Philippe ? Il garde le moral ?

Le regard d'Irène Delobet se teinte de reconnaissance. Tant de gens, qui l'ont connu du temps de sa splendeur, se gardent aujourd'hui de prononcer le nom du condamné... Et c'est un héros de l'armée Leclerc, un des rares qui pourraient le mépriser qui prend la peine de s'intéresser à son sort...

— Non, répond-elle à voix basse. Il craque. Il est désespéré.

Elle saisit la main du lieutenant-colonel et la pétrit. Sa voix se fait implorante.

— Toi, tu connais tout le monde... Est-ce que tu pourrais... Oh, je sais, on l'a accusé de crimes horribles, mais ça n'est pas vrai qu'il a donné des gens! Il a seulement fait de l'argent. Comme tout le monde!

— Non, pas comme tout le monde, dit Quétigny-Lamblais d'une voix très douce, sans retirer sa main, les petits soldats morts en Afrique ou en Alsace n'en ont pas fait, eux.

— C'est vrai, je dis des sottises, excuse-moi, balbutie Irène Delobet. Mais sa grâce est sur le bureau de De Gaulle! Tu ne peux rien tenter pour lui? Intervenir, faire intervenir quelqu'un, je ne sais pas... Vous jouiez au bridge, tu te souviens, à Deauville?

— Oui, je m'en souviens.

— Alors tu interviendras, dis? Tu les connais tous, les nouveaux maîtres, ceux qui décident de la vie, de la mort!

Quétigny-Lamblais ouvre la bouche pour dire à cette femme au bord des larmes qu'il a déjà rencontré de Gaulle, et Leclerc, et Chaban, d'autres encore, mais que sa voix ne serait d'aucun poids en la matière. Une condamnation à mort pour haute trahison, ça ne s'arrange pas comme un procès-verbal pour excès de vitesse. Et puis, est-ce que la peau de Philippe Delobet vaut qu'on se décarcasse pour le sauver? Il a trafiqué. Il a dénoncé. Et puis il a racheté pour une bouchée de pain les biens de ceux qu'il avait dénoncés. Et avec le bénéfice de ces opérations, il a mené la grande vie, comme avant la guerre. Il a continué à offrir à Irène les dessous de soie, les robes de grands couturiers, les parfums dont elle ne peut se passer... Tout compte fait, elle se conduit plutôt bien, Irène. Il ne l'aurait pas imaginée en épouse dévouée, acharnée à sauver son homme... Il surprend dans son regard un éclat presque fou. Est-ce qu'elle aime Delobet à ce point? Ou bien est-ce qu'elle s'est prise à cette tentative de sauvetage désespérée comme à un jeu? En lui, le joueur s'intéresse tout à coup à Irène. Que peut-il se passer dans une tête de femme du monde?

— Tu essayeras, dis?

— Oui, oui, j'essayerai, je te promets...

— Tu es un chic type, Alphonse. Je ne sais pas comment te remercier...

Gêné, il se tourne vers Courteret.

— Les tickets de rationnement, il y en a encore pour longtemps ?

— Hélas ! Les Boches nous ont laissés exsangues. Une nuée de sauterelles ! Il n'y a plus rien... Seule une aide des Américains pourrait nous permettre d'abréger cette période critique.

— Et ça se dessine ?

— Ça... Truman ne m'a rien dit. En tout cas, ce soir, pas question de rationnement, les La Jonquières ont toujours su recevoir.

— Eh ! Cinq cents hectares en Périgord, ça facilite l'approvisionnement. Je suis curieux de savoir si leur foie gras sera aussi bon qu'avant.

— Moi aussi. Après vous, cher Grand Français Libre !

— Je n'en ferai rien, cher Grand Résistant de l'Intérieur !

21

Pour sa première sortie dans le monde (elle est d'ailleurs persuadée que c'est aussi la dernière) Marthe n'aurait pu souhaiter meilleur parrain que Quétigny-Lamblais. Tous l'accueillent avec effusion. Cette popularité ne s'adresse pas seulement au soldat. Toute société a son favori, celui qui cumule toutes les sympathies, toutes les amitiés, qui correspond le mieux aux valeurs reconnues par le groupe. Apparemment, dans ce monde-là, qui semble à Marthe être le « grand monde », c'est le cas d'Alphonse-Aimé de Quétigny-Lamblais. Il est brillant, il est héroïque, il est charmeur, il est désinvolte... Et aussi, il est probablement très riche, se dit la petite bougnate. Ce dernier critère doit être obligatoire, elle le devine. Car tous ceux qu'elle rencontre, et qui multiplient à l'endroit du lieutenant-colonel les marques les plus ostensibles d'estime et d'amitié, ont l'air d'être riches. « Riche », pour Marthe, c'est à la fois très précis et très flou. Elle serait incapable de mettre un chiffre sur cet adjectif. « Riche », pour elle, ça veut surtout dire différent de son père. Ça veut dire bien habillé, dans des vêtements d'apparence coûteuse, et neufs mais sans avoir l'air neuf. Ça veut dire à l'aise dans sa peau, peu soucieux du cours de la barrique de Saint-Pourcin, indifférent au prix de la tonne de charbon ou du quintal de ligot, ignorant tout des tickets de rationnement à coller jusqu'à la nausée.

L'image de Rodolphe Laufer vient se superposer à celle de Quétigny-Lamblais. Image sombre. C'est son visage penché sur elle, l'autre nuit, dans la pénombre de la minuscule chambre d'hôtel qui a abrité leur première étreinte. Deux yeux de feu, une bouche gourmande, insatiable…

Instantanément, une onde de chaleur irradie le ventre de Marthe, un sourire éclaire son visage. Une certitude confiante l'envahit : Quétigny-Lamblais l'étonne, tous ces gens riches la fascinent, mais un seul être compte pour elle. C'est ce colosse blond à l'accent insistant, ce sous-off vêtu de grossière toile militaire. Il a beau bouler les mots et rouler des épaules, il est infiniment plus séduisant que tous ces hommes du monde qui tutoient Quétigny-Lamblais et qui la dévisagent avec avidité.

— Je dois avoir beaucoup de talent, pour que quelques mots de moi vous inspirent ce sourire-là !

C'est un écrivain à la mode, un ami de Quétigny-Lamblais. Il rentre de Yougoslavie, où il était correspondant de guerre. Il se tient devant Marthe comme un matador face au taureau. Il n'est pas laid, il parle merveilleusement, il porte bien l'uniforme fantaisie qu'il s'est bricolé à partir de pièces d'équipement réglementaires et de colifichets Hermès. Mais à côté de Rodolphe Laufer, il est ridicule. Comment le lui dire ? Elle se contente de sourire à nouveau. Il prend ce sourire pour lui, alors qu'il s'adresse au fantôme de Laufer. Elle donne à Quétigny-Lamblais un petit coup de pied dans la cheville. Il comprend le message : « Sortez-moi de ce mauvais pas ! » Et Quétigny-Lamblais, en génie salvateur, assène à l'écrivain un « À plus tard, cher grand homme » cordial et irrévocable, tout en entraînant Marthe.

L'hôtel particulier appartient aux La Jonquières. Une famille aussi vieille que la France. Quétigny-Lamblais parle à Marthe de leur hôte. Jean-Auguste de La Jonquières est « un de ses vieux complices ». Ils étaient ensemble à l'École alsacienne, puis à Henri-IV. Ils sont copains comme cochons. La famille a tiré son épingle du jeu de la guerre. Pendant que Jean-Auguste, l'aîné, gérait les biens du clan, ses frères donnaient à chacun des camps en présence les garanties indispensables : Mathias à Londres, au Comité de soutien de la France libre, et Bernard-Paul dans la franc-garde de la Milice.

— Je me suis toujours mieux entendu avec Bernard-Paul, le fasciste, qu'avec Mathias, confie Quétigny à Marthe. Aujourd'hui, sa tête est mise à prix. Les La Jonquières ont des cousins en Espagne. Bernard-Paul en sera quitte pour passer quelques années en Andalousie. Il raffole des brunes un peu lourdes... Ah ! Je viens de voir passer un des hommes les plus puissants de Paris. Venez, je vais vous le montrer. De loin, parce qu'il est vraiment infréquentable...

— Pourtant il est reçu ici ?

— Oui, enfin, il est infréquentable si on peut se passer de le fréquenter. Peu de personnes peuvent s'en passer. Vous allez voir un très curieux spécimen d'humanité...

22

Quétigny-Lamblais se fraie un chemin à travers une cohue de robes du soir et de smokings, entraînant Marthe à sa suite.

Au passage, la jeune fille saisit des bribes de conversation. On parle politique, arts, mode, mais aussi on colporte des histoires drôles, des ragots, sur un ton dont Marthe pressent qu'il est le premier signe de la différence qui existe entre elle-même et les siens et tous ces gens : légèreté, désinvolture. Les Tourasse, eux, sont lourds et empruntés. Elle doit s'alléger elle aussi. Un doute la saisit : à quoi bon ? À quoi bon tenter de s'alléger, de s'affranchir de cette pesanteur de l'être et des manières ? Si c'est pour trôner pendant quarante ans derrière une caisse de brasserie, vérifier des additions, distinguer les faux billets des vrais et rendre la monnaie sans se tromper, à quoi bon ? Marthe n'a pas de réponse à ces questions. Elle n'est sûre que d'une chose : elle veut ressembler à ces gens et non à ses parents. Il y a une seconde chose dont elle est sûre : elle n'envisage pas son destin sans Rodolphe Laufer.

— Ah, le voilà... Venez derrière l'oranger. Ça nous fera un observatoire idéal. Regardez ce gros homme chauve, là, en conversation avec Irène Delobet. Il n'a l'air de rien, hein ? Eh bien, il pèse des milliards. Personne ne sait exactement combien.

Marthe reconnaît Irène Delobet, à la limite de l'embonpoint dans son tailleur de chez Poiret. Et face à elle, l'homme qui l'écoute parler, le visage fermé, les yeux mi-clos, les paupières lourdes comme celles d'un caïman s'approchant d'une proie, elle se refuse d'abord à le reconnaître. Pourtant il est de son sang, il l'a fait danser sur ses genoux quand elle était enfant, il lui a offert, un soir de Noël, un arlequin de tissu qu'elle a beaucoup aimé. Et deux jours plus tôt, il a violé son intimité de femme. Cet homme, c'est son oncle Robert. La dernière personne qu'elle aurait imaginée *ici*. Ici, dans l'hôtel particulier des La Jonquières, symbole de l'argent « élégant », légitime...

Mais Robert, c'est tout le contraire, c'est l'argent neuf, sale, vulgaire! Et d'ailleurs, Robert est-il riche à ce point? L'occupation et le marché noir lui ont réussi, mais Marthe ne parvient pas à trouver de commune mesure entre ce qu'elle suppose de la fortune des La Jonquières, ou des Gambier-Heurtise, et celle de son oncle. Pourtant Quétigny-Lamblais lui affirme qu'il pèse plus lourd que ces nobles et ces grands bourgeois, lui, l'Auvergnat sordide, avec sa crasse et son eczéma!

— Voilà: Robert Furet. La limonade à Paris, c'est lui. La limonade au sens large, hein. Vous imaginez ça? Cet homme abreuve Paris et sa banlieue. Sur chaque bock, sur chaque café crème, sur chaque calva, sur chaque verre de rouge au comptoir ou dans un dîner, il perçoit sa dîme. Il règne sur un véritable empire: l'empire de la soif. Et il s'en est emparé en quelques années... En 39 il n'était qu'un petit distributeur. Et puis, il a su y faire. Avec l'arrivée des Allemands, des opportunités se sont offertes à lui, et il les a saisies. La guerre commerciale, c'est comme la vraie guerre: impitoyable. À la vraie guerre, on édicte des lois, des règles, des conventions, mais en réalité on fait ce qu'on veut: et que je te mitraille des civils, et que je te coule des paquebots, et que je te bombarde des hôpitaux, et que je te massacre des prisonniers... Eh bien, dans le commerce, c'est pareil. Tous les moyens sont bons. Il a trafiqué avec tout le monde, il a trompé tout le monde, les Allemands comme les autres. Il a littéralement assassiné ses concurrents, et il a gagné. Le voilà au sommet.

— Mais s'il a trafiqué, pourquoi on ne lui demande pas des comptes, comme au mari d'Irène Delobet?

— Philippe Delobet n'était qu'une canaille de troisième rang. Il a fait beaucoup d'argent, mais à côté de Furet, c'est une misère. De plus, Delobet était maladroit. La preuve, il va mourir. Tandis que Furet va vivre et continuer à jouir du fruit de ses rapines... À partir d'un certain chiffre, on est intouchable. On peut « toucher » tout le monde, et rester intouchable. Je ne serais pas étonné qu'il jouisse, en prime, du beau corps d'Irène Delobet! Elle lui a sans doute demandé la même chose qu'à moi, et quand une femme a besoin de lui...

Marthe ne peut réprimer un frisson de dégoût. Sur ce dernier point, elle est parfaitement informée.

— Comment savez-vous tout ça? Vous faites la guerre depuis quatre ans. La guerre et rien que la guerre.

Il sourit.

— Ce sont les simples soldats qui font la guerre et rien que la guerre. Un officier, en dehors de ses séjours au front, continue à mener une vie normale, mondaine. Il garde ses parents, ses amis, ses relations d'affaires. Ma famille a des intérêts dans le commerce du vin et des spiritueux... Nous possédons quelques vignes. C'est ainsi que j'ai été amené à entendre parler de ce personnage, autrement très discret, vous pensez bien!... Mais je crains de vous ennuyer avec tout ça.

— Pas du tout... Ça m'intéresse!

— Vraiment? Oh, je... J'aperçois là-bas une jeune personne à qui j'aurais un mot à dire. Me permettez-vous de...

— Ne vous gênez pas pour moi, mais... ne m'abandonnez pas trop longtemps, je ne connais personne ici, à part vous, dit-elle en lorgnant du côté de son oncle Robert, dont l'œil se fait impénétrable. Irène Delobet l'entretient sans doute de son mari condamné à mort.

— Ah mais, voilà un jeune homme qui ne demandera pas mieux que de vous tenir compagnie en mon absence! dit Quétigny-Lamblais en faisant signe à un éphèbe en uniforme d'aviateur qui passe à proximité.

— Laurent! Laurent Hennebeau, venez! Je vais vous présenter mon amie Marthe...

23

Marthe se passerait volontiers du chaperon que lui a trouvé Quétigny-Lamblais. L'aspirant pilote Laurent Hennebeau est parfaitement insipide. D'autre part, la curiosité de Marthe est totalement focalisée sur son oncle et sur Irène Delobet. Elle donnerait n'importe quoi pour entendre ce qu'ils disent. Le souvenir de l'humiliation qu'elle a ressentie quand il l'a touchée la poursuit. Comment se conduit-il avec une femme du monde ? Réserve-t-il ses privautés aux pauvresses de sa famille, ou bien en fait-il bénéficier toute femme en état d'infériorité ? Robert Furet n'a pas encore aperçu sa nièce. En se faufilant prudemment le long de la rangée d'orangers en bacs qui orne l'immense balcon, Marthe aurait une chance de s'approcher assez du couple pour surprendre leur conversation... Mais elle est clouée sur place par cet aviateur qui lui débite des fadaises. Soudain, la moutarde lui monte au nez. Elle n'est pas une jeune fille de bonne famille, elle. Les mots de la rue lui montent aux lèvres spontanément :

— Si tu me lâchais un peu, coco, ça me ferait des vacances !

— Pardon ?

Laurent Hennebeau doit avoir mal compris... Une amie d'Alphonse-Aimé ne peut s'exprimer de cette manière.

D'un geste décidé, Marthe écarte l'importun abasourdi. Là-bas, l'oncle Robert et Irène Delobet semblent se diriger vers un petit salon délaissé du gros des invités qui s'écrase sur le balcon. Marthe entreprend de les suivre.

Ce petit salon donne sur un couloir réservé au service. Une foule se presse entre l'orangerie et l'entrée du petit salon. Si nombre d'invités préfèrent l'ignorer, plusieurs femmes bien nées ont à cœur de saluer l'épouse du réprouvé.

Ces rencontres retardent le couple. Marthe en profite et gagne du terrain. Elle repère Quétigny-Lamblais en grande conversation avec une ravissante jeune femme blonde, vêtue d'un tailleur vert très chic. Elle craint qu'il ne l'aperçoive et ne la convie à les rejoindre, mais non, sa blonde lui suffit, pour l'instant. Marthe gagne le couloir sans encombre et s'y jette. À droite, une porte. Est-ce bien le petit salon? Elle ouvre, se glisse à l'intérieur au moment où, au bout du couloir, apparaît un laquais en livrée, porteur d'un plateau de coupes de champagne. Le cœur de Marthe bat dans sa poitrine. Elle ignore qu'un extra ne demande jamais rien à un invité, ni ce qu'il fait, ni pourquoi il le fait...

Au moment où elle pénètre dans le salon noyé d'ombre, elle entend la voix de son oncle:

— Entrons là, chère amie, nous serons plus tranquilles pour causer...

Marthe s'assied précipitamment dans un canapé dont le dossier la dérobera à la vue des nouveaux arrivants. Elle ne distinguera même pas leurs silhouettes, mais s'il ne leur prend pas la fantaisie de venir s'asseoir sur ses genoux, elle entendra tout ce qu'ils se diront.

— Vous êtes si bon de m'écouter...

C'est Irène. Sa voix est éperdue, implorante.

— Détrompez-vous.

La voix de l'oncle Robert est sourde, ses intonations bougonnes. Irène Delobet croit à une coquetterie d'homme qui aurait honte de se laisser attendrir.

— Si, si, vous êtes bon, je le sais, je le sens...

— Non.

Cette fois, la voix de Robert Furet est coupante. Face au mur, ou plutôt face à un tableau accroché au mur, mais dont elle ne distingue rien dans la pénombre, Marthe imagine l'inquiétude soudaine d'Irène Delobet. On n'est plus dans la mondanité, ni dans la charité, ni même dans le mensonge charitable.

— Je peux sauver votre mari, reprend Robert Furet. Mais c'est difficile... Je suis comme un haltérophile. Parfois il soulève ses deux cents kilos, parfois il n'y arrive pas. Pourquoi les deux cents kilos restent là par terre ? Personne n'en sait rien. Vous comprenez ?

— Oui, oui...

— Je ne suis pas sûr que vous compreniez vraiment. Si je n'y arrive pas, il ne faudra pas chercher pourquoi votre mari sera fusillé...

— Oui, oui, mais vous êtes si puissant...

— Taratata. C'est difficile. Il s'est salement mouillé, votre mari, couvert de merde ! Ce n'est pas de la petite bière, ce qu'il a fait. Des gens qui veulent sa peau, il y en a des tripotées. Et, pour l'instant, ils ont gagné.

— Pour l'instant, mais...

— Ils ont gagné. Aller contre ça, c'est difficile, très difficile...

En l'écoutant, Marthe retrouve toute la lenteur auvergnate de son oncle. Son art, à force de répétitions têtues, de rendre ce qu'il dit incontournable, incontestable. « Ce qui est difficile est difficile, et ça, là, c'est difficile... » Marthe sait traduire le charabia de son oncle ; ça veut dire : c'est cher.

Quoique éperdue, Irène Delobet n'est pas tombée de la dernière pluie. Elle comprend où son interlocuteur veut en venir.

— Bien entendu, votre intervention ne resterait pas sans... contrepartie.

Là, Robert Furet explose.

— J'espère bien qu'elle ne resterait pas sans contrepartie ! Votre mari, les balles qui doivent le tuer sont déjà dans les chargeurs. Et je vais vous dire : il me faut les contreparties *avant*, parce qu'une chose aussi difficile que ça, ça peut ne pas réussir !

— Allons, parlons clair, murmure Irène Delobet d'une voix brisée, que voulez-vous ?

À nouveau, une sorte de fureur habite la voix de l'oncle Robert. On croirait Raimu en colère. Mais un Raimu tout en âpreté.

— Ce que je veux ? Ce que je veux ? Je vais vous le dire, ce que je veux : je veux le Copernic. Et vous !

24

— Vous êtes fou !

Marthe connaît le Copernic. Un des plus beaux cafés de Paris. Trente mètres de comptoir en acajou. Une situation de rêve en plein boulevard, non loin d'une grande gare, avec deux entrées de métro et deux angles de rues adjacentes au boulevard.

— Qui c'est le fou ? C'est celui qui sera enterré avec l'acte de propriété du Copernic dans sa poche ?

— Mais le Copernic vaut... plusieurs dizaines de millions !

— Eh oui ! Il les valait déjà pour ceux à qui Delobet l'a volé, quand c'était le plus beau magasin de passementerie de Paris...

— Qu'est-ce que vous insinuez ?...

— Volé. Je dis : volé. Volé à des morts ! Où ils sont, les frères Nathan, aujourd'hui ? C'est bien à eux que ça appartenait, La Toile d'or, avant de devenir le Copernic ?

— Je ne sais pas... J'ignorais tout des affaires de mon mari... Vous ne me croyez pas ?

— Je vous crois ! Seulement je crois aussi que votre mari a protégé une partie de ses biens — des biens qu'il a volés — en faisant passer l'actif d'une société de gestion dont vous êtes la principale actionnaire à travers quelques écrans commodément opaques. Vous ignoriez peut-être tout de ses affaires, mais les vôtres ? Le Copernic n'est jamais apparu dans le patrimoine de votre mari. Eh bien, moi, je le veux !

— Et si les héritiers des frères Nathan le réclament ?

— Il n'y a pas d'héritiers. Un vrai conte de fées, toute la famille y est passée : les adultes, les vieux, les gosses, hop ! tout le monde est parti en fumée !

— Vous êtes ignoble !

— Holà, eh ! Princesse !... Ce n'est pas moi qui

détiens ce bien acquis dans des circonstances « ignobles », c'est *vous* ! Et j'admettrais fort bien que vous vouliez le conserver. Mais alors ne me demandez pas de sauver la peau de Delobet... Et apprêtez-vous à porter son deuil.

Sur ces mots, sans doute Robert Furet fait-il mine de se détourner d'Irène Delobet, car la suite de ses paroles est moins distincte aux oreilles de Marthe.

— C'est à vous de voir. Je veux le Copernic... Et vous toute une nuit. Sans restriction, sans conditions, sans limites.

— Vous êtes...

— Ignoble ? Rassurez-vous, nous ne serons pas seuls... En amour, j'aime la compagnie...

Il se tait. Irène Delobet demeure silencieuse un long, long moment. Enfin, d'une voix blanche, elle lui répond :

— Je ferai ce que vous voudrez.

— Alors prévenez votre notaire. Voici les coordonnées de mon cabinet d'affaires, dit-il en lui tendant un bristol. La cession aura lieu après-demain après-midi. Ensuite, vous passerez la nuit avec moi...

— Mais je n'ai aucune garantie...

— Aucune. Le Copernic et vous, c'est le prix de mon intervention ; pas le prix de son succès éventuel. À prendre ou à laisser.

Marthe n'éprouve pour Irène Delobet aucune sympathie particulière. Cependant sa voix altérée l'émeut. C'est la voix du malheur absolu, la voix du consentement au pire. Marthe se jure qu'elle ne parlera jamais avec cette voix-là. Elle se souvient... Il lui semble sentir en elle l'abominable attouchement. N'a-t-elle pas consenti, elle aussi, et pour un enjeu moins moindre que la vie d'un mari ? Elle se mord les lèvres. De quelle voix a-t-elle dit au revoir à Robert, quand il l'a enfin laissée s'échapper ?

— Faites vite, je vous en supplie... L'exécution est fixée au 20 ! Si le recours en grâce était rejeté...

— Je sais. Approchez-vous.

— Pas ici, voyons !

— Juste un acompte...

De sa cachette, Marthe entend un froissement d'étoffe. Perçoit-elle le bruit d'un ongle qui crisse sur la soie d'un bas, ou est-ce son imagination? Irène Delobet respire plus fort. L'oncle Robert émet un petit ricanement.

— Vous avez la peau douce.

— Après-demain, implore Irène Delobet. Je serai à vous après-demain... Tout ce que vous voudrez, mais sauvez-le!

Sur ces mots, elle parvient à s'arracher à l'étreinte de Furet.

Irène Delobet quitte le petit salon. L'oncle demeure seul dans l'obscurité. Marthe entend son souffle lourd. Il n'a pas l'air pressé de regagner la lumière, de retrouver la foule des invités. À côté du canapé sur lequel Marthe est assise, il y a un lampadaire. Dans la pénombre, elle distingue le gros commutateur électrique qui en commande l'allumage. Irrésistiblement, sa main se tend vers lui. Elle a beau se répéter que c'est inutile et peut-être dangereux, c'est plus fort qu'elle, ses doigts se referment sur l'œuf de bakélite. Cela ne servira à rien, sans doute. Irène Delobet est prise dans la toile d'araignée. Pourtant, quelle tentation! Appuyer sur le commutateur, se dresser, contempler la face de l'oncle, cette créature des ténèbres, surprise en pleine lumière à l'instant même où elle trame ses forfaits!

Marthe n'a pas résisté. Elle a pressé le bouton, et elle s'est levée. Métamorphosée par sa robe chic, avec ses talons qui allongent et affinent encore sa silhouette, méconnaissable sous son maquillage, elle se dresse devant l'oncle et le toise avec mépris.

— Qui êtes-vous?...

Déjà elle s'est détournée de lui, comme on détourne son regard d'un immondice. Sans un mot, elle s'éloigne et disparaît. Bouche bée, le gros homme se gratte le front. A-t-il rêvé? Quel lien peut-il y avoir entre cette apparition sublime et sa petite gourde de nièce? Quand il s'élance, décidé à en avoir le cœur net, elle a disparu dans la foule qui se presse sur le balcon.

25

— Et moi, je dis qu'on n'en tue pas assez ! Allez, hop, au poteau, c'est leur tour !

En vitupérant, la caissière agite à bout de bras un quotidien aux pages froissées.

Il est onze heures et demie. Chez Le Gorin, tout est prêt pour la presse du déjeuner. On corrige le faux pli d'une nappe, on replace un couteau mal disposé. La monnaie a été comptée en prévision du coup de feu et des deux cents couverts par heure. C'est le moment de détente en attendant les premiers clients. On papote en fumant une cigarette, on commente les nouvelles... Aujourd'hui, un grand article dans *Combat* dresse un premier bilan de l'épuration. Face à Mme Simone déchaînée, Gilles, un des chefs de rang, tente en vain de plaider l'amnistie et la réconciliation nationale. Il avait un cousin au SOL. Il ne s'en vante pas mais il professe des opinions modérées en matière d'épuration.

— Après tout le mal qu'ils nous ont fait, ces salauds-là !...

Gilles se rebiffe, pour une fois. Il en a assez d'entendre la caissière bouffer du collabo alors que pendant toute l'occupation, elle s'est fait de belles soirées dans une brasserie avec les pourboires des officiers nazis.

— Quel mal ils vous ont fait, à vous ?

— Comment ça, quel mal ? Ils m'ont fait le mal qu'ils ont fait à la France, monsieur ! Ni plus ni moins. Seulement pour comprendre ça, faut être patriote, monsieur !

— Ah, voilà les grands mots !

— Parfaitement !

Le chef de rang préfère ne pas insister. Il disparaît en direction des cuisines. Mme Simone prend Marthe à témoin de sa victoire.

— Vous avez vu ça, mon petit, comment je lui ai rivé son clou? Y en a qui sont prêts à passer l'éponge... Moi, je dis non! Les collabos au poteau! On en a encore fusillé une demi-douzaine à Romainville, hier matin, c'est écrit dans le journal. Vous me direz, une demi-douzaine, ça n'est pas encore assez... Mais c'est toujours ça: six salopards de moins!

— On les connaît? Je peux regarder? demande Marthe, elle aussi désœuvrée.

— Non, c'est pas des noms connus... Attendez, André, Delobet, Lelong...

— Delobet? Je peux voir?

— Delobet... Pourquoi? Vous le connaissiez?

— Non, non... J'ai rencontré sa femme, une fois!

— La femme de ce Delobet-là? Vous êtes sûre?

— Ben oui, parce que... Enfin, il avait des ennuis, quoi.

— Ah ça, pour des ennuis... Douze balles dans la peau. Qu'est-ce qu'il avait donc fait?

— Je ne sais pas au juste. Des trafics, des choses... Je peux voir?

— Tenez vérifiez: Delobet, là, deuxième paragraphe! «André, Delobet, Lelong... ont été exécutés hier matin au fort de Romainville...»

Marthe prend le journal que lui tend Mme Simone. Le nom de Delobet y est mentionné. Elle ne peut en détacher son regard. Enfin, sans lire le reste de l'article, elle restitue le journal à sa propriétaire.

— Ça fait drôle, quand on connaît les gens...

Elle se tait. Elle songe à Irène Delobet, à son oncle, au chantage par lequel il lui a extorqué le Copernic, que Delobet avait lui-même volé aux frères Nathan. Elle songe à l'autre clause. Irène Delobet s'est-elle donnée en vain à lui et à ses compagnons d'orgie? Elle voudrait le savoir. Elle voudrait savoir s'il a réellement tenté de faire gracier Delobet... Mais la grâce était entre les mains de De Gaulle! Un Robert Furet n'a aucun pouvoir sur un chef d'État... Encore moins sur celui-là. Peut-être sur ses conseillers? Comment savoir? Quétigny-Lamblais pourrait se renseigner. Elle le voit ce soir. Elle le lui demandera. Ils se voient souvent. Il lui dit en riant : « Je vais faire de vous une vraie dame... » Au début, elle riait, aussi. Elle n'y croyait pas. Elle, Marthe Tourasse, devenir une « dame », alors qu'elle a des cals aux mains à force d'avoir porté des seaux de charbon, et que ses vêtements sentent encore la vinasse du bougnat ? Mais elle ne rit plus. Il ne plaisantait pas quand il a dit ça. Il lui apprend des tas de choses. Doucement, patiemment. À s'habiller, à se coiffer, à se maquiller. Il en sait plus long sur les poudres et les fards, les *eye-liners* et les *blushes* que beaucoup de femmes. Pourquoi il prend la peine de dégrossir une petite prolétaire qu'il ne baise même pas ?... Elle a cru un moment que c'était ce qu'il voulait. Elle lui a même dit qu'il perdait son temps, qu'elle ne pensait qu'à Rodolphe. Ah oui ! Elle a écrit à Rodolphe, et il lui a répondu d'Autriche. Ces lettres, elle les garde sur son cœur. Elle se les relit dès qu'elle est toute seule, sur le lit le camp que Louis installe pour elle dans un coin de son boui-boui, chaque soir après la fermeture...

— Je sais, lui a dit Quétigny-Lamblais. Vous aimez Rodolphe. Rassurez-vous : vous êtes une des plus belles femmes que j'aie jamais rencontrées, mais je ne vous demande rien. Je veux seulement vous aider à faire éclore votre beauté. Je suis un jardinier. À Lamblais, nous avons des roseraies sublimes. J'y ai passé des saisons entières, à les tailler, à les soigner. Vous, vous êtes encore en bourgeon, mais vous deviendrez une rose magnifique...

26

Il lui a offert une pleine valise de cosmétiques. Elle en fait profiter Sonia, laquelle n'en croit pas ses yeux et presse son amie de se faire épouser. Marthe a beau lui répéter sur tous les tons qu'il n'y a rien entre elle et Quétigny-Lamblais, que c'est Rodolphe qu'elle aime, Sonia revient inlassablement à la charge. Le prince charmant, c'est Quétigny-Lamblais.

— Il te ferait une existence de reine... Il est riche, cultivé, il a des relations... Laufer, dans dix ans, il travaillera dans un garage, il aura du cambouis sous les ongles, de la bedaine. Il boira sec, et il ne s'intéressera qu'au tour de France. Il te donnera une claque sur les fesses en t'envoyant chercher le journal et la bière...

— Tu te trompes ; il a une lumière dans les yeux. Il a un destin. Et moi, je l'aiderai à le réaliser !

— Je te le souhaite, chérie. Mais moi, à ta place...

— Mais si Alphonse-Aimé te plaît tant que ça, n'hésite pas ! Au fait, et Ryan ? Il ne te plaît plus, Ryan ?

Sonia baisse la tête.

— Son régiment part en Allemagne... Troupes d'occupation. La belle vie pour les GI's. Là-bas, les filles sont prêtes à tout pour un paquet de clopes. Il va m'oublier.

— Alors, si Alphonse-Aimé t'inspire, ne te gêne pas !

Sonia a une moue désabusée.

— Tu m'as regardée ?

— Oui, je t'ai regardée. Tu es très bien. Tu as des seins superbes, et...

— Oh ça, je sais que je n'aurais pas loin à aller dans la rue pour trouver un type disposé à me sauter... Mais toi, c'est autre chose, tu les fascines...

Quétigny-Lamblais ne se contente pas de conseiller Marthe sur sa toilette et son maquillage. Il lui fait lire des romans, il l'emmène au théâtre, au cinéma, aux courses. Il la présente à des gens. Ceux-ci, pour l'instant, la situent sans peine dans l'échelle sociale : au-dessous d'eux. Pourtant, sa beauté et sa retenue intelligente font impression. Flattée, intimidée, mais consciente qu'elle accède à une autre vie, elle se laisse faire.

Tout l'après-midi, en refaisant les comptes avec Mme Simone, Marthe songe à ce Delobet qu'elle n'a jamais vu, et qu'on a fusillé ce matin. C'est surtout l'image d'Irène Delobet qui lui apparaît. Elle ne ressent pas de pitié. Delobet était une ordure. Quant au chagrin d'Irène, Marthe ne s'y attarde pas. Elle a le cœur dur. Ce qu'elle ressent en réalité, c'est une immense curiosité, doublée d'une haine et d'un mépris croissants pour son oncle. Elle imagine Irène Delobet soumise aux caprices sexuels de Robert Furet, pour rien puisque Delobet a finalement été fusillé. Elle se remémore la façade flambant neuve du Copernic qui appartient à son oncle à présent. Irène Delobet a été grugée, dépossédée, souillée. Marthe se sent solidaire de cette femme.

En fin d'après-midi, elle retrouve Quétigny-Lamblais dans un salon de thé près de la Madeleine. Une question lui brûle les lèvres. À peine lui a-t-il baisé la main — ce geste auquel elle est maintenant habituée la gênait terriblement au début — qu'elle en arrive au sujet qui l'obsède.

— Vous êtes au courant, pour Delobet ?

— Oui. Il ne l'avait pas volé...

— Vous êtes intervenu en sa faveur ?

— Sans grande conviction, je l'avoue... Mais je l'avais promis à Irène. J'ai tenté de parler à un proche du général de Gaulle, de Boissieu. Il n'y avait rien à espérer.

Toute à son obsession, elle lui coupe la parole :

— Alphonse, j'ai envie... J'ai besoin de savoir quelque chose...

— Quoi donc ?

— Si la brasserie Copernic a changé de mains ces jours-ci...

— Pourquoi ?

Elle hésite. Comment dévoiler à ce chevalier d'un autre âge l'ignominie de l'oncle Robert ? Elle ne lui a même pas révélé que cet homme qu'il lui a présenté comme un des maîtres occultes de Paris est son oncle.

— Je vous le dirai peut-être, après... Si vous pouvez me renseigner !

— Oh, je dois pouvoir ; ma famille a des intérêts

dans le négoce du vin... Mais à présent écoutez-moi. J'ai une grande nouvelle à vous annoncer : Rodolphe est libérable. Il sera de retour dans quelques jours...

Le cœur de Marthe bat à éclater, dans sa poitrine. En un clin d'œil, l'affaire Delobet-Furet est oubliée.

— Enfin !

Quétigny-Lamblais ne peut réprimer un sourire. Quelques mois seulement se sont écoulés depuis la première, la seule rencontre entre les deux jeunes gens.

— Si vous l'aviez rencontré en 41, à son départ pour le front russe, le temps vous aurait paru autrement long...

L'incroyable équipée de Rodolphe, telle que Quétigny-Lamblais la lui raconte, lui donne la stature d'un héros, d'un surhomme indestructible. Alsacien, le jeune Rodolphe Laufer a été enrôlé de force dans la Wehrmacht dans les premiers mois de 1941. À dix-huit ans, il a participé sous l'uniforme allemand à l'invasion de la Russie. En 1943, il a été fait prisonnier par les Russes lors du désastre de Stalingrad. Au lieu de croupir — et de mourir — dans un camp de prisonniers de guerre allemands en Russie, il a eu la chance d'être expédié en Afrique du Nord en même temps que quelques milliers d'Alsaciens, grâce à un accord signé entre de Gaulle et Staline. Incorporé à la 2e DB de Leclerc, il a terminé en héros de la France libre une guerre qu'il avait commencée en héros de l'armée allemande. Sa conduite au feu contre les Russes lui a valu la croix de fer. Plus tard, la médaille militaire et la croix de guerre bien françaises sont venues s'y ajouter, ou plutôt s'y substituer, car Quétigny-Lamblais lui a formellement conseillé d'oublier à jamais ses états de service « de l'autre côté »...

— Alors cette fois, ça y est, il va retrouver la vie civile ? On ne va pas le rappeler au dernier moment ?

— C'est hors de question, à moins qu'il ne le fasse vraiment exprès... C'est un moment délicat pour lui. Que va-t-il faire ? Il a vingt-deux ans, et il ne connaît que la guerre...

— Ne vous inquiétez pas, Alphonse ; je vais le prendre en main, moi !

— Je l'espère. Allez, on sort. Je vous emmène au théâtre. Quand il sera là, je vous verrai moins souvent, alors il faut que j'en profite.

— Nous resterons amis ?

— Bien sûr !

27

4 décembre 1945. Il fait froid, il fait gris. L'hiver de la victoire est aussi rigoureux que les précédents, et le rationnement en combustible n'a pas été aboli. Dans la salle des mariages de la mairie du 12e arrondissement, le public est trop peu nombreux pour réchauffer l'atmosphère. L'haleine de l'adjoint au maire s'élève dans l'air glacé comme la fumée d'une locomotive.

— Marthe Tourasse, acceptez-vous de prendre pour époux Rodolphe Laufer...

— Oui, oui, oui !...

Elle ne le dit qu'une fois, en réalité, mais il semble entendre sa propre voix répéter ce oui en écho, à l'infini... Elle est heureuse, comme tous les jours depuis le retour de Rodolphe. Il est là, à ses côtés, dans le magnifique complet neuf que lui a procuré Quétigny-Lamblais. C'est le plus beau jour de sa vie : celui de son mariage avec l'homme qu'elle aime. Ils sont tous deux éblouissants de jeunesse et de grâce, et pauvres comme Job. Ils ne possèdent que ce qu'ils ont sur le dos : ces vêtements d'excellente qualité qu'ils doivent l'un et l'autre à la générosité de l'ami Quétigny-Lamblais. Il est là, Alphonse-Aimé, superbe dans son uniforme de lieutenant-colonel, inondé d'eau de Cologne, la moustache frisée au petit fer, un sourire à la fois chaleureux et narquois aux lèvres. Sonia Minza est là aussi, bien entendu, et Louis également.

Les vrais amis. En sortant de la mairie, ils déjeuneront dans un restaurant. Ce sera princier. C'est Quétigny-Lamblais qui invite. Mais ensuite ? La prime de démobilisation de Rodolphe est déjà loin. Il n'a pas encore de travail. Marthe donne satisfaction chez Le Gorin, mais Mme Simone, qui devait partir en retraite, s'accroche à sa place comme une moule à son rocher. Marthe espérait lui succéder rapidement. Elle commence à perdre espoir. Le fils Le Gorin lui tourne autour... Bien sûr, elle n'aurait qu'un mot à dire...

Celui qu'elle vient de dire à Rodolphe devant le maire. Gabriel Le Gorin ne lui demande pas de le prononcer en d'aussi solennelles circonstances. Il se contenterait d'un petit oui dans le creux de l'oreille, dans l'intimité d'une quelconque chambre d'hôtel... À cette pensée, la peau de Marthe se hérisse. Un seul homme au monde a le droit de la toucher. Lui seul la mérite. Le souvenir de l'attouchement furtif de l'oncle Robert continue à la poursuivre. Parfois même, quand Rodolphe la caresse, le rouge de la honte lui monte aux joues, dans la pénombre de leur minuscule chambre meublée. Ils n'ont trouvé que ça. Avant d'intégrer la Wehrmacht, Rodolphe vivait chez ses parents, ouvriers agricoles en Alsace. Ce qu'on fait de plus pauvre. Des journaliers. À Paris, Rodolphe n'a rien. Marthe et lui ne pouvaient dormir à deux dans le lit de camp, dans le bistrot de Louis. Ils sont d'abord allés à l'hôtel, tant qu'il est resté assez d'argent à Rodolphe. Après, c'est Marthe qui a pris la relève, avec son petit salaire de chez Le Gorin. Les bombardements et l'arrêt de toute construction civile pendant quatre ans n'ont pas amélioré la situation du logement. Les loyers sont chers. Quant à acheter, pour eux c'est hors de question. Avec quoi ? Un ami de Rodolphe leur a trouvé une chambre de bonne. Quatre murs, un lit bien étroit, ça ne dérange pas les amants. Le lavabo et les toilettes sont sur le palier. Ils sont heureux comme ça. Ils sont heureux pour l'instant, parce qu'ils sont fous amoureux, et que rien ne compte à leurs yeux, hormis l'autre. Mais

Marthe ne peut s'empêcher de penser aux beaux appartements, aux hôtels particuliers des amis de Quétigny-Lamblais, à leurs belles voitures, à leurs belles propriétés à la campagne. Pourquoi jouiraient-ils de tout ça, tandis que Rodolphe et elle continueraient à végéter dans leur trou à rats ? Elle est heureuse, c'est vrai, mais ce serait injuste qu'ils ne trouvent pas un jour, eux aussi, leur place au soleil.

Rodolphe est l'insouciance faite homme. Il ne semble pas voir le décor misérable dans lequel ils vivent. S'il a trois sous en poche, il emmène Marthe les dépenser, sur les boulevards, à la fête foraine, au Vel' d'Hiv'.

D'ailleurs, de l'argent, quand il n'y en a plus, il parvient toujours à s'en procurer, Dieu sait comment. De petites sommes, deux cents, trois cents francs. Tout de même de quoi leur permettre de passer le week-end, ou de se payer une virée, restaurant, cinéma ou dancing. Il s'est arrangé avec un copain, dit-il, quand Marthe l'interroge. Elle n'insiste pas. Il a des tas de copains. C'est un don, chez lui. Il descend dans la rue, il rencontre quelqu'un, en dix minutes il s'en fait un ami. Tant mieux, pense Marthe. Un nuage assombrit son regard quand elle songe qu'avec les femmes aussi, il lie facilement connaissance. Elle devra s'y faire.

Le temps passe. Une insatisfaction sourde la gagne, malgré son caractère de battante et sa confiance en elle-même. L'avenir sera ce qu'elle en fera. Ce qu'ils en feront, son amour et elle. Son couple, c'est un attelage de pur-sang. Ils doivent courir vers le succès, vers la fortune. Ils doivent gagner ! Ils stagnent, ils piétinent, au contraire. Elle piaffe d'impatience. Dans ses veines, son sang d'Auvergnate s'impatiente de leur inaction. Elle n'est pas pour rien la fille de Lucien Tourasse. Celui-là, s'il n'a pas réussi, ce n'est pas faute d'avoir travaillé. Il sert à sa fille de double exemple. Exemple de ce qu'il faut faire : travailler comme une brute. Exemple de ce qu'il *ne faut pas* faire : travailler pour rien parce qu'on se laisse ligoter par les lois, par les scrupules, par le respect de règles qui ont été édictées à leur propre bénéfice par des gens infiniment plus malins que Lucien Tourasse! Elle est bien décidée, elle, à ne se laisser ligoter par rien. Ni par personne. Et si Rodolphe n'était pas à la hauteur? Si son prince charmant n'avait pas l'étoffe d'un roi? Si c'était une sorte de Lucien Tourasse, sous ses airs de demi-dieu? Un Lucien Tourasse fainéant. Sonia ne l'a-t-elle pas prédit à Marthe? Marthe se refuse à le croire. L'homme qu'elle aime ne peut la décevoir. Mais alors, pourquoi n'agit-il pas? Pourquoi perd-il ses journées dans les bistrots, à taper le carton avec les bons à rien? À déambuler sur les boulevards? À lire les journaux? La vie est courte. C'est maintenant qu'il faut s'attaquer à la montagne, la gravir, et ne crier à la victoire qu'arrivés au sommet. Alors, que fait Rodolphe Laufer, l'homme que tous ses amis, y compris Quétigny-Lamblais, le plus sûr, le plus intelligent de ses amis, considèrent comme un gagnant-né, comme une force de la nature? Marthe vient de lui dire oui devant le maire, de lier son destin au sien pour la vie entière, et elle ne parvient pas à répondre à cette simple question: qu'attend Rodolphe Laufer pour montrer au monde de quoi il est capable?

28

— Alors, c'est celui-là que tu voulais... Tu es heureuse?

La salle du débit de vins-bois-charbon de Lucien Tourasse est déserte. Marthe et sa mère sont seules. Marthe vient la voir quand le père est absent. Depuis qu'il l'a chassée, elle n'a fait que l'entr'apercevoir, une fois, à travers la vitre. Un jour qu'elle était venue voir Yvonne, comme aujourd'hui, il est rentré plus tôt que prévu. Elle s'attendait à ce qu'il pousse la porte, et qu'il la regarde en faisant les gros yeux, comme quand elle était petite fille et qu'elle avait commis une bêtise. Il allait pardonner. Les parents finissent par pardonner toutes les bêtises. Elle se serait jetée dans ses bras, elle aurait embrassé sa joue toujours rugueuse qui sentait le tabac noir, la sueur légitime du travailleur et le vin rouge. Elle avait eu soudain envie de retrouver cette odeur familière, après plusieurs mois sans le voir... Mais c'était sans compter avec son orgueil de pue-la-sueur dont la fille a « failli ». Il n'est pas entré. Il a continué droit devant lui sur le trottoir, il a dépassé le boui-boui, il a fait en boitillant — sa blessure — le tour du pâté de maisons pour laisser à sa fille le temps de s'en aller. Alors Marthe a seulement dit : « Quel con ! », elle a embrassé furtivement Yvonne, et elle a filé.

Aujourd'hui, Lucien est à la pêche. Marthe et Yvonne sont tranquilles.

— Oui, manman, je suis heureuse...

Elle n'a jamais cessé de dire « manman » comme une petite fille.

— Quand je pense que tu t'es mariée et qu'on n'était même pas là ! Mais tu sais comment est ton père : un Alsacien, pour lui, c'est comme un Arabe. Et en plus un Alsacien qui ne travaille pas. Il n'a toujours rien trouvé ? Est-ce qu'il cherche, au moins ?

— Bien sûr qu'il cherche, manman, qu'est-ce que tu crois ?

— Il ferait bien de trouver, parce que ça commence à durer. Ça fait combien de temps qu'il a quitté l'armée ?

Marthe préfère qu'Yvonne ne fasse pas le compte des mois que Rodolphe a passés sans rien faire de précis depuis sa démobilisation. Entre un Lucien Tourasse qui s'octroie une demi-journée de pêche à la ligne tous les six mois, et un Rodolphe Laufer qui n'en pèle pas une depuis près d'un an, la comparaison serait cruelle.

— C'est dur, en ce moment, de trouver de l'emploi, manman ! Moi, si je m'écoutais, j'enverrais tout balader chez Le Gorin, depuis le temps qu'ils me lanternent avec cette place de caissière... Mais si je m'en vais, qu'est-ce que je vais devenir ? Alors je reste à aider la vieille, en priant le ciel qu'elle finisse par décaniller. Le peu d'argent qui rentre, c'est toujours ça.

— Pourquoi tu ne retournes pas voir ton oncle ?

— Robert ? Jamais !

Yvonne dévisage sa fille avec inquiétude. Robert est son frère. Un méchant homme. Elle a eu le temps de s'en convaincre, depuis l'enfance. Mais elle lui attribue au moins le sens de la famille.

— Pourquoi ? Il t'a aidée, quand tu es allée le voir la dernière fois...

— Oui, ben justement, ça suffit comme ça, tranche Marthe, peu soucieuse de raconter à sa mère comment l'oncle Robert s'est payé de son intervention auprès de Le Gorin.

— Ah, si on avait un peu de sous devant nous, il y aurait bien la grange ! soupire Yvonne.

— Quelle grange ?

— La grange, à côté, pas loin... Rue au Maire, tu te souviens pas ? Ça m'étonnerait bien que tu n'y sois pas allée jouer avec les gosses du quartier, avant la guerre...

— Bien sûr que j'y suis allée ! J'y ai fumé ma première cigarette. J'ai été malade, ma pauvre.

— Tu ne t'en es pas vantée, en tout cas !

— Tu penses, j'avais huit ans. Papa m'aurait filé une de ces avoines ! Pour être sûre, je me suis enfoncé les doigts dans la bouche, pour tout bien vomir avant de rentrer à la maison, et puis j'ai mâché de la réglisse pour cacher le goût...

Marthe se souvient d'un petit blond aux yeux rieurs, un peu plus âgé qu'elle, et se moquant des filles qui ne savaient pas fumer. Où est-il à présent ?

— Elle est à vendre, cette grange pourrie ? Quand on y allait, on manquait de passer à travers les planchers.

— Oh, c'est sûr qu'il doit y avoir des travaux. Mais le gros œuvre est à peu près sain, à ce que dit ton père.

— Papa ? Il est allé à la grange ?

— Tu sais qu'il rêve toujours de s'agrandir.

— Mais attends, la grange, c'est immense. Autant

prétendre installer un bois-charbon dans le hall de la gare de l'Est!

— Oh, il n'en aurait acheté qu'un petit bout, s'il avait pu... Mais même comme ça, le mètre carré est trop cher pour lui. Ah, s'il avait fait comme les autres pendant l'occupation, s'il avait traficoté, juste un peu, histoire de ne pas perdre la face aux yeux de la profession, il aurait son petit magot, et on n'en serait pas là, aujourd'hui...

— J'avais jamais pensé que la grange pouvait avoir un propriétaire. C'est bête, tu me diras : tout a un propriétaire, sur la terre.

— Tu l'as dit! Et celui de la grange, il vend. Pas cher. Un million tout rond. Avant la guerre, c'était vide?

— Oh, y avait tout un tas de vieilleries entreposées... Ça datait de l'époque des voitures à cheval. En fait de grange, c'étaient surtout des écuries. Y avait de vieux harnais pourris, des brancards vermoulus, des roues, des choses comme ça... Et puis des abreuvoirs, des stalles... Je me souviens que pendant la guerre les Allemands y ont rangé des marchandises. Ça a dû être pillé à la Libération. Un million? Il y a de quoi faire, avec une surface pareille. Ça mesure bien, attends... Deux niveaux, trois avec la cave, mettons quatre cents mètres carrés par niveau... Pfiou! Tout ça pour un million?

— Oui, mais, maligne, combien de millions il faudrait y rajouter pour en faire... Pour en faire quoi, d'ailleurs?

— Je sais pas, moi... Un dancing...

29

Un dancing. Le mot lui est monté aux lèvres, parce qu'elle aime la danse. N'est-ce pas dans un dancing qu'elle a rencontré Rodolphe? Le dancing, c'est le lieu où la vie se joue, où le destin vous attend... Elle hausse les épaules. La grange est à vendre, bon, qu'est-ce que ça peut lui faire? D'ailleurs, l'heure tourne. Elle doit aller prendre son service à la brasserie. Tout à coup, elle se demande si le fils Le Gorin se déciderait à pousser enfin Mme Simone vers la sortie, si elle acceptait de coucher avec lui. Sûrement. Il a l'air bien accroché, frétillant comme un poisson au bout de la ligne... Mais elle ne pourrait pas...

— Faut que j'y aille, manman...

— Va, ma fille, sois à l'heure, et travaille bien!

Un sourire où se mêlent pitié et tendresse passe fugitivement sur le visage de Marthe. C'est bien Yvonne, ça: «Sois à l'heure et travaille bien...» Oh, elle aura bien travaillé toute sa vie, elle! Sans salaire, sans jours de congé, sans jamais murmurer, pour son Auvergnat de mari. Et elle n'aura pas eu à se soucier d'arriver à l'heure au travail: elle est à pied d'œuvre, elle n'a qu'à sauter du lit, enfiler ses espadrilles, nouer autour de sa taille ce grossier tablier de serge qui lui est comme une seconde peau.

Le destin qui l'attend n'est guère plus brillant que celui de sa mère. Caissière de brasserie... Si elle parvient à remplacer un jour Mme Simone! C'est moins fatigant, moins salissant, mieux rémunéré que la condition d'esclave-bougnate. Mais est-ce qu'une pareille vie vaut la peine d'être vécue, quand on a de l'ambition? Les leçons de Quétigny-Lamblais ont porté, depuis qu'il l'a entraînée dans le monde. Elle se sait belle, à présent. Elle a pris la mesure du pouvoir qu'elle peut exercer sur autrui, même sur des êtres qui la dominent sur l'échelle sociale.

Sa beauté est un atout qui prime toutes les cartes. Elle sait à présent demeurer réservée, lointaine, mystérieuse. Ses sorties en compagnie de Quétigny-Lamblais se sont espacées, depuis le retour de Rodolphe, mais elles n'ont pas cessé. En dépit de toute l'amitié qu'il a pour lui Alphonse-Aimé présente moins volontiers Rodolphe à ses connaissances. Chacune des apparitions de Marthe dans les cercles que fréquente Quétigny-Lamblais lui confirme qu'elle exerce sur les hommes, mais aussi sur les femmes de ce milieu, un attrait puissant. Pour l'instant elle n'en retire aucun avantage. Mais qui sait ? Si elle savait à quoi l'utiliser ? Des hommes riches et talentueux lui ont fait des propositions qu'elle a éludées sans les blesser, mais sans hésiter. Les femmes aussi sont sensibles à son charme. Quelques jours après Edmond Gambier-Heurtise, c'était au tour de Lauraine, sa femme, de lui faire comprendre à mots à peine couverts à quel point elle la trouvait à son goût. Marthe s'en est tirée par une pirouette, mais Lauraine ne semblait pas découragée pour autant.

Marthe a orienté la conversation sur Irène Delobet, qu'elle n'avait pas revue depuis l'annonce de l'exécution.

— Irène ? Oh, elle va très bien, lui a répondu Lauraine de sa voix aiguë. Nous l'avons retrouvée chez des amis communs. Elle surmonte le choc. Ça a été très dur, mais bon, la vie continue...

Marthe a acquiescé. En passant, elle a enregistré le mode de pensée de Lauraine : Delobet mort, sa veuve redevient fréquentable.

— Alors, toutes les interventions ont été vaines ?

— Il n'y en a pas eu beaucoup, mon petit. Delobet n'y était pas allé avec le dos de la cuiller... Pour intervenir en faveur de Delobet, il n'y a eu que sa famille, et le don Quichotte de service, notre Alphonse-Aimé national !...

Vous comprenez, pour Edmond, avec sa situation, c'était impensable... Mais Alphonse-Aimé peut tout se permettre. Nous vivons dans un univers régi par les hommes : ceux qui sont allés au casse-pipe sont tabou... C'est pour ça que nous autres femmes, nous avons bien le droit de fricoter dans notre coin si ça nous chante, non ?

— Peut-être, peut-être...

Songeuse, Marthe a sauté sur le premier prétexte pour prendre congé et retrouver son mentor. Ainsi, l'oncle Robert n'était pas intervenu *du tout* en faveur du condamné... Pourtant, quelques jours après la mort de Delobet, le Copernic avait effectivement changé de mains.

— C'est Robert Furet qui est maintenant propriétaire de l'établissement, lui confirme Quétigny-Lamblais. Je n'ai pu savoir à quel prix Irène s'en est dessaisie... J'ignorais qu'elle avait besoin d'argent. Là n'est pas la question. La famille Delobet, c'est beaucoup, beaucoup d'argent... Pour le Copernic, peut-être a-t-elle jugé que la patate était trop chaude ? Après cette vente, elle doit être l'abri du besoin.

Marthe inscrit ces faits dans sa mémoire comme si elle instruisait un dossier contre son oncle... Combien peut valoir le Copernic, superbe salon de thé-restaurant tout neuf, magnifiquement situé ? Cinq millions ? Dix millions ? Plus ? Elle est de la boutique, mais elle ne parvient pas encore à estimer à leur prix des fonds de commerce de cette importance. Elle apprendra. Elle est comme une abeille qui cogne contre une vitrine derrière laquelle sont exposées de merveilleuses pâtisseries. Un jour une issue va s'ouvrir. Alors, elle s'y engouffrera. Mais quand, mon Dieu, quand ?

30

— Rodolphe, écoute-moi !

Marthe se redresse à demi. Son sein parfait s'échappe de la chemise de nuit qu'elle vient de passer en frissonnant, après l'amour. La température est insuffisante, dans leur gourbi meublé de bric et de broc.

— Oui, ma chérie, je t'écoute.

La voix de Rodolphe est ensommeillée.

— Écoute-moi, je te dis !... Je pense...

— C'est bien, ma chérie, pense. Mais pas trop fort, tu vas réveiller le voisine, et elle va encore me sauter dessus quand j'irai au lavabo...

C'est un gag dont ils s'amusent tous les deux. Leur

voisine, une infirmière entre deux âges, a le béguin pour Rodolphe. Elle s'arrange toujours pour le croiser dans le couloir, aux heures les plus tardives, dans le costume le plus dépouillé.

— Je ne crains rien, fanfaronne Marthe. Quand tu sors de mes bras, tu es complètement épuisé...

— Que tu crois ! On a vu des sursauts d'énergie insoupçonnés ! Tu sais, dans l'armée, j'ai appris à bander ma volonté !

— Crétin chéri ! Tais-toi, et laisse-moi penser à haute voix, tu veux ?

— Va, va...

Il se redresse à son tour, et cherche son paquet de troupes sur la table de nuit.

Marthe hésite. Et puis elle se lance, d'une voix un peu tendue. Elle ne s'est encore jamais heurtée à Rodolphe. Ils filent le parfait amour. Jamais un mot de trop, jamais un nuage. L'instant de leur première dispute est-il arrivé ?

— Je pense que la vie est courte, et que nous perdons du temps.

— Qu'est-ce que tu racontes ?

— Tu as entendu : je pense que la vie est courte, et que nous perdons du temps.

— Qu'est-ce que ça veut dire ?

Elle désigne le décor minable de la chambre d'un geste circulaire.

— Tu nous vois ? Tu vois où nous sommes ?

Le front de Rodolphe se plisse. Marthe ne peut s'empêcher de sourire. Une réflexion de Quétigny-Lamblais lui revient en mémoire. « Ce gars-là n'a pas son certificat d'études, mais il a un magnifique front de philosophe ! »

— Oui, je vois où nous sommes... Qu'est-ce que tu veux que je fasse, un hold-up ? Un casse ? J'y ai déjà pensé, tu sais.

Elle ouvre de grands yeux horrifiés.

— Ne fais pas ça, surtout !

— Je ne le ferai pas. Oh, ce serait facile... Mais ce serait trop con. À ce jeu-là, on finit toujours par perdre. Et en tôle, y a pas de femme !

— Dis donc ! En prison, il n'y a pas *ta* femme.
— Tu as raison. Alors, si je ne me lance pas dans le banditisme, que veux-tu que je fasse ? Mécano ? Je pourrais, bien sûr. Gamelle froide et cambouis sous les ongles. Merci. Je préfère attendre.
— Attendre quoi ?
— Ma chance. Je croyais que t'avais compris : je ne glande pas. J'attends ma chance. Sérieux. Quand elle passera, je sauterai dessus. Tu me crois pas ?
— Si, si... Mais quand est-ce qu'elle va passer ?
Rodolphe allume sa cigarette. Quand il tend son visage à la flamme, Marthe a toujours un coup au cœur. Il est si beau ! Là, son visage de médaille prend une expression dure.
— Elle passera... Je sais pas quand, mais elle passera. Tu sais pourquoi les types qui vont bosser à l'usine, ou dans un bureau, ne s'en tirent presque jamais ?
Marthe ne répond pas. Rodolphe parle rarement de ces choses-là. Alors elle l'écoute.
— Ils s'en tirent pas, parce que le jour où elle passe, leur chance, ils sont au boulot, ces cons !
— Oui, mais... Si elle ne venait pas ? Si t'attendais toute la vie pour rien ?
— Alors je suis toujours mieux au troquet ou aux courses qu'à me crever pour un patron qui a fait son beurre pendant que je me gelais à Stalingrad ou que je crevais de chaleur en Libye !
— C'est vrai, en un sens, mais...
— C'est vrai dans tous les sens.
— Oui, mais qu'est-ce que ça pourrait être, ta chance ? Qu'est-ce que t'attends, concrètement ?
— Un signe. Une occasion. Une opportunité. Je suis *prêt*.

31

Alors elle lui parle de la grange. En réalité, ils n'ont jamais envisagé d'ouvrir un bistrot ou une boîte ou quoi que ce soit qui y ressemble. Le moindre bail serait tellement au-delà de leurs possibilités. Mais puisque Rodolphe vient de prononcer le mot d'opportunité, son idée de dancing quitte pour Marthe le domaine du rêve.

— Je suis allée voir ma mère. Elle m'a dit que la grange était à vendre. La grange, c'est un endroit, comment t'expliquer...

Elle parle. Il l'écoute. Attentivement, et bientôt passionnément. Cette énorme bâtisse désaffectée, abandonnée, à leurs yeux, c'est l'avenir. Là, leurs ambitions dévorantes pourraient se donner libre cours. La grange symbolise le dernier territoire ouvert, sauvage, dans une ville entièrement « tenue » par la main puissante des possédants, des arrivés.

D'ordinaire si posé, fidèle à son flegme et à sa lenteur germaniques, Rodolphe est tout excité. Il accable Marthe de questions. Il veut tout savoir. La surface, l'état des lieux, l'aspect de la façade... Marthe répond de son mieux, à la fois heureuse de la vivacité de sa réaction, et inquiète de le voir s'éprendre d'une chimère.

— Rodolphe ! Rodolphe !... La grange vaut un million.

— Un million ? Normal si c'est si grand que ça...

— Un million, Rodolphe. T'as combien, dans ta poche ?

— Au moins cent sous !...

Silence. Puis Rodolphe hausse ses puissantes épaules.

— Écoute... Un million, c'est beaucoup et c'est rien.

— Comme tu y vas...

— C'est franchement rien, si au bout de ce million,

il y a une idée, une vraie bonne idée. L'argent, les chiffres, ça n'existe pas. Ça commence à exister quand on peut dire pour quoi c'est faire. Un million pour *faire ceci*, trois millions pour *faire cela*...

Rodolphe parle, ses yeux brillent, il est transfiguré. Stupéfaite, Marthe entend son mari chômeur jongler avec les millions. Chez les Tourasse, on ne badine pas avec l'argent. Chaque sou de son médiocre pécule, Lucien l'a payé au comptant, en sueur et en courbatures, et il payera dans sa vieillesse un arriéré en usure précoce.

— Mais qu'est-ce que tu racontes, Rodolphe? Un million, ça n'est pas rien!

— On peut le trouver. Je te dis qu'on peut. Y a qu'à demander.

— Mais? qui?

— À Quétigny! À ses amis! Ils ont du fric à ne pas quoi savoir en foutre...

— Détrompe-toi. Ils savent parfaitement quoi en faire. C'est à ça qu'on reconnaît les gens riches: ils savent toujours quoi faire de leur argent.

— Écoute, cette grange, située comme elle est, il y a forcément quelque chose à faire avec. Et à ce prix-là, c'est à saisir...

— Tu penses sérieusement à...

— Tu l'as dit toi-même: on pourrait y installer un dancing géant! Les gens veulent s'amuser, aujourd'hui... Ils veulent jouir! Ils ont assez crevé la dalle pendant l'occupation, maintenant ils veulent s'envoyer en l'air: bouffer, danser, rigoler, baiser... Tout est à reconstruire. Le pognon va couler à flots dans les années à venir. Si on est assez malin, dans dix ans, on est riches.

— Mais ce million...

— Je te jure que je vais le trouver! Mais il va falloir m'aider. J'aurai besoin de toi. Ce jour-là, il faudra marcher droit au feu... Quoi que je te demande, il faudra le faire. Même si ça te déplaît, même si ça te dégoûte! C'est un défi qu'on se lance à nous-mêmes. D'accord?

Sans répondre encore, Marthe dévisage son mari

comme si c'était un étranger. Mais cet étranger qu'elle découvre ne lui déplaît pas. Au contraire. Il la rassure. Il est âpre, il est avide, comme elle, enfin ! Le Rodolphe nonchalant, le guerrier qui n'en finissait pas de se reposer, vient de se métamorphoser en arriviste déterminé. Tant mieux ! S'il est prêt à tout pour réaliser le rêve qui vient de les submerger, alors, elle aussi. Au fond de son crâne, la petite voix cynique se rappelle à son bon souvenir. Si elle a laissé l'oncle Robert lui mettre un doigt pour une place de caissière qui s'est révélée un leurre, alors que ne fera-t-elle pas pour un million et l'amour de Rodolphe ?

— D'accord.

Sa voix est rauque. En cet instant, elle se donne à nouveau à lui. Elle s'engage de toutes ses forces et de toute son âme, comme le jour de leur mariage.

— On jure ?

Il hoche la tête.

— On jure.

— On jure quoi ?

— On jure qu'on va tout faire pour trouver de quoi acheter cette putain de grange. On jure que rien ne nous empêchera d'y arriver...

— Rien ! Je le jure.

— Rien ni personne.

— Rien ni personne. Je le jure !

— Alors je t'aime.

32

Alphonse-Aimé les dévisage avec perplexité. Ouvrir une boîte de nuit ? Eux ? Pourquoi ? Pour Marthe encore, il peut comprendre. Avec ses parents bougnats, elle est née dans la limonade. Elle y travaille déjà, caissière adjointe d'une indéboulonnable vieille toupie... Admettons. Un bougnat, ça n'est pas un dancing. Ça n'exige pas les mêmes talents. Mais des talents, Marthe en dispose, et de toutes sortes. Et Rodolphe ? Le petit péquenot devenu chef de char. Des nerfs d'acier, une audace folle. Une chance infernale. Aujourd'hui démobilisé, désœuvré... Depuis quelques mois, Alphonse-Aimé s'inquiète de l'inactivité dans laquelle Rodolphe semble se complaire. Il semble disposé à en sortir. C'est encourageant. Mais rien ne le prédispose au commerce, encore moins à ce commerce-là. Cependant, pour ouvrir un établissement de nuit, où des gens de tous horizons se retrouveront, il faut de la poigne. Là, Rodolphe ne craint personne.

Marthe est du sérail. Familiarisée avec le public, intelligente, déterminée, le contraire d'un esprit chimérique, âpre au gain. C'est bien, c'est sain. Il y a de la garce en elle. Mais une garce fidèle à son homme.

Rodolphe, c'est un caractère facile, liant, toujours gai. Sûrement pas un grand travailleur. Le genre lion qui regarde de loin sa lionne chasser. Mais sa personnalité solaire peut attirer du monde. Il ne laissera personne empiéter sur leur territoire. D'ailleurs, qui songerait à défier cette force de la nature ? Et puis, ils ont un atout commun. Ils sont beaux. Incroyablement, injustement beaux. Ils brillent. Autre atout qu'ils partagent : l'égoïsme. Eux seuls comptent sur la terre.

Cette suite de défauts et de qualités n'est pas incompatible avec le projet qu'ils lui ont soumis. S'il s'agissait d'ouvrir un bistrot de quartier, ils auraient toutes les chances de réussir... Un dancing, c'est autre chose. Ils n'ont pas un sou vaillant. C'est lui qui a payé leur repas de noces. Ce sont ses jouets, ses pions sur un échiquier à la taille de Paris. Mais précisément, les choses sérieuses commencent : une partie est engagée. Ces deux êtres, ces deux pions de chair, de sang et d'os, pétris d'émotions et de désirs, il les a choisis parce qu'ils lui ont paru d'une qualité exceptionnelle. Il parie sur eux. Mais il ne veut pas les risquer dans une aventure à l'issue incertaine.

— Et l'argent ?

— On n'en a pas, répond Marthe d'une voix tranquille.

— Il en faut beaucoup ?

— Un million.

— Un million, c'est tout ? Pour un local de cette superficie ?

— On te l'a dit, Alphonse : tout est à refaire, c'est pour ça que ça n'est pas cher ! dit Rodolphe.

— Mais alors, c'est un million pour acheter, plus les frais de notaire, plus les travaux. Et pour transformer une ancienne écurie en dancing...

— Il faut compter un million et demi, admet Rodolphe.

— Dis plutôt deux, va, et en fonction de l'aménagement et de la décoration, ça pourrait encore monter plus haut. Et où comptez-vous les trouver, ces deux millions-là ?

— Pas dans ta poche, rassure-toi, Alphonse ! plaisante Rodolphe.

— Où, alors ?

— Dans celle de certains de vos amis, dit Marthe.

C'est ce qu'il aime, avec elle : elle évite de finasser. Il la laisse continuer.

— Vous êtes mieux placé que nous pour savoir lesquels seraient prêts à nous aider... Vous avez des intérêts dans le vin... et des relations.

— C'est vrai. Je devrais pouvoir vous aider... Et je le ferai.

Il les dévisage à nouveau. En cet instant, ils le regardent intensément. Ils lui font confiance. Bien sûr, il ne va pas tout arranger d'un coup de baguette magique, mais ils sont certains qu'il fera ce qu'il pourra.

— Je veux voir les lieux. Et puis vous me laisserez quelques jours...

33

— Quelqu'un est sur l'affaire ?

Ils se sont retrouvés à deux, Alphonse-Aimé et Marthe, dans un bar feutré du quartier des ministères, où il a ses habitudes. Rodolphe voit en ce moment « un copain pour les travaux ». Marthe semble contrariée par cette initiative prématurée : se soucier des travaux quand on n'a pas encore devant soi le premier centime pour acheter... Mais Alphonse-Aimé connaît des aspects de la personnalité de Rodolphe que sa femme ignore.

— Ne sous-estimez pas la débrouillardise de Rodolphe. En Italie, je l'ai vu, petit sous-officier français libre, procurer une unité de chars Sherman à son commandant. Comment il a fait ? Mystère. Mais nous avons touché les Sherman.

— Il y avait une femme là-dessous, je suppose !... Et qui d'autre s'intéresse à la grange ? demanda-t-elle.

— Surprise... Robert Furet. Ce type est partout. En fait, c'est bon signe. Ça signifie que c'est une bonne affaire.

Le regard de Marthe se durcit. L'oncle Robert va lui voler la grange. Le lieu de son enfance, là où elle a fumé sa première cigarette avec Riri Delaunay. Le lieu dans lequel elle voit la chance de sa vie. Elle se mord la lèvre jusqu'au sang.

— Marthe, qu'est-ce que vous avez ? Que se passe-t-il ? Vous saignez !

Il lui tend un mouchoir. Elle essuie la perle de sang qui point sur sa bouche.

— Ce n'est rien.

— Vous êtes contrariée... Je comprends. On va se battre !

— Vous ne comprenez pas. Robert Furet... C'est mon oncle...

— Qu'est-ce que vous dites ?

— C'est mon oncle. Le frère de ma mère. Il m'a fait sauter sur ses genoux quand j'étais petite.

— Vous m'avez laissé vous le montrer chez les La Jonquières, et vous faire tout un discours à son sujet, sans me dire que c'était votre oncle ! ?

— J'avais honte.

La stupéfaction d'Alphonse-Aimé touche à son comble.

— Honte d'être la nièce d'un des hommes les plus riches de Paris ? Même si sa fortune provient de procédés contestables...

— Ça, je m'en fous ! Je le hais, c'est tout.

Alphonse-Aimé contemple Marthe avec un petit sourire admiratif.

— Eh bien, vous alors, madame Laufer, vous m'en bouchez un coin !

Elle hausse les épaules.

— Vous ne m'avez pas parlé de tous les membres de votre famille... Je n'allais pas vous décrire les miens. Si vous voulez savoir, j'ai une mère qui est une malheureuse femme, un père qui est un pauvre type, et un oncle qui est une ordure. Voilà, vous savez tout.

— Qu'est-ce qu'il vous a fait ?

Le beau visage de Marthe, en un instant, est déformé par la haine.

— Bon, n'en parlons plus.

— Non. Ne parlons plus de tout ça. Il va acheter la grange. Pour nous, c'est fini...

La voix de Marthe exprime une lassitude et un dégoût infinis.

— Allez, on arrête de rêver !...

Elle s'est déjà reprise. Sa voix est dure.

— Tout n'est pas joué. Vous connaissez votre oncle. Il veut que le vendeur baisse encore son prix.

— Qui est-ce ?

— Un certain Lehouëdec. Un Breton. La grange était un relais de poste, à l'origine. Jusqu'à la fin de la guerre de 14, la famille Lehouëdec a fourni des chevaux à l'armée. Ils transitaient par la grange. Après la guerre, l'âge d'or du cheval était révolu... Lehouëdec veut vendre vite, mais pas brader. Peut-être cédera-t-il à Robert Furet, mais tant que ça n'est pas signé, le premier qui mettra un million sur la table enlèvera l'affaire. Et nous avons un atout : Robert Furet ignore que nous sommes sur l'affaire. Il contrôle tant de filières dans sa partie que personne n'oserait se dresser contre lui... Sauf des gens comme nous, en dehors du métier.

— Vous voulez entrer dans l'affaire ?

— À hauteur de cinq cent mille francs. Si vous êtes d'accord.

— Vous pensez, si je suis d'accord ! C'est formidable ! Alphonse, vous êtes formidable ! Merci !

— Allons, allons... Je crois à votre idée. Ce n'est pas un cadeau que je vous fais : nous constituerons une société dont je détiendrai des parts.

— Nous avons déjà la moitié de la somme !

— Détrompez-vous. Ça n'en représente que le quart, à peine ! Il faudra investir encore au moins autant d'argent avant que le premier client ne fasse sauter le premier bouchon de champagne...

— Et le reste... À qui on le demande ?

— On sera peut-être forcé de demander aux banques. Mais avant, nous solliciterons quelques amis fortunés. Vous en connaissez quelques-uns : Edmond et Lauraine Gambier-Heurtise. Très riches, Edmond et Lauraine. Prêts à des investissements un peu excentriques. Et puis snobs. Ça les amuserait follement de posséder un dancing.

— C'est nous qui posséderons la grange !

— Oui, plus tard. Mais pour l'instant le fonds appartiendra à tous les actionnaires de la société. C'est comme ça, c'est la loi.

— Bon, bon... Qui d'autre ?

— Que vous connaissiez ? Irène Delobet, par exemple.

34

Est-ce seulement le désir de tromper sa nervosité dans cette période délicate, où elle est persuadée que se joue son destin, ou bien le souvenir de Riri Delaunay, son premier pourvoyeur en tabac, y est-il pour quelque chose? Marthe s'est mise à fumer. Elle ne supporte pas les « troupes » de Rodolphe. Elle fume les élégantes Craven A d'Alphonse-Aimé. Il lui en apporte de belles boîtes en fer, rondes, qui en contiennent cinquante. La France est libérée, mais tout le monde continue à traficoter. Rodolphe s'approvisionne auprès d'un cabot-chef de la 2e DB, et Alphonse-Aimé auprès d'un major anglais. Un an après l'affrontement entre Laufer et Evans dans un bal de la rue Lecourbe, il y a encore des troupes anglaises sur le continent. Alphonse-Aimé se demande s'il va rester dans l'armée. Comment être militaire en temps de paix?

Marthe a allumé une Craven, dans le taxi qui la conduit rue de Latour-Maubourg. Généralement, elle ne prend pas de taxis. Réflexe de pauvre. C'est Alphonse-Aimé qui l'a poussée dans celui-là, qui a donné l'adresse et tendu un billet au chauffeur.

— La fumée ne vous dérange pas, monsieur?

— Rien ne me dérange, venant d'une dame comme vous!

Marthe tire sur sa cigarette, tout en récapitulant les démarches accomplies ces derniers jours. Avec les Gambier-Heurtise, tout va bien. Ils sont d'accord pour s'engager dans l'affaire à hauteur d'un demi-million, eux aussi. Comme Alphonse-Aimé l'avait prévu, l'idée d'un dancing les excite. D'ailleurs, un demi-million, pour eux, ce n'est rien. Et Marthe à l'impression que le goût prononcé qu'ils ont l'un et l'autre pour elle n'est pas étranger à leur décision.

— Un dancing? C'est formidable! lui a dit Lauraine. Je viendrai vous voir, et nous danserons ensemble... Après la fermeture, bien sûr, si vous ne voulez pas donner un caractère « spécial » à l'établissement...

Par ailleurs, Alphonse-Aimé a persuadé trois amis de sa famille, mêlés au commerce des vins et spiritueux, de placer chacun deux cent mille francs dans l'affaire. L'un d'eux vend du champagne. Il sera bon pour sa firme de s'assurer l'exclusivité des ventes de champagne dans le futur dancing... Les deux autres tentent de prendre pied à Paris, et se heurtent partout à l'omniprésent Robert Furet. Il a suffi pour les convaincre de leur dire qu'il guignait cette affaire et qu'on pouvait la lui souffler.

Rodolphe n'est pas resté inactif. Alphonse-Aimé l'a présenté aux investisseurs potentiels, et son charisme les a séduits. Rodolphe n'est pas « distingué ». Mais il s'agit d'animer un dancing. Quelles qualités sont les plus requises en pareil cas ? Jovialité, séduction, solidité. Bien sûr, une expérience de gestionnaire est nécessaire, et Rodolphe n'en a aucune. Il n'existe pas de diplôme de débrouille. Mais Alphonse-Aimé s'est porté garant pour Marthe. Il l'a décrite comme une véritable professionnelle, « issue d'une vieille famille de limonadiers, formée au comptoir par ses père et mère ». Ce portrait, véridique sur le fond, a emporté la conviction des bailleurs de fonds, à qui Alphonse-Aimé s'est bien gardé de dire que Marthe a tout juste vingt ans révolus, qu'elle n'a tenu qu'une caisse de vins-bois-charbon.

La légion de copains de Rodolphe, qui compte autant de traîne-savates et de piliers de bistrot que d'honnêtes ouvriers et de petits entrepreneurs, lui a permis d'estimer le montant des travaux à prévoir et d'en réduire les coûts à l'avance. Il a même trouvé un décorateur, un Catalan de vingt ans, volubile et zézayant, qui passe son temps entre les Beaux-Arts et la butte Montmartre. Alphonse-Aimé s'est d'abord montré réservé sur l'éventuel recours à un simple étudiant pour élaborer la décoration du futur dancing. Mais à la vue des esquisses d'Emilio Salvaje, il a compris qu'ils avaient affaire à un génie en herbe, et il a été d'accord pour l'engager... Dès que possible. Car pour les deux millions, Quétigny-Lamblais, Gambier-Heurtise, le marchand de champagne et les deux autres investisseurs ne se sont engagés que verbalement. La société n'est pas encore créée. Si Robert Furet avait vent de ce qui se trame, il pourrait traiter avec Lehouëdec en quelques heures. D'ailleurs, il serait suicidaire pour les Laufer d'acquérir le bâtiment sans disposer des sommes nécessaires à sa réhabilitation.

Marthe tire à nouveau sur sa cigarette. Depuis quelques jours, il lui semble vivre, non pas un rêve, mais un film. Un film à suspense. Ses espoirs paraissent se réaliser, les bonnes nouvelles se succèdent, mais tout demeure à la merci d'une décision de son oncle. Parfois, Marthe prend peur. Pas seulement de voir l'oncle accepter les conditions de Lehouëdec... Elle a peur, soudain, de réussir, de lui souffler l'affaire sous le nez, au contraire. Ces projets grandioses, ces sommes pour elle colossales, les responsabilités qui pèseront sur Rodolphe et sur elle, tout l'effraye. Elle songe au misérable boui-boui de son père, aux difficultés qu'il a connues simplement pour éviter la faillite. Comment pourrait-elle être sûre de l'emporter dans une entreprise mille fois plus ambitieuse que la sienne? Elle redevient la petite Marthe en tablier bleu, charriant avec peine des sacs de charbon et des jerricanes de fuel, et elle s'affole: comment s'est-elle fourrée dans une telle situation? Mais bientôt, la combattante redresse la tête. Oui, elle va le faire, avec Rodolphe. Oui, ils vont acheter la grange et mener l'opération à bien.

Elle baisse la vitre du taxi, et jette le mégot de sa Craven A sur la chaussée. Elle est à nouveau déterminée. Rien ni personne ne l'arrêtera. Elle parviendra à ses fins, même si, pour cela, elle doit coucher avec les Gambier-Heurtise. Même si elle doit se traîner aux pieds d'Irène Delobet. Car c'est chez elle qu'elle se rend, rue de Latour-Maubourg. Elle a confiance. Elle sait quoi dire à la veuve du condamné à mort.

35

— C'est Alphonse-Aimé qui m'a donné votre numéro de téléphone... Nous nous sommes rencontrées chez les La Jonquières...

— Je me souviens de vous... Le prenez-vous avec du sucre ?

— Oui, merci... Un seul.

Irène Delobet sert le thé dans un ravissant service de porcelaine. Marthe la regarde faire. Elle a des longues mains blanches, parfaitement manucurées. Des mains de femme qui ne fait rien de ses mains. À la dérobée, Marthe regarde les siennes. Depuis qu'elle travaille à la caisse, elles se sont améliorées. Les ongles, surtout. Maintenant elle peut les soigner. Avant, avec le charbon et l'eau de Javel, c'était impossible... Marthe revient à Irène Delobet. Elle a minci. Elle est belle. Un peu lourde. Beaucoup d'hommes aiment ça. A-t-elle pris un amant, depuis la mort de Delobet ? Presque un an, à présent. A-t-elle beaucoup souffert ? Son visage est lisse. Mais dans ses yeux, on lit une sorte de désintérêt, de retrait. Cet homme que tout le monde méprisait, dont personne n'a regretté la mort infamante, elle a dû l'aimer...

Elle tend la tasse à Marthe avec un sourire distrait. Elle entre tout de suite dans le vif du sujet. Tant mieux. Marthe n'est pas encore experte en bavardages mondains.

— Alphonse-Aimé m'a parlé de vous. Ce projet de dancing ne m'intéresse guère. J'ai pris un homme de loi pour s'occuper de mes affaires. C'est beaucoup mieux ainsi... J'ai fait quelques bêtises.

— Au moment de la mort de votre mari ?

— En effet... J'ai accepté de vous recevoir à la demande d'Alphonse-Aimé. J'ignore pourquoi il a tant insisté. Il sait que les questions d'argent, d'investissement, toutes ces choses me sont étrangères.

— Je tenais absolument à avoir un entretien avec vous.

— Pourquoi ?

Marthe hésite. Avant cette rencontre, elle a réfléchi à la meilleure approche, mais au pied du mur, face à cette femme, les phrases qu'elle avait préparées se dérobent à sa mémoire. Allez... Il faut se jeter à l'eau.

— Un homme a le même projet que moi... un concurrent. J'ai pensé que vous aimeriez le voir perdre.

Irène Delobet fronce les sourcils.

— Qu'est-ce que c'est que cette histoire ?...

— Robert Furet.

Le cœur de Marthe bat la chamade. Elle ne s'est pas trompée. Irène Delobet hait Robert Furet. Une expression de dégoût a trahi cette haine au seul énoncé de son nom. Mais la femme du monde tente de se protéger.

— Je n'ai pas bien saisi ce nom...

— Robert Furet. L'homme qui vous a menti... Au sujet de votre mari.

Irène Delobet baisse la tête.

— Il m'a menti ? Il m'a juré être intervenu en faveur de mon mari...

— Il n'a pas bougé. Je le sais de source sûre. Il... Il vous a trompée, dépouillée ! Il vous a extorqué le Copernic...

— Comment le savez-vous ?

— Parce que j'étais là, dans la pénombre, dans le petit salon, chez les La Jonquières... J'ai tout entendu. En échange de ses bons offices, il ne vous a pas demandé que le Copernic...

Irène Delobet a rougi. Ses yeux brillent. Marthe doit avancer, violenter Irène Delobet, sinon elle se fera jeter dehors, et ce sera l'échec.

— Je suis votre amie ! Je suis comme vous, Irène ! Ce que vous avez subi, je l'ai subi, moi aussi.

Pour la convaincre, Marthe doit s'avancer à découvert. Elle doit prendre à son compte une partie de l'humiliation des femmes, de toutes les femmes, face à des hommes de l'espèce de Robert Furet.

— Je suis sa nièce. Moi aussi, il m'a...

Si Marthe se trompe sur ce point, si finalement son oncle n'a pas obtenu d'Irène Delobet qu'elle se plie à ses exigences sexuelles, tout est perdu.

Irène Delobet demeure silencieuse. Marthe respire plus librement. Mais rien n'est gagné. Il faut continuer à parler, parler...

— Oh, dans mon cas, la vie d'un homme n'était pas en jeu... C'était infiniment moins grave. Mais j'étais comme vous, en position de faiblesse, et il en a profité. Il a...

Marthe se tait. Elle vient de se rendre compte qu'Irène Delobet pleure, silencieusement.

— Excusez-moi, je suis désolée, je...

— Ne vous excusez pas. J'essayais de me dissimuler la vérité. J'essayais d'oublier. Pas seulement... la nuit que j'ai accepté de passer avec ce porc pour tenter de sauver mon mari. Non, c'était aussi les semaines, les mois qui ont précédé, que j'aurais voulu oublier. Les perquisitions, le procès, les articles de journaux... Mon mari était coupable. *Coupable*. Tout ce qu'on lui reprochait, il l'avait vraiment commis. Ces dénonciations, ces vols... Moi, je n'ai rien voulu voir, rien voulu savoir. J'ai seulement tenté de le sauver. À n'importe quel prix. Et voilà, j'ai payé le prix, et il est mort quand même. Et je me suis déshonorée !

— Non. Non, Irène, c'est Robert Furet qui est déshonoré. Pas vous. Pas moi. Nous, nous sommes ses victimes.

Irène Delobet hausse les épaules.

— Je me sens souillée à jamais. Il m'a forcée à faire des choses... Ce n'est pas de les faire qui est une souillure, mais de les faire malgré soi !

— Nous pouvons nous venger.

— En lui soufflant une affaire ?

— Il ne comprend que ça, l'argent. D'autres canailles peuvent avoir de l'amour-propre, quelque chose qui les rattache à l'humanité. Pas lui. C'est un porc immonde. En dehors de le tuer, la seule chose que vous puissiez faire, c'est de le frustrer de sa prochaine proie. Aidez-moi, Irène, Je vous en prie...

Irène Delobet ne pleure plus. Indifférente aux larmes qui achèvent de couler sur ses joues, elle touille machinalement son thé froid à l'aide d'une petite cuiller en argent.

— Combien vous faut-il ?

36

Le bureau de Me Lhomond est une pièce de dimensions médiocres, impersonnelle comme il sied à un bureau de notaire. Sur les murs, aux espaces laissés libres entre les vieilles armoires de chêne bourrées de dossiers poussiéreux, des copies de tableaux représentant des scènes de chasse. Chiens et sous-bois. Marthe en a vite détourné son regard. Elle ne s'intéresse pas à la peinture. Rodolphe est là, dans son beau costume. Un peu exotique dans cet environnement terne, paperassier. Mais sa présence était indispensable. Il attend que ça se passe. Formalités ennuyeuses. Plus tard, ce sera à lui de jouer, de prendre la grange en main, comme un énorme tank lancé à l'assaut de Paris. Dès lors, il sortira de sa léthargie.

La secrétaire de Me Lhomond a dû apporter des chaises supplémentaires. Il fait chaud. La pièce est petite, surchauffée, et treize personnes s'y côtoient. Outre Marthe et Rodolphe, il y a là Alphonse-Aimé, Lauraine et Edmond Gambier-Heurtise, Irène Delobet, le marchand de champagne, deux autres investisseurs minoritaires, et bien sûr Me Lhomond et son clerc. On a réservé deux chaises pour Lehouëdec et son conseil, qui arriveront un peu plus tard...

Rodolphe écoute à peine. Marthe, elle, ne perd pas un mot de ce qui se dit. Elle a revu chaque point du montage financier avec Alphonse-Aimé, elle l'a assailli de questions, elle s'est tout fait expliquer dans le moindre détail. L'opération se déroule en deux temps, aujourd'hui même. Premier temps, la société se crée. Rodolphe et elle en sont actionnaires minoritaires. Alphonse-Aimé leur a prêté deux cent mille francs en sous-main, en plus des cinq cent mille qu'il place en son propre nom. Deuxième temps, la société achète la grange qu'elle va transformer en dancing, dont Rodolphe et Marthe seront désignés cogérants.

Me Lhomond lit les actes. Des documents circulent. Il faut signer là, et là, et encore là... Marthe a la bouche sèche, les mains moites. Elle ne peut y croire.

Ils sont en train d'y arriver. Aucun des investisseurs ne s'est désisté au dernier moment. Irène Delobet est là, un peu distraite. Elle parle peu, sourit peu. De temps en temps, elle semble passer en revue l'assistance. Elle s'arrête un peu plus longtemps sur Rodolphe, semble-t-il à Marthe. Elle ne l'avait jamais vu. Marthe réprime un sourire. Non loin d'Irène se trouve Alphonse-Aimé, en civil pour une fois. Il est décidé à quitter l'armée.

— Qu'allez-vous faire ?

— Des affaires et du cheval. J'ai des chevaux, chez moi, en Bourgogne. Il faudra venir, Rodolphe et vous. Vous montez ?

Il n'a demandé ça que par politesse. Il se doute bien qu'elle n'a vu de chevaux qu'au cinéma, ou avec lui, à Longchamp.

— Je vous apprendrai. Vous ferez une cavalière spectaculaire. Rodolphe monte très bien. Il a appris dans la ferme où travaillent ses parents, en Alsace. Et plus tard, il s'est perfectionné en Ukraine, avec les cosaques de l'armée allemande... Il ne vous l'a pas raconté ?

— Non... Il fait peu de confidences...

— C'est vrai, il a fallu que je le voie monter des chevaux arabes en Syrie pour qu'il me livre quelques souvenirs...

Étrange Rodolphe ! Et peut-être encore plus étrange Alphonse-Aimé. Parfois, Marthe se demande pourquoi il demeure si proche d'eux, de Rodolphe et d'elle. Ils ont besoin de lui. Mais a-t-il besoin d'eux, et pourquoi ? Bien sûr, Rodolphe est son compagnon d'armes. Les hasards de la guerre leur ont fait traverser l'enfer côte à côte, à plusieurs reprises. Mais c'est le cas de la plupart des camarades de front... Alors que Rodolphe et Alphonse-Aimé par leur différence de grade n'étaient pas nés pour être « camarades ». Hors de la prétendue « grande famille de l'armée », ils ne sont pas du même monde. Un aristocrate raffiné et un play-boy bouseux. Et ils s'entendent. Et ils montent une affaire ensemble. Mystère.

Sans Alphonse-Aimé, il n'y aurait rien : ni argent, ni société, ni notaire, ni dancing. À quoi bon chercher les raisons que les gens se donnent pour agir ? C'est son tour de signer. On lui tend des papiers, un stylo avec une plume en or. Elle prend le stylo, elle en pose la pointe à l'endroit qu'on lui indique, elle s'applique, elle fait un effort pour ne pas tirer la langue comme à l'école, avec Mme Ducret. Voilà. Marthe Laufer, née Tourasse... Elle a signé trois fois. Ça y est. La fille du bougnat est actionnaire. Dans... Elle consulte sa montre, la vieille petite montre de son baptême... On est presque au bout des formalités de constitution de la société. Lehouëdec ne devrait pas tarder. Elle ferme les yeux. Vertige. Elle revoit les sacs de charbon de son père, les piles de ligots, les milliers de bouteilles vides, les litres à étoiles qu'elle a manipulés. Et les millions de tickets de rationnement qu'elle a collés le soir, avec Yvonne. Tout ça, c'est du passé. La vraie vie commence.

Les papiers continuent à circuler. Le notaire les reprend et passe un petit coup de buvard soigneux sur la dernière signature.

— Mesdames, messieurs, je crois que tout est en ordre. La Grange SA est née ! Je lui souhaite le plus grand succès !...

On applaudit. La secrétaire annonce que M. Lehouëdec et son conseil juridique sont arrivés.

— Nous avons fait du bon travail aujourd'hui, se réjouit le notaire. Faites donc entrer M. Lehouëdec, mademoiselle Odette !

37

Ils sortent de l'étude de Me Lhomond. Ils sont las et satisfaits. Ils s'égaient, comme une classe à la fin du cours. Ils doivent se retrouver dans trois jours pour examiner les projets du jeune décorateur zézayant, Emilio Salvaje, du moins les Parisiens. Le Champenois et les deux amis bourguignons d'Alphonse-Aimé vont regagner leur province.

— Vous viendrez, Irène, n'est-ce pas ? demande Alphonse-Aimé, alors qu'ils s'apprêtent à se séparer devant la porte de l'étude.

Irène Delobet jette un très bref coup d'œil en direction de Rodolphe.

— Oui, peut-être...

— Il faut venir ! insiste Alphonse-Aimé. Le décorateur nous montrera des tissus, des échantillons de boiseries... Ce sera le moment de confronter nos conceptions esthétiques.

— Si je peux...

— Nous viendrons, nous ! proclame Lauraine Gambier-Heurtise. Ah ! Edmond a son conseil d'administration de La Foncière... Tu ne pourras vraiment pas te libérer, Edmond ?

— Ça m'étonnerait, mais puisque tu seras là... J'ai toute confiance en toi, tu le sais.

— Eh bien, j'irai seule, et ensuite, nous irons faire du lèche-vitrines sur les boulevards, Marthe et moi ! conclut-elle en lançant une œillade à la jeune femme.

— Je ne sais pas si j'aurai le temps de faire du lèche-vitrines, dit Marthe. C'est que je suis gérante, maintenant...

— Eh bien je viendrai vous voir le soir, dans notre

dancing, quand Edmond me délaissera pour une de ses secrétaires... À bientôt!

Les Gambier-Heurtise partis, Alphonse-Aimé propose à ceux qui restent, Marthe, Rodolphe et Irène, de fêter cette journée dans un bon restaurant.

— Bonne idée! dit Marthe, et nous allons boire du Roederer, pour la dernière fois avant longtemps, parce qu'à partir de demain matin, c'est le champagne de notre actionnaire, et rien d'autre!

À cet instant, une lourde silhouette apparaît. Une main brutale saisit Marthe par le bras. Abasourdie, elle se retourne. C'est son oncle. Ses yeux sont injectés de sang, son visage est à la fois très rouge, et par endroits livide. Il crache les mots plus qu'il ne les prononce.

— Alors, ça y est? C'est fait? J'arrive comme les carabiniers, à ce que je vois. Vous l'avez faite votre sale manigance! On m'a prévenu juste un peu trop tard...

Rodolphe a froncé les sourcils. Marthe se dégage d'un brusque mouvement.

— De quoi tu parles, tonton?

— Ce monsieur est ton oncle? demande Rodolphe. Il est bien mal élevé... Il va falloir qu'il change de ton avec toi.

— Laisse!

— De quoi je parle? éructe Robert Furet sans accorder un regard à Rodolphe. Tu ne sais pas de quoi je parle? Tu montes une opération financière contre moi, contre les intérêts de ta famille, et tu me demandes de quoi je parle? Petite salope, va!

— Sois poli, hein, vieux débris!

La double gifle, magistrale, éclate comme deux coups de canon presque simultanés.

Le teint déjà marbré de Robert Furet est devenu indescriptible sous l'effet des deux formidables torgnoles dont l'a gratifié Rodolphe.

Incrédule, tâtant ses joues d'une main tremblante, Robert Furet contemple son agresseur.

— Vous... Vous avez osé me toucher?

— Oui, mon pote, et si tu gicles pas vite fait, je vais

recommencer, énonce Rodolphe sur le ton du constat le plus paisible.

Robert Furet parvient à se maîtriser. Il sort un mouchoir de sa poche, il en tamponne ses narines pour étancher le sang qui en coule à grosses gouttes. Il dévisage son interlocuteur avec soin, comme pour graver à tout jamais ses traits dans sa mémoire.

— Qui vous êtes, vous ?

— Le mari de la salope. Je t'ai dit de virer d'ici. T'as mal entendu ?

— Je vais partir, bien sûr. Mais vous entendrez parler de moi, ne vous en faites pas ! Vous avez acheté la grange... Combien, un million ? Je vous la rachète cent mille francs. Cash !

— Tu te fous du monde ?

— Oh non ! Mon offre est très sérieuse. Aujourd'hui, cent mille francs, mais c'est à saisir. Demain ou après-demain ce sera moins, beaucoup moins !

— Casse-toi !

— Oui, oui, je m'en vais. Et vous, vous êtes ruinés. Je ferai tout ce qu'il faut pour ça, foi de Robert Furet !

— Rodolphe, regifle-le pour moi, veux-tu, j'ai les mains propres, dit Alphonse-Aimé que les discours haineux de Robert Furet commencent à impatienter.

— Avec plaisir, siffle Rodolphe entre ses dents.

Marthe s'interpose.

— Laisse-le, ça n'est qu'un méchant vieil homme. Il n'en vaut pas la peine.

— Vous n'avez pas toujours dit ça, toi et l'autre grosse vache, là, grince Robert Furet.

Irène, blême, les lèvres pincées, se jette tout à coup, toutes griffes dehors, sur l'homme qui vient de l'insulter après l'avoir grugée et souillée un an plus tôt. Sur la joue du gros homme, une large trace d'ongle apparaît, rouge de sang.

— À votre place, je me méfierais, mon vieux, persifle Alphonse-Aimé : sauvez-vous où je ne donne pas cher de votre peau dans cinq minutes !

Alors Robert Furet pousse un aboiement, qui fait

se retrousser ses lèvres sur sa dentition de vieux fauve.

— Je vous aurai ! Tous les quatre ! Je vous ferai ramper, ordures !

Et avec une telle rapidité qu'ils croient avoir rêvé toute la scène, il s'élance vers un taxi en maraude, le prend au vol et disparaît.

38

— Ça va comme ça... Arrêtez les frais, les gars !

Xavier Folgat se retourne vers ses musiciens et leur fait signe d'arrêter.

— Qu'est-ce qu'il y a ? demande Mario. Il commence à me gonfler, l'Autrichien !

Bel homme, Mario Cambrezzi, le saxo alto, plaît énormément aux dames mûres, ce qui lui a valu le sobriquet de « gigolo alto » de la part de ses camarades musiciens.

— Alsacien, pas Autrichien, murmure Folgat. Je vais voir ce qui se passe.

Il pose ses maracas sur son pupitre, et gagne la salle. Assis côte à côte, Marthe et Rodolphe conversent à voix basse.

— Eh bien ?

Xavier Folgat est nerveux. Ces deux-là sont nouveaux dans la profession. On ne sait pas ce qu'ils attendent d'un orchestre. Le savent-ils eux-mêmes ?

Enfin, Rodolphe lève les yeux vers lui.

— C'est pas ce que je veux. Vous êtes de bons musiciens, mais vous jouez des trucs à chier...

— Pardon ?

— À chier. De la musique pour thé dansant.

— On a fait Biarritz et Royan... Trois saisons dans chaque ville. Ça marchait du tonnerre, lâche Folgat sur un ton pincé.

— Alors faut y retourner.

L'Alsacien n'a pas haussé le ton. Folgat hésite. Se mettre en colère ? On ne lui a jamais parlé comme ça. Pour les chasseurs d'hôtels et les directeurs de boîtes, il est *Monsieur Xavier*, le chef d'orchestre, un professionnel respecté. Et ce trou-du-cul qui se lance dans la limonade le traite comme un moins que rien !

Folgat dévisage la femme du butor. Il a vu peu de femmes aussi belles. La question n'est pas là. Le couple parle d'une seule voix. Il perd son temps.

— Juste une question : si ce que je fais est à chier, qu'est-ce que vous appelez de la bonne musique ?

— Eh, toi, l'alto !

Sur la scène, Mario Cambrezzi tourne vers eux un regard intrigué.

— C'est à moi que vous parlez ?

— Oui. Joue-moi un truc des Andrews Sisters.

— Hein ? *Boogie woogie buggle boy*, par exemple ?

— Par exemple.

Mario interroge Folgat du regard. Folgat hausse les épaules. Mario reprend son sax, ses doigts tâtonnent un instant sur les touches, enfin il y va. Une improvisation rythmée, étourdissante.

Derrière lui, par pure solidarité, Maxie, le batteur, et le guitariste antillais, Alain Baudin, s'y mettent à leur tour, mais mollement. Mario aime le swing, mais ça n'est pas leur tasse de thé.

Dans la salle, planté près de Marthe et de Rodolphe, Folgat renifle avec mépris.

— C'est une boîte à soldats que vous ouvrez, alors ?

Rodolphe tourne vers lui des yeux bleu pâle, aux paupières lourdes. Marthe pose doucement la main sur son épaule, dans un geste apaisant. Elle connaît son Rodolphe. Il a l'air de s'endormir, mais il peut se fâcher à chaque instant.

— C'est un dancing pour adultes, pas un asile de vieillards.

— Compris... Eh bien, on ne va pas encombrer le plancher plus longtemps...

Folgat s'adresse à ses musiciens.

— Ça suffit comme ça, on remballe.

Ils arrêtent de jouer. Murmures, grommellements. Mario Cambrezzi sort un chiffon de l'étui de son saxophone, et essuie à regret l'instrument.

— C'est un connard, lui lance Folgat à mi-voix, quand il rejoint le groupe.

— Sûr... Mais ça n'arrange pas nos affaires.

— Eh, le sax !

C'est le patron qui interpelle encore Mario de la salle.

— Quoi ?

— T'es un bon, toi... Si tu trouves rien avec ces tocards, reviens me voir !

Folgat se révolte.

— Vous charriez ! Vous essayez de débaucher mes musiciens...

— Oui, mais pas dans ton dos... Et puis c'est des grands garçons ; s'ils en ont marre de jouer *Le Petit Vin blanc*, c'est à eux de voir.

Après le départ de l'orchestre, Marthe interroge Rodolphe.

— Pourquoi t'as fait ça ?

— D'un seul coup, je nous ai vus avec des charlots comme ça, en veste à revers, alignés derrière des pupitres décorés de palmiers, faisant danser des quinquagénaires à bajoues sous des lumières tamisées. L'horreur ! Je veux des jeunes ! Ceux qui auront le monde entre leurs mains. Ceux-là, il faut leur donner du swing, du tcha-tcha, du mambo. Et puis on s'est trompé, pour les décors. Salvaje nous a foutus dedans. On va à la catastrophe, avec ces tentures et ces éclairages.

— Mais tu étais d'accord...

— J'avais tort. Il faut tout recommencer.

— Tu deviens fou ? Tu sais combien ça a coûté ?

— Écoute, cette nuit, j'ai fait le tour des boîtes qui tournent bien... Ça a été une révélation. Tu sais où les gens s'amusent ? Dans des trous, des caveaux, des cavernes, des caves ! Ils s'en foutent, des drapés de Salvaje. Ils veulent du bruit, de la chaleur, de la sueur. Ils veulent se frotter les uns aux autres, cul contre cul, ventre contre ventre. Ils veulent *jouir*...

— Mais on ouvre dans huit jours !

— On s'en fout. On arrête tout. On recommence tout ! Tu as confiance en moi ? Tu me suis ?

— Emilio sera furieux...

— Emilio a été payé pour son travail. Il nous a dessiné des décors d'opéra. C'est pas la Scala, ici, c'est juste un dancing.

Dans la pénombre, Marthe plonge son regard dans celui de Rodolphe. Il n'a plus l'air endormi. Ses yeux brillent. Une certitude hallucinée l'habite.

— Oui, je te suis. Ce sera comme tu voudras.

39

— Alors, mon colonel, qu'est-ce que t'en penses ?

— C'est dégueulasse !

Alphonse-Aimé donne une bourrade à Rodolphe, afin de démentir la sévérité apparente de ce jugement. Rodolphe semble détendu, le nez en l'air, guilleret. Pourtant, ce qui va se passer dans les heures qui viennent est presque aussi important que de survivre à la guerre. C'est son avenir qui va se jouer.

— Tu sais que tu m'as foutu le trac, quand je t'ai vu refaire la décoration ? Sans compter que ça a coûté cher, et qu'il faudra amortir...

— Ça n'a pas coûté cher : on a juste tout arraché. On a remplacé les falbalas de Salvaje par de la brique nue, du crépi et des canisses... Il fallait un décor rustique, puisqu'on avait décidé de garder son nom, « La Grange »...

— Oui, mais les tentures que tu as arrachées, les banquettes capitonnées remplacées par des sièges de bistrot et des bancs de ferme, ça, ça avait coûté cher. J'ai eu un mal de chien à faire avaler ton inspiration subite à nos actionnaires. Mais je crois que tu as eu raison. Dans quelques heures on sera fixés...

— Ça démarre bien, il y a du monde.

— Ne t'y fie pas, c'est l'ouverture. Ce soir, ils viennent en curieux. S'ils reviennent, ce sera gagné. Sinon, on a perdu deux millions... Attention, ces deux-là, si tu les accroches, c'est une rente. Très riches. Ils ont table ouverte partout... Edwige! Bruno! C'est chic d'être venus... Mes amis, je vous présente Rodolphe, le prince de ce palais des *Mille et Une Nuits*. Il faudra que je raconte ses aventures. Un roman!

— Bonsoir! N'écoutez pas le colonel, plaisante Rodolphe. Il exagère toujours. Voyons, où vais-je vous installer?

— La 4? propose Alphonse-Aimé.

— Trop près de la scène. Ce sont tes amis, non?

— De très bons amis.

— Alors la 7. Champagne?

— S'il vous plaît.

D'un signe de la main, Rodolphe appelle Sonia. Marthe l'a engagée comme serveuse. Sonia ne lui aurait pas pardonné de la laisser à l'écart de l'aventure qui commence. Louis a tenté de s'y opposer. Il craint qu'un homme plus jeune ne la lui chipe. Marthe a su le convaincre.

— Champagne et trois verres, demande Rodolphe à la jeune femme, en lui montrant d'un signe de tête le colonel et ses amis qui se dirigent vers la table 7.

Rodolphe gagne l'autre extrémité du comptoir. Revenue d'une brève tournée d'inspection en coulisses, Marthe s'affaire de nouveau à sa caisse.

— Tout va bien?

— Les musiciens sont arrivés... Sauf le saxo, le type qui appartenait à la formation de Xavier Folgat. Il devrait être là depuis dix minutes. S'il nous fait un coup pareil, je te jure que je le vire! Pourquoi tu l'as engagé, au fait?

— Parce que c'est un bon. Ne t'inquiète pas, chez nous il va jouer la musique qui le botte. Il viendra.

Mario est revenu, comme Rodolphe le lui avait

proposé. De lui-même. L'orchestre de Folgat est au chômage. Les goûts du public ont changé. Les mélodies, les rythmes d'avant guerre semblent poussiéreux aujourd'hui. Pour le dancing, Rodolphe a engagé un combo réuni par un certain Marc Delhouette. Un trompettiste de vingt-deux ans. Tout juste démobilisé, il s'est inscrit au conservatoire, et pour subsister il a fondé un orchestre. Les *Jammin' Partners*. Jazz, swing, rythmes afro-cubains. Rodolphe lui a imposé Mario Cambrezzi. Delhouette s'est fait tirer l'oreille, mais quand il a entendu Mario jouer, tout s'est arrangé. Les musiciens sont comme les guerriers : ils se reconnaissent entre eux, au premier coup de feu, à la première note.

— Alphonse-Aimé est content ? demande Marthe.

— Pour l'instant, oui. Beaucoup de ses amis sont là. Beaucoup des miens aussi... Le tout, c'est qu'ils reviennent, et ça, ça dépend de nous !

— Voilà Irène Delobet. Elle aussi, elle a battu le rappel de ses amis. On n'a pas arrêté de la demander, depuis l'ouverture... Mais dis donc, je rêve ! Tu as vu qui l'accompagne ?

— C'est Sacha Guitry, je crois bien ! Va donc les accueillir ; une actionnaire qui amène une célébrité !...

— Elle n'est pas la seule... Gabin est passé dire un mot aux Gambier-Heurtise. J'ai aperçu Suzy Delair et Jean Desailly... Alphonse-Aimé m'a dit que Cocteau passerait plus tard dans la soirée.

Ils se font face, se sourient, savourant cet instant de bonheur. Que de chemin parcouru en si peu de temps...

— Après la fermeture, je te dirai quelque chose... et puis non, je vais te le dire maintenant. Tu m'écoutes ?

— Oui.

— Écoute-moi mieux que ça, plus près... je suis enceinte...

40

Ce n'était peut-être pas le meilleur moment, mais Marthe se sent prête à affronter le monde entier. L'idée de donner un fils à Rodolphe décuple ses forces, son envie de réussir. Dans l'esprit de Marthe, cet enfant ne peut être qu'un garçon. Un second Rodolphe, aussi conquérant, aussi séduisant que son père. Un peu plus tard, espère-t-elle, ils auront une fille qui sera le portrait vivant de Marthe, et dont l'enfance privilégiée rachètera les difficultés que sa mère aura connues. Pour elle, pas de charbon à trimballer, pas de bouteilles consignées à laver, pas de tickets à coller. Ce sera la revanche de Marthe : le témoin de sa propre enfance, repeinte aux couleurs du bonheur. Sa fille aura tout ce qu'elle n'a pas eu. Mais pour l'instant, elle n'en doute pas une seconde, c'est un garçon qu'elle attend. Et elle se jure de lui préparer une place au soleil. Avec Rodolphe, là-dessus, ils se comprennent à demi-mot. Lui aussi a des comptes à régler. Avec l'Alsace, avec la misère. Le servage n'existe plus, mais la vie de ses parents y ressemble encore. Journaliers. Longtemps, ils ont vagabondé de ferme en ferme, louant leurs bras à qui en voulait, pour quelques jours, ou quelques semaines, quand ils avaient de la chance. Un jour, un gros vigneron d'Eguisheim, François Stiegler, s'est dit qu'ils abattaient de la bonne besogne pour le peu qu'ils coûtaient, et qu'il serait judicieux de se les attacher. Il y avait sur ses terres, près de la ferme, une porcherie désaffectée. Les murs étaient bons, il n'y avait qu'à refaire le toit. Ils pouvaient s'y installer. Pour le toit, Johann n'aurait qu'à couper des bardeaux dans le bois qui appartenait à Stiegler, de l'autre côté de la rivière. On ne les lui compterait pas, et on lui prêterait une échelle et des outils... Ça tombait bien, Grete était enceinte de Rodolphe. C'est là, dans l'ancienne porcherie, qu'il est né et qu'il a grandi. Johann et Grete y vivent encore. Maintenant, il y a des rideaux aux fenêtres. Dans son enfance, il n'y avait même pas de fenêtres. Au début, la famille dormait dans la paille, comme des bêtes. Johann a tout fait de ses mains, là-bas, la porte, les fenêtres, et tous les meubles.

C'est lui aussi qui a taillé les écuelles et les couverts de bois dont ils se servaient pour manger. Maintenant, ils ont des fourchettes en fer et des assiettes en faïence : un service dépareillé, acheté par Johann chez un brocanteur. Grete veille dessus comme s'il était en or...

Pour que le futur bébé ne naisse pas aussi démuni que ses parents, Marthe et Rodolphe ne ménagent pas leur peine. Et la Grange ne désemplit pas. Les premières semaines ont été les plus dures, après l'accès de curiosité du public. Peu à peu, une clientèle régulière se constitue. À la Grange, plusieurs publics, plusieurs couches sociales se côtoient et se mélangent. Il y a les amis huppés d'Alphonse-Aimé, d'Irène Delobet, des Gambier-Heurtise, le faubourg Saint-Germain, les milieux d'affaires, la caste militaire, et même, grâce à Lauraine et Edmond, des hommes politiques. Il y a les gens du spectacle, toujours en quête de nouvelles escales de nuit. Il y a aussi la troupe innombrable, d'extraction populaire, des amis de Rodolphe. Des gens jeunes, aux occupations souvent mal définies. Atout important pour le club, les femmes jeunes et jolies sont nombreuses. D'où sortent ces bataillons de beautés, c'est un mystère que Marthe n'ose pas trop explorer. Cela n'a pas tardé à se savoir, et par ricochet, une autre clientèle est venue. Jeunes mâles issus de tous les horizons, attirés pas la présence de proies potentielles. Ceux-là ne reculent pas devant la dépense s'ils estiment avoir une chance d'atteindre leur objectif. Ils consomment même au-dessus de leurs moyens. Le couple Laufer fonctionne comme une machine bien huilée. Rodolphe a le don de pousser les gens à boire. Des clients qui entrent dans l'intention de siroter une coupe se retrouvent, sans trop savoir comment, attablés devant une bouteille dans son seau à glace. Son charisme est tel qu'ils considèrent comme un privilège de l'avoir quelques instants à leur table. Il lance un compliment ou une vacherie amicale sur la cravate de son hôte, un commentaire féroce, narquois sur le fait marquant de l'actualité, il répète la dernière que vient de lui raconter Piaf ou Fernandel, on rit, on trinque...

Au besoin, il improvise la blague et invente la vedette censée en être la source. Le client participe à travers lui d'un univers peuplé de célébrités, d'un monde qui pétille comme le champagne dans les coupes. Dans son coin, Marthe établit des additions scrupuleusement honnêtes et impitoyablement exactes. Avec elle, il n'y a pas de coups du patron. Tout ce qui se boit sur son territoire est facturé, au centime et au centilitre près. L'actionnaire champenois est content : son champagne coule à flots. La recette s'arrondit de jour en jour, comme le ventre de Marthe que Rodolphe caresse d'un air songeur.

— Combien ?... Pas mal ! Tu sais à quoi je pensais ? On devrait aménager la deuxième salle, en faire une sorte de salon un peu tranquille, où les gens qui ne dansent pas pourraient bavarder à leur aise... Bavarder et consommer. Les danseurs ne boivent pas assez. Ce sont les bavards qui consomment !

— Oui, mais ça entraînerait des travaux. On ne peut pas fermer, on vient d'ouvrir !

— On pourrait s'arranger sans avoir à fermer. Il faudrait que j'en parle à mes gars.

Ses gars, ce sont ceux qui ont modifié le décor sur ses indications. Deux frères originaires d'Alsace, moitié maçons, moitié menuisiers, et la petite équipe qu'ils font travailler au noir : la débrouille, la gratte, la combine. De temps à autre, Marthe en découvre d'autres manifestations. Elle s'est aperçue au bout de quelques semaines que certaines des jolies clientes de la Grange sont rétribuées « au bouchon », comme dans les bars de Pigalle. Elle a fait part de son inquiétude à Rodolphe.

— Ne tentons pas le diable… D'hôtesse à pute, il n'y a qu'un pas, et si le milieu met le pied dans la porte…

— T'inquiète, ma beauté, j'ai l'œil. Ce ne sont pas des putes, ni des entraîneuses. Seulement de belles poulettes qui attirent du monde. Le tout, c'est de les changer souvent, pour éviter la lassitude chez le client. Il faut qu'elles restent des clientes elles-mêmes, ou en tout cas qu'elles en aient l'air.

— Rodolphe, ça me fait peur. C'est pas ça qu'on voulait.

— On n'a pas le choix, princesse. Y a les échéances, faut faire du chiffre…

41

— Laufer ?

L'homme est petit, très jeune, l'âge de Rodolphe. Mal habillé. Le pantalon en tire-bouchon, les chaussures fatiguées. Mais le regard brille d'intelligence… Le contraste est frappant entre cet aspect négligé et ce regard intense, inquiétant. Mais Rodolphe n'est pas accessible à la peur.

— C'est moi. Qu'est-ce que vous m' voulez ?

Le petit bonhomme ne se hâte pas de répondre. Il prend son temps pour dévisager Rodolphe, pour le jauger. Il prend la mesure de son interlocuteur. Cependant, quand il parle à nouveau, c'est de la même voix placide, aux inflexions traînantes du parler parigot.

— Moi, c'est Poulard. Pour vous servir.

Rodolphe jauge le petit homme à son tour. Ce type n'est pas un client, en tout cas pas un client ordinaire.

— J'ai pas besoin qu'on me serve… C'est moi qui sers. Qu'est-ce que vous buvez ?

Poulard a une moue très brève, comme s'il s'excusait.

— J'ai pas soif.

Cette fois, l'expression du visage de Laufer a changé. Ses paupières se ferment à demi. Il réprime un bâillement...

— C'est un débit de boissons, ici, vous savez ?

— Oui... Mais j'ai pas soif. Je suis venu vous prévenir.

L'homme se rapproche légèrement, et poursuit sur le ton de la confidence :

— Y a des gens qui rackettent les débits de boissons.

— Non ?

Une lueur amusée éclaire le regard du petit homme.

— Si. Heureusement, y a des gens qui les empêchent.

— Et ça coûte, j'imagine ?

— Dame ! Toute peine mérite salaire.

Rodolphe hoche la tête.

— Moi, j'ai un gri-gri qui me protège.

Poulard lui lance un regard curieux.

— Sans blague ?

— Sans blague. Vous voulez le voir ?

— Montrez toujours...

Rodolphe fouille dans un tiroir de son comptoir, et pose devant Poulard un objet difficilement identifiable. C'est rond, et assez répugnant. C'est gros comme un marron avec sa bogue, mais sans les piquants. On dirait une petite balle en cuir brun tacheté de noir, très asymétrique et bosselée, avec des filaments emmêlés, tout secs.

Intrigué, Poulard effleure la chose de l'extrémité d'un ongle.

— Qu'est-ce que c'est ?

C'est au tour de Rodolphe de se pencher, et de lui parler à voix basse.

— Une couille. D'homme, bien sûr.

Poulard sursaute. Il retire sa main.

— Le type a gueulé, quand je la lui ai coupée, inutile de vous dire !

— Vous déconnez !

— J'en ai l'air ?

Poulard contemple l'innommable objet et revient à Rodolphe.

— Non, dit-il enfin, vous n'en avez pas l'air. Ça tombe bien, moi non plus, je ne plaisante pas. Nous sommes donc entre gens sérieux... Nous devrions nous entendre.

— J'espère bien qu'on va s'entendre ! Vous allez m'entendre vous dire : « dehors ». Moi je vous entendrai répondre : « Oui, monsieur », et vous allez partir, conclut Rodolphe en sortant un nerf de bœuf de dessous le comptoir.

Poulard se détache du zinc et recule sans hâte excessive. Un sourire flotte sur ses lèvres minces.

— Vous êtes un dur, hein ?

— Dehors !

— Paris la nuit, c'est plein d'imprévus... un vrai tourbillon. Vous m'en direz des nouvelles.

À pas lents, Rodolphe contourne le comptoir.

— Dégage ou je te les coupe !

Poulard tourne les talons et disparaît. Rodolphe fait claquer le nerf de bœuf sur le comptoir. Cela devait se produire tôt ou tard. Il va faire face. Mais d'abord, savoir à qui il a affaire. Le seul moyen d'échapper au racket, c'est de devenir son propre « protecteur », avec les frais que ça entraîne. Il décroche le téléphone et compose un numéro à Paris.

— Allô, c'est Monique ? Oui, Rodolphe, bonjour ma grande... Dis-moi, ton feignant est dans le coin ? Bon... Tu me le passes ? D'accord, je t'embrasse au creux des reins, à bientôt... Allô, Delgado ? Salut, ça va ?... Tu fréquentes toujours ton copain du club de tir ? J'aimerais lui payer un verre. Assez vite. Disons ce soir.

42

L'inspecteur Dorain, l'ami de Delgado, n'a pas pu renseigner Rodolphe. Le milieu grouille de nouveaux venus, depuis la Libération. Nombre de ceux qui le composaient avant la guerre sont morts, dans l'un ou l'autre camp. Il y a eu beaucoup de malfrats collabos, et il y en a eu beaucoup dans la Résistance.

— Entre les déportations et les règlements de comptes, a dit Dorain, ça a déboisé sec ces dernières années ! Évidemment, ça a créé un appel d'air. Des petits gars qui ont appris le maniement d'un pétard dans la Milice ou chez de Gaulle, et qui n'ont pas de vocation pour l'usine, ça n'est pas ce qui manque ! S'il a à peu près votre âge, ce Poulard est certainement nouveau sur le marché. Je n'ai rien trouvé sur lui au fichier. Le nom est sans doute faux...

— Alors qu'est-ce qu'on fait ?

— On peut surveiller l'établissement pendant quelques jours, mais ça ne résoudra pas le problème. Pourquoi vous avez refusé de casquer ? Il est si gourmand que ça, Poulard ? Tous vos confrères raquent, y a pas de honte à ça !

— Pour moi, si.

— Si vous avez des principes, fallait entrer dans l'enseignement, c'est plus calme ! Moi, du moment que ça s'est pas produit dans mon secteur, je ne vois rien à y redire, a ajouté Dorain.

— Si la police peut pas protéger la Grange, le Poulard, s'il se repointe, je lui coupe les couilles.

— Égorgez-le, mais ne vous faites pas prendre ! Et puis attention, l'émasculation en état de légitime défense, ça fait excentrique, devant un jury, dit le policier en s'étranglant de rire.

Il recouvre son calme et il prend congé.

— Sérieusement... Prenez vos précautions. Ces jeunes voyous veulent faire leurs preuves. Ils ne reculent devant rien. Si vous avez du nouveau, prévenez-moi. Et si de mon côté j'entends parler de ce Poulard, je vous appelle. Okay ? Merci pour le gorgeon. Il est bien, votre petit champ !

— Cuvée réservée. Un producteur qui travaille à l'ancienne... Vous allez en emporter quelques-unes. Pour sceller notre amitié.

— Quelle heure il est ? Non, ça va, je ne suis pas en service.

Rodolphe a pris ses précautions. Pour assurer la protection du dancing, il a engagé deux de ses amis, issus de son année de glandouillage.

L'un d'eux, René Depland, est un ancien du commando Kieffer. Un homme de guerre décontenancé par la paix. Depuis la victoire, il traîne. C'est un brave type, à qui on a appris à tuer et qui le fait sans sourciller. Au physique, c'est un poids plume, fin comme une lame et dangereux comme un serpent.

L'autre, qui répond au nom mélodieux de Nanard Mastaba, est catcheur. Lui, il dissuade par sa carrure et son air féroce. Il est très doux, en réalité. En tout cas avec les petites filles. Ce trait de caractère lui a valu quelques ennuis avec la justice. Il l'a avoué à Rodolphe. « Pas de problème, à la Grange, il n'y a pas de petites filles. »

Ainsi, sous la double protection de René Depland et de Nanard Mastaba, une clientèle de plus en plus nombreuse et enthousiaste continue à fréquenter la Grange. Les deux costauds font office de videurs, ce qui évite à Rodolphe de commettre à cet exercice sa dignité de maître des lieux.

43

Après quelques mois de tâtonnements, l'équipe est rodée.

Le grand prêtre en est Rodolphe. À tout pontife, il

faut un trône. Rodolphe a choisi un très haut tabouret, à l'angle du bar. À cet endroit, avec sa taille de géant, il a l'air d'une figure de proue, une sorte de Neptune rasé de près, aux yeux rieurs, tournant vers le grand large son beau visage taillé à coups de serpe.

Tous les clients sont rois, mais entre ces rois, un commerçant avisé opère des distinctions. L'argent compte, évidemment. Ceux qui en ont beaucoup et qui le dépensent à profusion ne sont pas obligatoirement les plus choyés par Rodolphe. Ses favoris, ce sont les faiseurs d'opinion, les « leaders affectifs », les vedettes de l'actualité, acteurs, sportifs, auteurs, metteurs en scène, tous ceux que les sans-grade sont fiers de côtoyer ou simplement d'apercevoir : les *locomotives*. À elles, rompant avec la règle d'or instituée par Marthe, il va jusqu'à offrir à boire. Cependant, il n'oublie pas les obscurs. Il était l'un des leurs, il y a peu.

C'est lui, Rodolphe, qui réunit pour quelques heures les centaines de personnes qui se pressent chaque soir sur la piste de danse et qui n'ont entre elles, hormis le goût du plaisir, rien de commun. Et c'est à travers lui qu'elles perçoivent cette fusion pourtant improbable, impossible. Il est le trait d'union entre Martine Carol, la star, et le petit employé qui mangera des pâtes toute la semaine pour payer ses deux coupes de champagne, entre l'héritier d'un empire industriel et l'étudiante aux Beaux-Arts. L'ange ou le démon qui met en présence tous ces êtres si dissemblables, c'est Rodolphe. Sans Rodolphe, sans la Grange, sans tous les Rodolphe et toutes les Granges de Paris, il manquerait quelque chose à la vie : la loterie du rêve, le parfum enivrant de l'illusion. Car presque rien n'est vrai, ou durable. Ces gens vont danser ensemble, boire ensemble, peut-être coucher ensemble, mais ils resteront ce qu'ils sont. Il n'y aura pas de réelle fusion. L'héritier n'épousera pas l'étudiante. La dame un peu trop mûre, si elle satisfait ses nostalgies de chair fraîche entre les bras de Rastignac de vingt-deux ans, ne retrouvera pas pour autant sa jeunesse. Tous vivent un rêve, et pour tous viendra l'instant du réveil. Gai ou triste, tendre ou maussade, charmant ou sordide... On ne pleure pas. Ce soir ou demain, ou la semaine prochaine, on reviendra, et tout recommencera, avec une autre, avec un autre...

Autour de Rodolphe, Marthe règle le ballet des serveuses et des « filles au bouchon ». Ses premiers scrupules se sont envolés. Rodolphe avait raison. Les échéances sont lourdes. En poussant à la consommation, quelques jeunes hôtesses accroissent significativement le chiffre d'affaires de la maison. Mais puisqu'elle n'a pas pu renoncer à leurs services, Marthe a tenu à les contrôler. Elle s'y entend si bien que Rodolphe, narquois, affecte de l'appeler Madame Marthe, « sous-maîtresse ». D'abord fâchée, Marthe a fini par en rire. D'ailleurs, elle passe son temps à empêcher ces filles et ces jeunes femmes de glisser dans la prostitution. Elle y parvient presque toujours, et quand elle essuie un échec, c'est la porte pour la coupable. Qu'elle aille faire le tapin ailleurs !

Marthe s'est découvert le goût du pouvoir. Ce trait de caractère apparaissait déjà dans sa relation avec Sonia, mais les circonstances lui permettent de s'affirmer. Marthe aime commander. Son autorité naturelle, son énergie et sa beauté font que la plupart de ceux qui l'approchent se soumettent volontiers à sa volonté. Les autres, elle les écarte ou elle les brise. Plusieurs « filles au bouchon » en ont déjà fait l'expérience, notamment celles qui souriaient un peu trop à Rodolphe. Amusé, il a assisté sans s'en mêler à leur mise à mort. Chaque fois, Marthe s'est arrangée pour humilier ces filles devant lui avant de les renvoyer. Il s'en présente tous les jours de nouvelles. Marthe se charge de les choisir et de leur expliquer la règle du jeu. Là encore, Rodolphe lui laisse la bride sur le cou.

Ce sont la plupart du temps des amies des musiciens de l'orchestre, ou de René Depland, qui semble en faire une grosse consommation, à la différence de Nanard Mastaba. Mise au courant des goûts du colosse, Marthe l'a prévenu brutalement : au moindre problème avec une enfant du voisinage, pour lui aussi, ce sera la porte...

Elle tient à ce que le caractère mercenaire des filles au bouchon demeure secret. Elle veut faire savoir qu'à la Grange il y a toujours de belles filles, et non de belles entraîneuses.

Marthe reste le plus souvent assise à sa caisse. De là, elle surveille son monde. Les clients, les serveuses, les hôtesses, les musiciens, et surtout Rodolphe. Elle est à présent enceinte « jusqu'aux yeux ». Rodolphe lui a proposé de s'arrêter. Quelqu'un d'autre tiendrait la caisse, elle reverrait les comptes le matin. Elle a refusé tout net. Elle envisagera peut-être de se faire remplacer dans les quelques secondes précédant l'accouchement. Mon père et ma mère, je ne les ai jamais vus s'arrêter... En attendant la naissance du nouveau Messie, Marthe compte bien calculer elle-même chaque addition, et vérifier chaque billet de banque entrant en caisse.

Elle attend sa délivrance avec une double impatience. D'abord, elle a hâte de voir de ses yeux son fils glorieux, le double adorable de Rodolphe. D'autre part, elle est pressée de rentrer en possession de son propre corps, pour l'instant occupé par ce très cher, mais très encombrant locataire. Elle connaît les besoins sexuels de Rodolphe et l'attrait qu'il exerce sur les femmes. Il n'aurait pas à déployer de grands efforts pour puiser dans le vivier enchanté de la clientèle féminine. De la clientèle, ou du personnel. D'où sa vigilance féroce. Auparavant, elle s'abandonnait à Rodolphe deux fois, trois fois par jour. À présent, il n'en est plus question. Le médecin s'est montré formel. Bien sûr, il existe de nombreuses façons de faire l'amour, mais Rodolphe est un ogre. On ne contente pas un ogre avec des amuse-gueule. Marthe a peur.

Depuis la caisse, elle l'épie tandis qu'il accueille clients et clientes, serre des mains et lance des plaisanteries. Laquelle lui plaît ? Laquelle l'excite ? Cette brune au nez retroussé ? Cette blonde aux gros seins ? Elles sont accompagnées, elles ont des maris, des amants, des cavaliers, mais un numéro de téléphone se donne en douce, un rendez-vous se fixe en quelques mots chuchotés au passage. Marthe n'a jamais eu d'autre amant que Rodolphe, mais par Sonia, qui lui a parlé des autres, elle sait. Les performances amoureuses de Rodolphe sont bien supérieures à celle de la plupart des hommes. Et Rodolphe est son mari. Il est à elle. À personne d'autre.

44

Mario joue pour la brune à la robe rouge. Tout le monde en profite, mais en réalité c'est pour elle seule qu'il joue. Elle le sait. Et si elle danse avec un autre, c'est pour lui, Mario Cambrezzi, qu'elle danse. Ils ne se sont pas quittés des yeux. À la pause, Mario ira boire un verre au bar. Et elle sera là, il n'en doute pas un instant. Ils échangeront quelques mots. Seulement les mots nécessaires.

Vous me plaisez... Vous aussi... On se retrouve tout à l'heure?... Non, demain, plutôt... Demain, d'accord... Chez moi, 6, rue Delambre. Mario Cambrezzi, c'est écrit sur la porte... Cinq heures... Vous aimez Jerry Mulligan?... Alors, écoutez le premier morceau, à la reprise. Il est pour vous. À demain, cinq heures, 6, rue Delambre...

Mario finira son whisky-tonic, et il remontera sur la scène de son pas tranquille.

Demain, la femme à la robe rouge sera à lui. Il pourrait prendre un pari, il serait sûr de le gagner. Ce n'est pas de la présomption, juste le fruit de l'expérience. L'homme avec qui elle danse s'imagine qu'il a une chance. Il se trompe. C'est Mario qu'elle regarde. C'est pour lui qu'elle se déhanche. Elle est belle. Il lui donne quarante-huit ans. Elle est mûre comme un fruit gorgé de suc.

Elle a quelque chose d'Irène Delobet, une des actionnaires de la boîte, pense Mario. Elle reste rarement plus d'une semaine sans venir passer une soirée à la Grange.

Mario Cambrezzi ne détesterait pas lui faire visiter le 6, rue Delambre. Elle est magnifique, exactement son genre. Abondante. Mûre. Pulpeuse. Il a bien essayé de lui décocher son fameux regard de velours, mais ça n'a rien donné. Dans les yeux verts d'Irène Delobet, il n'a lu qu'une réponse glaciale : « Tu perds ton temps, mon bonhomme... » Il en a été mortifié. Il n'a pas l'habitude.

Irène ne couche avec personne. En tout cas, avec personne de la Grange. Ce n'est pas pour surveiller son investissement qu'elle vient si souvent à la Grange, il en a l'intuition. Quelqu'un l'attire irrésistiblement. Mais il est tabou. Intouchable.

Mario Cambrezzi hausse les épaules. Pas ses affaires. À moins que, un jour de dépit, Irène Delobet peut s'abandonner...

Reste la femme à la robe rouge. Il ignore encore son nom. C'est la première fois qu'elle vient. À l'avance elle est consentante. C'est ce qui lui plaît chez les femmes mûres : elles n'ont pas de temps à perdre.

Marc Delhouette lui adresse un clin d'œil. Il s'apprête à prendre son solo de trompette. Ils s'entendent bien, musicalement. Humainement aussi. Mario a déjà joué avec des sales cons. Xavier Folgat était un sale con. Pas un mauvais musicien, mais un sale con. Delhouette, lui, est devenu un ami.

Mario termine son solo et s'efface pour laisser le devant de la scène à Delhouette. Soudain, une gerbe de flammes jaillit de sous une table inoccupée. Une explosion couvre le bruit de l'orchestre, un souffle brûlant balaie la piste et l'estrade. Mario et Delhouette sont projetés vers Duvilier, le batteur. Sous leur poids, les pieds métalliques se tordent, les caisses se renversent, les peaux éclatent. Tandis que Mario et Delhouette tentent de se dépêtrer de ce chaos, les lumières vacillent, une fumée noire, suffocante, envahit la salle du dancing. On entend des jurons, des appels au secours, des cris de terreur. Un vent de panique souffle sur l'assistance. Sur la piste, comme si elle continuait à danser, une femme se tord de souffrance. C'est la femme à la robe rouge, et sa robe est en flammes. Un homme immense écarte tout ce qui se trouve sur son passage, arrache la nappe d'une table, se rue sur la femme, l'étreint à pleins bras à travers la nappe, afin d'éteindre les flammes qui dévorent son corps.

Dans le même temps, d'une voix âpre, mais calme, il donne ses ordres :

— Les extincteurs, vous autres ! Nanard, fais sortir tout le monde ! Marthe, appelle les pompiers !...

Comme par miracle, la panique s'apaise. Les clients indemnes ou légèrement blessés refluent en bon ordre vers les issues. Outre la femme à la robe rouge, deux personnes sont plus sévèrement atteintes. René Depland, Delhouette et les autres musiciens aident à les transporter à l'air libre, pendant que Rodolphe, Mario et Nanard Mastaba s'efforcent de maîtriser l'incendie. Ils y sont presque parvenus quand les pompiers arrivent.

— Ça va, les gars, vous pouvez laisser tomber, on s'en occupe, lance à Mario un petit homme râblé, aux yeux luisants sous son casque, engoncé dans une veste en cuir noir trop grande pour lui.

Hébété, Mario obéit. En passant devant l'estrade, il y pose son extincteur vide, et récupère son saxo alto. Il l'examine à la lumière du jour. Il est noirci et cabossé.

Mario n'en croit pas ses yeux. L'explosion a donc été si puissante ? La foule des rescapés est là, grossie des badauds attirés par la détonation. Ceux qui dansaient, riaient, s'abandonnaient au plaisir quelques instants auparavant sont à présent en état de choc.

La suie noircit leurs visages, leurs vêtements sont brûlés, lacérés par le souffle de l'explosion. Les pompiers prodiguent les premiers soins aux trois victimes les plus gravement touchées, en attendant les ambulances. Un homme a un bras arraché, le flanc ouvert, la jambe criblée d'éclats de verre et de métal. Il perd tout son sang, malgré les efforts de deux secouristes affolés.

Tout près, une jeune fille projetée la tête la première contre un des piliers de soutènement de la toiture n'a pas repris connaissance. La femme à la robe rouge, encore drapée dans la nappe dont Rodolphe s'est servie pour étouffer les flammes, a gardé toute sa conscience. Elle parle à voix basse à Marthe agenouillée auprès d'elle. Elle a les yeux grands ouverts. Ses joues sont brûlées, gonflées de cloques, mais ne semblent pas gêner son élocution. Mario, bouleversé, s'approche et se penche sur elle à son tour.

— Les secours arrivent, bredouille-t-il. Tout va bien aller, on va vous soigner...

— Non, non, je vais mourir, je le sais.

Mario se détourne. Il pleure. Demain soir, cette femme aurait été sa maîtresse. À présent, elle va souffrir terriblement, à moins qu'elle ne meure, comme elle en a l'espoir...

— Ceux qui ont fait ça, je vais les tuer.

Rodolphe se tient debout, très droit. Il parle bas, sans dramatisation inutile, sur le ton de l'évidence, en regardant ses mains constellées de brûlures.

45

C'est petit, mal tenu, franchement laid, pour tout dire. Une bicoque minable, entourée d'un jardin en friche, au bout d'un chemin de terre dans une banlieue calamiteuse. Sur la boîte aux lettres cabossée et rouillée, il n'y a pas marqué Poulard, mais Tessier. Et d'ailleurs, le propriétaire ne s'appelle ni Poulard ni Tessier. Pour l'état civil, il s'appelle Morvan. Poulard, c'est son nom de guerre, et Tessier le nom de ses parents adoptifs.

Quand les Vieux étaient encore là, le jardin était en de bonnes mains. Poulard s'en souvient: toute son enfance, toute son adolescence, il a mangé les fruits et les légumes du jardin. Maintenant le Vieux est mort.

La terre est basse. Poulard ne met jamais les pieds au jardin. Même pas foutu de cueillir les cerises. Elles pourrissent sur l'arbre. Les merles en profitent. Marine non plus n'est pas une campagnarde. Trop soucieuse de ses ongles.

Le Vieux avait « la main verte ». Avec lui, tout poussait, tout donnait. Et la Vieille cuisinait comme une reine. Elle est morte, elle aussi. En sortant de sa première incarcération, après leur disparition, Poulard a vécu quelque temps ici. Ses parents adoptifs lui avaient légué tout ce qu'ils possédaient au monde, c'est-à-dire la bicoque. Et puis il a rencontré Marine, et il l'a mise sur le trottoir. Elle s'est installée là, avec lui. Un vieux du milieu leur a dit que c'était le meilleur moyen pour que Poulard tombe pour proxénétisme, mais Marine n'est pas en carte, elle tapine en douce sur les fortifs. Ils passent entre les gouttes.

Marine, aux fourneaux, c'est une vraie catastrophe. Les fées étaient singulièrement absentes à sa naissance. Des chairs molles et blanches de fille qui ne prend pas le soleil. Un nez à piquer les gaufrettes. Une grande bouche aux dents mal plantées. Par chance, elle a d'autres qualités. Courage et docilité, qualités qui font la bonne putain.

Elle rapporte assez d'argent pour payer le restaurant ou les plats cuisinés. Ils en sont là, justement : ce soir, céleri rémoulade, côtes de porc à la tomate et gâteau de riz. De la tambouille de charcutier-traiteur.

Ils ont fini le céleri, et ils attaquent les côtes, quand le lustre de la minuscule salle à manger s'éteint et les laisse dans l'obscurité. Poulard commence par jurer, puis son bon sens lui dicte la conduite à tenir pour éviter de se lever et de se cogner lui-même contre les meubles.

— Tiens, ma chatte, toi qui vois la nuit, va chercher les bougies. Elles sont dans le placard de la cuisine. Et pendant que tu y es, tu ramèneras les cornichons...

Marine se lève. Il l'entend tâtonner dans le noir et traîner prudemment des pieds sur le linoléum usé. À l'oreille, il suit sa progression. Elle est sortie de la salle à manger, elle a longé le couloir, elle est dans la cuisine, elle tend la main, au jugé, vers le placard et le bocal de bougies salvateur... Tout à coup, Poulard entend la porte d'entrée qui s'ouvre et se referme, des pas rapides du côté de la cuisine. Il a la sensation que quelqu'un vient d'entrer dans la salle à manger et se tient face à lui dans le noir. Le lustre se rallume. Marine pousse un petit cri de frayeur qu'un coup sourd vient interrompre.

— Hé là ! Qu'est-ce que...

— Ta gueule. Tu ne cries pas, tu ne bouges pas, compris ?

— Laufer ? Qu'est-ce que vous foutez là ?

L'Alsacien ne répond pas. Très calme, il braque sur Poulard un gros colt 11.43 de l'armée américaine. Il est vêtu de sombre, il porte une casquette de chasse à large visière, et des gants.

On entend, venant du couloir, le bruit d'un corps qu'on traîne sur le sol. Poulard reconnaît le grincement de la porte de la cave. Il entend des jurons indistincts, des bruits de pas dans l'escalier qui mène au sous-sol.

— Laufer, vous êtes en train de déconner... Qu'est-ce que vous faites à ma copine ?

— On la met à l'abri.

Poulard pense à toute vitesse. Le complice de Laufer met Marine « à l'abri ». C'est très mauvais signe pour lui. À l'abri de quoi ? Il va se passer quelque chose qu'elle ne doit pas voir...

Il crie :

— Laufer, arrêtez, y a maldonne !

— La loi interdit qu'on mette des bombes dans les endroits publics, Poulard ! Et moi, j'interdis qu'on en mette chez moi...

— Écoutez-moi ! J'ai rien fait... J'l'ai lu dans le journal, ce qui est arrive à votre dancing, Laufer, mais *c'est pas moi* ! Je vous le jure sur la tête de... Sur la mienne, tiens ! C'est pas moi !

— Faut pas jurer, ça porte malheur !

L'homme qui a descendu Marine au sous-sol apparaît dans l'encadrement de la porte. C'est un type jeune, de petite taille. Il est vêtu d'un imperméable gris. Il tient lui aussi un 11.43 à la main. Poulard ne l'a jamais rencontré.

— Tout va bien ? demande Laufer.

— Au poil, répond l'homme. Elle va se payer une migraine comack en se réveillant, mais rien de plus.

— Parfait. Elle sera rétablie pour aller à l'enterrement, gouaille l'Alsacien.

Poulard se souvient du testicule fossile. Il s'affole. Laufer est capable de tout.

— Déconnez pas ! C'est pas moi, j' vous dis. Réfléchissez : est-ce que j'aurais tout fait sauter ? Risquer de tuer des gens, vos clients, c'était tuer la poule aux œufs d'or ! Votre dancing est foutu, maintenant... Qu'est-ce que j'y ai gagné, si c'est moi ? Réfléchissez, bon Dieu ! Vous allez vous mettre dans les ennuis pour rien !

— Quels ennuis ? Je t'allume, et c'est tout. Tu es mort, point final.

— C'est pas moi, j'vous dis ! Mais je peux vous aider à trouver qui a fait le coup... Je connais du monde !

— Dans quelques instants, tu feras de nouvelles connaissances, crois-moi !... Saint Pierre, Satan, tout ça !...

Le géant pointe le canon de son arme sur le front de Poulard. Son visage ne reflète que de l'ennui : celui qu'on ressent en accomplissant une corvée fastidieuse.

— Laufer, non !

46

— Baissez cette arme, mon vieux, sinon il faudra que je vous tire dessus !... Et ça me ferait de la peine : votre champagne est vraiment bon.

— Et pas cher ! laisse tomber Rodolphe en obtempérant à l'injonction sans hâte excessive.

Il a reconnu la voix de l'inspecteur Dorain, l'ami de Delgado. Éliminer une petite crapule comme Poulard, c'est une chose, affronter un officier de police à coups de flingue, c'en est une autre. Depuis hier soir, il est ruiné ; il ne serait pas judicieux d'en rajouter en laissant Marthe enceinte et seule au monde.

René Depland hésite. Il lui ordonne d'un simple signe de tête de rengainer son arme. L'ancien commando hausse les épaules, mais obéit.

Poulard pousse un soupir de soulagement. Rodolphe lui lance un regard méprisant.

— Quelle chance tu as, Poulard, tu vas finir au ballon au lieu de finir au cimetière. En tout cas pour ce soir, parce que après, comme il y a eu mort d'homme, c'est les Assises ! Tu préfères la guillotine ? T'as raison, c'est plus solennel ! Inspecteur, je vous présente Guy Morvan, alias Poulard, racketteur et poseur de bombes !

— C'est pas moi, nom de Dieu ! glapit Poulard hors de lui. Je suis pas un ange, d'accord, mais j'ai jamais posé de bombe. Je sais même pas changer une ampoule ; c'est pas pour fabriquer des bombes !

— Je crois bien qu'il dit la vérité, Laufer, lâche Dorain.

— Il m'a menacé il n'y a pas un mois !

— Je sais, dit Dorain en rangeant son revolver. Au fait, vous avez un port d'arme, tous les deux, pour vos seringues, là ?

— Oui, oui, inspecteur, on avait fait le nécessaire. On est en règle, rassurez-vous.

— Je ne sais pas si ça me rassure ! Vous alliez brûler la cervelle de ce type, si je ne m'abuse. Ce n'est qu'un sinistre petit voyou, mais tout de même, c'est interdit.

— Petit voyou, petit voyou, là, m'sieur l'inspecteur, je trouve que...

— Écrase, Poulard ! J'ai fini par te retrouver au fichier sous ton vrai nom, Morvan : grivèleries, vols à la tire et à la roulotte, vols avec violences...

— C'est fini, tout ça, m'sieur l'inspecteur ! Erreurs de jeunesse ! J'ai payé ma dette à la société.

— Tu me prends pour un con ? Tu en es au racket et au proxénétisme... De quoi elle vit au juste, ta copine, Martine Le Boing, dit Marine ?

— Elle coud et elle repasse pour des particuliers... Mais c'est vrai, en ce moment, c'est dur...

— Tu parles ! Elle va aux asperges, oui ! Et toi tu la soutiens, pour qu'elle n'aille pas tomber en se penchant... On n'est pas quitte, Poulard, je reviendrai te voir. On causera...

Dorain se détourne de Poulard.

— Désolé, Laufer, il dit la vérité. Ce n'est pas lui.

— Qui, alors ?

— Nous en parlerons devant un verre, si ça vous dit...

— La Grange est un peu en désordre, inspecteur.

— Je sais. On ira ailleurs. C'est ma tournée... À bientôt, Poulard. Dis donc, tu ferais bien de descendre voir ta gagneuse. Si elle s'est cassé le cul en tombant, c'est le chômage technique !

— Vous me devez une fière chandelle, Laufer. Vous alliez faire une grosse bêtise...

— Il n'y aurait eu que cette malheureuse pour le regretter, et encore !...

Ils sont dans la voiture de Rodolphe, une grosse Dodge ferraillante, aux allures de char d'assaut. C'est René qui tient le volant. Rodolphe la tient d'un GI « débrouillard ». En tout cas les papiers ont l'air vrai. Ils roulent vers Paris, dans une nuit pluvieuse qui colle aux vitres de l'auto comme de la poix. Dorain a laissé son collègue rentrer seul. En arrivant à la porte de Pantin, le policier montre l'enseigne éclairée d'un café.

— On se le boit, ce coup ? En plus, j'ai des choses à vous dire. Des choses intéressantes !

— J'espère bien. Mon dancing est sinistré, un client est mort, une autre restera infirme... Je suis couvert de dettes et la clientèle ne reviendra plus : je peux fermer boutique. Alors j'ai pas l'intention de pardonner... Gare-toi, René.

— D'accord...

Quelques instants plus tard, les trois hommes sont

attablés devant des bocks, dans une paisible arrière-salle. Les rares consommateurs, des ombres solitaires, tassées sur leur coin de banquette, ne s'occupent pas d'eux. Rodolphe boit une gorgée de bière, s'essuie les lèvres d'une phalange, et plonge son regard dans celui de Dorain.

— Alors, inspecteur ? Si ce n'est pas Poulard-Morvan, qui a fait le coup ?

— Du calme, mon vieux ! Vous alliez trucider Poulard, je ne vais pas vous livrer le vrai coupable pieds et poings liés. La guerre est finie, Laufer ; on ne tue plus, on ne coupe plus les couilles, mettez-vous ça dans la tête.

— Une bombe dans un dancing, c'est quoi, à votre avis ? Une déclaration d'amour ou un acte de guerre ?

— Je comprends votre colère. Mais n'aggravez pas la situation.

— Je croyais que vous aviez quelque chose d'intéressant à me dire... Parce que pour l'instant, inspecteur, ce que vous racontez, c'est du pipeau !

— Je vais vous dire qui je soupçonne. Comme il est en cavale, vous ne pourrez pas aller lui vider votre 11.43 entre les deux yeux !

Dorain lève son bock de bière, et adresse un sourire à Rodolphe.

— À la bonne vôtre ! Ou plutôt, à la santé de Mme Laufer. C'est bientôt la délivrance ? Quelle veine vous avez, Laufer ! Les enfants, c'est le meilleur de la vie... Surtout quand ils sont tout petits. Vous verrez.

Il boit une longue rasade, et repose son verre avec un rot discret. Face à lui, Rodolphe le dévisage avec une intense curiosité.

— Arrêtez vos salades sur les joies de la paternité, inspecteur ! Vous avez un suspect, un sérieux ?

— Emilio Salvaje, ça vous dit quelque chose ?

47

Salvaje ! Rodolphe ne parvient pas à y croire. Bien sûr, il a réduit à néant les décors du jeune Catalan. Mais de là à imaginer... Il s'en était expliqué avec lui, il l'avait payé intégralement et il lui avait semblé qu'Emilio comprenait sa position. Ne fréquentait-il pas le dancing de temps en temps ?

— Mais enfin, inspecteur, sur quoi vous basez-vous pour le soupçonner ?

— Un bon suspect, ça se reconnaît à deux choses : un mobile et une opportunité. Dans le cas de Salvaje, le mobile serait la vengeance : vous l'avez humilié en supprimant les décors de la Grange. Les artistes, ça se vexe...

— Admettons. L'opportunité ?

— C'est tout simple : il était là avant que ça pète, et il n'y était plus quand ça a pété.

Rodolphe fronce les sourcils. Il lui semble se souvenir d'avoir aperçu Emilio Salvaje le jour du drame, mais il ne peut en jurer.

— Vous en êtes sûr ?

— Voui, j'en suis sûr. Il est joli garçon, Salvaje. Il a tapé dans l'œil d'une de vos entraîneuses...

— Nous n'avons pas d'entraîneuses, inspecteur !

— C'est ça, c'est ça ! Donc, une de vos entraîneuses m'a parlé de lui. Elle m'a dit : « Emilio venait juste de partir... » Les gens qui sortent juste avant que ça saute, c'est plus fort que moi, faut que je sache où ils sont allés ! Il est allé tout droit à la gare, et il a pris un train de nuit pour Barcelone. Il est de là-bas... Ce n'est pas qu'il rentre au pays natal, qui me chiffonne, c'est qu'il le fasse une demi-heure après l'explosion. Il a eu tout juste le temps d'attraper son train... Il vous en a parlé, à vous, de ce pèlerinage aux sources ?

— Il ne me faisait pas de confidences. C'était une relation, pas un ami... Il m'avait rien dit.

— Il n'avait parlé de ce voyage à personne. Pourquoi, à votre avis ? Ne cherchez pas. Ce départ, c'était une fuite.

— Le salaud ! Qu'est-ce qu'on peut faire ?

— Vous, rien. Moi... Pas grand-chose pour l'instant. Ce petit étudiant des Beaux-Arts n'est pas n'importe qui. C'est le fils de Francisco Eduardo Salvaje.

— Et alors ?

— Francisco Salvaje est un des chefs historiques de la Phalange. Héros de la guerre civile, côté franquiste, bien sûr. Aujourd'hui vice-gouverneur de la Catalogne... Intouchable ! Et son rejeton aussi, s'il s'est réfugié entre les pattes du vieux lion. Et si je montre le bout de mon nez, Emilio Salvaje ne remettra plus jamais les pieds en France.

Rodolphe serra les poings.

— Alors il va s'en tirer ?

— Patience ! On va jouer au chat et à la souris. Laisser passer un peu de temps. Lui, là-bas, peinard sur les ramblas, il se dit qu'en France l'enquête piétine... Dans six mois, dans un an, il est persuadé que l'affaire est enterrée et qu'il s'en est tiré comme un chef. Alors...

— Il rentre en France.

— Tout juste. Parce que c'est un artiste, et que l'air de Paris lui manque. L'ambiance des galeries, les vernissages, les parlotes dans les bistros du quartier Latin... Il revient et crac, le chat lui tombe dessus !

— Mais c'est pas sûr...

— C'est ce que j'espère.

— Je vois... Au fait, comment saviez-vous que nous rendions visite à Poulard, ce soir ?

— Je suis passé chez vous pour vous mettre au courant de mes découvertes... Vous n'étiez pas là. Votre femme m'a paru soucieuse. Je lui ai dit que le coupable était Salvaje.

Du coup, elle m'a révélé où vous étiez allé, et m'a supplié de vous empêcher de tuer Poulard... Elle a bien fait. Vous seriez dans de beaux draps, maintenant !

— Ça ne ferait qu'une légère différence.
— Pour le dancing, où en êtes-vous ? Les assurances...
— Elles paieront. Mais ça ne servira qu'à dédommager les victimes et les actionnaires. La Grange est foutue. Vous y retourneriez danser, vous, après ça ?
Dorain secoue la tête d'un air embarrassé.
— Je ne sais pas danser, de toute façon !... Il se fait tard, dit-il en sortant son portefeuille pour régler les bières. Vous pouvez me déposer ? J'habite rue de Provence.
— Pas de problème.

— Rodolphe ?
Marthe ne dormait pas. Elle l'attendait. Folle d'angoisse. Un instant, il est tenté de lui reprocher d'avoir dit à Dorain où il était allé... Mais non, elle a analysé la situation, elle a compris dans quelle panade Rodolphe et René allaient se fourrer. Elle a évité qu'ils ne commettent un meurtre inutile, et elle y est parvenue. Bien joué ! Rodolphe regrette de ne pas avoir de fleurs à lui offrir. Mais il est minuit passé, et il vient de raccompagner l'inspecteur.
— Tu n'es pas couchée ?
Elle est assise au bord du lit. Elle a passé un peignoir sur sa combinaison. Sa grossesse est longtemps restée discrète, presque invisible. À présent, bien sûr, c'est autre chose : elle est à quelques jours de l'accouchement. Le soir de l'attentat contre la Grange, elle a cru perdre l'enfant. Il a fallu l'hospitaliser. Par miracle, il ne s'est rien passé. Cependant Rodolphe est inquiet. Après une grossesse exemplaire, le drame qu'ils ont vécu lui a apporté le doute et la peur. Des cernes bistre creusent son visage et lui donnent un regard de folle sublime. Elle a toute sa raison, en réalité. Elle l'a prouvé ce soir en leur sauvant la mise avec Dorain.
— Tu as vu Dorain ?
— Oui, rassure-toi, Poulard est vivant.
Elle se lève. Alourdie par son gros ventre, elle

marche maladroitement vers Rodolphe et se jette dans ses bras.

— J'ai eu si peur ! Si tu l'avais tué, tout était perdu. Il aurait fallu fuir...

Rodolphe hausse les épaules.

— Tout *est* perdu. C'est pas seulement un an de travail, que Salvaje a détruit.

— C'est lui, tu crois ?

— Probablement. Le pire, c'est qu'on n'en sera peut-être jamais sûrs. Ce type aura foutu notre vie en l'air, impunément ! Cette idée me rend fou...

— Pas notre vie, Rodolphe ! Pas notre vie entière. Juste un petit bout. On est jeunes, on va recommencer.

— Recommencer quoi ? Nous sommes grillés. On ne nous prêtera plus un centime ! Nos actionnaires de province jettent l'éponge. Ils vont s'en tirer sans trop de casse grâce à l'assurance, mais ils se retirent. On va liquider la société, il n'y a aucun moyen de l'éviter.

— Alphonse-Aimé ne te laissera pas tomber, lui !

— Peut-être. Je n'en sais encore rien, il est au Tchad, pour ses affaires... Mais il ne peut remplacer la totalité des actionnaires défaillants à lui tout seul. Non, Marthe, il faut se faire une raison, c'est terminé.

— Jamais ! crie Marthe.

Elle se dégage des bras de Rodolphe et recule d'un pas. Elle est effrayante. Ses yeux noirs jettent des éclairs sauvages.

— Ja-mais je ne re-non-ce-rai ! dit-elle en martelant chaque syllabe.

— Mais, chérie, il faut être raisonnable...

— J'ai travaillé comme une bête pendant un an, à la Grange... Je laisserai personne réduire ce travail à néant. Personne, ni Salvaje, ni un autre ! Pour moi, pour toi, pour *lui*, crie-t-elle en posant ses deux mains sur son ventre, je te jure qu'on va recommencer et qu'on va gagner !

Irrité, il crie à son tour :

— Mais comment ? Avec quel argent, quels appuis, quelle clientèle ?

— Je trouverai...

48

Ils sont étendus côte à côte sur le lit, dans la petite chambre de leur nouvel appartement. Ils ont à nouveau déménagé, quelques semaines avant la bombe. L'argent commençait à rentrer, ils ont cru qu'ils pouvaient s'offrir ça, louer un vrai appartement pour y accueillir le bébé.

Elle ne peut plus faire l'amour. Ils se sont caressés. C'est elle qui a voulu. Pour son plaisir, à lui.

— Je t'aime. On est ensemble. Rien ne peut nous atteindre.

Il reste silencieux. Elle s'inquiète.

— Tu crois pas ?

— Qu'on s'aime, si. Pour le reste, on est comme les autres : on peut nous blesser, nous détruire...

— Non. Dans quelques jours, l'enfant sera né. On est au chômage, et on a des dettes. Je sais pas combien. Les assureurs, les comptables, le fisc... Alphonse-Aimé comprendrait leurs chiffres. Moi, je sais pas.

— Moi je sais.

— Vraiment ? Tu m'as encore rien dit...

Elle pousse un soupir.

— Ce n'est qu'un chiffre. Si on trouve des partenaires, ou un seul, suffisamment riche, ce chiffre n'a pas d'importance.

— Et sinon ?

— Sinon, ça reste un chiffre : on tond pas un œuf.

— Je suis d'accord avec toi. Ce n'est pas ça qui me tracasse. C'est l'enfant. Il va naître comme nous. *Pauvre*. Ça, c'est insupportable.

— C'est ça qu'il faut empêcher.

— Mais com...

Il s'interrompt, conscient de l'inanité cruelle de sa question.

— Excuse-moi.

— Ne t'excuse pas. J'ai réfléchi. Il y a une solution.

Rodolphe tente de scruter le visage de Marthe à travers l'obscurité.

Elle se tait. Il attend.

— Quelqu'un de riche, capable de te prêter n'importe quelle somme si tu le lui demandais.

— De me prêter *à moi* ?

— Oui. Tu vois pas ?

— Non...

— Irène Delobet.

— Hein ? Tu es folle !

— Pas du tout. Elle est amoureuse de toi. Il faudra coucher avec elle. Eh bien, tu le feras.

— C'est toi qui me dis ça ?

— Oui. Si c'est moi qui te le demande, c'est pas pareil, ça me fera rien.

La voix de Marthe est rauque, inexorable.

— Elle n'est pas à Paris, en ce moment. Elle est partie se reposer dans sa propriété d'Antibes... Tu vas y aller, toi aussi.

Marthe regarde Rodolphe presque durement.

— Il le faut. Tu vas pas lui emprunter cinq millions de francs par correspondance.

— Cinq millions ? Tu réfléchis un peu à ce que tu dis ?

— Je ne suis pas folle. C'est ce qu'il nous faudra pour tout refaire, pour recommencer en grand.

— Elle ne nous prêtera jamais une pareille somme ! Je suis même pas sûr qu'elle l'ait...

— Elle en possède beaucoup plus. Elle est née riche, et elle a épousé un homme riche qui s'est encore enrichi pendant la guerre.

— Oui, mais les biens de Delobet ont été saisis par la justice.

Marthe écarte l'objection du revers de la main.

— Foutaises ! La justice s'est fait avoir, comme d'habitude. Il avait mis le plus gros de son butin à l'abri. Une partie directement au nom d'Irène, une autre au compte de sociétés dont elle est l'actionnaire majoritaire... Elle est richissime, je te dis !

— Mais d'où tiens-tu tout ça?

— Lauraine Gambier-Heurtise. Nous sommes très amies, tu sais...

— Elle te court toujours après? Méfie-toi, avec ton gros ventre, elle risque de te rattraper!

— Elle a le béguin pour moi, je sais. Mais elle est capable d'amitié vraie. De tous nos actionnaires, elle seule ne nous a pas laissés tomber...

— Tu oublies Alphonse-Aimé. Quand il sera de retour, je suis sûr...

— Moi aussi, je suis sûre d'Alphonse-Aimé. Mais il n'est pas assez riche pour nous tirer de là, pas plus que les Gambier-Heurtise. Une seule personne le peut: Irène. Et je veux que tu la baises, que tu la rendes folle. Je n'ai aucune inquiétude. Tu en es capable...

— Écoute, un homme peut se faire faire des cadeaux par une femme amoureuse... Mais cinq millions, tu sais ce que c'est?

— Je sais. Nous en devons deux à nos actionnaires, figure-toi... Je connais Irène beaucoup mieux que toi. C'est une femme paumée, vulnérable. Elle aimait son salopard de mari. C'est comme ça, ça se commande pas. Le procès lui a ouvert les yeux sur lui. Maintenant, elle est à la dérive. L'homme qui l'aidera pourra tout obtenir d'elle. Toi, tu lui plais. Parce que tu l'attires, mais aussi parce que son existence est vide: couturiers, cocktails, vernissages, plages à la mode, en réalité tout ça l'embête. Elle ne sait pas trop ce qu'elle fait sur la terre. Une fois qu'elle aura joui dans tes bras, elle ne verra plus le monde qu'à travers tes yeux.

— Je ne comprends pas ton attitude. Toi, si jalouse...

— Je le serai toujours. Mais il faut savoir ce qu'on veut, dans la vie. L'idée que notre fils puisse naître de parents en faillite et couverts de dettes me fait horreur. Et si pour éviter ça tu devais baiser toutes les femmes de la terre, alors je te demanderais de le faire, la rage au cœur, mais sans hésiter une seconde... Tu comprends? Tu comprends ça?

Elle est à bout de nerfs, maintenant. Elle tremble de tout son corps, elle lutte pour contenir les larmes qui menacent de la submerger. Rodolphe est bouleversé par ce mélange d'âpreté et de vulnérabilité. Il l'attire vers lui.

— Je ferai ce que tu voudras... Tout ce que tu voudras. Puisque c'est pour nous.

— Pour lui ! souffle-t-elle en pressant son ventre gonflé contre le sien. Pour lui !

49

Rodolphe respire à pleins poumons. À sa descente du train, il s'est senti comme étourdi. Ici, loin des fumées et des grisailles glacées de Paris, l'air est délicieux, pur, presque tiède bien qu'on soit en hiver. Rodolphe n'a pas quitté Paris depuis sa démobilisation. Il n'est retourné qu'une fois en Alsace, juste à la fin de la guerre. Histoire de prouver à ses parents qu'il était vivant. Ensuite il a été trop occupé pour prendre des vacances. Obsédé par un seul souci : la Grange. Et depuis l'attentat, plus rien, un immense et ingérable désœuvrement.

Oui, l'air d'Antibes sent bon. La vie est bonne, malgré tout. C'est plus fort que lui, Rodolphe ne peut pas haïr la vie, quoi qu'elle lui fasse. Même à Stalingrad, sous la pluie des katiouchas qui rendaient ses camarades de la Wehrmacht fous de terreur, il sifflotait un petit air du pays. Pas par bravade, mais parce que cet air lui montait aux lèvres, irrésistiblement. Alors, il se le fredonne encore aujourd'hui, ce petit air talisman, en marchant sur cette route qui monte entre les jardins et les villas cossues, vers les hauts d'Antibes.

Quand il l'a appelée au téléphone, depuis la gare, Irène Delobet n'était pas chez elle. Une domestique lui a dit que Madame était sortie en voiture. Elle rentrerait bientôt, et elle enverrait le chauffeur le chercher à la gare. Rodolphe a horreur d'attendre. La villa n'est qu'à quelques kilomètres. Il a préféré marcher d'un bon pas, sa valise à la main, entre les pins maritimes, les eucalyptus et les mimosas.

Une voiture le dépasse. C'est une grosse Bentley. Un modèle d'avant guerre. Elle ralentit, s'arrête. À travers la lunette arrière, il reconnaît Irène Delobet. Elle semble stupéfaite. Il ne l'a pas prévenue de son arrivée. Ils ont hésité, Marthe et lui. Fallait-il avertir Irène? Il a tranché d'instinct. Non, il ne la préviendrait pas. Il lui tomberait dessus, il improviserait.

Le chauffeur descend et ouvre la portière arrière. Il prend la petite valise de Rodolphe, ouvre l'énorme coffre, et la dépose à l'intérieur.

— Rodolphe! Que faites-vous là?

Irène fait place à Rodolphe. En réalité, la banquette est immense: quatre hommes de la corpulence de l'Alsacien y tiendraient à l'aise.

— Un coup de blues, Irène... J'ai pensé à vous, et me voilà. Mais peut-être que je vous dérange...

— Non, non, Rodolphe, vous, jamais!

Elle a rosi, sous son léger fond de teint. Il la regarde, il sent son parfum. Irène Delobet vit depuis toujours dans une bulle de luxe. L'air qu'on respire près d'elle coûte très cher: le prix de quelques gouttes d'un chef-d'œuvre de parfumeur, d'un carré de soie signé d'un grand nom. Lui qui a eu toutes sortes de femmes, n'en a pas encore séduit de cette sorte. Parmi les femmes du monde qui fréquentaient la Grange, plusieurs ont succombé à son charme. En dépit de l'amour qu'il porte à Marthe, il ne s'est jamais refusé une aventure. Il ne peut pas. Si une femme l'excite, il la lui faut. Ça n'a rien à voir avec les sentiments. Il ment à Marthe sans l'ombre d'un remords, avec une ingénuité et un naturel absolus. L'homme qui trompe rarement sa femme a toutes les chances de se trahir: il s'agit d'un événement qui le perturbe et qui influe sur son comportement. Tandis qu'à peine rhabillé, Rodolphe n'y pense plus. Comment lui reprocherait-on quelque chose qu'il a déjà oublié? Maintenant, il a une conscience aiguë de la proximité du corps d'Irène. Il sent sa chaleur, il pourrait entendre les battements de son cœur. Le devine-t-elle ?

Sans doute. Deux faisceaux d'ondes magnétiques émanent d'eux et vont à la rencontre l'un de l'autre.

— Merci... J'ai voulu échapper à... À Paris, aux soucis, aux histoires d'assurances auxquelles je ne comprends rien.

— Il fallait m'en parler. J'ai d'excellents avocats. Ils sont à votre disposition, cela va sans dire.

— Un excellent avocat est encore un avocat. Je voulais surtout m'évader.

— Vous avez bien fait de venir. Ça me fait plaisir.

— Vraiment ?

— Vraiment !

— Vous vivez seule, ici ? Je veux dire...

Il se tait. Il se rend compte qu'il s'est jeté tête baissée dans une entreprise peut-être absurde. Marthe en est certaine, Irène Delobet n'a pas d'amant, mais peut-être filait-elle le parfait amour avec un petit jeune, ou avec un sexagénaire riche et raffiné, un sénateur aux cheveux blancs ?

Irène Delobet hoche la tête et répond avec un sourire.

— Je n'ai que ma femme de chambre, ma cuisinière et mon chauffeur, dit-elle en baissant les yeux. C'est être seule, si l'on veut.

Rodolphe hésite. Pousser plus loin dans ce sens ? La contraindre à un aveu plus explicite encore ? Si elle se rebelle, il perd du terrain, du temps. Mais le temps, il en a si peu devant lui. Il est venu lui emprunter, lui extorquer une fortune. Et sa seule chance de parvenir à ses fins, c'est de la séduire.

Le mot « séduire » n'appartient pas au vocabulaire de Rodolphe. Son vrai langage est beaucoup plus cru et fruste. « Emballer ». « Sauter ». « Se faire » quelqu'un... C'est un soudard, Rodolphe. Le restera-t-il toute sa vie ? Il est assez intelligent pour comprendre que c'est en se frottant à des femmes comme Irène Delobet qu'il se dégrossira. Elle n'a pas que de l'argent à lui apporter, cet argent dont il a, lui, un besoin vital. Elle peut le civiliser. Mais tout ça, l'argent et le vernis, il ne l'obtiendra d'elle qu'en échange du plaisir qu'il lui donnera.

— Comment une femme comme vous peut-elle...

Il laisse la fin de sa phrase en suspens. Elle choisit de ne pas répondre à la question non formulée, de ne prendre en compte que les mots qu'il a prononcés.

— Une femme comme moi ? Une femme comment ?

— Une femme si belle...

Elle fuit son regard. Elle lance un bref coup d'œil en direction du chauffeur, dont ils ne voient que le dos dans sa vareuse de drap gris perle, et la casquette. Mais la vitre qui les sépare de lui est fermée ; il ne peut les entendre.

— Vous connaissez mon passé, Rodolphe. J'ai aimé un homme. Il ne méritait pas d'être aimé. Il est mort. Je n'ai plus envie... de rien !

— Plus envie de vivre ? Je peux pas le croire.

— Il me faudra du temps... Parlons d'autre chose, voulez-vous ?

Il sourit. Un large sourire de gosse, désarmant chez un homme aussi fort.

— Je n'ai peut-être pas beaucoup de tact. J'en suis honteux, croyez-moi ! J'ai pas appris...

— Le tact, c'est de ne pas faire souffrir les autres, de les aider, de leur montrer le chemin de la vie... En ce sens, vous en avez sûrement plus que la plupart des gens. Combien de temps comptez-vous rester ?

— Je sais pas au juste...

— Eh bien, vous resterez avec moi aussi longtemps qu'il vous plaira ! Nous allons écumer les restaurants de la côte et faire des promenades en bateau. Vous aimez la pêche ?

— Pas du tout !

Irène éclate de rire.

— Ça tombe bien, moi non plus ! Le poisson vivant, avec sa tête et ses nageoires, c'est dégoûtant ! J'ai plein d'amis peintres, dans la région. Ils habitent des petites maisons charmantes, dans les collines. Nous irons boire leur whisky en les écoutant parler de leurs toiles. C'est fabuleux, d'écouter parler les peintres : ils parlent avec un sérieux infini des choses qui n'existent pas. C'est plus dépaysant qu'un voyage à l'autre bout du monde… Au fait, comment va Marthe ?

Irène ne se contente pas de bavarder. Sous le bavardage, le souci de la réalité affleure. Rodolphe se compose un visage lisse.

— Elle va bien. L'enfant naîtra bientôt. Vous avez des amis potiers ?

— Bien sûr ! Picasso, entre autres… S'il est à Vallauris, nous irons le voir. La poterie vous intéresse ?

— Plus que la peinture. Modeler, c'est comme étreindre, comme caresser.

— Comme pétrir, plutôt.

— Pétrir, caresser, oui… Ça m'aurait mieux convenu, si je m'étais tourné vers l'art au lieu de faire la guerre…

50

— Tu vas avoir ton bébé maintenant ?

— Ça m'en a tout l'air ! Quand on perd les eaux, à ton avis, qu'est-ce que ça signifie ?

— Qu'est-ce qu'on va faire ?

Il est une heure du matin. Marthe vient de réveiller Sonia. Elles sont seules dans le minuscule appartement de Louis, au-dessus de la boutique du bougnat. Louis est rentré au pays, à Saint-Flour, pour assister aux obsèques d'un de ses frères. Sonia a insisté pour que son amie vienne dormir chez elle, tant elle est près du terme. « On ne sait jamais, des fois que ça te prenne d'un seul coup… » Eh bien, ça lui a pris, et Sonia ne lui est pas d'un grand secours. Elle a les mains qui tremblent. Elle est au bord de la crise de nerfs. Marthe garde son calme. Ce n'était pas prévu pour aujourd'hui, mais elle en est sûre, le moment est venu. Rodolphe est à Antibes, chez Irène. Marthe a reçu une carte de lui, hier matin. *Ça suit son cours. Je pense à toi. Ton Rodolphe.* Il n'est pas un grand épistolier. Il dit ce qu'il a à dire dans le minimum de mots ; ça lui évite de multiplier les fautes d'orthographe.

« Ça suit son cours... ». Quel sens exact donner à ces mots ? Où Rodolphe en est-il avec Irène ? Au flirt ? Ont-ils déjà couché ensemble ? S'ils couchent ensemble, c'est elle qui l'a voulu. Il faut qu'ils le fassent. Il faut que le seul homme qu'elle ait jamais aimé la trompe. Elle a confiance.

C'est pour la résurrection de la Grange. La réussite. L'ascension sociale. L'argent. L'avenir de l'enfant qu'elle sent bouger en elle. Elle acceptera tout, si c'est pour ça. Elle va accoucher seule, presque seule. Sonia est tout juste bonne à se tordre les mains et à danser d'un pied sur l'autre.

— Marthe, qu'est-ce qu'on va faire ? J'ai la trouille !

— Calme-toi, idiote, ça n'est pas toi qui accouches ! Va chercher un médecin...

— Quel médecin ?

— Le tien !

— Mais on n'a pas de médecin, Louis et moi, on n'est jamais malades !

— Débrouille-toi ! N'importe lequel...

— Oui, oui, attends... Il y en a un dans la rue... Comment elle s'appelle, cette putain de rue... Non, je confonds, attends que je me souvienne...

La douleur monte. La sueur perle sur le front et sur la lèvre supérieure de Marthe.

— Sonia... Cours, je t'en prie !

— Oui, oui, j'y vais, je cours... Oh, excuse-moi, Marthe, je t'en supplie, excuse-moi !

— Cours, cours, ça commence !

Quand Sonia revient enfin, accompagnée d'un très jeune médecin qui a tout juste eu le temps de passer une canadienne sur sa veste de pyjama, le bébé est né. En nage, épuisée, Marthe le tient serré contre elle. Elle a coupé le cordon avec une paire de ciseaux à ongles.

Le médecin examine le nouveau-né tandis que Sonia, en larmes, s'excuse encore auprès de son amie.

— Tu sais, j'ai couru, couru ! J'ai cru que j'allais avoir une crise cardiaque...

C'est Marthe qui l'apaise.

— Tu as fait de ton mieux, Sonia. Tu as été très bien, la preuve...

Le jeune médecin se tourne vers Marthe. Il brandit le bébé comme il le ferait d'un petit cochon dans un concours agricole.

— Mes félicitations, madame, c'est un magnifique garçon ! Il doit peser dans les... Je dirais facilement 3,8 kilos, 4 kilos ! Son papa est grand ?

— Très grand, très fort, murmure Marthe.

— Marthe, oh, Marthe ! Quand je pense que t'as fait ça toute seule... psalmodie Sonia.

— C'est pas sorcier. Il était décidé à naître, hein ? Alors...

— Tout de même, j'ai vu des cas où ça n'était pas si simple, dit le médecin.

Marthe hoche la tête distraitement. Son bébé est né. Il est sain et vigoureux. Elle a rempli sa part du contrat. À Rodolphe, maintenant... À lui de jouer et de gagner. Elle ferme les yeux. Elle se sent couler dans une eau tiède.

— Mon Dieu, docteur, s'exclame Sonia, elle s'évanouit !

Marthe s'efforce de garder les yeux ouverts.

— Mais non, gourde, je m'endors...

À 750 kilomètres de là, au cœur de sa luxueuse villa d'Antibes, dans la pénombre de sa chambre, Irène Delobet s'abandonne à Rodolphe. Prosternée devant lui, les yeux mi-clos, elle gémit à chacun de ses coups de boutoir. Appliqué, attentif au plaisir d'Irène comme au sien, il goûte en connaisseur cette chair royale. Elle l'émeut, pas seulement à cause de sa beauté opulente. Elle est touchante. Avec fougue et maladresse, elle semble redécouvrir les gestes de l'amour à quarante ans passés.

Irène ne s'est pas donnée aussi facilement que s'y

attendait Marthe. Bien sûr, depuis les premières secondes, dès l'instant où elle a reconnu Rodolphe sur la route, il était clair qu'ils en arriveraient là, mais elle a tout de même résisté huit jours. Ils ont sillonné ensemble les hauts d'Antibes et de Nice. Elle lui a présenté une foule de gens, tous plus élégants et plus riches les uns que les autres. Ils ont ri, ils ont dansé, ils ont bu du whisky, des vodkas orange et du vin de Bandol. Ils n'ont presque pas parlé de la Grange. Ce sujet n'intéresse pas Irène, Rodolphe l'a bien compris. Quant à l'argent qu'il est censé lui emprunter, suivant le plan élaboré par Marthe, il ne devra en parler qu'à un certain instant et d'une certaine façon, comme un tireur d'élite qui n'aurait droit qu'à une balle. Cet instant n'est pas encore arrivé. Rodolphe doit tout d'abord soumettre Irène à sa loi.

51

De son œil glauque, l'homme observe l'enfant. Le petit Paul dort dans son berceau, tout contre le lit de Marthe. Il a trois jours. Sa peau n'est plus rougeâtre ni marbrée, comme l'est la peau des bébés à la naissance. Elle est lisse et rose. Par contraste, l'homme penché sur lui semble encore plus laid que nature. Verrues et rides, comédons, crevasses et poils rebelles au rasoir constellent sa peau grisâtre. Des veinules violacées déforment son nez de buveur... Dans un rictus qui se voudrait une moue extasiée, ses lèvres épaisses se retroussent, dévoilant des dents gainées de tartre et de nicotine.

— Est-il mignon, celui-là ! Un amour ! Et puis, hein, il est Tourasse, on ne pourra pas dire le contraire... Ce front, ces yeux, c'est tout ton père et toi.

— Je préfère ça. S'il avait tenu des Furet, je l'aurais noyé !

La voix de Marthe est brève, tranchante. Robert Furet à un haut-le-corps. Son regard lourd se détourne du bébé et se pose sur elle. Il s'attarde une fraction de seconde de trop sur les seins gonflés qui tendent la robe de chambre en pilou de l'accouchée.

— Eh bien quoi, mon oncle, tu veux la tétée ?

— Tu as mauvais esprit, ma petite Marthe.

— Je ne t'ai pas demandé de venir. Si mon esprit te déplaît, tu t'en vas.

— Allons, allons... Je suis venu faire la paix, Marthe. Quel meilleur endroit pour se rabibocher... autour d'un berceau... Un berceau avec un ange dedans ! Regarde : j'ai apporté quelque chose pour le petit...

— Il a tout ce qu'il faut.

— Je me doute bien... Mais ça, c'est très joli. J'ai envoyé ma secrétaire dans une boutique de luxe. Nous, les hommes, ces choses-là, on ne sait pas. Regarde, je me suis pas moqué de toi !

De ses gros doigts malhabiles, il déchire le luxueux papier-cadeau d'un carton oblong, frappé au sigle d'une grande marque de bonneterie pour enfants.

— Tu vois, il y a tout, la culotte, le paletot, la veste, le petit cache-nez... Et puis c'est brodé à la main, il y a des fleurs, des animaux.

Il tend le carton ouvert. Marthe le prend et le renverse délibérément dans la cuvette posée sur une table à côté d'elle, et dans laquelle elle a fait sa toilette. C'est un désastre. Le beau paletot brodé s'immerge dans l'eau savonneuse, la culotte à moitié trempée glisse et tombe au pied au lit.

— Mais qu'est-ce que tu fais ? glapit Robert Furet.

Sa secrétaire lui a montré la facture. Ce cadeau a coûté la moitié du salaire mensuel d'un fonctionnaire. Robert Furet fronce les sourcils. Sa voix se fait âpre.

— Tu n'es vraiment pas raisonnable.

— Au contraire ! Je ne veux pas que mon fils porte quelque chose qui vient de toi. Je préférerais le voir aller cul nu.

— Eh bien il ira cul nu, crois-moi, si tu continues comme ça ! Pour qui tu te prends, à la fin ? Pour une princesse ? La Grange a sauté, et toi tu n'as plus rien. Je venais en ami, en parent, figure-toi : pour t'aider... Et tu me reçois comme ça ? Vraiment, ça n'est pas raisonnable.

— Tu te répètes, tonton. Alors tu venais pour m'aider ? Et qu'est-ce que tu avais trouvé, pour m'aider ? Dis-le-moi, que je rigole un bon coup.

— De la façon dont tu le prends, tu pourrais m'en ôter l'envie. Mais je veux bien mettre ça sur le compte de l'amertume...

— Je ne suis pas amère, tonton : je viens de donner naissance à un bébé de 4 kilos.

— Oui, mais la Grange ?... Hein, la Grange ? Qu'est-ce qu'il va claper, le petit ange ? C'est quoi, le métier de son père ? Chômeur ? Et sa mère ? Chômeuse ? Tu aurais mieux fait d'accoucher d'un freluquet : ça mange moins !

Les yeux de Marthe luisent de haine et de mépris. Si elle s'écoutait, elle lancerait sa bouteille d'eau à la tête de son oncle. Elle se contient. D'abord savoir ce qu'il a derrière la tête. Oh, elle s'en doute. Mais elle veut qu'il le dise à haute et intelligible voix.

— Qu'est-ce que tu veux ?

— Je te l'ai dit : t'aider. Vous aider, Rodolphe et toi et le petit. Vous allez traverser une passe difficile. Les assurances rembourseront les dégâts, mais le fonds est foutu, pour un cabaret. Et vous êtes grillés. On vous prêtera plus rien...

— Tu crois ça ?

— Je connais ce milieu. Vous n'avez pas su gérer... le dessous de cartes. Le racket, tout le monde y passe. Il n'y a que deux solutions : on paye, ou on flingue. Les établissements qui sautent, c'est qu'ils sont tenus par des gens qui n'ont su faire ni l'un ni l'autre. Et ça se sait !

— Qu'est-ce qui te fait croire que ce sont des racketteurs qui ont mis la bombe ?

— Eh ! Qui d'autre ?

— Oui, qui d'autre ?

Une idée a traversé l'esprit de Marthe. Son oncle ne les a-t-il pas menacés en pleine rue, Rodolphe et elle, le jour où la société s'est constituée chez le notaire ? Elle se contient à nouveau. Si Robert Furet a trempé dans l'attentat, ce n'est pas lui qui le dira...

— Peu importe, reprend-elle. Alors, tu as pensé à quoi, pour nous aider ? On va s'installer chez toi avec le bébé ? Je te préviens, quand il a faim, il braille !...

Une grimace d'épouvante comique tord les traits de Robert Furet. Un bébé, chez lui ? Quelle horreur !

— J'ai pensé... vous offrir un bon prix de votre part de la Grange. Puisque vous ne pouvez plus l'exploiter, pourquoi pas moi ?

— Nous ne sommes que de petits actionnaires, tonton. Juste de quoi être nommés gérants...

— Je sais, je sais... Je m'arrangerai aussi avec les autres. Mais à vous, je peux consentir des conditions plus... moins... enfin convenables, vu les circonstances.

— Et c'est combien, convenables ?

— 210 000.

— C'est tout juste un peu plus que ce que nous devons.

— Ah, tu vois ? C'est convenable. Si vous acceptez, vous n'avez plus de dettes, et vous avez 10 000 francs devant vous pour voir venir.

— Pour voir venir la fin du mois ?

— Oui, enfin... Pour voir venir. C'est à saisir ; c'est parce que tu es ma nièce. Les autres, je les traiterai moins bien.

— Je te fais confiance !

— Alors, c'est oui ?

52

— Et alors il a sorti son chéquier. Tu vois ça ? Il croyait que j'allais accepter, puisqu'on était à la cote...

Marthe s'enflamme en racontant, même si elle prend garde à ne pas parler trop fort, de peur d'éveiller

Petit-Paul. Rodolphe est assis au bord du lit, tout près d'elle. Ils se tiennent les mains.

— L'ordure ! gronde Rodolphe. Mais pourquoi il a proposé autant ? Si on est à la cote, il peut se montrer encore plus salaud...

— Il veut vraiment la Grange. Il a peur qu'un autre acheteur emporte le morceau, s'il attigeait trop. À 210 000 il est crédible. On a 200 000 francs de dettes, et aujourd'hui, personne nous proposerait autant. Et puis, 210 000 francs, c'est rien, pour lui. S'il enlève l'affaire, il mettra dix fois plus pour rénover...

— Alors, qu'est-ce que t'as fait ? J'espère que tu l'as envoyé chier !...

Marthe éclate d'un rire de petite fille. Elle jette un coup d'œil en direction de Petit-Paul et elle se mord les lèvres.

— Aïe ! Je vais le réveiller ! Non, ça va, il dort bien, reprend-elle plus bas. Tu sais ce que j'ai fait ? Je lui ai balancé à la figure !

— Non ?

— Si ! La bassine d'eau savonneuse de ma toilette, avec le paletot brodé qui infusait dedans ! Il était trempé comme une soupe. T'imagines ? Une grande bassine... Je sais même pas comment j'ai fait pour la soulever d'une main et la lui jeter comme ça en pleine figure...

— La rage.

— C'est ça, c'était la rage. Du coup, c'est lui qui est devenu enragé. J'ai cru qu'il allait me tuer. Les yeux lui sortaient de la tête ; il m'injuriait : « Salope ! Salope ! » Moi, je criais aussi fort que lui. Sonia et Louis étaient à côté. Ils sont venus. Je leur ai dit qu'il avait essayé de me tripoter...

Malgré sa peur de réveiller le bébé, Rodolphe éclate de rire à son tour.

— T'as fait ça ?

— Je t'l'jure ! Louis est devenu fou furieux. L'idée qu'on puisse tripoter une accouchée de trois jours, ça l'a mis hors de lui : il a poché un œil à mon oncle !

— Bravo ! Si j'avais été là, je lui aurais poché l'autre avec plaisir.

— Oh, toi, il valait mieux que tu sois pas là, tu l'aurais tué !

Ils sont pris d'un fou rire, tout en s'exhortant mutuellement au silence, par gestes. Enfin, ils recouvrent leur sérieux. Le méchant a été ridiculisé, trempé et rossé, mais les problèmes sont toujours là. Et ils n'ont pas encore parlé d'Irène Delobet. Rodolphe arrive de la gare. Sa valise est là, près de la porte.

— Alors ?...

La voix de Marthe a changé. Il s'éclaircit la gorge.

— Alors... J'ai fait ce que tu m'avais dit.

— Ah...

Il ne sait plus comment continuer. Il n'a pas cessé de coucher avec des femmes depuis qu'ils sont ensemble, et aucune d'entre elles n'a eu la moindre importance à ses yeux. Irène Delobet non plus. Il la trouve bandante, c'est tout. Mais pour elle seule, Marthe sait. Marthe a voulu. Et tout à coup, Irène devient un sphinx.

— Ça t'a plu ?

La voix de Marthe ne laisse transparaître aucune émotion. Tout juste de la curiosité. Une curiosité d'ailleurs modérée. « Alors comme ça, vous étiez en vacances ? Et il a fait beau ?... »

Rodolphe hausse les épaules.

— Tu sais, des femmes, j'en ai eu beaucoup, avant.

— Je sais. Question idiote. Tu crois que... Tu crois qu'elle le fera ?

Il a une moue dubitative.

— Franchement, j'sais pas. Elle est pas idiote. C'est beaucoup d'argent.

— Mais si elle t'aime !

Marthe a crié, malgré elle.

— Pourquoi veux-tu qu'elle m'aime ? Enfin, je veux dire : assez pour me donner une pareille somme, tout de suite, comme ça ?

— Il le faut. Nous en avons besoin.

Elle tend les deux bras, saisit Rodolphe par le col de sa chemise, et l'attire vers elle.

— Je ne t'ai pas envoyé là-bas pour te changer les idées, tu comprends ?

— Je sais. Service commandé. Mission spéciale... Eh bien, la moitié de la mission est remplie. Irène Delobet est ma maîtresse. Pour le reste, ce n'est pas impossible. Il faut attendre...

Marthe resserre encore son étreinte sur le col de chemise, tout en sifflant entre ses dents :

— Pas trop longtemps, Rodolphe, pas trop longtemps ! Tu ne lui en as pas encore parlé ?

— Non. C'est trop tôt. Elle ne pense pas à l'argent. Les gens qui y pensent lui semblent vulgaires...

— C'est pour ça qu'il faut qu'elle t'aime ! Quand on aime, on ne se pose pas ces questions-là. Est-ce qu'elle t'aime, ou bien est-ce que c'est seulement pour se faire sauter ?

Il réfléchit. Il a bien son idée, mais il connaît mal les femmes comme Irène Delobet. Elles appartiennent à une autre classe sociale, elles ont eu une autre éducation, elles ne se donnent pas de la même façon, ni pour les mêmes raisons, elles aiment sans doute différemment.

— Je ne suis pas sûr. Des fois je me dis oui, et d'autres fois...

— Mais tu dois bien savoir ! Tu la fais jouir ?

— Évidemment.

Il a dit « évidemment » sans la moindre vantardise. Évidemment, il a fait jouir Irène Delobet, comme toutes les autres. Ça ne veut pas dire qu'elle va mettre sa fortune à ses pieds. Marthe s'en rend compte.

— Excuse-moi, va ! Mais tu comprends, pour moi, c'est dur. C'est moi qui t'ai demandé de... Et maintenant, si ça ne marchait pas...

— Ça marchera.

Elle le supplie des yeux.

— Je t'en prie, Rodolphe ! Il faut. Sans ça, qu'est-ce qu'on va devenir tous les trois ?

53

Irène Delobet a cessé de s'ennuyer. Elle faisait semblant de s'intéresser à sa vie. Elle ne trompait personne : ça se voyait tellement ! Ses parents, ses relations, soupiraient en parlant d'elle. « Quel dommage, une femme comme elle, belle, riche, encore jeune !... Elle va se dessécher, si elle ne parvient pas à faire son deuil de Delobet. Ce ne sont pourtant pas les hommes qui manquent, mais tant qu'elle n'aura pas trouvé quelqu'un qui lui convienne... »

Ça y est. Elle a trouvé. Elle a trouvé l'homme qui, en principe, lui convient le moins au monde. Elle est richissime, cultivée et raffinée, et, fatalement, un peu snob. Il est pauvre, inculte, rugueux, et parfaitement naturel en toutes circonstances. Pire : il est *nature*. Son accent s'est atténué sans disparaître, et une oreille exercée reconnaît d'emblée des intonations paysannes sous les tournures tantôt faubouriennes, tantôt socialement plus relevées, apprises aussi bien à l'armée qu'au comptoir de la Grange. Ils n'ont en commun aucune référence culturelle. Rodolphe n'a rien lu, il n'a jamais mis les pieds dans un musée ni dans une galerie d'art. Il fait ses délices de Fernandel, du *Hérisson* et de *L'Équipe*. Irène lit *Le Monde*, elle assiste à des conférences, elle voit les films d'auteur en avant-première, elle apprécie l'art abstrait et la musique concrète. Au mieux, ils auraient dû faire l'amour une fois ou deux. Plus tard, il aurait constitué pour elle un souvenir piquant, un peu canaille. Elle se serait souvenue avec un petit frisson des choses inhabituelles qu'il l'aurait obligée à faire... Au lieu de ça, elle est envoûtée. Elle ne pense plus qu'à lui. Elle est sauvée, d'une certaine manière ; elle a repris goût à la vie. Mais l'engourdissement dans lequel elle s'était enfoncée depuis la mort de son mari la protégeait. Vivre, c'est craindre, vivre, c'est souffrir. Elle souffre. Elle vibre. Elle est vivante.

Elle prend bien soin de lui cacher qu'elle l'aime, car elle est intelligente. Pas question pour elle, en le lui avouant, de se livrer pieds et poings liés à cet homme beaucoup plus jeune qu'elle, sûr de son charme, de sa beauté, de sa virilité triomphante.

Alors elle feint de ne pas trop attacher d'importance à leur liaison. Elle n'a pas regagné Paris en même temps que lui. Exprès. Elle a laissé passer quelques jours. Quand il l'appelle au téléphone, avant de lui dire qu'il peut venir la retrouver, elle fait mine de réfléchir, de consulter un agenda, de craindre de se perdre dans ses rendez-vous, la manucure, le coiffeur, le couturier, les amis... En réalité, elle est disponible. Elle traverserait tout Paris à pied pour le voir. Alors qu'elle ne rêve que de s'enfermer avec lui dans sa chambre, et de passer des jours et des nuits entre ses bras, elle insiste pour qu'ils sortent, elle le traîne dans les magasins de luxe pour lui cacher la faim qu'elle a de lui. Il est de moins en moins dupe de ses manigances. Quand ils regagnent enfin l'appartement d'Irène, s'il laisse entendre qu'il se fait tard et qu'il doit rentrer, elle renonce tout à coup à sa froideur simulée. Oubliant ses manières de femme du monde, elle se fait provocante et lascive pour l'entraîner vers la chambre.

Au lit, après l'amour, elle pousse ses pièces avec prudence. Par petites touches sournoises, elle s'efforce de dénigrer Marthe, de faire sentir à Rodolphe qu'elle ne le mérite pas, que c'est un destin indigne de lui qui l'attend, s'il reste avec cette fille de bougnat. Tout ça à mots couverts, tant elle craint la rebuffade qui réduirait ses rêves à néant.

Sans rien en laisser paraître, Rodolphe a compris où elle voulait en venir. Il n'a pas un instant l'intention de quitter Marthe pour Irène. Il se garde à la fois de lui laisser trop d'espoirs, et de les lui interdire tous. Sous ses dehors de belle brute sans complications, son esprit clair et froid compte les coups et estime les positions de chacun sur l'échiquier où se joue la partie. Tranquillement, posément, il applique le plan initial, il suit la consigne de Marthe. Amener Irène à lui prêter, ou même à lui *donner*, de quoi relancer la Grange. Il a repris confiance. Il sait à présent qu'il tient Irène. Par le cœur et par le sexe. Quand il lui fait l'amour, un curieux vertige le saisit. Comme si ce n'était plus une femme, qu'il soumettait et pénétrait, mais une ville. Une ville qui s'est déjà dérobée à lui une fois, alors qu'il croyait la tenir.

C'est Paris qu'il besogne en prenant Irène. Ses reins, son sexe, sont comme les portes du succès, qu'il s'agit d'enfoncer. Et il y investit toute sa puissance de colosse, toute sa volonté de revanche de fils d'ouvriers agricoles misérables, de chair à canon réchappée de peu des plus sanglantes boucheries du siècle. Son propre corps et ce sexe impérieux sortis, indemnes par miracle, des cauchemars de feu et d'acier de Russie, de Libye, de Normandie, d'Allemagne, se jettent à l'assaut de la Ville Lumière à travers la faille du sexe d'Irène. Mais lui aussi dissimule ses véritables intentions. Il refuse la plupart des cadeaux qu'elle s'obstine à lui faire. Bien entendu, elle connaît sa situation, à nouveau désastreuse, et quand ils vont au restaurant ou au spectacle, elle glisse quelques billets dans sa poche pour lui permettre de payer. Mais il refuse autant que possible les présents : costumes de grands couturiers, chaussures italiennes. En fait, il parvient à refuser ce qu'il devrait aller choisir lui-même en compagnie d'Irène. Pour le reste, cravates en soie, briquets, montres, boutons de manchettes en or, il s'est résigné à les accepter, mais toujours en montrant à sa maîtresse qu'il n'y accorde guère d'importance, quitte à la blesser. Puis il a trouvé la parade.

— C'est gentil, mais qu'est-ce que je vais dire à Marthe, en rentrant avec ça ?

— Que tu as gagné aux courses...

— Alors je gagne aux courses, je me paye des cravates et des montres, et pour elle, rien ?

— Qu'à cela ne tienne, désormais, chaque fois que

je te ferai un cadeau, il y en aura aussi un pour elle, que tu seras censé lui faire...

— Tu es folle ! Et d'ailleurs, Marthe sait très bien qu'on ne gagne pas aux courses tous les jours.

— Bon, bon, je suis folle ! Mais je ne supporte pas de te voir porter des choses quelconques. De quoi tu as l'air, dans ce petit costume minable, alors que tu as une prestance magnifique...

— Il est minable, mon costume ?

— Mais oui, minable ! Je t'emmènerai chez l'ancien tailleur de mon mari... Tu verras ce que c'est qu'un costume, un vrai, en vrai tissu !

54

— Ça ne peut pas durer, Rodolphe...

Marthe est à sa machine à coudre... Rodolphe lève les yeux de son *Paris-Turf* : Depuis plusieurs jours il s'attend à une scène avec Marthe. La voilà. C'est comme un vent qui se lève en mer, un coup de tabac qui s'annonce. Le marin expérimenté devine la tempête...

— Quoi donc, chouchou ?

— Tu le sais bien. Tu n'as toujours pas parlé à Irène ?

La voix de Marthe est tendue. Rodolphe ignore à quel point Marthe peut être violente. Sonia est passée prendre Petit-Paul pour l'emmener en promenade, afin de permettre à Marthe de souffler un peu. L'appartement qu'ils avaient commencé à meubler et à décorer est resté dans l'état où il se trouvait le soir de l'explosion. Un univers inachevé, un peu misérable. Cela sent le vomi de nourrisson et les lessives quotidiennes. Où sont leurs rêves ? Il n'y a plus d'argent, et l'espoir se fait rare. Alphonse-Aimé, en voyage au Tchad, demeure injoignable depuis des semaines.

— Non. Je ne lui ai pas encore parlé. Si j'en parle

trop tôt, si ça ne marche pas au premier coup, ça ne marchera jamais. Il n'y aura pas de deuxième chance. Alors j'attends l'occasion favorable.

— Et ce serait quoi, l'occasion favorable, selon toi ?

— Sais pas. C'est une question d'ambiance, de... de *feeling*, comme disent les Américains.

— Tu te fous de ma gueule.

Marthe n'a pas crié. Rodolphe préférerait qu'elle ait crié. Mais elle a dit ça à mi-voix, sur le ton de l'évidence.

Il se lève, plie son journal, le pose sur la table. Ils sont à trois mètres l'un de l'autre. Il est en bras de chemise, les chaussons aux pieds, un mégot aux lèvres. Irène Delobet est de plus en plus exigeante, sexuellement parlant. Les jours où ils ne se voient pas, il se sent en vacances.

— Je te jure que non...

— Tu te goberges avec elle dans les grands restaurants, elle te couvre de cadeaux, tu découches une nuit sur deux pour aller la retrouver... Et pendant ce temps-là les dettes courent, la situation pourrit, et moi je reste là à donner le sein, à torcher le gosse et à laver ses couches... Tu crois vraiment que ça peut durer comme ça ?

Tout en parlant, elle s'empare d'une paire de ciseaux de couturière, et tout à coup, sans un mot de menace ou d'avertissement, elle la lance de toutes ses forces en direction de Rodolphe. Il se baisse instinctivement. La paire de ciseaux, longue et lourde comme un glaive, passe à quelques centimètres de son front et va se planter dans la porte.

Il siffle admirativement.

— Bravo ! S'il y avait un championnat, tu aurais tes chances...

Cette fois, c'est la boîte à couture qui s'abat sur lui. Bobines de fil et de bande élastique, trousse à aiguilles, boutons, dés à coudre, tout le contenu de la boîte s'éparpille et roule sur le plancher, sous les meubles.

— Marthe...

Sur une minuscule table, à proximité de la machine

à coudre, il y a un petit bouquet de fleurs dans un vase.

Il le lui a apporté hier. Le vase, l'eau du vase, les fleurs, la tablette, prennent le même chemin que la paire de ciseaux et la boîte à couture. Le vase éclate sur le mur, l'eau éclabousse le plancher, les fleurs brisées jonchent la pièce sinistrée.

— Marthe, arrête.

Elle regarde autour d'elle, cherchant des yeux d'autres projectiles. Elle ne semble même pas énervée. Rodolphe comprend qu'elle va ravager l'appartement en entier, qu'elle ne laissera pas un objet intact, pas un meuble debout, s'il ne la maîtrise pas.

En quelques pas, il est devant elle.

— Arrête. Arrête ça tout de suite !

Sans daigner répondre, elle tend la main vers une statuette en marbre, qui orne une petite commode Louis-Philippe. L'une et l'autre sont les cadeaux de mariage d'Alphonse-Aimé : c'est ce qu'ils ont de plus précieux, les seuls vrais beaux objets qu'ils possèdent.

La gifle claque comme un coup de fusil. La tête de Marthe part en arrière et va heurter le mur. Déjà il la saisit, la serre dans ses bras, la couvre de baisers.

— Marthe, ma petite Marthe, il faut me pardonner... Tu n'as pas mal ? C'est rien, tu vas voir, c'est rien, tu saignes pas...

— Si, je saigne, fumier ! Tu m'as mis une de ces tartes !

Elle le traite de fumier, mais elle se blottit dans ses bras. Elle ne lui en veut pas de l'avoir frappée.

Au contraire. Elle lui est reconnaissante d'avoir arrêté net la crise de violence qui la submergeait. Elle allait tout casser, mais elle était incapable de s'en empêcher.

— J'en peux plus, Rodolphe ! Je suis à bout. Je regrette, je... Cette idée était idiote. Il faut arrêter. Tant pis, on se débrouillera autrement. Tu vas rompre avec elle... Dis-lui ce que tu voudras. L'essentiel, c'est que tu rompes. C'est terminé, hein, tu ne la toucheras plus jamais ! Tu me le jures ?

— Non.

— Qu'est-ce que tu dis ?

— Je ne vais pas rompre avec elle. Je vais lui parler. Ce soir.

Il se dégage. Elle tente de le retenir. Il l'écarte, doucement, fermement.

— Tu ne vas pas y aller maintenant ?

— Si. Elle voulait que je vienne. Je lui ai dit que je ne pouvais pas... Eh bien je vais y aller tout de même... C'est toi qui as raison, il faut en finir.

— Mais comme ça, à l'improviste ?... Tu n'as aucune chance !

— Si elle est assez accrochée pour faire ce que j'attends d'elle, elle le fera... sinon on saura à quoi s'en tenir.

Il va vers la penderie, l'ouvre, en retire une veste qu'il enfile à la hâte.

— Mais tu n'es pas lavé, pas rasé !

— Qu'est-ce que ça fout ?

— N'y va pas ! Je sais pas ce qui m'a pris... Attends ! Tu risques de tout gâcher !

— Tant pis. Faut que ça finisse.

Il revient vers elle, l'embrasse, se détourne et sort de la pièce.

Marthe écoute son pas décroître dans l'escalier. Elle pousse un long soupir, et commence à ramasser un à un les boutons de la boîte à couture.

55

— Madame, c'est Monsieur Rodolphe...

Irène sursaute. Elle écrase sa cigarette égyptienne dans le cendrier de cristal posé sur la table de bridge où elle fait sa réussite du soir. C'est comme ça qu'elle trompe son ennui, quand Rodolphe n'est pas là. Rodolphe ? À cette heure-ci ? Ils ne devaient pas se voir aujourd'hui. Qu'a-t-il pu se passer ? D'ailleurs la bonne à l'air bizarre, comme si elle voulait ajouter quelque chose, et qu'elle n'osait pas.

— Oui ?...

— Madame, si je peux me permettre...

— Allez, allez !

— Il n'est pas comme d'habitude. C'est comme s'il avait bu, sauf qu'il n'a pas dû boire, parce qu'il ne sent pas le vin... Peut-être qu'il est drogué, ou je ne sais quoi.

— Bon, bon, je verrai bien. Faites-le entrer.

— Bien, madame.

— Euh, non, faites-le patienter cinq minutes...

— Bien, madame.

La bonne sortie, Irène se lève et court à sa coiffeuse. Elle s'examine d'un œil critique, retouche nerveusement le très discret maquillage auquel elle se limite quand elle ne sort pas de chez elle. Ce peignoir ? Oui, il est neuf, et c'est de la soie, ça ira. Il peut entrer. Il entre.

Au premier regard qu'elle pose sur Rodolphe, Irène Delobet comprend ce que la bonne a ressenti sans pouvoir l'exprimer. Mais parce qu'elle connaît mieux Rodolphe, elle ne s'arrête pas aux hypothèses qui ne lui ressemblent pas, l'alcool ou la drogue. Non, pour la première fois depuis qu'ils sont amants, elle voit Rodolphe inquiet, vulnérable. Il lui paraît encore plus beau ainsi. Pas rasé, la chemise défraîchie, sans cravate, et surtout, il a dans le regard une drôle de lueur qui lui donne l'air d'un animal traqué, d'un grand cerf forcé par une meute de chiens.

— Rodolphe, que se passe-t-il ?

Il lui sourit comme il ne lui a jamais souri. Un sourire malheureux... Rodolphe malheureux ? Elle croyait que c'était impossible. Comme si la notion de malheur ne lui avait pas été fournie à la naissance. Elle se souvient qu'il a une épouse, et un enfant en bas âge.

— Il est arrivé quelque chose ?

— Non, non... Pas encore.

— Que veux-tu dire ?

Il retient son souffle un instant, comme un plongeur au-dessus du vide, et puis d'un coup, il se lance :

— Je vais me tuer.

Elle blêmit. Il y a des geignards qui menacent de se suicider tous les quatre matins. On les mettrait bien au défi de passer à l'acte. Mais qu'un homme comme Rodolphe tienne de tels propos, c'est autre chose...

— Pourquoi ?

Il s'assied devant la réussite inachevée d'Irène. D'un doigt machinal, il pousse une carte sur une autre.

— Je n'aime pas ma vie. Si on m'avait montré ce qu'elle deviendrait, il y a deux ans, quand je faisais l'imbécile en Russie ou ailleurs, j'aurais compris que ça ne valait pas le coup de survivre.

— Mais quoi, quoi ? Qu'est-ce qu'elle a de moins qu'hier, ta vie ?

— Elle ne me convient plus, c'est tout.

— Mais enfin, tu es jeune, tu es beau, tu as une santé de fer...

— Ouais, ouais.

— Tu as... Tu as une femme, un beau petit garçon...

Irène laisse un blanc. Rodolphe demeure muet.

— Tu m'as, moi.

Il se tourne vers elle.

— Non. Pas assez. Pas vraiment.

Le cœur d'Irène se met à battre à toute vitesse. Un espoir fou se lève en elle. Est-ce qu'elle peut y croire ? Est-ce qu'elle va y croire ? À quarante-cinq ans, avant de croire à nouveau au père Noël, au grand amour romantique que lui vouerait un homme de vingt ans plus jeune qu'elle, une femme prend le temps de la réflexion.

Cependant Irène a vécu trop protégée. Elle a déjà aimé un menteur, mais Delobet mentait au monde entier, pas à elle. Il se contentait de ne pas lui dire certaines choses, concernant ses affaires, ses trafics, ses crimes... Et ce soir, elle a désespérément envie de croire Rodolphe, du moment qu'il lui dit qu'il l'aime, que son problème, son souci, son malheur, c'est elle !

— Je suis à toi... dans la mesure du possible, tu le sais bien !

— Justement. Et puis ça ne durera pas.

— Pourquoi ça ?

— Nous ne sommes pas du même monde. Nous n'avons rien de commun. Il n'y a que la peau qui nous unisse. Ces choses-là ne durent jamais très longtemps...

— Tu te trompes ! Ça peut durer toute la vie ; ça ne dépend que de toi !

Rodolphe éclate d'un rire amer.

— Toute la vie ? La belle histoire ! Non, je sais très bien ce qui va se passer. Tu vas te lasser de moi. Tu retourneras dans ton milieu, tu rencontreras un homme qui te ressemblera, riche et cultivé. Vous parlerez le même langage, vous aurez les mêmes goûts... Il te baisera peut-être moins bien que moi, mais on ne passe pas sa vie entière à faire l'amour, et tu trouveras d'autres charmes à sa compagnie...

— Tais-toi ! Tu dis des sottises. C'est toi que j'aime, pas seulement ta peau ! Nous n'avons pas eu la même éducation, toi et moi, mais ce n'est rien. Ça ne compte pas si on s'aime vraiment. La culture, ça s'apprend ; si tu le veux, je t'aiderai, je t'apprendrai tout ce que je sais.

— Ça suffira pas. Pour être vraiment ton égal, il faudrait que je sois riche, moi aussi.

Irène Delobet hausse les épaules.

— Foutaises ! Je suis bien assez riche pour deux, crois-moi !

Il secoue la tête avec obstination.

— Sûrement. Mais tous ces cadeaux que tu me fais, ces notes de restaurant que tu règles, ça m'humilie.

— Je comprends... Mais ce n'est qu'une mauvaise passe. La Grange a sauté, bon, c'est dommage, mais tu ne peux pas rester sur cet échec. Il faut repartir sur autre chose. Tu n'as pas de projets ?

— Je n'en ai qu'un. Et il est irréalisable.

— Qu'est-ce que c'est ?

— La Grange, toujours. On était en train de gagner la partie. Ça démarrait très fort, je te jure...

— Je sais, mon comptable avait étudié le premier bilan d'exploitation. Il m'avait dit que c'était très satisfaisant, en effet. Mais à quoi bon ressasser le passé ? Il faut essayer autre chose. Je peux t'aider. J'ai des relations, de l'argent...

56

— Non. La barre est trop haute, désormais... Un établissement comme la Grange, géré comme je l'entends, rapportera des tombereaux de fric dans les dix ans qui viennent. Moi, j'en ai eu l'intuition, d'autres en profiteront. Ma vie est gâchée. À cet échec professionnel s'en ajoute un autre, personnel. Je suis coincé dans un destin trop étroit pour moi, tu comprends ?

Irène contemple Rodolphe d'un œil brillant d'excitation. Enfin, elle a prise sur lui. Enfin il a besoin d'elle. Soudain, face à cet amant trop beau, trop jeune, trop fort, qui la domine depuis le début de leurs relations, elle se sent dans la peau d'une fée toute-puissante, qui peut arranger les choses d'un coup de baguette magique.

— Attends, attends, tu vas trop vite ! La barre est trop haute ? Trop haute pour moi ? Qu'en sais-tu ? Et cet autre échec, personnel, qu'est-ce que c'est ? Si c'est ton mariage avec Marthe, tu n'es pas le premier à qui ça arrive. Le divorce n'est pas fait pour les chiens !

— Mais mon fils...

— Il ne cesserait pas d'être ton fils si tu quittais sa mère. Même si tu prenais tous les torts à ta charge, tu garderais un droit de visite. Et puis dans ce domaine, un bon avocat peut arranger bien des choses... Écoute... Ce que tu ressens, je le ressentais moi aussi, confusément, depuis des semaines. Tu as subi un revers, mais tu es fort ! Tu peux réussir dans n'importe quelle entreprise, si on met des moyens suffisants à ta disposition. Les moyens, moi, je les ai... Si c'est la Grange que tu veux, une Grange rénovée, plus luxueuse, plus grande, tu l'auras... Combien te faut-il ?

Il hésite, décontenancé. Tout lui semble trop facile, tout à coup. Sans doute Irène n'a-t-elle pas idée de la somme. Elle risque de déchanter, et lui avec.

— Je ne sais pas au juste...

— Tu dois bien avoir une idée.

Il se jette à l'eau, grossissant même le chiffre fatidique, pour forcer le destin.

— Pour faire les choses en grand ? Huit, dix millions, par là. Tu vois que...

— Pas de problème.

Elle n'a pas sourcillé.

— Tu n'as qu'un mot à dire, poursuit-elle.

— Hein ? Quel mot ?

— Le mot divorce. Il faut que je sois sûre de tes intentions.

Elle se dirige vers un élégant scriban victorien, ouvre un tiroir, en retire un carnet qu'elle consulte un instant, avant de noter quelque chose sur un bristol.

— Voici les coordonnées de Me Delacre. Au palais, on l'appelle « le démarieur »... C'est un virtuose du divorce. À l'instant où il aura déposé en ton nom une instance de divorce au greffe du tribunal de Paris, je mettrai à ta disposition les fonds nécessaires au relèvement de la Grange. Tu seras le seul actionnaire, le seul maître à bord... Tu réussiras, j'en suis certaine !

— Tu es... tu es démoniaque !

Le regard d'Irène croise son propre reflet dans la glace vénitienne qui orne la cheminée du salon. Elle se sourit complaisamment. Elle se croit démoniaque, en effet. Implacable. Victorieuse.

— Je sais que ce sera difficile pour toi. Changer de vie, quitter quelqu'un... Mais tu dois choisir. Elle ou moi. Un avenir... Ou rien. Non, ne dis rien maintenant. Réfléchis, et décide. Si tu prends la décision que je souhaite, tu n'auras qu'à prévenir Me Delacre. Il m'appellera, je lui confirmerai.

— Et si... Et si je ne prenais pas cette décision ?

Irène détourne la tête.

— Alors nous oublierons cette conversation, et nous continuerons à nous voir comme si de rien n'était...

— Sûrement pas.

Il fait mine de quitter la pièce. Elle se jette dans ses bras.

— Rodolphe ! Ne fais pas... ne fais rien qui...

Elle se reprend. Elle s'imagine qu'elle mène le jeu, que son coup d'audace, le marché insensé qu'elle lui a proposé, lui assurera une victoire totale si elle s'en tient aux termes qu'elle a définis.

— Je t'aime. Tu agiras comme tu le jugeras bon. Mais viens, j'ai envie de toi... Viens dans ma chambre, on n'allumera pas. Tu me feras l'amour dans le noir, sans rien dire, et quand tu auras fini, tu t'en iras sans allumer, et quand tu seras loin de moi, tu décideras...

— Tu crois qu'elle va le faire ? Te donner dix millions, comme ça, si tu lui promets de divorcer ?

C'est l'aube. Rodolphe vient de rentrer. Marthe n'a pas dormi davantage. Quand Sonia a ramené Petit-Paul, elle a couché l'enfant, elle a avalé un reste de soupe, et puis elle s'est couchée à son tour, mais le sommeil n'est pas venu. Toute la nuit, les yeux grands ouverts dans l'obscurité, elle a pensé à la situation, à Rodolphe... Maintenant, les yeux cernés, la bouche gonflée, il se tient assis à la table de la cuisine, devant un café tiédasse. Il lui a tout raconté. Tout. Sa conversation avec Irène, le marché qu'elle lui a proposé, et aussi le reste, l'étreinte dans le noir, parce que c'est pour lui la preuve qu'il tient Irène, le gage du sérieux de son offre.

— Pas si je promets de divorcer... Si je divorce pour de bon. Elle n'est pas folle. Son avocat la tiendra au courant, tu penses bien ! Et il lui conseillera de prendre des garanties.

— Quelles garanties ?

— Je ne sais pas. Des trucs d'avocats. Ces gens-là

pensent à tout. À mon avis, il y a une chose que ni Irène ni ses hommes de loi ne peuvent pas imaginer.

— Et c'est quoi ?

— Qu'on s'en fout. Du divorce, du mariage. Que ce ne sont que des mots. Mariés, divorcés, ça ne changera rien pour nous. On est ensemble. Tu pourrais vivre à Paris et moi à Melbourne, ça n'y changerait toujours rien, on serait ensemble quand même. Tu me suis ?

— Oui. Mais ça me fait peur...

— Tu as confiance en moi ?

— Oui !

— Alors on va faire ce qu'elle veut. On va engager une procédure de divorce... On va même vraiment divorcer, s'il le faut.

— Rodolphe !...

— Tu as confiance en moi, tu l'as dit ! On va engager la procédure, je vais toucher l'argent, et je vais remonter la Grange...

— Mais elle exigera que tu vives avec elle !

— Je la tromperai avec toi, ça durera le temps qu'il faudra. Et quand tout l'argent sera investi, quand l'emploi des fonds sera devenu irréversible, je la plaquerai, et on se remariera.

— C'est vrai, tu me le jures ? Tu pourrais changer d'avis, d'ici là.

— Je ne changerai pas d'avis. Je te le jure sur la tête de celui-là !

De la main, il désigne l'alcôve dans laquelle dort leur fils. Marthe plonge son regard dans le sien. Elle a un regard plus noir qu'un ciel de nuit, avec des paillettes dorées qui tourbillonnent, comme des planètes.

— Si c'est à moi que tu mens... je te tue !

Il sourit.

— J'accepte...

— Alors c'est d'accord. Qu'est-ce qu'il faut faire pour divorcer ?

— L'avocat nous le... me le dira ! Le mieux, ce serait à l'amiable. Il faudra que tu partages les torts, pour que ça aille plus vite.

— Mais ça ne risque pas de lui mettre la puce à l'oreille, à Irène ? Je ne suis pas supposée divorcer de gaieté de cœur, moi !

— Tu pourrais t'incliner... Moyennant un honnête dédommagement !

Ils pouffent de rire.

— T'es vraiment sordide !

57

— Cette pauvre Mme Laufer... Quels salauds, les hommes !...

— Des cochons, madame Paulin. Et pas un pour racheter l'autre !... Ah, si on pouvait se passer d'eux !...

— Pauvre petite Mme Laufer... abandonnée avec un enfant en bas âge par un salopard de mari...

— Et vous savez pour qui il l'a quittée ? Pour une vieille, mais pleine aux as ! C'est moche, ça, madame Dekuyper.

— C'est une honte, vous voulez dire ! Mais comment on peut faire des choses pareilles ? Et c'est les plus beaux les plus fumiers... Parce qu'il faut reconnaître, il est superbe !

— Ça, tout salaud qu'il est, s'il me faisait des avances, je dirais pas non... enchaîna Mme Paulin en baissant la voix.

— Ils jouent sur du velours, ces salauds-là !...

— Oui, enfin pas tous...

Mme Dekuyper eut un petit rire entendu : les autres, on ne se privait pas de les faire danser comme des ours.

— Vous savez, reprit Mme Paulin, avec de l'argent et un bon avocat, on fait ce qu'on veut. C'est toujours difficile, un divorce, chacun veut que l'autre endosse tous les torts... Mais lui, Laufer, il s'en fiche. Puisque sa greluche est là pour payer, il a pris tous les torts à sa charge...

— Encore heureux !

— En tout cas, ça va vite. Le divorce devrait être prononcé dans quinze jours. Quand je pense qu'une de mes nièces, qui voulait se séparer de son mari alcoolique, a attendu pendant des années ! Il la battait, il tapait sur les gosses et il tripotait sa fille aînée, la totale !... Ah, l'argent ! Selon que serez puissant ou misérable... Il faudra l'aider, cette petite Mme Laufer, parce qu'elle est bien courageuse, et digne, hein ? Je la rencontre souvent, chez le boulanger, chez l'épicier... Pas une larme, pas une plainte... Elle prend sur elle. Imaginez le souci qu'elle doit se faire, après la faillite de leur commerce ; se retrouver toute seule, avec un enfant à élever...

— On l'aidera, Mme Dekuyper. Je lui apporterai du bouillon, moi. Ça requinque, le bouillon bien, bien chaud !

— Surtout l'hiver !

— C'est vrai qu'on est en juin. Eh bien, ça ne fait rien, je lui apporterai des cerises de mon pavillon de Robinson...

Tandis que les bonnes âmes se préoccupent ainsi de son sort, Marthe est moins à plaindre qu'on ne croit. En dépit de leur divorce bientôt prononcé, elle ne manque pas une occasion de retrouver Rodolphe en cachette, et ils font l'amour avec furie. Mais elle ne peut s'empêcher de douter. Et si Rodolphe jouait non seulement un double, mais un triple jeu, dont elle serait la dupe, et non pas Irène Delobet ? Si demain, divorcé, débarrassé d'une épouse sans fortune et de son encombrant moutard, il décidait de refaire pour de bon sa vie avec Irène ? Elle est riche, elle connaît un tas de gens intéressants, et elle est folle amoureuse de lui... Elle va lui donner dix millions pour rénover la Grange et relancer le cabaret. Grâce à cette somme, il est probable que l'opération réussisse.

Probable, mais non obligatoire. Si Rodolphe reste avec Irène, elle pourra injecter de l'argent dans l'affaire chaque fois que cela sera nécessaire. Sinon...

Sinon, ce sera quitte ou double, une fois de plus. Et même si la Grange démarre du premier coup, viendra le moment de la rupture avec Irène. Et les hommes les plus courageux devant la souffrance et la mort peuvent se montrer faibles. Rodolphe aura-t-il le courage d'avouer à Irène Delobet qu'il lui a menti, qu'il a monté toute cette comédie pour lui extorquer de l'argent, et qu'il n'a jamais cessé d'aimer Marthe ?

Même s'il n'est pas nécessaire de l'accabler à ce point, il faudra bien briser les illusions d'Irène à un moment ou à un autre. Marthe espère et redoute ce moment. Elle redoute surtout que ce moment ne vienne pas, que Rodolphe n'ose pas. Jusqu'à présent elle ne l'a jamais vu se dérober à la moindre épreuve. Mais une fortune comme celle d'Irène Delobet est peut-être de nature à modifier ce comportement.

Marthe retient son souffle dans l'attente du dénouement de la machination qu'elle a ourdie. Depuis le départ de Rodolphe, qui vit dans l'hôtel particulier d'Irène, Marthe s'est installée chez Sonia et Louis, avec Petit-Paul. Ces amis de toujours sont dans la confidence. Les deux femmes élèvent le bébé ensemble. Évidemment, Marthe a été la seule à lui donner le sein, mais pour le reste on peut dire que Petit-Paul a deux mamans. Dans la journée, l'une s'occupe de lui tandis que l'autre sert à la boutique. La nuit, s'il se réveille, elles se lèvent à tour de rôle, à présent qu'il est sevré.

Lucien Tourasse s'est réconcilié avec sa fille après le mariage et la naissance du petit garçon. Marthe n'a pas mis ses parents au courant du caractère simulé de son divorce. Le père Tourasse ne comprendrait pas. Mieux vaut encore qu'il crache par terre chaque fois qu'il entend prononcer le nom de son gendre, et qu'il menace de le tirer comme un sanglier quand il a un petit coup dans le nez.

Rodolphe est interdit de séjour chez les Tourasse, et aussi, par prudence, chez Sonia et Louis. Les époux-amants clandestins se retrouvent dans une chambre de bonne appartenant à Alphonse-Aimé. Il leur en a donné la clé sans hésiter, à son retour d'Afrique, quand ils lui ont expliqué la situation. Il a mis Rodolphe en garde contre une éventuelle violente réaction d'Irène, quand elle apprendra qu'elle a été bernée.

— Cette fin de partie, il faudra la jouer en finesse, camarade. Irène est une femme vulnérable et entière. Elle ne mérite pas le coup que tu es en train de lui faire...

— Je le fais pas pour m'amuser, crois-moi, mon colonel. C'est le seul moyen que j'ai trouvé pour remonter la pente.

Quand ça aura marché, je la dédommagerai d'une façon ou d'une autre, je te le jure !

Alphonse-Aimé a dévisagé Rodolphe avec amitié, mais aussi avec scepticisme.

— Il y a des choses qu'on ne peut pas se faire pardonner. Ce serait trop beau. Tant pis, il te faudra vivre avec des remords... Ça va te faire drôle !

Rodolphe a secoué la tête vivement, tel un cheval sauvage qui refuse le mors.

— Des remords ? Ah non ! Désolé, mon colonel, c'est pas pour moi, ce truc-là. Moi, je suis innocent, innocent pour toujours !

58

Avec l'argent d'Irène Delobet, Rodolphe a doublé la surface utile de la Grange. Il y aura désormais deux pistes de danse. Une pour le jazz et l'autre pour Los Bambocheros, orchestre combo déniché par Alphonse-Aimé lors d'un voyage à Alger. Ils savent tout jouer, et leur entrain est incroyable. Ils draineront une clientèle plus avide de gaieté bon enfant que de prouesses jazzistiques. Rodolphe fera aussi appel à des orchestres de province ou de l'étranger.

Pour la sécurité, dont il est obsédé depuis la fin tragique de la première Grange, il a engagé René

Depland à nouveau et Nanard Mastaba. Ils seront désormais chapeautés par Dorain. L'inspecteur Dorain a quitté la police. C'est bien beau, le fonctionnariat, mais ça ne paye pas assez à son goût. Alors il a sauté le pas. Sa réputation de mauvais coucheur est bien établie dans le milieu parisien. Rodolphe a confiance en lui. Les racketteurs de tout poil réfléchiront à deux fois avant de se frotter à un ancien flic.

Pour la décoration, Rodolphe n'a pas mégoté. Il puise sans hésitation dans les dix millions qu'Irène a mis à sa disposition. Avec ses banquettes de bois, ses chaises bistrot et ses cloisons couvertes de canisses, l'ancienne Grange avait un petit côté club de copains, bourré de charme. Mais Rodolphe veut démarquer le nouvel établissement de cette image. La nouvelle Grange aura deux visages. La partie club de jazz sera délibérément luxueuse : cuir et bois vernis, éclairages savants, affiches et photos soigneusement choisies pour donner un ton de classe et de raffinement. Du côté animé par Los Bombocheros, ce sera plus bonne franquette, sans arrière-pensées culturelles. En revanche, l'investissement en éclairages sera plus lourd. C'est la lumière qui fait d'une salle un vrai lieu de fête. Là, il faut éblouir le public.

Et pour l'abreuver de boissons fortes, Rodolphe a engagé un barman professionnel. Bernie Bardon est un des premiers amis qu'il se soit faits à Paris, après la Libération. Il servait au *Six-quat' deux*, un cabaret de nuit de la place Blanche. Avec son maintien irréprochable et sa diction précieuse, il tenait en respect une clientèle remuante à l'excès. Bernie est le type même du barman confident-prêteur sur gages-pourvoyeur de chair fraîche et de bien d'autres denrées... Un homme à la fois indispensable et un peu dangereux, malin comme un singe et prudent comme un chat. Proxénète et revendeur de drogue depuis son plus jeune âge, il a réussi à garder un casier judiciaire vierge. Rodolphe l'a prévenu : « On est là pour faire du fric, et pas pour jouer au jokari, mais ce qui sent mauvais doit se passer hors de chez moi. Et si un jour il y a de la prison à faire, c'est toi qui la feras... Si tu as de la chance ! » Rodolphe a conclu cette tirade en exhibant la terrible couille fossile. Bernie semble avoir compris : il tient aux siennes.

L'Alsacien n'a oublié aucune des leçons de la Grange des origines. De très belles filles camouflées en innocentes dactylos ou en vendeuses en goguette serviront d'hôtesses et attireront la clientèle masculine. Lui se réserve l'accueil. Placeur, passeur de main dans le dos, blagueur, congratuleur. Un rôle sur mesure. Pour la caisse flambant neuve, qui tient à la fois de la chaire d'église et de la figure de proue de caravelle, il fait mine de recevoir des candidates. Ce rôle-là, il n'envisage pas une seconde de le confier à quelqu'un d'autre que Marthe. Cependant, Irène est associée de très près à tous les préparatifs. Elle est persuadée que Rodolphe va embaucher une nouvelle caissière, et le moment crucial approche. L'ouverture est fixée à samedi prochain, dans trois jours. Depuis un mois, les rues de Paris et les couloirs du métro se sont couverts d'affiches annonçant la réouverture de la Grange « dans une double formule *jazz-lounge high class* et *dancing classique*, deux pistes, deux orchestres, deux univers, un seul plaisir... ».

Journaux et magazines ont publié des placards publicitaires. Irène possède, entre autres choses, une régie de publicité. Les tarifs ont été doux, et les directeurs de presse aux petits soins. Pour la soirée d'ouverture, des milliers d'invitations ont été lancées. Rodolphe n'a pas souhaité sélectionner un public plutôt qu'un autre. Il veut que la boîte soit pleine. Le tri se fera plus tard.

Ce jour-là, tandis que Rodolphe vérifie une livraison de spiritueux, Irène est auprès de lui. Non qu'elle s'intéresse aux quantités de whisky et de vodka qu'il fait entrer en prévision de la ruée d'une foule de noctambules assoiffés. Elle est là parce qu'il est là, lui. Elle traîne dans ses jambes sans aucune utilité, mais ça lui plaît. Il a essayé de lui dire que ce qu'il avait à faire, réception de mobilier et de verrerie ou mise en place des éclairages, allait l'ennuyer profondément. Elle est venue quand même. Elle ne s'ennuie pas. Elle vit dans son rêve. Elle le voit consacrer toutes ses forces à la renaissance de la Grange, qu'elle seule a rendue possible. Elle a l'illusion que l'intense activité qu'il déploie scelle leur amour chaque jour davantage. En réalité, il s'ingénie à dépenser aussi rapidement et aussi utilement que possible les dix millions qu'elle lui a prêtés. À sa première demande, elle était prête à les lui donner. Ses hommes de loi ont poussé des hauts cris. Très embarrassée, elle a fait signer à Rodolphe une reconnaissance de dettes. La date de remboursement est lointaine, le taux d'intérêt est dérisoire. Pour l'un et l'autre des contractants, ce prêt va bien au-delà des engagements ordinaires. C'est tout son être, tout son devenir, qu'Irène confie à Rodolphe. Quant à lui, il compte rembourser les dix millions dès qu'il le pourra, puisqu'il est persuadé qu'il va faire fortune, pour de bon cette fois. Son plan est simple : tout engloutir dans la Grange, de façon irréversible. Ce qu'Irène ignore, c'est que par le biais d'un jeu d'écriture semblable à ceux qu'a pratiqués naguère feu Delobet en faveur d'Irène, la Grange est désormais au nom de Marthe. Rodolphe et Marthe sont mariés sous le régime de la séparation de biens.

Toutes les factures que Rodolphe acquitte sont libellées au nom d'une société dans laquelle il n'a aucune part. C'est Marthe qui possède tout. Dans la nouvelle Grange, il ne sera que son employé. Il n'a pas l'intention d'aller jusqu'au terme de l'action en divorce engagée en son nom par Me Delacre. Marthe et lui ont longuement hésité à ce sujet. Ils pensaient d'abord divorcer pour de bon, quitte à se remarier plus tard. Et puis ils ont changé d'avis. Comme ils cherchaient l'Idée, la bonne, la seule idée susceptible de leur épargner ce divorce absurde mais à priori inévitable, tout à coup, Marthe a poussé un cri de triomphe. Elle la tenait, cette foutue idée derrière laquelle ils couraient. Elle l'a exposée à Rodolphe. D'abord, il a refusé. C'était trop gros, ça ne marcherait jamais. Marthe a argumenté, expliqué. Elle a plaidé sa cause avec une conviction qui aurait sans doute fait merveille devant un jury d'assises. Peu à peu, Rodolphe s'est laissé convaincre, et maintenant c'est à lui de jouer, de vendre à Irène le gros mensonge élaboré par Marthe. Il coche sur la liste les douze caisses de vermouth qui viennent de passer devant lui sur les épaules robustes du livreur. Il mord son crayon, il le coince sous l'élastique de la planchette. Il se gratte le front. Il a promis à Marthe de porter l'estocade aujourd'hui. Près de l'accès à la cave, devant lequel il se tient, Irène bavarde avec Bernie Bardon, qui déballe un lot de verres derrière son comptoir. Irène se tourne vers Rodolphe.

— Tu as fini, chou ? On devait voir les tissus pour les murs de ton bureau.

Il acquiesce.

— Allons-y maintenant, si tu veux...

59

Il l'entraîne dans l'escalier qui mène à son bureau de directeur gérant. Elle en a élaboré l'aménagement et la décoration. Elle a choisi des meubles de bois sombre et luisant, des lampes dessinées par un grand concepteur italien, et pour orner les murs, des tableaux et des gravures modernes. Ceux-ci ne sont pas encore recouverts. Après avoir arrêté son choix sur un motif de tissu, Irène a été prise de doute. Elle veut encore y réfléchir avec Rodolphe. Il s'en fout. La décoration de son bureau constitue le cadet de ses soucis. Il y passera peu de temps. C'est à l'accueil qu'il se sent bien, comme un capitaine de navire sur la dunette. Et puis sa maîtresse a beau s'efforcer de former son goût depuis des mois, il est encore incapable de dire en quoi les choix d'Irène témoignent d'un goût très sûr. Lui, il aurait aussi bien mis là-dedans des meubles métalliques et des photos de pin-up. Bien entendu, il ne le lui a pas dit. D'ailleurs, ce bureau est un cadeau d'Irène. Son coût ne sera pas imputé aux dix millions. Irène a insisté pour régler ces factures directement.

Elle s'empare d'une liasse d'échantillons de tissus posée sur le plateau du bureau encore enveloppé de carton ondulé.

— Que dirais-tu de ce chiné gris, à la place de ce tête-de-nègre ? C'est très sombre, à la réflexion, tête-de-nègre... Tes boiseries sont foncées ; il faut éclairer la pièce...

— Oui, oui...

— Tu ne m'écoutes pas, Rodolphe ! C'est pour ton bureau, c'est important, voyons !

— Fais comme tu le sens, tu sais mieux que moi...

— Oh toi, tu es préoccupé. Que se passe-t-il ?

— Je... je ne divorce plus.

— Quoi ?

Le visage d'Irène a blêmi. Son cœur s'est mis à battre à toute vitesse. Elle a l'impression qu'il va éclater.

Le visage de Rodolphe est fermé. Elle le scrute en vain, il ne laisse rien transparaître. Il garde les yeux baissés. Non pas comme un coupable, mais comme un homme perdu dans ses pensées.

— Qu'est-ce que tu as dit ?

Si elle était un homme, elle le prendrait par le col, elle le frapperait, peut-être.

Il lève enfin les yeux. Elle y lit une lassitude infinie. Qu'est-ce qu'il va dire ? Elle redoute à présent qu'il n'ouvre la bouche pour lui assener le coup de grâce. Elle préférerait qu'il reste muet.

Il parle.

— Marthe va mourir.

Irène a entendu, mais les mots ne parviennent pas jusqu'à sa conscience. Ils se sont transformés en bruits. Ils n'ont pas de sens. Martevamourir... Martevamourir... Dans le cœur d'Irène, le désespoir et l'espoir sont mélangés dans des proportions insupportables, douloureuses.

— Qu'est-ce que tu as dit?

— Marthe est condamnée. Cancer. Le médecin m'a parlé. Un an peut-être, dont six mois de bon. Après...

Il a un geste vague, accablé devant la souffrance future, la déchéance inévitable de Marthe.

— ...Alors je ne peux pas divorcer. Je ne peux pas. Ça ne se fait pas. C'est la mère de mon fils!

— Tu es sûr?

— Sûr. Le toubib est formel. Un grand professeur. Il m'a montré les analyses, les radios, tout...

— Elle le sait?

— Elle ne sait pas tout... Que ça ira aussi vite... Elle sait qu'elle est malade, qu'elle doit se soigner. Elle ignore qu'il n'y a pas de traitement, enfin, qu'on peut la soigner mais qu'on ne peut pas la guérir... Je retourne tout ça dans ma tête depuis plusieurs jours, et je ne vois pas d'issue, sinon attendre.

Il détourne son regard. Irène répète à mi-voix:

— Attendre...

— Attendre. Ne rien faire. Ne pas bouger. Ne pas lui pourrir ses derniers mois. Qu'elle ait l'impression qu'elle va gagner, contre toi, et contre la maladie. Elle va tenir la caisse de la Grange...

Irène sursaute à nouveau.

— Mais... Et les candidates que tu as reçues?

Il hausse les épaules.

— Aucune ne la tiendrait mieux qu'elle, de toute façon. Et puis, ça ne durera pas très longtemps.

Depuis quelques instants, il parle en gardant les yeux dans le vide. Il se tourne à nouveau vers Irène.

— Je sais ce que tu penses. Je comprends. Mais je ne peux pas lui faire ça. Je lui ai dit que je renonçais au divorce, qu'on verrait plus tard... Je ne peux pas lui retirer le courage de se battre...

Il se tait. Elle demeure silencieuse elle aussi. Des secondes s'écoulent, qui leur paraissent interminables. Irène, elle, doit réagir. Son premier mouvement serait de dire: *Qu'est-ce que ça peut me faire, qu'elle meure? Tans pis, qu'elle meure seule, qu'elle meure loin! Tiens, je veux bien payer les médecins, la clinique, une clinique à l'autre bout du monde, pourquoi pas ? Ça n'est pas ma faute si elle est malade, tu as promis que tu allais divorcer, tout est sur les rails, tu dois remplir tes engagements...*

Elle ne le dira pas. Elle croit connaître Rodolphe. Elle le voit droit, entier. Elle s'imagine que sa conscience lui fait une obligation absolue de ménager Marthe jusqu'à la fin, puisqu'elle est condamnée. Pas un instant Irène ne peut imaginer que c'est à *elle* qu'il ment, effrontément, cyniquement. Aveuglée par l'amour, elle n'ose dire ce qu'elle pense vraiment : *J'ai payé, tu es à moi !* Et puisque Marthe va mourir... Il va falloir patienter encore quelques mois, et voilà tout. Mais à cette pensée, elle crève de dépit.

— D'accord, j'attendrai.

Elle a prononcé ces mots à contrecœur. Ils lui brûlent la bouche. Pourtant, elle les répète. C'est comme si elle s'achetait Rodolphe à nouveau. Pas avec des millions, cette fois-ci, mais avec de la grandeur d'âme.

— Tu veux absolument qu'elle travaille ici ? poursuit-elle.

— Oui. Ça lui prouvera que... Qu'elle a la vie devant elle ! Et puis quand elle ne pourra plus, quand la fatigue l'emportera, ce sera plus facile. Je te demande pardon...

— Tu ne dois pas. Quelle idée as-tu de moi ? Je ne suis pas un monstre !

— Non, tu es bonne.

Il l'attire contre lui.

— Tu ne m'en veux pas, c'est vrai ?

— Si. Je t'en veux. Mais tu n'y peux rien, alors moi non plus...

60

Quelques heures plus tard, souriant, Rodolphe raconte la scène à Marthe qui éclate de rire.

— Elle a marché, tu te rends compte ? Je craignais que ça se passe mal... Mais elle a tout gobé, l'appât, l'hameçon, le bouchon et la ligne...

— Tu es un sacré menteur, Rodolphe Laufer ! Je devrais me méfier de toi. Un homme qui ment aussi bien aux autres, pourquoi il me mentirait pas à moi ?

Elle ne rit plus. Un doute l'assaille. Et s'il la trahissait, elle aussi ? Il devine ce qu'elle pense, il fait le clown pour dissiper ce nuage, pour chasser cette idée de l'esprit de Marthe.

— Te mentir, à toi ? Tu es trop maligne ! Je te rappelle que c'est toi qui as eu cette idée. Moi, je ne suis qu'un lourdaud manipulé par un cerveau supérieur. Le génie du mal, c'est toi ! Depuis le début, c'est toi qui tires les ficelles !

Ils sont nus sur le lit. Petit-Paul est au bois avec Sonia. Louis sert au comptoir, au rez-de-chaussée. Sur la table de nuit, entre deux flûtes à demi pleines, une bouteille de champagne perd ses bulles.

— J'espère bien ! Mais attends... On vient de remporter une manche. On ne divorce plus. C'est bon à prendre, mais en réalité on a gagné quoi, trois mois, quatre mois ?

— Plus. Je lui ai dit que les toubibs te donnaient six mois de bons... Enfin, de potables.

— Six mois, admettons. Mais je ne vais quand même pas me faire une tête de déterrée, me frotter les joues et les paupières de cendres tous les matins pour avoir l'air d'agoniser...

— Non, bien sûr. À moi de jouer. J'ai six mois devant moi pour la décevoir, pour l'écœurer, pour faire en sorte *qu'elle ne m'aime plus*. D'amoureuse impatiente de convoler en injustes noces, elle se transformera peu à peu en amante déçue... et en créancière raisonnable. Avec un peu de chance, elle fera doucement son deuil de notre histoire, et elle accueillera avec satisfaction le remboursement progressif de son prêt.

— Et si elle s'accroche ?

— Si elle s'accroche, on la laissera accrochée. Tu es en parfaite santé, et bâtie pour vivre cent dix ou cent quinze ans... Elle se fatiguera bien avant ça, crois-moi !

— Oui, mais en attendant, tu vas continuer à coucher avec elle ?

— Évidemment. Ça te gêne ?

— Ça me rend folle de jalousie ! Quand je pense que cette grosse blonde mollasse se sert de... de ça ! Alors que c'est à moi que ça appartient !

Tout en parlant, Marthe manipule avec frénésie la verge de Rodolphe.

— Eh ! Oh ! vas-y doucement ! implore-t-il.

Marthe modère sa caresse. Sa main se fait plus douce.

— Dis-moi que tu t'ennuies, quand tu lui fais l'amour ! Dis-moi que c'est une corvée !

— C'est une corvée... À peine moins fastidieuse qu'une corvée de patates à l'armée. Mais je lui dois dix millions. S'il lui prenait la fantaisie ne me les réclamer d'un seul coup, je pourrais me faire du souci.

— Tu es insolvable. Un tribunal pourrait ordonner des saisies-arrêts sur ton salaire de gérant, c'est tout.

— N'empêche, il faut tout faire pour que les choses se passent en douceur. On va travailler comme des brutes, et rembourser Irène aussi rapidement que possible.

— Tu peux compter sur moi. Je suis une Tourasse ; le travail, ça me connaît... Mais ne t'imagine pas qu'on aura tout remboursé avant qu'Irène ne s'aperçoive qu'on s'est foutu de sa gueule. C'est impossible. Il y aura donc un problème, tôt ou tard...

— À moins qu'elle ne me prenne en horreur !

— Si tu la baises comme tu me baises, ce n'est pas demain la veille, salopard !

Trois jours plus tard, l'inauguration de la nouvelle Grange est un triomphe. Et c'est Marthe qui trône à la caisse. Pour rassurer ses anciens habitués, Rodolphe a fait courir le bruit que le racketteur responsable de l'attentat a fini, dans un ravin, grillé dans sa voiture. L'image est assez forte pour frapper les imaginations.

Dorain et son équipe montent une garde vigilante. Mais surtout, les noceurs et les noctambules qui ont fait les beaux soirs de la première Grange se souviennent qu'ils y ont rencontré des créatures superbes, qui ne leur ont pas été cruelles. La réputation de Bernie Bardon, le barman, est aussi pour beaucoup dans le succès de cette première nuit. Sur le coup d'une heure du matin, Rodolphe adresse de loin un signe de tête satisfait à Marthe. Tous les noctambules qui comptent sont là, ou ont fait une apparition. La « petite clientèle » est là aussi, en bataillons serrés. Les deux pistes de danse sont prises d'assaut. Les bouchons sautent. Les regards se cherchent. L'argent circule. Rodolphe a le sentiment qu'il est en train de gagner son pari. À la caisse, Marthe travaille avec méthode, comme elle a appris à le faire avec sa mère, puis avec la vénérable Mme Simone, chez Le Gorin, porte de la Chapelle, il n'y a pas si longtemps. Entre ses mains nerveuses, les billets et les pièces voltigent, les additions aux chiffres impeccablement moulés se succèdent. Elle songe aux dix millions, à l'esclavage amoureux auquel Rodolphe est contraint pour les mériter encore et encore. Elle se retient à grand-peine de « saler » certaines additions pour le délivrer plus vite de l'emprise d'Irène Delobet...

Irène n'est pas venue ce soir. Elle allait au théâtre. C'est du moins ce qu'elle a dit à Rodolphe. Marthe n'est pas dupe. Bien qu'elle tienne sans doute à faire bonne figure devant Rodolphe, la situation ne peut la satisfaire. Marthe s'efforce de chasser Irène de ses pensées. Elle se concentre sur ce qu'elle fait. Les billets s'accumulent en liasses dûment épinglées, dans le tiroir-caisse. Voilà, ça, ça compte. C'est concret. C'est *vrai*. Le reste...

— Alors, princesse, les affaires marchent ?

C'est Alphonse-Aimé. Elle lui adresse un petit baiser du bout des doigts. Il est son meilleur ami... Son véritable ami masculin, en réalité. Il a joué auprès d'elle le même rôle qu'Irène auprès de Rodolphe, le sexe en moins : il l'a civilisée. Le voir est toujours une fête, pour elle.

— Ça marche comme l'enfer ! C'est l'ouverture, je sais, mais même si on continue à 50 % du chiffre de ce soir, ce sera gagné

— Formidable ! Vous êtes des chefs ! Dites donc...

Il baisse la voix avant de poursuivre.

— Rodolphe et vous, vous savez ce que vous faites, avec Irène Delobet ? J'ai beaucoup d'amitié pour elle. C'est une femme fragile, malgré les apparences.

Marthe lui répond à voix basse.

— On fait ce qu'on peut, Alphonse, on fait ce qu'on peut... On n'allait tout de même pas divorcer pour de bon, non ? On s'aime, Rodolphe et moi !

— D'accord, mais... Vous êtes tout de même en train de lui jouer un très sale tour. Faites attention au retour de bâton. Ménagez-la. Allez-y doucement, très doucement, sinon ça pourrait mal finir.

— Rodolphe la tient bien. Il sait la prendre. La preuve !

— Il la *tient*, il la *prend*, justement ! C'est quand il la lâchera qu'il faudra s'inquiéter...

— Alphonse, ne me gâchez pas cette soirée, s'il vous plaît.

— Dieu m'en préserve ! Vous avez raison, Marthe, pour ce soir, tout est ordre et beauté, luxe, calme et volupté... C'est de qui, ça ?

— Attendez... Victor Hugo !

— Marthe !

— Léopold de Musset !

— Marthe ! Je vous ai lu ce poème, vous ne vous en souvenez pas ?

— Du poème, si. C'est l'auteur qui...

— Baudelaire ! Je vous mets à l'amende, pour la peine. Une bouteille de champagne, table 8. Où m'attendent ces deux mignonnes, là-bas... Il faut arroser les fleurs du mal !

61

Irène cherche par où s'enfuir. Cet homme est son pire souvenir. Même l'idée de respirer de l'air souillé par un séjour dans ses poumons lui est odieuse. Elle serait capable de vomir ! Elle tourne son regard de droite et de gauche, mais nulle voie de salut ne se présente. Elle se trouve dans une étroite coursive, dans la partie mixte du sauna le plus chic de Paris, et l'homme vient à sa rencontre.

Elle hésite. Rebrousser chemin ? Retourner dans la cabine de relaxation qu'elle vient de quitter ? Son amour-propre le lui défend. Ce serait lui céder le pas. Comme si c'était elle qui devait avoir honte ! Elle se cuirasse de mépris, elle cambre sa taille splendide, elle se dresse sur ses escarpins en liège et en tissu éponge, dont les talons vertigineux mettent en relief ses jambes galbées et ses hanches de Junon. Elle marche droit sur lui, les yeux fixés bien au-delà de sa silhouette informe. On verra bien qui baissera les yeux !

— Chère Irène !

Il a osé lui adresser la parole. Ne pas répondre, ne pas le regarder. Il n'existe pas. Il n'appartient pas au monde. C'est juste une larve de cauchemar, une créature nauséeuse, comme ces bestioles qui grouillent sous les pierres. Il est velu, livide et marbré de rouge, comme elles.

— Chère, chère Irène Delobet !

— Laissez-moi tranquille !

Il ignore la rebuffade. Il n'a pas d'orgueil.

— Comme je suis heureux de vous rencontrer ! Je

voulais vous donner des nouvelles d'une de vos bonnes amies...

De qui parle-t-il ? Elle allait passer, se sauver, courir se jeter dans le bassin réservé aux femmes pour se laver de cette promiscuité dégradante. Sa curiosité est éveillée. Elle ralentit le pas. Non, il ne faut pas écouter cet homme. De sa bouche ne peuvent sortir que des mensonges, des ignominies.

— Je voudrais vous rassurer, surtout. Je me suis fait tant de souci... Vous aussi, j'imagine !

Que veut-il dire ?

— Excusez-moi, je suis pressée.

Elle fait mine de l'écarter. En vain. Il est posé là sur son chemin, comme un tas d'immondices. Il va falloir le contourner. Et s'il la touche ? Elle le giflera.

— Ma chère nièce va bien. Très bien, même !

— Votre nièce ?

— Vous la connaissez... Marthe Laufer... Bien sûr, vous la connaissez, vous avez été en affaires avec elle et son mari, l'Alsacien...

Irène s'est figée sur place.

— Vous dites... qu'elle va bien ?

— On ne peut mieux ! Vous étiez au courant, n'est-ce pas ? On la disait très malade, un cancer, une horreur... Je ne sais pas qui a pu lancer ce bruit absurde... Une rivale, peut-être ? Son mari plaît beaucoup... C'était du vent, je suis heureux de vous l'annoncer.

— Comment le savez-vous ?

— C'est ma nièce. Sa mère est ma propre sœur. Quand ces bruits sont arrivés jusqu'à moi, j'ai voulu en avoir le cœur net, et j'ai rendu visite à ma sœurette... Entre frère et sœur, on ne se cache rien.

— Et alors ?

— Marthe est en pleine forme. Elle pète le feu, si vous me passez l'expression. Sa mère ne comprenait même pas de quoi je lui parlais. Peut-être Marthe ne lui avait-elle rien dit de sa maladie, pour ne pas l'inquiéter ? Elle est montée sur ses grands chevaux : « Mais jamais de la vie ! Marthe se porte comme un charme, et d'ailleurs, si tu ne veux pas me croire, voici les résultats de son dernier examen, à la médecine du travail... » Et elle est allée me les chercher. Je n'en demandais pas tant, mais puisqu'elle me les montrait, je les ai regardés. Tous mes doutes se sont envolés. Les gens sont méchants, tout de même : aller raconter que Marthe est malade, alors que de l'aveu des médecins, elle jouit d'une santé exceptionnelle. *Exceptionnelle!* C'est marqué en toutes lettres... Vous voulez voir ?

De la vaste poche de son peignoir de bain, le monstre sort un carnet de santé. Il fait mine de l'ouvrir sous le nez d'Irène. Elle le dévisage avec stupéfaction. Il a pris ce carnet sur lui, en venant ici, au sauna ! Elle comprend enfin... C'est sa vengeance. Il n'est venu que pour ça, pour lui montrer le carnet de santé de Marthe Tourasse, qu'il a dû voler à sa sœur...

— Ça vous intéresse ?

Il feuillette le mince livret, il en entrouvre furtivement les pages couvertes de coups de tampons et de chiffres, d'annotations manuscrites et de cases cochées, comme s'il s'agissait d'une revue pornographique.

Elle voudrait avoir le courage de détourner les yeux, de bousculer ce gros homme répugnant et de s'enfuir, mais c'est plus fort qu'elle, elle regarde, elle regarde avec avidité.

Avec un bon sourire, il lui tend le carnet.

— Tenez, chère Irène. Cette lecture vous ouvrira les yeux et dissipera toutes vos... espérances.

Il lui met le carnet entre les mains. Elle le prend malgré elle. Il grince de rire, un petit rire aigre, d'une ironie atroce.

— La date. La date du dernier examen est importante. C'est peut-être le plus important !

Il s'incline avec des grâces de bouffon.

— Mes amitiés à Rodolphe Laufer...

Il s'éclipse. Irène est à présent seule dans la coursive. Le carnet lui brûle les mains. Il faudrait le jeter, traiter tout ce qui émane de Robert Furet par le mépris. Se rendre invulnérable, inaccessible à tous les Robert Furet. Mais elle ne peut pas. Elle aime Rodolphe. Elle est faible. Elle tremble. Elle entrouvre le carnet. Elle cherche la date. Le 14 mars. Il y a moins de dix jours. Elle se mord les lèvres. Elle referme le carnet pour le rouvrir aussitôt à la même page. Quelle est la conclusion du médecin ? Ses yeux parcourent les mentions chiffrées, la composition sanguine, le taux de sucre et d'urée, toute cette chimie vaguement dégoûtante qui est en nous, qui est la vie. Ces chiffres ne lui disent rien, elle ne sait pas les interpréter. Il lui faut des mots, les mots d'un docteur tirant le bilan de toutes ces données. Elle trouve. C'est presque illisible. Mais on devine, parce que ce ne sont pas des mots savants, mais des mots de tous les jours : *État très satisfaisant, forme éblouissante...*

Un capital santé exceptionnel. Quelques phrases dont le sens est moins évident. Peu importe. Marthe n'est pas malade. Elle ne va pas mourir. Rodolphe a menti. Il l'a grugée, escroquée, comme Robert Furet naguère, quand il lui a promis qu'il sauverait son mari du peloton d'exécution. Irène a froid, tout à coup. Elle ne tremble plus, elle grelotte. Ah, ils doivent bien rire ! Depuis combien, cinq mois, maintenant, qu'elle attend que le cancer terrasse Marthe. Elle passe de temps en temps boire un verre à la Grange, le soir, et elle épie sa rivale de loin. Sa rivale condamnée. Elle la trouve parfois un peu pâle, et alors elle se dit : « Ça y est, ça commence. » Pauvre idiote ! C'est comme ça qu'ils doivent l'appeler, entre eux. Marthe et Rodolphe. Le couple. Le vrai couple. Le regard brouillé de larmes, elle reste immobile au milieu du couloir, le carnet à la main. Sa parfaite éducation l'empêche d'éclater en sanglots. Si quelqu'un de sa connaissance passait... Les clients de cet établissement sont tous de son monde. On ne montre pas sa détresse à autrui. On cache sa douleur. Mais la douleur d'Irène déborde, elle envahit la coursive. C'est pire qu'à la mort de Delobet. Elle avait fait tout ce qu'elle pouvait. Et il était mort. Elle était triste, mais sans humiliation, mis à part le souvenir cuisant de sa tentative auprès de Furet. Tandis que là... Là, elle a honte. Honte de s'être montrée si crédule. Honte pour Rodolphe, d'avoir osé mentir à ce point. Elle n'a pas honte pour Marthe. Marthe s'est défendue. Comment lui en vouloir ? Irène ravale difficilement les larmes qui l'étouffent. Elle voudrait mourir, là, maintenant. On ne meurt pas à volonté. C'est difficile de mourir. C'est toute une affaire.

Elle froisse le carnet entre ses mains. Marthe va vivre, elle.

62

Mon amour,

Je te hais, mon amour. Je te hais et je te méprise à tel point que j'ai décidé de mourir, parce qu'il me serait insupportable de continuer à vivre sur la même planète que toi.

J'étais prête à tout pour toi. Tu en as profité. Médiocrement, petitement. Tu m'as menti. Le monde est trop laid, je m'en vais.

Tu trouveras sous ce pli la reconnaissance de dettes que mon avocat m'avait conseillé de te faire signer. Je te la rends. Profite bien de cet argent et tâche de ne jamais, jamais penser à moi.

Adieu, mon pauvre, mon sale amour.

Irène.

Rodolphe se tait. Il vient de lire la lettre d'Irène à haute voix. Marthe lui fait face, le visage grave.

— Elle sait tout. C'est la tuile.

— Mais comment a-t-elle pu apprendre...

— Peu importe ! C'est la reconnaissance ? Montre !

Rodolphe déplie la seconde feuille, la parcourt des yeux. *Je, soussigné, Rodolphe Laufer, demeurant... reconnais... devoir la somme de... Pour servir ce que de droit...*

Il lève les yeux, hoche la tête.

— C'est bien ça.

— C'est ça? Dix millions! Ce papier vaut dix millions, et elle te le rend! Non, mais tu te rends compte? Elle est dingue!

— Dingue, ou... morte.

Marthe ne peut y croire.

— Non, non... C'est du bluff. C'est pour te faire peur. L'argent, elle s'en fout, elle en a tellement! Elle est comme tout le monde... la vie, elle n'en a qu'une...

Elle s'interrompt. Rodolphe fait la grimace. Un pli barre son front.

— Qu'est-ce que t'en penses? Tu y crois, toi? demande-t-elle.

— Je ne sais pas. Mais je suis inquiet. C'est une femme simple, Irène. Elle fait pas de cinéma. Là, évidemment...

— Moi, j'y crois pas!

Marthe est véhémente, tout à coup. Rodolphe plonge son regard dans le sien. Il hoche la tête à nouveau. Ce qu'il y a lu est édifiant. Marthe crie « Je n'y crois pas! », mais ce qu'elle veut dire, c'est « Si c'est vrai, c'est pas ma faute! »

— C'est du flan! reprend-elle. Tu vas voir que c'est du flan.

— Mais la reconnaissance de dettes? Un bluff à dix briques, ça n'est pas rien!

— Le fric, elle s'en fout. Et d'ailleurs, c'est pas dix, mais vingt millions, que tu aurais dû lui emprunter...

— Tu ne crois pas que tu exagères?

Marthe se mord les lèvres.

— C'était histoire de parler. Il faudrait en avoir le cœur net... Regarde le cachet de la poste. Elle est de quand, cette lettre?

— Hier matin, répond Rodolphe après avoir jeté un coup d'œil sur l'enveloppe. Si elle l'a fait tout de suite après l'avoir postée...

— Tu serais déjà prévenu, tu penses! D'abord, c'est difficile de se tuer. Ça rate toujours!

— Il y a tout de même des gens qui y arrivent...

— Oui, des gens vraiment désespérés, des

malades... Mais des femmes du monde malheureuses en amour, c'est bien rare, crois-moi.

— Ça arrive aussi. Il faut qu'on sache. J'y vais.

— Réfléchis : c'est exactement ce qu'elle veut, que tu y ailles en courant. « Mon amour, mon amour, j'ai eu si peur ! Plus jamais ça, plus jamais, mon amour !... » Et voilà, on s'enlace, on se couvre de baisers, on fait l'amour, c'est reparti pour un tour. N'y va pas, Rodolphe. Elle a bluffé, elle a perdu, tant pis pour elle. Elle a perdu son seul atout : la reconnaissance de dettes... Maintenant, *tu n'as plus besoin* de coucher avec elle. Nous sommes libres, Rodolphe, enfin...

— Mais si elle s'est vraiment suicidée ?

— Et alors ? Morte ou vivante, ça ne change rien, elle a perdu, elle t'a perdu !... À moins que tu ne sois amoureux d'elle...

— Arrête de déconner, tu veux ? Si j'avais été amoureux d'Irène, j'avais qu'à laisser les choses suivre leur cours jusqu'au divorce. Je l'épousais, je devenais millionnaire en une heure, et roule, ma poule !

— C'est vrai... Mais moi, je t'aurais tué. Tu ne me crois pas ?

Marthe vrille le regard de ses yeux noirs comme l'encre dans ceux, d'un bleu limpide, de Rodolphe. Il soutient un long instant ce regard, puis rompt l'affrontement d'une petite grimace amusée.

— Si, si, je te crois, tu es une tueuse, je l'ai toujours su. Mais il faut que j'y aille.

— N'y va pas, téléphone.

— Tu as raison. Mais Louis n'a pas de cabine. On entend tout ce qu'on dit, dans son boui-boui minuscule...

— T'auras qu'à parler bas. Vas-y, descends. Appelle-la chez elle. Il y a toujours quelqu'un, elle a plein de larbins. Dans deux minutes, tu sais à quoi t'en tenir. Vas-y donc, tu vas voir que c'est du bluff. Se suicider quand on est riche comme ça ? Tu rigoles !

— Bon, j'y vais.

— Mais tu me jures... Si elle est vivante, tu ne la reverras pas ? Même pas une fois. Même si on te dit qu'elle a fait une tentative, qu'elle est dans une clinique. Morte ou vivante, c'est pareil, on n'a plus besoin d'elle. Jure !

— Je te le jure.

— Je t'aime. Va.

— Allô ? Allô, c'est vous, Sébastien ? Bonjour, c'est Monsieur Laufer à l'appareil. Est-ce que Madame est là ?

— Oh, Monsieur Laufer, il est arrivé un malheur...

63

Il pleut doucement sur le cimetière de Bagneux. On est en fin d'après-midi. Le ciel d'hiver est d'un gris sombre. Entre les tombes, on aperçoit au loin des femmes en fichu qui se pressent pour emplir une dernière fois aux fontaines de grandes boîtes de conserve servant de brocs. D'autres s'en vont, déjà. De vieux hommes remontent les allées, accrochés à leur parapluie, arc-boutés contre le vent.

Une foule nombreuse a suivi le convoi d'Irène Delobet. Autant Delobet est mort méprisé après avoir été craint de son vivant, autant sa veuve était aimée. Bien des yeux sont gonflés de larmes sincères. Il y a là des membres de la famille, et beaucoup d'amis. Des membres de la haute bourgeoisie, des artistes, des acteurs, des écrivains, des peintres. Ils l'aimaient. Elle était belle et généreuse. Elle offrait des dîners, elle finançait des expositions, elle produisait des films, elle achetait des toiles. Cocteau est là, et Maria Casarès, Gérard Philipe, Braque, et bien d'autres. Un prêtre a dit la messe et prononcé l'homélie.

Henriette Delobet, la fille unique d'Irène, se tient immobile devant la tombe. Elle est née en 21. Elle a vingt-sept ans. Elle ressemble à sa mère. Une belle jeune femme. Elle a les cheveux et les yeux clairs.

Dans sa main, une rose dont les épines lui déchirent la paume sans qu'elle y prenne garde. Elle ne pleure pas. Elle n'a plus de larmes. Le choc a été horrible. Tout l'amour que son père ne méritait pas, elle l'a reporté sur Irène. Pendant la guerre, elle a fait de la résistance, contre l'occupant, contre les collabos, contre son père sans le savoir Elle était agent de liaison. Plusieurs de ses camarades ont été fusillés ou déportés. Elle, elle est passée à travers. Elle ignorait les crimes de Delobet. Quand elle en a eu connaissance, lors du procès, elle l'a haï. Il ne lui restait plus qu'Irène. Et maintenant Irène est morte.

— Mademoiselle Delobet...

Quelqu'un lui touche l'épaule timidement. C'est Me Delacre, l'avocat. Il est temps qu'elle s'efface pour laisser les autres se recueillir eux aussi, un bref instant.

— Oui...

Elle lâche la rose qui tombe en tournoyant avant de toucher le couvercle vernis. Me Delacre prend doucement Henriette par le bras et l'entraîne sous un arbre où chaque participant à la cérémonie viendra lui serrer la main.

— Mademoiselle Delobet, j'ai bien connu votre mère.

Hommes et femmes se succèdent devant elle. Elle leur tend la main, elle s'incline imperceptiblement pour les remercier, elle n'écoute pas ce qu'ils disent : ils marmonnent tous les mêmes mots. Mais cet homme-là ne marmonne pas. Il ne baisse pas les yeux d'un air consterné. Il la regarde bien en face. Ses yeux brillent. Qu'est-ce qui fait briller ses yeux ? L'intelligence, la haine ? S'il s'agit de haine, elle ne peut s'adresser à elle, elle ne le connaît pas, elle ne l'a jamais vu. Il doit avoir soixante ans. Il est laid et antipathique, mais il a cette lueur dans son regard qui intrigue Henriette.

— On ne vous a pas tout dit. Il y a ceux qui ne veulent rien dire. Moi je sais, et je parle.

— Qui êtes-vous, monsieur ? Que savez-vous ?

— Ce n'est pas le lieu...

Il tend prestement une carte de visite.

— Quand vous voulez, reprend-il.

Elle saisit la carte, l'enfouit dans son manchon sans y jeter un coup d'œil.

— Merci, monsieur.

— À bientôt, mademoiselle Delobet.

Huit jours ont passé. Henriette a revu l'homme du cimetière. Elle lui a téléphoné le surlendemain de l'enterrement. Il lui a dit : « Venez maintenant, à l'adresse inscrite sur la carte. Je vous attends. Vous le regretterez sûrement. Mais au moins, vous saurez. » Elle y est allée. Il lui a parlé. Il lui a montré des papiers, des photos. Il les lui a donnés. Maintenant elle sait. Il l'avait prévenue. Mais elle ne regrette rien. Elle sait. Elle ne pourra pas vivre avec cette rage qui l'étouffe, à présent qu'elle sait ce qu'on a fait à sa mère.

Depuis sa visite à l'homme du cimetière, sa détresse est infinie. Elle a bu, toute seule. Une demi-bouteille de whisky, pour la première de sa vie. Elle a parlé, divagué, et puis elle a fondu en larmes, elle s'est endormie par terre, et au réveil c'était encore pire. À la peine, à la rage, s'étaient ajoutés de la honte, et un malaise épouvantable. Quand elle a récupéré, au moins physiquement, elle est sortie de chez elle, elle a suivi un homme, puis un autre, puis un autre encore. En quittant le troisième, elle était encore plus désemparée. Elle est rentrée chez elle. Elle a dormi. À son réveil, elle est allée chez sa mère. Irène lui avait dit, un jour, où se trouvait l'objet dont elle avait besoin. Elle le lui avait même montré.

Elle l'a retrouvé sans peine, au fond d'une penderie, dans un carton à chaussures. Cet objet noir et lourd lui a fait peur. Dans les films, il suffit de le pointer sur les gens, et ils tombent. Dans la vie, c'est plus compliqué. Et puis elle s'est souvenue : c'était celui dont son père n'avait pas eu le courage de se servir pour échapper aux FFI venus l'arrêter, à la Libération. Alors, il lui a fait horreur. Elle l'a enfoui à nouveau sous la liasse de chiffons graisseux et l'a reposé dans sa boîte à chaussures.

Elle a continué à chercher dans l'appartement désert. À chercher elle ne savait quoi. Dans les débarras, dans les penderies, sous les éviers. Et elle a trouvé ce dont elle avait besoin.

Elle a bu de la vodka. La vodka l'a réchauffée, lui a donné du courage.

Henriette est restée longtemps assise sur le grand tapis de Chine, dans le salon de sa mère, avenue de Breteuil, à siroter de la vodka en regardant les photos que lui avait données l'homme du cimetière. Elles représentent un homme et une femme. Beaux tous les deux. Incroyablement beaux ! Comme des démons...

Le temps a passé, tandis qu'elle scrutait leurs traits parfaits, impénétrables. Soudain, elle a entendu l'horloge du salon sonner onze heures du soir. Elle n'avait pas entendu sonner les autres heures, alors pourquoi celle-là ? Le moment était venu... Elle a vidé son dernier verre de vodka, elle s'est levée, elle a enfilé son duffle-coat, et avant de sortir elle a raflé la fiole noire qu'elle avait posée sur la table de la cuisine.

64

— Il y a des moments où vous me faites peur, Marthe. Et ce n'est pas une façon de parler. Vous me faites vraiment peur...

Alphonse-Aimé regarde Marthe bien en face. Tel un juge s'efforçant de scruter les profondeurs de la conscience d'un accusé. À nouveau, il est troublé par cette beauté « verrouillée » qui ne laisse prise à rien ni à personne... Sinon à Rodolphe, le seul homme qui détienne la clé de cette âme et de ce corps.

Ils se trouvent place de la Madeleine, à la terrasse

d'un grand café. Il a commandé un xérès, et elle un café crème. Elle n'arrive pas à se faire au thé, bien que ce soit plus distingué. Marthe vient de faire des achats chez les couturiers. Alphonse-Aimé réglait diverses affaires dans un cabinet d'avocats du quartier. Pour la première fois depuis la réouverture de la Grange, Marthe s'est offert une séance de shopping, *pour fêter la mort d'Irène*. Alphonse-Aimé le devine, et porte sur les paquets ornés de griffes prestigieuses un regard désabusé.

Marthe ne se trouble pas le moins du monde. Elle ne connaît ni regrets ni remords, telle une bête féroce au cœur de la jungle.

— Ne me faites pas la morale, Alphonse-Aimé, c'est inutile.

— C'est cela qui m'inquiète. Vous êtes trop jeune pour être endurcie à ce point... Qu'allez-vous devenir ? Un monstre ? Une sorcière ?

— Vous voulez que je me flagelle ? Que j'entre au couvent ? Irène couchait avec mon mari. Elle est morte, je vais pas faire semblant d'avoir de la peine...

— Il couchait avec elle à votre instigation. Elle est morte parce que vous l'avez trompée, tous les deux.

— Nous, on l'a trompée ? C'est tout le contraire ! C'était une voleuse d'hommes, une salope !

— Marthe !

— Je maintiens : une salope !

Alphonse-Aimé pousse un soupir de lassitude.

— Je perds mon temps en faisant appel à votre sens moral, sans même parler de votre sensibilité...

Elle fronce les sourcils. L'amitié bien réelle qu'elle a pour Alphonse-Aimé ne va pas jusqu'à lui permettre d'instiller le doute dans son esprit. Elle est tendue vers son but, et elle écarte impitoyablement de sa route tout ce qui risquerait de l'en détourner ou de la retarder.

— Je comprends que vous ayez de la peine, c'était votre amie, mais je ne suis pour rien dans la mort d'Irène, un point c'est tout ! Alors arrêtez de me bassiner avec ça !

— J'arrête, Marthe, j'arrête. D'ailleurs je ne peux

rester plus longtemps. Excusez-moi, un rendez-vous...

Elle n'est pas dupe de ce mensonge. Ils devaient rejoindre Rodolphe non loin de la Grange, et dîner rapidement avec lui avant l'ouverture.

— Eh bien, c'est ça, allez au diable !

Ses yeux brillent de colère.

Le visage fermé, Alphonse-Aimé jette un billet sur la table et se lève. Il s'incline brièvement.

— Mon meilleur souvenir, Irène...

Elle ne répond pas. Elle le laisse s'éloigner. Alors qu'il s'apprête à franchir la porte, elle esquisse un geste pour le retenir. Trop tard. Il disparaît dans la cohue. Elle est mécontente. De lui. D'elle-même aussi. Il est un peu son grand frère, et celui de Rodolphe. Un grand frère plus raisonnable, devant lequel on n'aime pas se sentir en faute. Mais elle ne se sent pas en faute. Elle ne peut regretter la défaite de son adversaire. « Malheur au vaincu. » Oui, malheur au vaincu, nom de Dieu. Malheur à la vaincue. Qu'elle pourrisse dans sa tombe !

Marthe est de très mauvaise humeur à présent. À cause d'Alphonse-Aimé, cet ami en papier qui n'épouse pas jusqu'au bout la cause et les haines de ses amis. À cause de... À cause de tout ! Elle fourre dans son sac à main son paquet de High Life, son briquet et son poudrier. Elle se lève, jette son manteau sur ses épaules, rassemble ses emplettes... Dans un quart d'heure, elle sera chez Sonia, auprès de Rodolphe. Le monde retrouvera son harmonie un instant troublée par les états d'âme d'Alphonse-Aimé... Elle s'assure qu'elle n'oublie rien. Avant de marcher vers la porte, elle affermit sa prise sur la poignée des cartons frappés au sigle de couturiers et de parfumeurs.

Une femme surgit devant elle. C'est Irène Delobet, rajeunie, embellie. Échevelée. Des yeux de folle, pleins de rage et de larmes, lui mangent le visage. Ce n'est pas possible. Les morts ne sortent pas du tombeau. Malgré sa formidable assurance, Marthe recule devant ce fantôme.

— Vous êtes Marthe Laufer?...

Marthe n'a pas le temps de répondre. Le bras du spectre se tend vers elle. Dans sa main gantée, quelque chose fume.

— Tenez! De la part de ma mère!

Instinctivement, Marthe se détourne et ferme les yeux. Une giclée de liquide fumant asperge le côté droit de son visage. L'odeur est suffocante. L'acide s'attaque à la peau, la brûle et la boursoufle, la traverse, atteint la chair, la ronge comme un rat immatériel. La douleur irradie, atroce. Marthe lâche ses paquets et porte les mains à son visage, dans l'espoir vain de faire cesser cette douleur. Ses doigts, ses paumes, sont brûlés à leur tour. À la fois exultante et horrifiée par son acte, Henriette Delobet ne peut détacher son regard de sa victime. Elle danse d'un pied sur l'autre, le flacon au poing. Les autres clients assistent à la scène sans rien y comprendre. Les vengeances au vitriol ne sont plus dans les mœurs. De loin, on croit à une crise de nerfs. Ce n'est qu'à l'instant où Henriette Delobet répand encore une partie du contenu de la fiole sur le crâne de Marthe, que les spectateurs les plus proches comprennent ce qui se passe.

— Mon Dieu, c'est du vitriol! s'écrie un homme en voyant les cheveux de Marthe fumer comme de l'étoupe en combustion.

— Du vitriol!

Un mouvement de panique se dessine. Une femme hurle. Un homme se lève, saisit une fillette par le bras et l'entraîne précipitamment hors de la terrasse.

— Au secours! hurle Marthe.

L'acide qui brûle ses cheveux atteint et entame le cuir chevelu. Avec un sanglot, elle se laisse tomber à terre et tente de protéger son crâne de ses avant-bras, dans la crainte d'une nouvelle giclée. Un garçon de café tente de ceinturer Henriette. Elle parvient à se dégager et le menace en agitant la fiole fumante sous son nez.

— Vous en voulez? Vous en voulez aussi?

L'homme bat en retraite. La fiole au poing, Henriette gagne la sortie. Sur le seuil, elle jette le flacon à terre, se met à courir sur le trottoir et se perd dans la foule. Le garçon qu'elle avait tenu en respect s'élance derrière elle. Un autre se précipite au secours de Marthe. Un homme crie :

— Police secours ! Appelez police secours !

65

On sonne. L'homme consulte la pendulette posée devant lui sur son bureau. Il soupire. C'est elle. Toujours ponctuelle. Inexorable. Elle vient souffrir à jours fixes. Ici comme ailleurs, chez les médecins du corps. Lui, ce qu'il est censé soigner, c'est le cœur, ou l'âme... Enfin, soigner, si l'on peut dire ! Depuis le début de ses relations avec cette femme, il est surtout voué à rouvrir ses plaies, à les faire saigner. Mais puisqu'elle le veut ainsi, puisqu'elle le paye pour ça...

— Allez ouvrir, mademoiselle Deniaud.

— Bien, monsieur Torrey.

Mademoiselle Deniaud travaille avec Torrey depuis trois ans, et il l'appelle toujours mademoiselle. Il n'a jamais essayé de la séduire. Pourtant elle est plutôt jolie femme. Mais elle est une trop bonne assistante. Cela gâcherait tout.

Avant d'ouvrir, Mlle Deniaud jette un coup d'œil à l'œilleton ménagé dans la porte. Bien, ça. Prudente. C'est une perle, décidément. Torrey n'a pas que des amis. La secrétaire ouvre la porte.

— Bonjour, madame. Entrez, je vous en prie.

— Bonjour...

Torrey s'est levé pour accueillir sa cliente. Il lui a fait signe d'entrer dans son bureau, de prendre place sur une des chaises recouvertes de cuir patiné. Il a refermé la porte derrière elle. Il retourne s'asseoir. Il sort un dossier d'un tiroir. Un dossier qui s'épaissit, jour après jour.

— Eh bien, où en sommes-nous ?

La voix de la femme est dure. Il ne s'agit pas d'une dureté destinée à Torrey. Elle lui parle comme elle parle au reste du monde, désormais.

Torrey lui lance un bref regard, à travers la voilette sombre qui dissimule son visage. Cela lui procure une impression de malaise, ainsi qu'à chaque visite. Une grande beauté, comme une grande laideur, peut mettre mal à l'aise. Mais le mélange des deux dans un seul être, dans un seul visage, produit un effet intolérable. Or, tel est le cas de la femme qui se trouve devant Roland Torrey, ancien chasseur de nazis dans les troupes d'occupation françaises en Allemagne, aujourd'hui installé à son compte en qualité de détective privé.

— Ginette Laurençon le 4, et le 9... Celle-là, nous la connaissons. Sa cote décroît, dirait-on. Au profit de Madeleine Langlois, que nous connaissons aussi : le 6, le 8, le 14. Et puis, une nouvelle personne a fait son apparition le... Voyons, le 12, c'est ça, le 12 et le 16.

— Son nom ?

— Delphine de Morey. Tenez, voici les photos...

La visiteuse écarte du revers de la main la mince liasse que lui tend Torrey.

— Inutile. Je la connais. Une blonde... Comment ça s'est passé ? Un verre au bar du Crillon, une virée en voiture, et puis le Royal Hôtel ?

— Euh, pas exactement. Ils ne sont pas allés à l'hôtel... Ils... Enfin, ça s'est passé dans la voiture, dans une petite rue tranquille près de chez elle.

— Elle est mariée ?

— Aidée, disons, par un homme plus âgé, et jaloux.

Derrière la voilette, l'œil jette un éclair. Torrey ne peut s'empêcher de rentrer la tête dans les épaules. Delphine de Morey va connaître des moments difficiles. Quand on aura dénoncé la malheureuse à son amant jaloux au moyen d'une lettre anonyme, peut-être va-t-il la plaquer, ou lui couper les vivres, ou la trucider, pourquoi pas? Torrey a un peu honte de certains aspects du métier qu'il exerce aujourd'hui. Il préférait trier les bons et les mauvais Allemands dans les camps de prisonniers, il avait au moins le sentiment de faire quelque chose d'utile, mais le bon temps ne dure pas, et cette cliente paye rubis sur l'ongle.

— Le nom, l'adresse du monsieur, ordonne Marthe de sa voix sèche.

Torrey obéit avec un petit soupir. La femme plie le papier et le range dans son sac à main.

— C'est tout? demande-t-elle.

— Non, il y a encore un coup entre deux portes, le 11.

— Qui?

Il hausse les épaules.

— Inconnue au bataillon. Une rencontre dans le métro.

— Dans le métro!

— Oui, enfin, il l'a rencontrée dans le métro, et il a... conclu sous un porche, un peu plus tard. Je n'ai pas pu établir l'identité de la femme. C'est allé trop vite. J'ai juste pu prendre une photo. On n'y voit à peu près rien, d'ailleurs...

Il tend la photo. Elle s'en saisit et la scrute. Deux corps qui s'étreignent à la hâte, tout habillés, dans la pénombre d'un vestibule. On n'y voit rien, effectivement. Elle rend le cliché.

— Ça pourrait être n'importe qui...

— C'est bien lui. À quoi ça me servirait d'en rajouter?

— C'est vrai, à rien. Joignez ça au dossier. Combien vous dois-je?

— Pour les honoraires, comme d'habitude. Pour les frais, ma secrétaire va vous donner la note... Que faisons-nous?

— Vous continuez, je veux tout savoir. Tout.

— Combien de temps?...

Sous la voilette, l'œil foudroie Torrey.

— Aussi longtemps que je voudrai. Vous n'êtes pas satisfait de vos honoraires ? C'est vous qui les fixez...

— Si, si, tout va bien...

— Alors continuez.

Elle se lève.

— Je viendrai, voyons... le 2, à la même heure. Ça ira ?

Torrey consulte son agenda et prend note de ce rendez-vous.

— Parfait.

66

Usine à faire de l'argent, la Grange tourne à plein régime. Chaque soir, une clientèle nombreuse et enthousiaste vient apporter son offrande aux dieux de la nuit. En sortant de l'hôpital, Marthe a trouvé l'établissement florissant. Son premier geste a été de renvoyer dans ses foyers la caissière que Rodolphe avait engagée pour la remplacer pendant son absence. Cette femme était honnête, et elle travaillait bien. Mais pour Marthe, la caisse, c'est sacré. Sa place à elle, pour l'éternité.

Même au terme de sa convalescence, l'état de Marthe lui interdit d'apparaître en public. Il le lui interdira peut-être toujours. Le vitriol a rongé exactement la moitié de son visage. Sa peau si veloutée, sa carnation de brune éclatante, l'équilibre idéal de ses traits, tout ça n'est plus qu'un souvenir... Si on la voit de face ou de droite. Car le profil gauche est intact. Vue de gauche, elle est un ange. Vue de droite, une Gorgone repoussante. L'acide sulfurique qu'a utilisé Henriette Delobet était extrêmement concentré. Malgré leurs efforts, les médecins n'ont rien pu sauver de la partie droite du visage de Marthe. Elle a perdu l'œil, qu'il a fallu ôter. On le remplacera ultérieurement par un œil de verre, mais pour cela la cicatrisation de l'orbite doit être achevée. En attendant, Marthe porte un bandeau noir, ce qui accentue encore la laideur spectaculaire de cette partie de son visage.

C'est Marthe elle-même qui a trouvé la solution lui permettant de reprendre son rôle à la Grange. Elle aurait pu se faire apporter les additions et tenir la caisse dans une pièce séparée de la salle, mais elle voulait réaffirmer sa présence, et son emprise sur la Grange. Elle a donc préféré s'enfermer dans une sorte de guérite, à mi-chemin entre le confessionnal et le mausolée, installée entre les deux dancings. Depuis ce kiosque en acajou vernis serti de baguettes de cuivre luisantes et muni de glaces sans tain sur chacune de ses faces, elle contrôle tout. Il y a un guichet grillagé à travers lequel on lui passe les notes et les soucoupes. Le toit orné d'une corniche sculptée et de pignons donne à l'édifice des airs de pagode qui intriguent la clientèle.

Cette construction insolite frappe les imaginations et contribue au succès de la Grange. Des gens qui n'y avaient pas encore mis les pieds et qui n'ont jamais rencontré Marthe viennent tout exprès pour contempler ce monument extravagant et morbide. Dans ce lieu voué à la danse et à la fête, loin d'indisposer, il fascine. On se le montre du doigt en arrivant, on se chuchote que la femme qui s'y tient enfermée tous les soirs était il y a quelques mois encore une des plus belles créatures de Paris. Qu'elle est aujourd'hui défigurée, hideuse, et peut-être folle, car tout de même, cette idée de « pavillon fermé » au cœur d'un lieu de plaisir n'est-elle pas le signe d'un déséquilibre mental ?

Marthe laisse dire. Les parois de bois et les glaces sans tain de son réduit la protègent des regards, tout en excitant les curiosités. Au petit matin, quand la Grange ferme ses portes, elle remet la voilette dont elle ne se sépare jamais en public, et elle sort, serrant contre elle la mallette de cuir qui contient la recette. Souvent, Rodolphe est absent. Il s'éclipse sous un prétexte ou sous un autre. Elle n'est pas dupe. Torrey lui coûte cher, mais il l'informe sans faillir des faits et gestes de l'infidèle.

Depuis sa sortie de l'hôpital, Rodolphe, frappé d'horreur par la plaie qui la défigure, est désormais incapable de lui faire l'amour. Avec n'importe quelle autre femme, sa virilité est intacte. Quand elle a pris conscience de la situation, Marthe est allée voir un psychologue. Elle connaît assez Rodolphe pour savoir qu'il était hors de question de le traîner à la consultation. Mais après de longues conversations avec Marthe et après avoir examiné des photographies de Rodolphe, le psychologue a rendu son diagnostic. L'amour de Rodolphe pour Marthe reposait essentiellement sur le fait qu'elle était son égale par sa beauté. Tant qu'elle incarnait une sorte d'idéal physique, elle n'avait rien à craindre des innombrables passades de ce don juan expéditif. Elle était l'axe de la vie affective et sexuelle de Rodolphe.

À présent, non seulement il ne trouve plus en elle l'être symétrique et complémentaire dont il a besoin, mais elle lui fait horreur. Le reflet harmonieux s'est mué en vision de cauchemar. L'être parfait qu'ils constituaient à eux deux n'existe plus.

Le psychologue n'a pas laissé d'espoir à Marthe. Il n'y a guère de chances, selon lui, que Rodolphe lui revienne. Il continuera à accumuler les conquêtes pour se rassurer sur sa virilité. Chacune d'elles l'éloignera un peu plus de Marthe, en effaçant une image de lui-même qui le glace et l'humilie. L'image de l'impuissant qu'il a été, pour la première fois de sa vie, auprès de sa propre femme. Au fil du temps, Marthe a dû admettre la justesse de ses conclusions. Rodolphe ne la touche plus, et les comptes rendus du détective privé qu'elle a engagé pour filer Rodolphe confirment le diagnostic pessimiste du psychologue.

Il ne lui reste qu'un espoir. Celui de retrouver sa beauté grâce à la chirurgie esthétique. Les médecins des hôpitaux lui ont dit qu'ils pouvaient améliorer son aspect grâce à une série d'interventions chirurgicales échelonnées dans le temps. Mais ils ne lui ont pas caché que la majeure partie des lésions qu'elle a subies est irréversible. On ne lui rendra pas sa peau de pêche, ni ses longs cils d'un noir de jais, ni son œil de houri au jardin d'Allah. En tout cas ce ne sont pas ces médecins-là qui les lui rendront. Un autre peut-être ? Elle s'est tournée vers le professeur Orsega. Il dirige une clinique privée à Rueil-Malmaison. Elle tient cette adresse de Lauraine Gambier-Heurtise.

Orsega a examiné Marthe. Il s'est montré beaucoup plus confiant que les médecins qu'elle avait vus avant lui. Il se fait fort d'arranger les choses. Il prétend maîtriser des techniques de pointe importées d'outre-Atlantique. D'après lui, la chirurgie esthétique à la française en est encore à l'âge de pierre. Les Américains, toujours pragmatiques, ont tiré des enseignements considérables du traitement des blessures et des brûlures à la face causées par la guerre.

Orsega s'est initié là-bas, dans un hôpital californien, aux nouvelles méthodes de greffe de la peau. Il fait miroiter à Marthe l'espoir de résultats bien supérieurs aux prudentes estimations des mandarins français. Il inspire confiance, sa clinique est luxueuse et moderne. Bien sûr, il coûte très cher, mais la Grange tourne à plein régime. L'argent, obsession de Marthe et de Rodolphe, rentre à flots. Huit mois ont passé depuis la terrible agression place de la Madeleine. Les plaies de Marthe sont à présent suffisamment cicatrisées pour permettre la première intervention d'Orsega. Il en prévoit trois seulement, beaucoup moins que ses confrères et concurrents. Une seule ombre au tableau: cette opération ne pourra avoir lieu qu'après l'accouchement. Car Marthe est enceinte. Un de ses derniers rapports avec Rodolphe va porter ses fruits dans moins d'un mois. Et Marthe a déjà pris le futur nouveau-né en horreur...

67

— L'allaiter ? Tu plaisantes ? Tu me vois l'emmener à la Grange et lui donner le sein entre deux additions ?

— Pourquoi pas ? Dans ta guitoune, personne ne te verrait, dit Sonia.

Elles sont chez Marthe, dans le nouvel appartement que loue Rodolphe depuis que l'argent lui tombe dessus comme une pluie d'été. Le mobilier, les papiers peints, les rideaux, les tentures, tout est neuf. Rodolphe a choisi un style voyant, nouveau riche, qu'Alphonse-Aimé leur aurait épargné s'ils lui avaient demandé conseil. Mais ils ne le voient plus depuis la mort d'Irène Delobet.

— Pas question, reprend Marthe. J'ai allaité Petit-Paul parce que nous étions pauvres, mais maintenant c'est fini. Je ne vais pas m'abîmer la poitrine, en plus...

— Si seulement j'avais un bébé, je te prendrais le tien pour l'allaiter en même temps ! soupire Sonia. Mais si Louis est encore capable... J'ai beau suivre la méthode Ogino, rien à faire. C'est pas juste, toutes les femmes qui s'en servent pour ne pas avoir d'enfants tombent en cloque, et moi, macache !... Alors c'est une étrangère qui va le nourrir ?

— Qu'est-ce que ça peut faire ?

— Je sais pas, je me dis que les enfants, ça n'aime que celle qui leur a donné le sein...

— Foutaises ! Celui-là ira en nourrice...

— Comment, tu ne prendras pas de nourrice à domicile ?

Agacée, Marthe allume une cigarette et repose brutalement son briquet sur la table.

— Non. Un bébé à la maison, c'est des nuits sans sommeil, des bruits, des odeurs... Et moi j'ai besoin de repos ! J'ai déjà subi des mois d'hôpital, et toutes les douleurs du début avec ce mioche dans le ventre. Dès que les toubibs se sont aperçus que j'étais enceinte, ils m'ont supprimé la morphine. Pour le protéger, lui, on me donnait des antalgiques bidon. J'ai souffert comme une bête. Il y avait des nuits où il fallait que je me retienne, que je pense à Petit-Paul et à Rodolphe pour ne pas me jeter par la fenêtre. Tu me diras, j'aurais peut-être mieux fait, vu ce que j'ai trouvé en sortant...

— Ma pauvre chérie...

Sonia pose sa main sur celle de Marthe. Malgré sa mauvaise humeur, Marthe est reconnaissante à Sonia de lui prodiguer constamment sa tendresse. Mais aujourd'hui elle est énervante, avec sa sollicitude pour le bébé à venir. Marthe a l'intention de s'encombrer le moins possible.

— Ça peut s'arranger, cette histoire d'impuissance, dit Sonia. Tu es sûre que tu as tout essayé ? Tu sais, les hommes, c'est bizarre, quelquefois...

— Ça y est ! Elle va me faire son numéro de grande amoureuse ! Tu crois que je n'ai pas essayé de l'aider ? J'étais prête à tout. Mais il ne voulait rien. La vérité, c'est que je lui fais horreur. Il banderait avec une chèvre, mais pas avec moi !

— Tu te fais du mal !

— Non. Je m'en fous. Je suis au courant de tout. Je sais exactement qui il baise, où, quand, et comment... Et je m'en fous !

— À mon avis, ça prouve au contraire que...

— Tais-toi, à la fin ! De quoi je me mêle ? Qu'est-ce que ça peut te faire, s'il bande ou pas ? Ça t'intéresse ? Tu veux goûter ?

— Marthe...

— Fous-moi le camp ! Je t'ai assez vue pour aujourd'hui !

Sonia baisse la tête. Elle est habituée aux rudesses de Marthe. Mais depuis son agression, Marthe se montre de plus en plus dure.

— Comme tu voudras, Marthe... À demain.

— C'est ça.

Sonia rafle son imperméable et s'éclipse.

Restée seule, Marthe tire nerveusement sur sa cigarette. Après quelques bouffées, elle l'écrase dans un cendrier de cristal. Pendant son hospitalisation, Rodolphe en a acheté plusieurs. Avant, il ramenait des cendriers publicitaires qu'il barbotait dans les bistrots. En ce temps-là, ils étaient pauvres, il l'aimait et la désirait. Maintenant ils ont des cendriers en cristal...

Le lourd cendrier de cristal s'écrase contre le mur. On entend un bruit de pas dans le couloir. La porte s'ouvre. Une femme entre deux âges, l'air inquiet, apparaît dans l'encadrement. C'est Mme Aubusson, la nurse de Petit-Paul.

— Que se passe-t-il, madame ?

— Rien. C'est le cendrier. Il est tombé.

Une expression d'incrédulité se peint sur les traits de Mme Aubusson. Le bruit a été tel qu'il ne peut s'agir d'une chute. Il est clair que le cendrier a été projeté avec violence contre le mur. D'ailleurs, il a littéralement éclaté.

— Il est tombé, répète Marthe. Ramassez les débris... Dépêchez-vous, voyons !

Mme Aubusson a un haut-le-corps. C'est une nurse professionnelle. Elle n'entend pas être traitée comme une bonne.

— Je suis désolée, madame...

— Eh bien quoi ?

Le cœur de Mme Aubusson bat la chamade. Elle devine que Marthe peut être méchante, comme tout être humain qui souffre. Mais sa dignité est en jeu. Elle ne s'abaissera pas.

— Cela n'entre pas dans mes attributions...

— C'est du cristal.

— Même du cristal, madame.

Marthe considère son interlocutrice de son œil unique.

Son orbite vide est dissimulée par le bandeau, mais celui-ci ne cache pas la joue ravagée, boursouflée par l'acide.

— Qu'est-ce qui entre dans vos attributions, madame Aubusson ? Est-ce que mon mari vous a fait l'amour ?

La nurse n'en croit pas ses oreilles.
— Pardon ?
— Est-ce que M. Laufer vous a baisée, madame Aubusson ?
— Madame, je... C'est indigne !
— Oh, il ne juge aucune femme indigne de son membre, madame Aubusson... Même vous, je suis sûre, il vous enfilerait volontiers en passant, c'est vous dire !
— Madame, je ne peux admettre qu'on me parle en ces termes. Je ne resterai pas dans cette maison !
— Eh bien, foutez le camp ! De toute façon, je ne vous aurais pas gardée. Je ne peux pas tolérer qu'une femme malpropre s'occupe de mon fils !
Mme Aubusson est suffoquée. Elle porte la main à sa poitrine. Elle peut à peine parler.
— Malpropre ! Moi !
— Oui, vous, souillon ! Allez, dehors !
Bouleversée, la nurse tourne les talons. Elle quitte la pièce, et court prendre ses affaires dans sa chambre. En larmes, elle passe s'assurer que Petit-Paul dort toujours.
— Petit malheureux ! Que vas-tu devenir, avec une mère pareille ? murmure-t-elle en effleurant du bout des doigts le front lisse et rose du petit garçon.
— Dehors ! Ôtez vos sales doigts de la figure de mon fils, et dégagez !
— Pauvre femme ! souffle Mme Aubusson avant de disparaître.
Marthe se penche sur le lit et baise la joue du Petit-Paul. Le souffle de l'enfant est régulier, sa peau tiède.
Le cœur de Marthe bat à éclater. Une boule de chagrin gonfle et durcit dans sa gorge. Y a-t-il au monde une seule femme aussi malheureuse, aussi misérable qu'elle ? Ce n'est pas possible. À nouveau, elle est tentée d'en finir. Mais il y a Paul, cet innocent. Que deviendrait-il ? Oh, Sonia l'élèverait, c'est sûr. Mais quel avenir lui préparerait-elle ? Sonia, c'est la bonté personnifiée. Mais gourde, inefficace... Non, Marthe vivra et se battra. Pour Paul. Oh, certainement pas pour l'autre, fille ou garçon, qui alourdit

ses flancs, qui la paralyse, qui a déjà empêché le professeur Orsega de commencer le traitement... Pour Petit-Paul, et pour Rodolphe, peut-être, si Orsega lui rend sa beauté. L'urgence est d'engager une nouvelle nurse. Dommage, Mme Aubusson travaillait bien. Elle était très propre...

68

Il les a regardés. Il a dit bonjour, il a répondu aux questions d'une voix posée, sans timidité excessive. Il ne s'est pas dérobé aux baisers, mais il les a rendus sans beaucoup d'empressement. On sent en lui une réserve surprenante, chez un enfant si jeune. Il n'a pas huit ans. À présent, il est sorti avec son frère. Marthe s'étonne de sa façon d'être. Pépé Albert lui explique avec sa brutalité tranquille de paysan :

— Il est plus naturel, d'ordinaire. Mais avec vous c'est normal, il vous connaît pas.

— Il me connaît pas ? Il connaît pas sa mère ?

— Ben non... Ni son père ! Il vous a vu quoi ? six fois, sept fois dans sa vie...

Mémé Édith, d'un signe, tente de faire taire pépé Albert. Mais il n'y est pas disposé. Il connaît les qualités de Marthe. Une femme sérieuse, courageuse, intelligente, qui a le sens de l'argent. Une bonne mère aussi, du moins pour Petit-Paul, le premier, le chouchou. Mais pour Jean, c'est une autre paire de manches ! Elle l'a pour ainsi dire abandonné. Heureusement qu'ils sont là, eux, les grands-parents Laufer, pour l'élever ! Parce qu'un enfant, ça ne s'élève pas seulement à Noël, avec des cadeaux dans de beaux papiers.

— Une fois l'an, reprend Albert. Remarquez, comme ça, il n'aura que de bons souvenirs, plus tard.

Sous sa voilette, Marthe pique un fard. Enfin, la moitié droite de son visage pique un fard. L'autre, la gauche, demeure exsangue. Le professeur Orsega a obtenu des résultats, en sept ans et une dizaine d'interventions. Le visage supplicié des débuts n'est plus qu'un mauvais souvenir... Le chirurgien a retendu, remodelé, repoli les chairs rongées par le vitriol. Il leur a redonné une enveloppe presque lisse, trop pâle sans doute, sans le velouté qui lui était naturel autrefois, mais à cent lieues du paysage grêlé, lunaire, qu'il avait trouvé.

Il a transformé ce demi-masque d'épouvante en un demi-visage humain. Mais malgré tous ses efforts, ce demi-visage-là ne correspond pas à l'autre ; ce n'est pas Marthe. Après les premières opérations, elle s'est crue sauvée. Son visage demeurait étranger au souvenir qu'elle en gardait. Elle s'imaginait que cela s'arrangerait avec le temps, et aussi avec quelques retouches. Rien n'y a fait. L'homme de l'art n'a pas été capable d'égaler la beauté originelle de sa patiente. Il est tout juste parvenu à effacer l'excès de laideur qui la torturait, remplaçant cette torture-là par une autre, plus cruelle. Marthe a aujourd'hui deux visages en un seul. Un sublime, le premier, et un quelconque, né des bricolages d'Orsega. La fusion des deux crée un malaise non moins insupportable que les cicatrices horribles supprimées par Orsega. Marthe n'est plus laide à proprement parler : elle est improbable, impossible. Elle a repris sa voilette. Orsega n'a pas renoncé. Marthe non plus. Ils ont rendez-vous au printemps prochain pour une nouvelle tentative. Elle y a déjà englouti des fortunes. Elle s'en moque. Elle est riche, et la douleur lui est à présent familière. Elle n'a plus guère d'espoir, mais que ferait-elle d'autre de sa vie ? Rodolphe ne l'a pas touchée depuis huit ans. Quant à Orsega, ce n'est ni un charlatan, ni un profiteur. Il est plus qu'un médecin, un artiste dépassé par la tâche qu'il s'est fixée, et qui s'obstine. Il voit dans le cas de Marthe un challenge essentiel, digne de lui.

Après avoir embrassé ses parents et son fils cadet, Rodolphe est ressorti garer l'énorme Buick Roadmaster. Marthe est seule dans la cuisine avec ses beaux-parents. Les deux frères, Petit-Paul et Jean, sont dans le jardin, occupés à se lancer des boules de neige.

— Écoutez, pépé Albert, vous connaissez la situation…

Il secoue ses larges épaules. Rodolphe et lui ont le même gabarit. À cinquante-cinq ans, Albert est encore un homme magnifique.

— Elle a évolué, la situation, depuis le temps !

Marthe perd son calme.

— Si vous en avez assez, je le reprends, et je le mets en pension !

— Non ! Pas ça !

C'est mémé Édith. Elle a blêmi à l'idée qu'on lui retire son petit prince, sa joie de vivre. Albert aussi l'adore, mais c'est une grande gueule, un maladroit, comme la plupart des hommes. Du coup, il a compris le danger, et il bat en retraite.

— Holà, j'ai pas voulu dire ça… Le petit, il est bien où il est, avec nous !

— Ah bon, parce qu'à vous entendre…

— Vous vous trompiez. Le petit est heureux avec nous, et nous avec lui. C'est tout ce qui compte, non ?

— Vous avez raison, mémé, approuve Marthe. Il est heureux avec vous, voilà l'important !

Elle hoche la tête en répétant la phrase magique qui la délivre de Jean. Il est heureux comme ça, ailleurs, loin d'elle, et c'est tout ce qui compte. Tout à l'heure, pour l'embrasser, elle a dû se forcer comme chaque fois. À cause de son bec-de-lièvre. À cause de cette laideur qui la renvoie à la sienne. Il le sait. Il le sent. Ces embrassades entre une mère et son fils, les plus naturelles et les plus douces, leur sont une torture à tous les deux.

Mémé Édith est rassurée. Ce n'est pas encore cette fois-ci qu'on lui prendra Jean. Elle lance un regard courroucé à Albert. Il baisse la tête. Il a conscience du préjudice que subit l'enfant. Édith et lui-même ne peuvent remplacer la tendresse d'un père et d'une mère.

— Bon, bon... Alors elle roule bien, votre Buick ? Vous n'avez pas été gênés par la neige ?

— Pensez-vous ! Rodolphe a fait poser des pneus à clous par son garagiste, avant de partir... La Buick est vraiment confortable. Plus que la Studebaker qu'on avait avant. Il faudra qu'on aille faire une balade, vous verrez...

— Ah non, je monterai pas là-dedans !

— Et pourquoi ? Vous avez peur ?

— Que les gens me voient, oui.

— Vous avez peur qu'on vous voie passer dans la Buick de votre fils ?

— C'est une voiture de gangster.

— Rodolphe n'est pas un gangster.

— Moi je le sais, pas les gens d'ici...

69

Longtemps, Jean se souviendra de ce Noël-là. Noël 1954. Il a pris conscience d'une réalité qu'il n'avait pas osé se représenter jusqu'alors. Sa mère, son père et son frère sont des étrangers pour lui. Tout à coup, devant la grosse voiture américaine avec son attirail de skis et de bâtons arrimés sur la galerie, cela lui est apparu comme une évidence. Parmi ces skis, il n'y en avait pas pour lui. On ne venait le voir qu'en passant, sur le chemin des sports d'hiver. On ne venait pas exprès pour lui, on faisait seulement un détour pour s'acquitter de la formalité des cadeaux de Noël. Et surtout, on n'avait pas envisagé un instant de l'emmener. Il n'appartenait pas à la partie de l'humanité qui glisse sur les pentes enneigées. Il appartenait à l'autre humanité, celle qui reste à trimer à la ferme, à l'usine ou au bureau. Jean l'a compris en un éclair. Sans colère, sans révolte, mais sans pardon. Dès cet instant, il y a eu ses parents et son frère d'un côté, et lui de l'autre. Dans son camp, il y a Albert et Édith, les grands-parents Laufer. Les grands-parents Tourasse, c'est à peine s'il en a entendu parler. De la vie de ses parents, de leurs florissants établissements de nuit à Paris, de leur fortune, de leurs amis, il ne sait presque rien. Son monde se réduit à quelques hectares de champs autour de la petite maison de ses grands-parents. En fait, elle ne leur appartient pas plus que la terre qu'ils cultivent. C'était une ruine. Le propriétaire, M. Schwacheim, est aussi l'employeur d'Albert. Il leur a permis de la retaper pour l'habiter. Il suffirait qu'il dise un mot pour les en chasser. Ils n'auraient aucun recours, ils se retrouveraient à la rue. Albert travaille pour lui depuis quarante ans. Quarante ans d'esclavage, ça crée des liens. Voilà l'univers dans lequel Jean a grandi. Un univers quasi féodal, où le patron est un seigneur et l'ouvrier agricole un serf. Miraculeusement, chacun a trouvé son compte si le seigneur est un homme correct. Sinon, il arrive que ça se termine à coups de fourche, ou même à coups de fusil. M. Schwacheim est un homme correct.

Donc, ainsi que les années précédentes, Jean s'est retrouvé face à son frère. Il est à présent aussi grand que lui, bien que Petit-Paul soit d'un an plus âgé.

Paul est exceptionnellement beau. La finesse de ses traits, le modelé délicat de son visage, ont quelque chose de féminin. Jean est plus rustaud. Il n'a pas besoin d'aller aux sports d'hiver pour avoir bonne mine. Il vit à la campagne. Et à peine rentré de l'école, il court aider son grand-père aux champs. Albert le gronde gentiment.

— M. Schwacheim ne te paye pas, toi, pour ce travail-là ! Tu ferais mieux d'aller apprendre tes leçons, ou d'aider ta grand-mère à éplucher les pommes de terre !

Et Jean se fait tirer l'oreille pour rentrer à la maison. Il est si heureux de travailler auprès de son grand-père. Il tend une fourche à l'enfant. Il lui explique comment rassembler le maximum de foin dans le minimum de mouvements. Jean s'applique. Bientôt il transpire à grosses gouttes. Il rit de plaisir. Albert rit lui aussi. Il hausse ses lourdes épaules. Sacré petit gars !

Tout en tassant de la neige entre ses mains nues pour en faire une boule, Jean jauge les muscles de son frère. Ils ont la même taille, mais Paul est plus mince, son ossature est plus délicate. Il tient des Tourasse, et Jean tient des Laufer.

— Tu te marres, ici ?

C'est Paul qui a posé cette question. Il regarde autour de lui avec un air de citadin blasé tombé dans une cambrousse minable.

— Ben oui. Y a les champs... J'aime bien aider aux foins...

— Ah ouais ?

Un éclair ironique a lui dans les yeux de Petit-Paul. Tu parles d'une rigolade... les travaux des champs, quel pied !

Jean sent que son frère se fout de lui. Il cherche désespérément de quoi redorer son blason de petit péquenot.

— Y a les grenouilles ! T'as déjà pêché les grenouilles au chiffon ?

— Les grenouilles ? C'est dégueulasse !

— Non, c'est pas dégueulasse !

— Si, c'est dégueulasse, c'est tout visqueux, ça bave, c'est plein de verrues...

— On voit que t'y connais rien ! C'est pas les grenouilles, ça, c'est les crapauds ! Les grenouilles, ça se mange, c'est vachement bon !

— Tu manges des grenouilles ? T'es dégueulasse, comme mec !...

Le dégoût de Petit-Paul à l'idée de manger des grenouilles est sincère. Mais il admet qu'attraper les grenouilles, c'est peut-être rigolo.

— Tu me montreras à les pêcher ?

— Mon pauvre, faudra revenir, c'est pas la saison. Les étangs sont gelés, en ce moment.

— Dommage. Alors qu'est-ce qu'on va foutre ? C'est pas marrant, ton bled...

Entre les mains de Jean rougies par le contact de

la neige, la boule est à présent bien compacte et bien ronde.

— C'est pas les façons de s'amuser qui manquent, en hiver... Tiens, en voilà une bonne!

Presque à bout portant, il lance la boule de neige et atteint Paul en pleine figure.

— Traître!

Petit-Paul est suffoqué. Il a de la neige dans les yeux, dans les narines, dans la bouche, et dans le cou.

— C'est pour se marrer! Vas-y, tu peux m'en lancer une!...

— Maman veut pas que je joue à la neige avec mes gants... C'est du pécari, ça va les brûler!

— Eh bien, retire-les, eh, pomme!

— Oui, mais alors je vais avoir froid aux mains...

— Eh bien, qu'est-ce que vous faites?

Marthe vient d'apparaître sur le seuil de la maison.

— C'est lui, m'man! Il m'a jeté une boule de neige dans la figure! Regarde, j'en ai plein dans le cou!

— Mon pauvre chéri! Mais tu vas attraper la mort! Jean, tu n'es pas gentil avec ton frère...

— C'est pour jouer.

— Eh bien c'est un jeu idiot!

— Mais j'y joue tous les jours à l'école, et ils font pas tant d'histoires!

— Ce sont des petits sauvages. Comme toi! Allez, rentrez à la maison. Il y a de la brioche pour le goûter.

— J'aime pas ça, la brioche!

Marthe a pris le parti de son favori, évidemment. Elle ne voit même pas les larmes que Jean ravale avec peine.

— Tu n'aimes pas ça? Tant pis pour toi...

— C'est ça, tant pis pour moi!

Jean tourne les talons. Il enfonce ses poings rougis dans ses poches et part à grandes enjambées en direction de la forêt.

70

— Oui, bien sûr, je me souviens de vous. Quand j'étais petite, vous m'avez fait sauter sur vos genoux... C'était dans une autre vie.

La voiture traverse à petite vitesse la ville de province dans laquelle Henriette Delobet vient de passer huit ans sans savoir à quoi elle ressemble. Elle n'est sortie que deux fois pendant ces huit ans. Une fois en hiver, à la nuit tombée, pour aller chez le dentiste. Une autre fois en plein jour, inconsciente, après sa tentative de suicide. On l'a hospitalisée pendant quinze jours, et puis hop, retour à la Centrale.

Elle parle distraitement. Elle est libre depuis un quart d'heure. Elle attendait l'autocar, à cent mètres à peine du portail de la prison. Une élégante berline s'est arrêtée à sa hauteur. Elle a failli rembarrer le chauffeur, l'insulter. Il y a des types qui guettent les levées d'écrou à la porte des prisons de femmes. Souteneurs, pervers et obsédés sexuels divers... Puis, elle a reconnu ce visage, ce monocle désuet, ce regard, à la fois attentif et désinvolte. Il appartient à un passé déjà lointain, et désormais inaccessible... Il lui a envoyé des colis, pendant sa détention. Des trucs fous : du caviar, des confitures de luxe, du chocolat, du foie gras, des truffes, des fruits confits exquis... Il ne lui a pas écrit. Il se contentait de joindre une petite carte de visite à chaque envoi, avec un seul mot calligraphié d'une petite écriture précieuse, insolite, pour un ancien militaire. Tantôt c'était « Courage », tantôt « Espérance ». Elle trouvait ça un peu ridicule, et formidablement réconfortant. Elle partageait les victuailles et les friandises avec ses compagnes de cellule. Une légende était née, à partir de ces colis extravagants. On disait qu'Henriette était la maîtresse de Boussac, ou de Dassault, en tout cas d'un homme très riche. C'était Alphonse-Aimé de

Quétigny-Lamblais, et il n'avait jamais été son amant. Simplement un ami de sa mère. Avait-il été son amant? Peut-être. Quelle importance? Il s'est senti des devoirs vis-à-vis d'Henriette, pour une raison ou pour une autre.

— Qu'allez-vous faire, maintenant?

Elle est tentée de répondre : me tuer. Mais elle n'a pas envie de se tuer. Plus maintenant. Après sa première tentative, elle a beaucoup souffert. Elle s'était procuré des somnifères. Elle repense à une doctoresse, médecin de la pénitentiaire, qui lui a dit qu'elle n'avait pas réussi, mais qu'elle s'était abîmé les reins, à vie. Une salope. Elle chasse de sa mémoire le souvenir de cette femme qui prenait plaisir à tourmenter les tôlardes malades ou éclopées, autant dire des mortes vivantes.

Le silence s'éternise. Quétigny-Lamblais ne s'impatiente pas. Il conduit calmement. Il ne manque pas de charme. Fin, élégant, courtois. Il doit être agréable, au lit. Elle n'a pas fait l'amour depuis huit ans. L'envie lui vient de choquer Quétigny-Lamblais. De le provoquer. Son ancienne bonne éducation serait de nature à l'en dissuader, mais elle vient de vivre huit ans d'un enfer écœurant, traumatisant... Elle a tous les droits.

— Ce que je vais faire? Baiser.

Il ne bronche pas.

— Je comprends ça, dit-il d'une voix amicale. Et vous savez à qui vous adresser?

— Pourquoi? Vous vous proposez?

— Vous êtes une charmante jeune femme. Et si vous me le demandiez, je serais ravi de vous rendre service... Mais je ne suis pas venu pour ça.

— Et pourquoi donc êtes-vous venu?

— Par amitié pour votre mère. Je me suis fait du souci pour vous. Et puis il y a une chose que j'aimerais savoir.

— Ah! Qu'est-ce que c'est?

— Qui vous a informée, pour les Laufer?

Henriette a un petit rire amer.

— C'était donc ça!

Il secoue la tête.

— Non. Ce n'est pas ça. Pas seulement ça. Je vous le jure.

À tort ou à raison, il lui inspire confiance.

— À quoi ça vous sert de savoir qui m'a dit que les Laufer avaient joué une comédie indigne à ma mère, pour la gruger et la pousser au suicide? Vous êtes leur ami?

— Je l'étais, soupire Alphonse-Aimé.

— Vous ne l'êtes plus?

— Ils m'ont déçu. Ça prouve une certaine naïveté, chez moi, une certaine bêtise. Ce sont des bêtes féroces.

— Expliquez-vous.

— Ils sont innocents comme des fauves.

— Vous vous foutez de moi?

— Non... Qui vous à informée?

— Quelle importance?

— J'aime comprendre. J'aime savoir.

— Pourquoi vous le dirais-je? À cause du caviar et des fruits confits?

— Bien sûr que non. Vous êtes-vous jamais demandé si la personne qui vous à renseignée l'a fait par amitié pour vous, ou pour venger votre mère, ou parce qu'elle y trouvait son intérêt personnel?

— C'était un ami de ma mère...

— C'est lui qui vous l'a dit, ou c'est elle?

Henriette hésite.

— C'est lui, finit-elle par admettre.

— Dites-moi son nom, et je vous dirai s'il a menti.

Une lassitude sans nom envahit Henriette. Cette conversation lui fait horreur, à présent. Comme si elle n'était jamais sortie de prison, comme si elle allait se réveiller d'un instant à l'autre, en cellule, entre Claudine qui grince des dents en dormant et la grande Léa qui parle toute seule...

— C'est un certain Robert Furet. Il est venu me parler le jour de l'enterrement de ma mère... Arrêtez-moi ici, s'il vous plaît, je continuerai à pied.

Il obéit. Il laisse tourner le moteur. Il la dévisage avec sympathie, avec tendresse.

— Vous ne voulez pas regagner Paris avec moi ? Ce serait plus rapide, plus confortable.

— Avec vous, je continuerai à penser à tout ça. Ça me fait du mal. Dans le train, je regarderai les gens, je lirai les journaux...

Il lui sourit.

— Vous rencontrerez peut-être un beau jeune homme.

Elle sourit.

— Peut-être.

Il fouille dans sa poche et lui tend quelques billets de banque. Elle les refuse.

— Je suis riche...

Elle ouvre la portière.

— Adieu.

— Tâchez d'être heureuse.

— Je vais...

La gorge d'Henriette se serre. Elle se reprend.

— Je vais essayer.

Elle descend de la voiture, empoigne sa petite valise et s'éloigne sur la route luisante de pluie.

71

Torrey s'ennuie. Ce film, il l'a vu vingt fois. À présent, il confie ses filatures à son assistant, Delcassé. Un petit gars qui vient de rentrer d'Indo. Delcassé a eu de la chance : il est un des rares soldats qui ont pu rompre l'encerclement de Diên Biên Phu et regagner les lignes françaises après des semaines de marches forcées. Les autres sont morts, ou prisonniers des Viets. Le temps de quitter l'armée et de se retaper un peu, le voilà embauché par Torrey. La principale de ses tâches consiste à filer Laufer. Mais ce soir, Delcassé est de sortie, alors c'est Torrey qui s'y colle. En ronchonnant. Les « séances Laufer », il pourrait en écrire les rapports de filature sans se donner la peine de les effectuer. Mais il est sérieux, il ne bidonne jamais. D'ailleurs, il faudrait être fou pour risquer de perdre la clientèle de Mme Laufer.

Depuis son poste d'observation, une table judicieusement choisie, Torrey épie Rodolphe Laufer et sa conquête du jour en sirotant distraitement un Vittel. Il n'aime pas trop les eaux minérales, mais un privé en mission ne boit pas d'alcool.

Routine... Ce soir, c'est une Antillaise. Choriste dans un orchestre de jazz. L'orchestre a passé une audition à la Grange. À sa place, Torrey n'aurait pas détesté non plus une documentation complète. Un beau morceau de femme. Grande, bien en chair. Torrey se laisse aller à rêvasser un instant. Il se reprend : Torrey, mon petit vieux, à quoi ça t'avance de laisser libre cours à ton imagination ? Pas la peine de t'exciter comme un collégien, c'est l'Alsacien qui va la baiser, pas toi... Et tu auras le privilège d'en apporter confirmation à Mme Laufer. Les visites de la femme au voile se sont espacées, mais elle continue à exiger des rapports détaillés et à payer cash. Alors...

L'Alsacien baratine la choriste. Ça a l'air de se passer de façon satisfaisante. Dans deux heures, il arrivera à ses fins. Ça se passera sûrement à l'hôtel Ambassadeur, pas très loin de la brasserie où Laufer offrira un plateau d'huîtres et du meursault à la choriste. Laufer boit du meursault avec les huîtres. Bizarre, pour un Alsacien.

Torrey consulte sa montre. Deux heures, ça va les mener à minuit et quart entre les draps. Le privé pousse un soupir. Dès que l'Antillaise est homologuée, il décroche et il rentre au bercail. Il connaît les habitudes de Laufer. Il s'est mis en cheville avec des loufiats, dans chacun des hôtels que Laufer fréquente. Tiens, que se passe-t-il ? L'Alsacien semble tout à coup moins intéressé par sa compagne. Il a dû apercevoir quelqu'un de sa connaissance. Il se penche vers la choriste antillaise. On dirait qu'il s'excuse, moue navrée, grimace de déception, il pose de l'argent sur la table, il se lève. La choriste n'en croit pas ses yeux. Voilà un coup qu'on ne lui a sans doute jamais fait : la laisser choir alors qu'elle était d'accord !... L'ennui de Torrey s'est envolé comme par enchantement. Planter là, brutalement, une belle fille consentante, ça n'est pas Laufer. Il se passe quelque chose. L'Alsacien s'éloigne de la table où est assise l'Antillaise. Où va-t-il, nom de Dieu ? Torrey hésite. Si Laufer va pisser, ou téléphoner, il ne sert à rien de lui emboîter le pas. Ce serait même un coup à se faire repérer. Depuis le temps qu'on le file, c'est déjà un miracle que l'Alsacien ne se soit douté de rien... Tout à coup, Laufer accélère le pas. Il court presque, entre les tables. Le regard de Torrey prolonge la trajectoire potentielle de Laufer. Et il comprend. À une vingtaine de mètres, un autre type s'est mis à courir, lui aussi. Un brun. Jeune. Bien habillé. Torrey se lève à son tour, jette un billet sur la table et s'élance derrière les deux autres.

Les rues sont désertes. On est en janvier. Il gèle. Les gens sont claquemurés chez eux. Torrey s'efforce de courir sans bruit. Il ralentit son allure. Il a vu le chasseur rattraper sa proie, la saisir à l'épaule et la pousser brutalement sous un porche. Le chasseur, c'est Laufer. La proie, c'est le type brun de la brasserie. Torrey ne se tient plus de curiosité. Il marche, maintenant. Si les deux autres s'expliquent sous le porche, il a une chance raisonnable d'entendre ce qu'ils disent, de la rue, sans être vu.

— Alors comme ça, toi aussi t'as deux patries, ton pays et Paris ?

Torrey retient son souffle. Derrière la porte, la voix de Rodolphe Laufer est chargée d'une ironie âpre. Son interlocuteur n'a pas l'air d'en mener large, si l'on en juge au son de sa voix. Sans doute Laufer le tient-il au collet.

— Monsieur Laufer, lâchez-moi, s'il vous plaît, laissez-moi m'en aller...

Torrey note que l'homme parle avec un fort accent espagnol ou sud-américain.

— Tu rigoles ! Ça fait huit ans que j'attends ce moment...

Un choc sourd. Un cri de douleur étouffé. Laufer

ne s'est pas retenu bien longtemps. Il a commencé à cogner. Torrey est prêt à intervenir. « Allons, Torrey, pas de hâte inutile. Avant de s'en mêler, autant apprendre ce qu'il lui reproche... »

— Monsieur Laufer, je regrette, je... Je vous dédommagerai !

— Tu as une idée du préjudice que j'ai subi à cause de toi, petite salope ?

Laufer frappe à nouveau. Au ventre, sûrement, car sa victime se dégonfle comme un ballon crevé.

— Y a eu un mort, Emilio. T'étais peut-être pas au courant ? J'imagine que les journaux espagnols n'ont pas fait leur une avec ça, mais ta bombe a tué un de mes clients. Tu vas le dédommager, lui aussi ?

— Je regrette, monsieur Laufer... J'avais pas conscience de la gravité de mes actes... Pitié !

La voix de l'Espagnol est presque inaudible.

— Tu savais parfaitement ce que tu faisais, ordure ! Tout ça parce que j'ai viré tes machins prétentieux !

— C'était pas pour ça !... J'étais furieux quand vous avez viré mes décors, mais j'aurais pas fait sauter la baraque à cause de ça ! C'était plus grave : j'avais besoin d'argent. Une dette de jeu, à un vrai méchant, un mec qui vous coupe une phalange pour dix sacs.

— Et alors ? Qu'est-ce que ça avait à voir avec la Grange ?

— Un type est venu me voir. Il m'a dit qu'il connaissait mes ennuis. Qu'il pouvait les arranger facilement. Je n'avais qu'une chose à faire...

— Faire sauter la Grange ?

— Oui. J'avais la trouille, je savais plus comment m'en sortir... Le type à qui je devais de l'argent m'avait juré qu'il me retrouverait au bout du monde...

— Jusqu'à Madrid, chez papa ! Son nom !

— Au caïd ?

— Non, celui-là, je m'en fous. L'autre. Le commanditaire.

— Je me souviens plus, monsieur Laufer.

Torrey entend un nouveau coup sourd, puis le bruit d'un homme qui vomit et qui râle.

— Fais un effort, Emilio. Ça vaut la peine, crois-moi !

— Attendez ! supplie l'Espagnol d'une voix altérée. Ça ressemble à un nom d'animal, une petite bête qui vit dans les bois... Je me souviens plus du mot en français... Vous connaissez l'espagnol ? Un *huron*.

— Un renard ?

— Non. Le renard, je connais. C'est pas ça. *Huron*.

— Une belette ?

— Non. Mais ça ? ressemble...

— Un... Un furet ?

— C'est ça ! Furet ! Roberto Furet !

72

Marthe s'efforce généralement de demeurer impassible. Des mouvements trop accentués des muscles faciaux ne valent rien à son drôle de visage dissymétrique. Alors elle joue les statues, sous sa voilette. Mais là, elle accuse le coup. Ses yeux s'écarquillent, un rictus découvre ses dents magnifiques.

— Furet...

— L'Espagnol a répété ce nom plusieurs fois, tellement il était soulagé d'avoir trouvé...

— Et Rodolphe ? Comment il a réagi ?

— Il est resté silencieux quelques instants. Et puis il a dit : « Casse-toi, quitte Paris dès demain matin. Si je te retombe dessus, je te tue !... » Là-dessus, M. Laufer l'a frappé à nouveau. Emilio est tombé. M. Laufer lui a tourné le dos et il est sorti de dessous le porche. On s'est trouvé nez à nez. Il m'a regardé de travers, mais j'ai fait l'innocent qui rentre chez lui. Il a filé. J'ai aidé l'Espagnol à se relever. Son visage était intact, il ne saignait pas, mais il avait salement dégusté. Il souffrait. J'ai insisté pour le raccompagner à son hôtel, histoire d'avoir son adresse et son identité. Il s'appelle Emilio Salvaje. Il était descendu à l'hôtel Jeanson.

— Il a porté plainte ?

— Non. Il est reparti pour Madrid. J'ai vérifié, il n'est pas près de remettre les pieds à Paris.

— Parfait. Et la pétasse ?

— Pardon ?

— La choriste...

— Il l'a réinvitée le lendemain, c'est-à-dire hier. Si j'avais pu vous joindre, je vous aurais rendu compte plus tôt, pour l'Espagnol...

— Ça va, l'essentiel est que je sois au courant. Alors, la choriste ?

— Elle s'est fait prier un peu.

— Il l'a emmenée à l'Ambassadeur, finalement ?

— Non. Ils sont allés chez elle.

— Merci. Vous faites du bon travail.

— Pour ce Roberto Furet, si vous avez besoin de moi...

— Merci, monsieur Torrey.

— Je continue à surveiller M. Laufer ?

— Ne changez rien. Je veux tout savoir.

Marthe gare sa petite MG Midget. Elle n'aime pas conduire la Roadmaster. « Ton char d'assaut, tu te le gardes, moi je veux une vraie voiture », a-t-elle dit à Rodolphe. Il lui a offert ce petit cabriolet.

Elle aurait pu garer la voiture dans le parking souterrain de l'immeuble, mais elle doit ressortir ce soir, et elle a trouvé une place facilement. L'immeuble est flambant neuf. Rodolphe a acheté un huit pièces en duplex, sur un coup de tête. Ils déménagent souvent. Il achète, il revend. Il n'est jamais content. À son goût, tout est toujours trop petit, trop sombre... Il achète des meubles vernis, des bronzes dorés... Marthe ferme la portière à clé. Elle n'a que le temps de faire quelques pas en direction de la porte vitrée avant qu'un homme ne l'aborde.

— Marthe ?

Elle tressaille.

— Alphonse-Aimé? Quelle bonne surprise! Sous réserve d'inventaire...

Alphonse-Aimé réprime un petit rire.

— Une des choses que j'aime chez vous, Marthe, c'est que vous êtes implacable: c'est plus fort que vous, vous dites la vérité.

— Vous passiez par hasard?

— Non. J'ai quelque chose à vous dire. Je vous emmène boire un verre?

— Montons plutôt chez moi. Je dois me préparer pour l'ouverture de la Grange.

— C'est un esclavage, non?

— J'ai toujours connu ça. Et ça rapporte plus que le vins-bois-charbon de papa.

— Que voulez-vous boire?

— Si vous avez un vrai bon whisky...

— On a de tout, et tout est bon.

Alphonse-Aimé laisse courir son regard sur les meubles en palissandre et en acajou massif, sur les lourdes tentures en velours d'Utrecht, sur les gravures et les toiles exposées, plutôt bien choisies, curieusement: des œuvres mineures de bons artistes du début du siècle.

— C'est plaisant... Vous vous y êtes mise?

Elle fait non de la tête.

— Moi, vous savez, un calendrier des postes ferait aussi bien l'affaire... Rodolphe prend conseil auprès de certains de nos clients...

Elle tend à Alphonse-Aimé un verre de Lagavulin.

— Il faut que je me change; je n'ai pas trop de temps, Alphonse-Aimé...

— Je voulais vous parler d'Henriette...

— Henriette Delobet?

Sous la voilette, le regard de Marthe s'est durci.

— Alphonse... Vous n'avez pas pris notre parti, dans cette affaire... Je vous en veux encore. Vous étiez notre ami...

— Je le suis toujours. Un ami lointain, mais un ami. La preuve: je vais vous apprendre ce que vous ignoriez...

Il s'interrompt pour mettre un glaçon dans son whisky.

— Vous ne buvez rien, Marthe ?

— Je vais prendre un peu de porto... Alors, cette révélation ?

— Henriette Delobet n'a pas appris par hasard que vous étiez à l'origine du suicide de sa mère. C'est votre oncle, Robert Furet, qui vous a dénoncée. C'est à lui que vous devez d'avoir été vitriolée.

Marthe s'est figée, la bouteille de porto à la main. Elle dévisage Alphonse-Aimé avec une fixité effrayante. Enfin, comme si elle rompait un sortilège, avec un effort de volonté, elle parvient à parler.

— Pourquoi me dites-vous ça ?

Alphonse-Aimé porte son verre à ses lèvres et avale une gorgée du liquide ambré.

— Cet homme vous a fait beaucoup de mal... Il a brisé votre vie, d'une certaine manière. Je me trompe ?

Les yeux de Marthe brillent. Elle répond d'une voix rauque :

— C'est vrai. Mais vous n'avez pas répondu à ma question.

— Je pourrais vous dire que ce sont les raisons qu'on a d'agir qui légitiment nos actes ou en font des crimes ! Si Furet avait voulu venger Irène Delobet, que vous aviez poussée au désespoir et à la mort, j'aurais admis son geste. Mais il se fichait d'elle comme d'une guigne : il voulait seulement vous atteindre... Et vous... vous me serez toujours très chère, Marthe, quoi qu'il arrive...

73

L'aveu discret d'Alphonse-Aimé a touché Marthe. Ainsi, ce grand seigneur désinvolte l'aimait et l'aime encore... Elle ne s'en était jamais doutée. Décidément,

Alphonse-Aimé de Quétigny-Lamblais est d'un autre siècle... Est-ce que la femme d'un ami est encore tabou pour beaucoup d'hommes, de nos jours ? Elle n'a jamais eu pour lui que de l'amitié, et il le sait. De toute éternité, un seul homme a des droits sur elle, sur son corps. Si le sort avait voulu qu'elle ne rencontre jamais Rodolphe, elle aurait pu se donner à Alphonse-Aimé, et peut-être aurait-elle été heureuse avec lui. Peut-être plus heureuse qu'avec Rodolphe, d'une certaine manière. Elle aurait été choyée, adulée... Et certainement pas trompée à tour de bras avec la première pouffiasse venue !...

Dans son cœur de lionne, la satisfaction de se savoir aimée par un tel homme ne peut contrebalancer longtemps l'autre révélation : le rôle de son oncle dans l'attentat contre la Grange, puis dans le vitriolage dont elle a été victime. La fureur croît en elle. Cet homme lui pourrira donc la vie jusqu'à sa mort ? Elle se souvient du jour où il a abusé d'elle alors qu'elle venait quémander un emploi auprès de lui. N'est-il pas naturel qu'un oncle aide sa nièce ? Mais pour Robert Furet rien n'est sacré. Dix ans ont passé, et le rouge de la colère et de la honte monte encore au front de Marthe. Il l'a souillée ! Elle était vierge, alors. Il a exploré son intimité avec ses sales doigts boudinés, qu'il a humés ensuite, avec un sourire ignoble. Une nausée soulève le cœur de Marthe. Elle traite mentalement son oncle de fumier, d'ordure, de vieux salaud. Elle trouve le courage de courir vomir dans les toilettes princières que Rodolphe à fait installer.

Elle rabat le couvercle, s'assied pour tenter de reprendre son souffle. Elle n'y parvient pas. La rage l'étouffe. L'image haïe de Furet danse devant ses yeux. Il a profané son corps. Il a réduit une première fois à néant tous ses efforts en commanditant l'attentat à la bombe d'Emilio Salvaje.

Enfin, en armant le bras d'Henriette Delobet il a brisé sa vie à jamais. La perte de sa beauté, la perte d'un œil et de la moitié de sa chevelure, la perte de l'amour de Rodolphe, c'est lui, Robert Furet, qui en est responsable. Toutes ces souffrances indicibles, les opérations à répétition, c'est lui. Le rejet de son fils Jean que ces souffrances ont entraîné, c'est lui. Son actuelle condition d'intouchable, de recluse dans sa pagode-cercueil au milieu des fêtards et des noctambules de la Grange, c'est lui. C'est sa faute !

Marthe parvient enfin à se dominer. Son oncle va payer. Le prix fort. Tenir les comptes, c'est sa spécialité. Et l'addition de Robert Furet est lourde. Elle ne lui fera grâce de rien. Il faudra qu'il rende gorge... Marthe se relève. Le tourbillon affolant dans lequel il lui semblait s'engloutir s'est apaisé. Elle redevient la calculatrice, la manipulatrice qui contrôle et organise, grâce à ses créatures et à ses espions, les plaisirs et les passions de centaines d'habitués de la Grange. Furet va mourir. Sa décision est prise, elle sera sans appel. Mais Marthe ne va pas, comme une vulgaire Henriette Delobet, frapper son adversaire au prix de sa propre liberté. Tuer elle-même l'oncle Robert ? Payer dix ou quinze ans de prison les quelques instants de plaisir sauvage de la vengeance ? Bien sûr, ce serait merveilleux de voir les balles pénétrer ses chairs, et le sang jaillir de ses blessures, de le voir se tordre sur le sol en implorant le pardon de sa nièce... Mais il faut être raisonnable.

Elle éclate d'un rire de folle. Qui va tuer Robert pour elle ? Pourquoi le fera-t-il ? À quel prix ? Avec quel coefficient de sécurité pour elle ? Elle connaît les gens du milieu, à travers ses informateurs. Serveurs et filles de salle, entraîneuses, mais aussi vieux clients et amis qui l'ont connue au temps de sa beauté souveraine et qui viennent bavarder avec elle, à travers le guichet qui la protège de tout regard. La caisse-pagode est pourvue d'une sorte de chatière à travers laquelle elle leur sert une coupe de champagne millésimé...

Être convié à boire le champagne de Marthe, c'est un privilège, à la Grange. Pour en jouir, pour que cela se sache, bien des gens seraient prêts à tout. Tout de même pas à abattre Robert Furet. Elle pourrait avoir recours à des hommes du milieu. Mais elle les a en horreur. Leur prétendu sens de l'amitié et de l'honneur, elle n'y croit pas. Et Marthe n'a aucunement l'intention de s'en remettre à leur loyauté. Elle veut écraser Furet impunément. Elle veut aller danser sur sa tombe, et non croupir au fond d'une cellule, ou avoir à gérer un chantage après coup.

Alors qui ? Un nom, un visage, lui viennent à l'esprit. Alphonse-Aimé. Non, bien sûr que non. Impossible. Impensable. Il l'aime, mais il ne commettra jamais un crime. Ça n'est permis qu'à la guerre. Oublier cette idée. Alors qui ? Soudain son regard s'éclaire. Elle sait qui tuera son oncle. Et elle sait à quel prix.

74

Cela fait bien des années à présent que Guy Morvan, alias Poulard, fréquente la Grange. Ce n'est pas seulement un habitué. C'est aussi un de ceux qu'on appelle, en baissant la voix, les « favoris ». Les favoris de Marthe.

Rodolphe a failli tuer Poulard, quand il le soupçonnait d'avoir posé la bombe. Poulard innocenté, il pouvait devenir client de la nouvelle Grange. Le petit loubard a renoncé au racket, trop dangereux. Depuis, il bricole. Sur un fond permanent de proxénétisme, il trempe dans divers trafics. Ainsi, il commercialise, par l'intermédiaire de quelques videurs de bar et marchands de journaux de Pigalle, des photos de groupe sur lesquelles s'étalent les talents de contorsionniste de Marine, sa compagne. Il recycle aussi, au sein de la pègre parisienne, des armes allemandes ou alliées.

La Grange est pour lui un terrain neutre. Il évite d'y traiter ses affaires louches, embrouillées, souvent calamiteuses. Il vient y boire un verre, bavarder, danser, draguer à l'occasion. Mais surtout il vient pour Marthe. Il est un de ceux que sa beauté saccagée émeut étrangement. Il l'avait aperçue avant qu'elle ne soit défigurée. Il l'avait trouvée belle, évidemment plus belle que Marine, mais elle n'avait provoqué sur ses sens aucun effet particulier. À présent qu'elle dissimule sous une voilette sa beauté de puzzle à demi reconstitué, il est fou d'elle. Au point de le lui répéter en toute occasion. Il lui tient un discours de fou qu'elle écoute sans complaisance, mais avec une curiosité troublée, bien qu'elle n'ait pas envisagé une seule seconde de répondre à ses avances. C'est comme si une grâce bizarre s'était déposée sur le front du pâle petit voyou qu'est Poulard. Il est le seul homme à lui avoir dit qu'elle lui plaisait comme elle est maintenant. Rien de romantique dans l'amour qu'il lui voue et avoue : c'est purement sexuel, du moins le croit-il.

— Vous m'excitez, madame Marthe... Rien qu'en vous parlant à travers ce guichet, j'ai la gaule !

Elle, d'ordinaire si brutale avec les importuns, tolère ce langage.

— Qu'est-ce qui vous fait cet effet ?

— C'est de savoir que... Que vous êtes à la fois la plus belle et...

— Et la plus laide ?

— Oui ! dit-il dans un souffle. Et c'est cette franchise désespérée qui lui vaut d'être épargné. Elle n'aurait qu'un mot à dire pour que Nanard Mastaba et les autres videurs de la Grange tombent à bras raccourcis sur Poulard. Ce mot, elle ne le dit pas. Poulard lui apporte un regard insolite et pervers sur sa propre tragédie. Elle n'a pas fait l'amour depuis des années. Poulard n'a aucune chance avec elle, mais...

— Si un jour vous aviez besoin de quoi que ce soit, madame Marthe... Vous pouvez me demander n'importe quoi.

— En échange de quoi ?

— En échange de vous. Juste une fois. Une nuit. Même pas une nuit, une heure ! Pour une heure avec vous, je ferais n'importe quoi !

— Je n'ai besoin de rien.

— Aujourd'hui... Mais tout peut arriver, dans la vie... tout peut s'écrouler d'une seconde à l'autre. Vous le savez dans votre âme...

— Vous voilà poète, Poulard. Allez, videz votre coupe et dégagez-moi le plancher. Je n'ai pas que ça à faire, d'écouter vos cochonneries... J'ai des additions en retard, moi !

L'ascenseur est en panne. Avec les charges qu'ils payent !

Mais Marthe oublie de râler. Elle descend quatre à quatre les marches de l'escalier, elle jubile.

Elle a trouvé le chevalier servant qui la vengera de Robert Furet. Pour réaliser son rêve érotique tordu, Poulard commettra un meurtre. Son premier, probablement. Elle est prête à payer le prix : une heure avec lui. Elle se reprend. Une heure, c'est beaucoup. Une heure, ou moins, ou plus, quelle importance ? Pour voir mourir Robert Furet, elle accepterait toutes les humiliations. Son corps méprisé par Rodolphe est désormais sans valeur, même pour elle. Qu'il serve au moins à payer sa vengeance.

Elle saute dans la MG et démarre en trombe. Il est prévu que Rodolphe se rende de son côté à la Grange. Où est-il ? Encore une femme ? Elle le saura par Torrey. Il est neuf heures moins le quart. La Grange ouvre à dix heures. Elle aura le temps d'aller manger un morceau dans un restaurant voisin, en attendant. Bon sang, le temps va lui paraître interminable ! Et si Poulard ne passe pas ce soir à la Grange. Quand est-il venu pour la dernière fois ? Hier ? Avant-hier ? Elle ne sait plus. Il passe souvent... Bon, s'il n'est pas là à onze heures, elle chargera Bernie Bardon de le lui dégotter. Ils se connaissent. Ils sont en cheville sur des coups... Marthe sait qu'en échange d'un petit billet, Bernie glisse au client en manque le numéro de téléphone d'une fille compréhensive. Pourquoi pas celui de Marine, la créature de Poulard ? Il faudra bien que Bernie se débrouille. Elle veut voir Poulard ce soir. Elle piaffe d'impatience. Elle avait presque oublié l'existence de son oncle.

Maintenant, il l'obsède, il prend toute la place dans son esprit. Salaud ! Salaud ! Et si elle stipulait dans le contrat avec Poulard que Robert Furet doit souffrir avant de mourir ? Est-ce que Poulard accepterait de lui faire avaler un verre de vitriol ? Pourquoi pas ? Elle pourrait même assister à l'exécution... Mais ce serait dangereux. Qu'il meure, tandis qu'elle restera en vie et en liberté. Dans ces conditions, prudence, prudence ! Elle a un fils... Pardon, deux fils à élever. Et un mari à... Et un mari qui ne la regarde pas, qui ne la touche pas, qui la considère comme sa meilleure employée. Elle chasse cette pensée inopportune.

75

Poulard se coiffe devant la glace. Il se trouve beau, ce soir. Pour une fois ! Enfin, beau n'est pas le mot. Il se trouve émouvant, ténébreux. Comme un acteur. Il va tuer son premier homme. Il s'est battu méchamment, plusieurs fois. Mais tuer, ça ne s'est pas trouvé, tout simplement.

C'est une virginité qu'il va perdre. Et par amour. Cette idée de meurtre par amour lui plaît. Des mecs qui ont flingué une ou plusieurs personnes, il en connaît. Aucun n'a agi par amour. Ils l'ont fait pour défendre leur territoire, pour le fric, ou pour sauver leur peau. Lui, ce sera autre chose. Au bout du meurtre qu'il s'apprête à commettre, il y a une femme. Une femme unique. Toute la beauté et toute la laideur du monde en un seul visage, et ce visage surmonte un corps de déesse. Aucune femme ne lui a jamais fait cet effet. Bon Dieu, Furet, ta dernière heure n'est plus très loin !

— Tu fais quoi, ce soir, chou ?

C'est Marine, qui l'interpelle du lit où elle est vautrée. En voilà une qui lui fait de moins en moins d'effet... Il pousse un soupir. Pas question de la plaquer. Elle représente la presque totalité de ses revenus. Il aimerait bien lui trouver une équipière, mais chaque fois qu'il a essayé de mettre une autre fille sur le trottoir, ça s'est mal passé. Ce soir il s'en fout. Il va voir ce qu'il vaut comme tueur.

— Tu pourrais répondre, quand je te parle!... Qu'est-ce que tu fais? Tu sors?

— Ouais. Un poker chez Pierrot.

C'est son alibi. Il l'a manigancé comme un chef, avec son pote Pierre Dollinger. Un alibi hyper-embrouillé, exprès: Léon Sarfati, un honnête tailleur du sentier, et Gérard Delbiet, pharmacien de son état, doivent compléter la table, mais Pierrot a fait annuler la partie par l'intermédiaire d'un autre copain, de façon à obliger Sarfati et Delbiet à téléphoner chez Pierrot pour être sûrs... Et là, astuce, Pierrot leur répondra en imitant la voix de Poulard... Comme ça, sans l'avoir vu, ils seront persuadés qu'il était chez Dollinger ce soir-là... Pierrot a toujours eu le don d'imitation. À l'école, déjà, il faisait marrer tout le monde. Bref, deux commerçants, à la fois inconnus des services de police et honorablement connus du fisc, c'est pas un chouette alibi, ça? Mais Poulard espère qu'il n'aura jamais à s'expliquer sur son emploi du temps. Il n'existe aucun lien entre sa future victime et lui. C'est la condition seconde du crime parfait, la première étant de ne pas être pris en flagrant délit.

C'était facile. Tellement facile! Poulard marche d'un pas rapide. Il ne peut s'empêcher d'admirer son ombre, découpée sur l'asphalte par la lumière des becs de gaz. Ventre plat, jambes minces, taille bien prise dans son Burberry's. C'est Marine qui le lui a rapporté de Londres l'année dernière. Bientôt, il va goûter à une chair royale! Lui, Poulard, alias Guy Morvan, il a rempli son contrat, il a dessoudé Furet. C'est fait. Et bien fait. Quatre balles. Le gros calibre. Colt 11.43 de l'armée américaine. Y a pas plus gros sur le marché. L'arme est à présent au fond de la Seine.

Il a fait un sans-faute. Furet flingué sans anicroche, le 11.43 au frais, l'alibi en béton. Poulard a téléphoné à Pierrot. Tout va bien. Sarfati et Delbiet ont téléphoné, chacun leur tour, déçus à souhait : « Alors quoi, merde, cette partie, on la fait pas ? » Et c'est la voix de Poulard qui leur a répondu : « Non, vieux, désolé, ce sera pour un autre jour, Dollinger a un problème, son gosse est malade, il est aux cent coups, tu sais ce que c'est... »

Poulard est heureux. Le lieu où il doit retrouver Marthe n'est plus très loin. D'ici quelques minutes, il touchera sa récompense.

76

Il y a déjà conduit Marine, à cette adresse, pour des soirées spéciales. Dans ces trucs-là, lui, il ne reste pas : il livre et il s'en va.

C'est un immeuble cossu, constitué d'appartements meublés, loués à la semaine, ou à la journée, voire à l'heure... On y jouit d'un anonymat, d'une discrétion que les meilleurs hôtels ne procurent pas.

Poulard sort deux clés de la poche de son Burberry's. Les clés du paradis ! murmure-t-il. La première ouvre la porte du bas. Discrétion. Il n'y a pas de concierge, il n'y a pas de boîtes aux lettres. Mais il doit y avoir une femme de ménage : tout est nickel. Épais tapis rouges, grands miroirs parallèles se réfléchissant à l'infini, capiteuse odeur de cire, appliques et huisseries art déco, plantes vertes... Au bout de la seconde clé, une étiquette : suite Lilas, cinquième étage. Va pour les lilas ! Il s'engouffre dans l'ascenseur. Il corrige sa coiffure dans la glace. Il s'adresse une petite grimace admirative. Il n'est plus le même Poulard : il a tué. Ça ne s'est pas passé exactement comme il l'avait prévu, mais qu'est-ce que ça change ? Le contrat est rempli.

Au bout d'un long couloir tendu de velours crème, une porte vernie. Il néglige l'élégant heurtoir de bronze et introduit sans hésiter la clé dans la serrure. La porte tourne silencieusement sur ses gonds huilés. Il entre. Dès l'antichambre, l'appellation « suite Lilas » tient ses promesses. Il referme la porte derrière lui, ôte son imperméable et le pose cavalièrement sur l'épaule d'une statue, une mulâtresse aux formes splendides qui l'invite à entrer d'un sourire engageant.

— C'est vous, Guy ?

C'est elle ! C'est sa voix ! Et elle l'appelle Guy, pour la première fois. Un sentiment de triomphe envahit Poulard.

— C'est moi, ma chère...

Il s'avance dans le salon où elle se tient. Dominante lilas, bien sûr. Mobilier raffiné. Un parfum délicat flotte dans l'air. Marthe est assise sur un sofa, une coupe de champagne à la main. Elle est vêtue d'un tailleur en prince-de-galles. Une voilette fumée, arachnéenne, ombre son visage plus qu'elle ne le dissimule. Ses jambes fuselées, gainées de soie, sont repliées sous elle. Négligemment abandonnés au pied du sofa, de vertigineux hauts talons en crocodile. Jamais Poulard n'a eu une telle impression de luxe. C'est presque effrayant. Cela ressemble trop à ses rêves. Comme s'il évoluait à l'intérieur d'un film dont il serait lui-même le metteur en scène.

— Bonsoir.

La voix de Marthe est légèrement voilée.

— Vous voulez boire quelque chose ?

— Comme vous.

Elle emplit une coupe et la lui tend.

— Venez près de moi. Asseyez-vous là, dans ce fauteuil. Racontez-moi... votre soirée.

Il obéit, prend la coupe, la porte à ses lèvres. Le champagne est délicieux.

— C'est fait. Tout s'est bien passé.

Elle fronce les sourcils. Elle semble réellement mécontente, tout à coup.

— J'espère bien! Racontez-moi, avec tous les détails.

Il pose la coupe à demi vide sur une tablette en acajou.

— C'est... C'était un homme ponctuel. Je n'ai pas eu à attendre longtemps. Il est descendu dans son parking juste à la même heure que les jours précédents. J'ai attendu qu'il soit au volant, et là...

— Pas si vite, voyons! Vous me gâchez mon plaisir. Comment était-il habillé?

— Mal, comme d'habitude. Un fendard, un manteau, un chapeau n'importe comment...

Marthe acquiesce.

— C'est bien ça, c'est tout lui. Riche à crever, mais vêtu comme un employé de bureau... Continuez.

— J'ai attendu qu'il soit installé au volant, et qu'il essaye de démarrer. Il pouvait toujours s'escrimer, j'avais retiré la tête de Delco...

— Je m'en fiche. Alors?

— Quand il a vu que ça ne démarrait pas, il s'est mis à râler. Alors je suis sorti de derrière mon pilier. Il m'a regardé tout éberlué.

— Et après?

— Il a voulu sortir de sa voiture. Une Cadillac. Un vrai cuirassé! Il devait se douter, parce qu'il a voulu faire vite. Mais il était trop gros.

— Un gros porc! crache Marthe. Alors?

— Je l'ai repoussé dans sa bagnole et je lui ai claqué sa portière à la gueule.

— Il n'a pas appelé à l'aide?

— Il a failli. Mais je lui ai montré mon flingue, et je lui ai fait non de la tête. Il a compris. De toute façon, la concierge ne l'aurait pas entendu.

— Il avait peur? Il suait?

— Il suait, mais peut-être pas de peur. Ou pas seulement. De tension, d'énervement...

— De haine.

— Sûrement. Je lui ai fait signe de descendre la vitre. Il a hésité, et puis il a dû se dire que c'était pas la vitre qui le protégerait si je lui tirais dessus avec mon bazooka... Un 11.43!

— Je m'en fiche, de ça. Il n'y a que lui qui m'intéresse. Alors?

— Alors il a descendu la vitre.

— Vous lui avez parlé?

— Oui. Je lui ai répété exactement ce que vous m'aviez dit.

— Redites-le!

Poulard s'exécute. Il ânonne un peu, comme un enfant qui récite sa leçon.

— « C'est votre nièce qui m'envoie vous tuer, monsieur Furet. Pour la bombe et pour le vitriol, mais surtout pour le doigt. »

— Vous lui avez dit tout ça bien distinctement? Il a tout entendu, vous êtes sûr?

— Sûr.

— Qu'est-ce qu'il a dit? Il a pleuré, il vous a supplié?

Poulard baisse les yeux.

— Ouais. C'était... pénible. Alors j'ai pas voulu faire trop traîner. J'ai tiré.

— Combien de fois?

— Quatre fois.

— Il est mort tout de suite?

— Vous pensez, du 11.43!

Il garde les yeux baissés. Comme quand il mentait, enfant. Il se disait que le mensonge, ça ne se voit que dans les yeux.

— J'ai... J'ai mérité ma récompense...

77

— Bien sûr. Vous voulez... Maintenant?

— C'est ce qu'on avait dit.

Elle pose sa coupe. Elle se lève. Sans minauderies ni chatteries, exactement comme si elle était seule, elle se déshabille en pleine lumière. Il la contemple, la bouche sèche, les yeux fiévreux. Sous la veste de son tailleur, elle porte un chemisier orné d'un col en dentelle. Sans hâte, elle en déboutonne un à un les boutons de nacre. Elle dénoue sa large ceinture de chevreau luisant. Sa jupe glisse sur ses hanches et tombe à ses pieds. Elle est en combinaison, à présent. Une combinaison en soie, qui moule étroitement ses formes pleines. Elle l'ôte d'un mouvement fluide, en la faisant passer adroitement par-dessus la voilette. Chacun de ses gestes libère une bouffée de parfum enivrant.

— Je garde les bas ?

— Non... Ôtez tout ! Tout !

La lingerie intime, en soie noire, va rejoindre le petit tas de vêtements sur l'épaisse moquette. À l'exception de la voilette qui couvre son visage, chaque centimètre carré de sa peau est nu. Le cœur de Poulard bat comme il n'a plus battu depuis des années. Marthe est plus belle encore, infiniment plus belle qu'il ne l'imaginait. Une grâce extraordinaire nimbe ses membres. Sa peau satinée luit doucement, comme si une lumière intérieure l'habitait. Sa respiration soulève imperceptiblement sa poitrine parfaite.

— Je suis à vous, Guy... J'obéirai à tous vos désirs, pendant une heure, pas plus !

La voix de Marthe est gentiment ironique. Il s'efforce de répondre sur le même ton :

— Une heure ? Qui sait, vous en redemanderez peut-être...

— On verra...

— La voilette. Enlevez la voilette.

— Non.

— Vous avez promis d'obéir à tous mes désirs.

Elle hésite.

— C'est vrai, mais...

Il la saisit par le bras, l'attire contre lui. Sa voix se fait pressante, haletante.

— Je vous veux à visage découvert, chérie ! Je vous veux tout entière !

Elle secoue la tête.

— Tout ce que vous voudrez, mais...

— J'ai tué un homme pour ça !

Les mains de Poulard courent sur le corps de Marthe, ses doigts effleurent ses cuisses, ses hanches, son ventre, ses seins.

— Je le veux ! balbutie-t-il.

Elle répond enfin. Sa voix est basse, rauque.

— Vous l'aurez. Vous aurez tout ! Mais je n'ôterai ma voilette qu'à l'instant... Au dernier instant !

Il l'enlace et la renverse sur le sofa. Elle s'abandonne. Sa respiration s'accélère, elle est maintenant très excitée, elle aussi. Huit ans ! Huit ans qu'elle n'a pas fait l'amour. Huit ans qu'elle demeure obstinément fidèle à un homme qui la trompe à tout va ! Elle n'aime pas Poulard, elle n'a même pas d'estime pour lui, mais il va profiter de cette longue, de cette douloureuse chasteté.

— Oui... Oui...

Elle sent sur elle sa bouche avide. Elle enserre de ses deux mains le crâne de l'homme, et le presse contre elle avec force, écrasant son visage sur son entrejambe. Affolé, poussant de petits grognements de plaisir, il y frotte son front, son nez, sa bouche. Soudain, il se redresse, le temps d'ouvrir sa braguette pour en sortir son sexe dressé.

— Marthe, je... Maintenant ! Vite ! Oh non !

Avant qu'il ait pu entrer en elle, sa semence a jailli jusque sur la voilette de Marthe.

— Pardon, Marthe, je...

— Quelle performance, Poulard...

La voix de Marthe est glaciale, tout à coup. Elle le repousse presque brutalement, ferme les jambes, se redresse à demi pour chercher un mouchoir dans son sac à main.

— Il faut m'excuser, Marthe... Je vous désirais tant ! Je n'ai pas pu me retenir... Vous m'en voulez ?

— Qu'est-ce que vous allez chercher ? Je m'en balance ! La corvée est écourtée, je ne m'en plains pas !

— Marthe ! Vous... Nous allons recommencer. Vous verrez, ça sera bien...

— Ah non ! C'est pas du saut en longueur. Ici, on n'a pas droit à trois essais !

Poulard l'implore d'une voix de petit garçon.

— Marthe ! Marthe !...

Elle demeure inflexible. Fermée, méprisante. Elle l'écarte sans lui accorder un regard, se lève et commence à se rhabiller.

À l'instant d'enfiler sa combinaison, elle comprend que sa voilette va la gêner. Elle l'ôte sans hésiter, se tourne vers Poulard, la lui jette comme un os à un chien.

— Tenez, ça vous fera un souvenir.

Par réflexe, il a attrapé au vol le chiffon de dentelle. Il le tient gauchement entre ses mains et le considère avec tristesse. Il relève les yeux. Marthe s'est détournée, ne lui offrant que son profil intact, d'une perfection irréelle.

— Vous êtes dure, Marthe, vous êtes féroce !

— Appelez-moi madame Laufer.

78

Elle fouille dans son sac à la recherche d'une voilette de rechange.

Poulard se révolte.

— Ne le prenez pas sur ce ton avec moi ! Nous sommes complices d'un meurtre...

— À l'heure où mon oncle a été assassiné ? J'assistais à un défilé chez Balmain. Trois cents personnes m'ont vue l'embrasser comme du bon pain !

Poulard se mord les lèvres. Il a perdu la partie, une fois de plus. Il ne sait même pas encore à quel point il a perdu celle-là...

— Au fait, Poulard, reprend Marthe, un certain Cerruti vous cherchait, hier soir, à la Grange.

— Cerruti ?

— Il n'est pas content du tout. Vous lui avez vendu quelque chose ?

— Euh... Peut-être, oui...

— Ce que vous lui avez vendu n'était pas frais, apparemment... Il l'avait acheté pour un de ses cousins, un certain Giudicelli. Et Giudicelli s'est fait pincer dans une descente de police avec le cadeau sur lui...

Cette fois-ci, Poulard grimace franchement. Pas la peine de lui faire un dessin.

La police a dû procéder à un examen des rainures du canon, et s'apercevoir qu'elles ressemblaient à s'y méprendre à celles de balles utilisées dans plusieurs affaires sanglantes. Giudicelli n'a rien à voir dans ces tueries, mais il n'est pas près d'en convaincre la police. Quant à Cerruti, le sens de la famille lui enjoint de demander des explications à Poulard...

Poulard est furieux contre lui-même. Fourguer un pétard malpropre à un teigneux comme Cerruti ! Mais quoi, il lui fallait cent sacs tout de suite !

Marthe a deviné la teneur des réflexions de Poulard. Son expression s'adoucit.

— Vous avez un problème...

Il se laisse tomber sur le fauteuil. Son visage est défait.

— Vous avez raison. Finalement, ça n'était pas mon jour... Ce ne sera jamais vraiment mon jour, je crois...

Marthe hésite. Elle comptait ne rien lui dire, le laisser aller en aveugle vers son destin, après lui avoir accordé ce qu'il voulait en échange de la mort de Robert Furet. Mais il lui fait pitié.

— Poulard, ils vous attendent chez vous. Cerruti et ses amis. Foutez le camp tout de suite, prenez le premier avion...

— Pour aller où ?

— À l'autre bout du monde.

Marthe a mis la radio en conduisant. La radio en voiture, c'est encore un luxe rare. Elle a remercié Rodolphe pour ce beau cadeau, mais son cœur était plein d'amertume.

Un speaker donne les informations. La campagne lancée par M. Mendès France pour que les enfants des écoles puissent consommer gratuitement les excédents de lait de nos agriculteurs bat son plein... Louison Bobet prépare son prochain Tour de France... Robert Furet, le roi des brasseries parisiennes, a été la cible d'une tentative d'assassinat dans le parking de son hôtel particulier. Les médecins sont très réservés quant à ses chances de survie... La conférence de Genève sur l'Indochine piétine...

Marthe a blêmi. « Tentative d'assassinat »!... « Chances de survie »! Qu'est-ce que c'est que cette histoire? L'oncle Robert n'est pas mort? Mais il *doit* être mort! Poulard l'a dit! Quatre balles de 11.43, du gros calibre. Marthe perd tout à coup le contrôle de ses nerfs. Elle se met à marteler le volant de bois de la MG de coups de poing, tout en insultant Poulard. *Salaud! Menteur! Branleur! Impuissant!* Et elle s'est laissé toucher par ce bon à rien! Même pas foutu de tirer le coup de grâce, de mettre une cinquième balle de son foutu 11.43 entre les deux yeux de ce fumier de Robert!

À la colère succède la peur. Une peur horrible, qui lui fait faire une embardée sur le boulevard Lannes. Si l'oncle Robert ne meurt pas, il va parler. Avant de tirer, Poulard lui a dit qui l'avait condamné à mort. Marthe est perdue. L'oncle va la dénoncer à la police! S'il est encore conscient, c'est déjà fait... Marthe donne un coup de frein brutal. La MG dérape sur les pavés mouillés. Un gros Berliet manque de peu de l'emboutir. La MG s'immobilise de travers. Klaxon furieux, vitupérations du chauffeur du Berliet. Hors d'elle, elle tend le bras à la portière, le poing fermé, le majeur pointé, en un geste d'une grossièreté radicale. Suffoqué, il n'en croit pas ses yeux: une femme faire ça! Il hésite à descendre. Mais on klaxonne derrière lui. Le flot de la circulation l'entraîne. Il disparaît.

Marthe tremble de tous ses membres. Elle a tout perdu. Elle va connaître la prison, comme Henriette

Delobet. La honte, la misère, la promiscuité, la saleté. Des larmes de rage lui montent aux yeux.

Son fils va grandir seul, sans la présence d'une mère pour le chérir et le protéger... Elle ne songe même pas qu'elle a deux garçons, c'est la seule image de Petit-Paul qui lui vient à l'esprit, comme si Jean n'existait pas. Rodolphe s'occupera de Paul à sa façon : il payera les belles fringues, les stages au poney-club, les sports d'hiver, ça oui, mais il ne le suivra pas dans ses études. Il accordera à son fils une attention distraite, en continuant à baiser tout ce qui passe pendant que Marthe croupira en tôle entre des criminelles vicieuses et des matonnes sadiques ! À nouveau, c'est la rage qui l'emporte en elle sur le découragement. Ça n'est pas juste ! Robert ne peut pas gagner la dernière manche après tout ce qu'il lui a déjà fait ! Minable Poulard ! Foireux Poulard ! Un sentiment de révolte la submerge. Elle ne se laissera pas faire ! Elle peut encore s'enfuir. Comme Poulard. Le premier avion pour le bout du monde. Elle consulte sa montre. Il est huit heures du soir. La police l'attend peut-être déjà chez elle. Ou bien ils passeront ce soir l'arrêter à la Grange... Elle ouvre son sac à main pour s'assurer que son chéquier s'y trouve bien. Du liquide ? Elle en a toujours sur elle, beaucoup plus que nécessaire. Conduite d'ancienne pauvre. Son passeport est là, lui aussi.

Quitter l'Europe. Après on verra. Peut-être l'oncle Robert va-t-il mourir sans avoir parlé ? Peut-être va-t-il vivre sans *pouvoir* parler... Se mettre à l'abri, hors d'atteinte de la justice, sans perdre une seconde. Elle se sent renaître. Son instant de faiblesse est passé. C'est la Marthe courageuse, la combattante, qui reprend les commandes. Un coup d'œil dans le rétroviseur de la Midget. La voie est libre. Clignotant. Elle démarre. Direction Le Bourget. Là-bas, elle passera quelques coups de fil... Rodolphe, Alphonse-Aimé... Elle appellera sa mère, pour avoir des nouvelles de l'oncle. Bonne idée ! Elle saura ainsi dans quel état est Robert.

79

Marthe est assise sur une banquette de moleskine verte, dans une des salles d'attente de l'aéroport du Bourget. Elle fume une Craven A, les yeux dans le vide. Elle a passé plusieurs coups de téléphone, en vain. Rodolphe est introuvable. Sans doute avec une de ses pouffiasses. Alphonse-Aimé est à la chasse, en Espagne, l'a informée sa secrétaire. Marthe a également appelé sa mère. Celle-ci est en larmes mais elle ne sait rien. À l'hôpital, on ne l'a pas laissée voir son frère.

— Il est dans le coma, alors ? a demandé Marthe avec une lueur d'espoir dans le cœur.

— Je ne sais pas, ils ne m'ont rien dit...

— Et la police ? Elle est là ? Qu'est-ce qu'elle dit, la police ?

Même ignorance, même hébétude, chez sa mère :

— Je sais pas, j'ai vu personne, on ne m'a rien dit ni rien demandé... Ton père est sûr que c'est une histoire de racket. Ton oncle a pas voulu payer, comme vous pour la Grange... Mon pauvre frère !

Un sanglot a brisé la voix de Charlotte. Marthe a marmonné quelques mots de réconfort, et elle a raccroché. Elle a passé en revue les gens susceptibles de l'aider. Les Gambier-Heurtise ? En safari au Kenya. Et d'ailleurs elle les voit moins, depuis quelque temps. Lauraine ne jure plus que par une nouvelle rencontre, sans doute plus ouverte que Marthe aux joies du tourisme culturel entre femmes. Ainsi, elles sont allées ensemble à Lesbos, sur les traces de la poétesse Sapho... Torrey ? Il doit être en train de filer Rodolphe. Sonia. Bien sûr, Sonia ! Quelle meilleure amie Marthe a-t-elle sur la terre ? Sonia peut tout entendre, tout comprendre. Elle est solidaire à tout jamais de tous les actes de Marthe... Marthe a tenté longuement d'avoir Sonia au téléphone. Rien à faire.

Elle si casanière, elle a dû choisir juste ce soir-là pour aller au cinéma !

Alors Marthe a renoncé à un hypothétique secours. Elle doit s'en tirer toute seule, ou se laisser couler. Attendre l'arrestation sans rien tenter, comme l'agneau attend le coup de grâce du boucher. Une telle attitude ne lui ressemble pas. Elle est allée au guichet d'Air France, elle a pris son billet. Le sort en est jeté, elle attend son avion. Ce sera le Brésil. Le Super-Constellation fera escale aux Açores. Il lui reste deux heures à tuer. Elle fait quelques achats indispensables à la boutique de l'aéroport : sac de voyage, accessoire de toilette...

— Marthe ?... Madame Laufer, que faites-vous là ?

Elle lève les yeux, stupéfaite. C'est Poulard. Encore Poulard ! Elle lui a donné il y a peu le conseil qu'elle est en train de mettre elle-même en pratique : filer à l'aéroport, monter dans un avion... Elle se croyait si forte, à ce moment-là, si supérieure à Poulard, si invulnérable !

— La même chose que vous, imbécile !

Elle l'observe d'un œil méchant, tout en tirant sur sa cigarette. Il est lamentable. Décoiffé. Le visage rouge... Il a bu, c'est clair. C'est déjà une épave. S'il parvient à quitter la France, il s'enfoncera dans les bas-fonds d'une quelconque capitale étrangère comme dans les sables mouvants d'un marais.

— Vous ne savez rien, bien sûr ? lui demande-t-elle d'une voix dure, méprisante.

— Savoir quoi ?

— Furet n'est pas mort. Vous l'avez manqué ! Abruti !

Comme assommé, il chancelle. Il s'assied, ou plutôt il se laisse tomber sur une chaise, face à la banquette qu'occupe Marthe.

— Mais j'ai tiré quatre fois ! Du...

— Du 11.43, je sais ! Eh bien ça n'a pas suffi. La radio vient d'annoncer qu'il est vivant. Blessé mais vivant. Et nous, nous sommes foutus, vous et moi ! Ce n'est pas seulement Cerruti que vous avez aux basques, pauvre idiot, c'est la police !

— La police ? Ce n'est pas possible !

— Bien sûr que si ! Il vous a vu. Il vous a entendu lui transmettre mon message. Il ne vous connaissait pas, mais les portraits-robots ne sont pas faits pour les chiens, et vous êtes connu de la police. Si on ne prend pas un avion, vous et moi, c'est la prison, pour très longtemps !

Poulard secoue la tête obstinément.

— Non, non, ce n'est pas possible...

Son haleine pue le gin. Marthe se retient à grand-peine de le gifler.

— Arrêtez de répéter que ce n'est pas possible.

— Non, non... Il ne m'a pas vu... Je ne lui ai rien dit !

— Qu'est-ce que vous racontez ?

— Qu'il vive ou qu'il meure, ça ne changera rien, vous n'avez rien à craindre. J'ai tiré de loin... Et de dos !

— Quoi ?

Poulard baisse la tête comme un enfant pris en faute.

— Je vous ai menti. Je me suis dégonflé. Pas de tirer, ça je l'ai fait... Quatre fois, je comprends pas comment il a pu...

— Oui, bon, alors ?

— ...Je n'ai pas osé le regarder. Lui parler. Ça, j'ai pas pu. Comme vous ne le sauriez jamais, ça n'avait pas d'importance ! Alors je l'ai laissé s'approcher de sa voiture, caché derrière un pilier du parking, et quand il a ouvert la portière, je lui ai tiré dessus, à trois, quatre mètres de distance...

Marthe boit les paroles de cet homme qu'elle méprise, mais qui est en train de lui rendre la vie.

Poulard s'est tu. Le gin qu'il a ingurgité lui a empâté la bouche. Il se lèche les lèvres. Il a soif, manifestement.

Marthe s'impatiente :

— Alors ? Alors ? Il vous a vu ?

— Non. À aucun moment. Il est tombé la face en avant, sur le siège de sa bagnole. Moi, j'étais persuadé qu'il avait son compte, alors j'ai filé.

— Comme ça ? Sans lui parler de moi, sans lui dire ce que je vous avais dit ?

— Rien. Pas un mot. Il n'a pas vu mon visage, même pas ma silhouette, il n'a pas entendu le son de ma voix... Je me suis dégonflé, je vous dis !

— Mais Poulard, c'est... C'est magnifique !

— Pour vous, oui. Parce que moi, ça n'arrange pas mes affaires avec Cerruti !... Putain, j'ai soif !

Marthe bondit sur ses pieds.

— Le bar est ouvert. Venez, Poulard ! Je vous ouvre un crédit illimité ! Vous buvez ce que vous voulez jusqu'à l'heure de votre avion. Vous avez pris votre billet ?

— Oui. Paris-Tanger, escale ? Madrid...

— Très bien ! Vous me jurez que...

— Je n'ai pas ouvert la bouche !

— Alors je suis...

Elle n'ose prononcer le mot « sauvée » devant Poulard, qui lui ne l'est pas. Un brusque mouvement de générosité l'envahit.

— Poulard, vous avez besoin d'argent ?

Il la contemple un instant, d'un œil habité d'une tristesse insondable.

— J'ai *toujours* besoin d'argent...

— Tenez.

Elle fouille dans son sac, lui tend son pécule, déjà en partie changé en dollars et en cruzeiros.

— Tenez, Poulard. Tâchez de vous en tirer, crétin !

Elle tourne les talons et l'abandonne au milieu de la salle d'attente déserte. Demain, elle fera annuler son billet pour Rio. Grâce à la lâcheté de Poulard, elle a gagné sa guerre contre son oncle, au bout du compte. Elle va téléphoner à la Grange, ordonner qu'on la remplace à la caisse ce soir. Dans une demi-heure elle sera chez elle, auprès de son fils.

80

David Robertson est américain. Un grand Américain. 1,92 mètre. Même ici, en Alsace, où les gens sont généralement grands, il dépasse tout le monde d'une bonne tête. Il sourit tout le temps. Pas seulement parce qu'il a souvent affaire à des enfants, dans l'exercice de sa profession. Ici, à Eguisheim, il ne l'exerce pas. Il sourit parce que c'est sa nature. Il est gai, cordial, optimiste. C'est un caractère en or. Et une main en or. Bien des gens traversent les États-Unis pour que ce soit lui qui opère leur gosse. Aussi gagne-t-il beaucoup d'argent. Il est très occupé. Cela ne le dérange pas. Il aime son métier. Il projetait depuis longtemps de faire visiter l'Alsace à Maybelline, son épouse. Il voulait lui montrer le lieu de ses exploits guerriers, quand il servait dans l'US Army.

Depuis quinze jours, David et Maybelline Robertson sillonnent l'Alsace dans une voiture de location. Une DS 19, voiture étonnante, nerveuse, sensuelle, française. Avec cette voiture, il emmène sa femme sur le site des hôpitaux de campagne où il a officié. Certains, situés en ville, sont toujours là. D'autres n'étaient que des villages de tentes. Ils se sont volatilisés. À leur place il n'y a plus qu'un champ, un pré... Le soir, David gave Maybelline de cochonnailles, de foie gras, de kouglof et de gewurtztraminer. Puis ils font l'amour, et le lendemain ils repartent à la découverte des beautés innombrables de la province. David les découvre en même temps que sa femme. L'hiver 1944 ne se prêtait pas vraiment au tourisme. Maybelline est blonde et rose, dodue et tendre, ravissante et un peu gourde. Elle n'a pas encore bien compris si les Alsaciens étaient ou non des Allemands. David a essayé de le lui expliquer. Mais maintenant, en 1957, cela importe peu.

— David, regarde ce gosse, là-bas, sur l'étang. Qu'est-ce qu'il fait, avec ce chiffon rouge ?

— On dirait qu'il pêche.

— Avec ce bout de chiffon ?

— Oui. Il pêche des grenouilles.

— Oh, c'est vrai, les Français les mangent... Les Allemands aussi, alors ?

— Maybelline, les Alsaciens *sont* des Français.

— Mais David, *it's filthy, ain't it* ? C'est répugnant. Est-ce que ces gens sont *vraiment* civilisés ?

— Il me semble, malgré les apparences... Viens, allons voir ce gosse. Il vient d'en prendre encore une. Il est d'une adresse !...

— Hep, petit !... Ça donne bien ?

Le gosse se retourne. Il peut avoir douze ans. Vêtu d'un vieux pantalon rapiécé et d'une chemise ouverte sur un torse étonnamment musclé pour son âge, qui contraste avec ses traits encore enfantins. Mais dans ces traits, on distingue, courant de la lèvre supérieure à la racine du nez, la cicatrice d'un bec-de-lièvre. Une vilaine cicatrice, juge le chirurgien. Elle gâche un visage qui serait harmonieux et équilibré sans elle.

David a appris le français quand il était étudiant. Et les huit mois qu'il a passés en France pendant la guerre ont ravivé ses souvenirs universitaires. Il s'exprime dans un français aisé, avec un léger accent yankee.

— Ouais, ça donne bien, ce matin ! J'en ai déjà deux douzaines... Vous voulez les voir ?

Le gosse parle avec naturel. Sans effronterie, mais avec une familiarité confiante qui fait plaisir à voir et à entendre. Joignant le geste à la parole, il tend à bout de bras un seau dont il vient de retirer le couvercle.

La vue des grenouilles agglutinées les unes aux autres arrache un cri de frayeur à Maybelline.

— Ayez pas peur, m'dame, ça mord pas !

— Cet enfant à raison, *dear*, ces batraciens sont absolument inoffensifs... Comment vas-tu les accommoder ? À l'ail ? En civet ?

— C'est mon grand-père qui cuisine, m'sieur. Il les fait en fricassée.

— Dis donc, petit, tu crois que ton grand-père nous inviterait à goûter tes grenouilles ? J'ai deux bouteilles de sylvaner dans ma musette ; ça serait ma contribution au festin...

— David...

Maybelline pâlit à la perspective de se retrouver sous une case alsacienne, à avaler des grenouilles frites, sous le regard suspicieux d'un vieil indigène à l'accent germanique...

— Ne t'inquiète pas, lui souffle David, on ne mange que les cuisses, c'est délicieux... Alors, petit, qu'est-ce que tu en penses ?

— Je pense qu'il serait d'accord, mais j'en ai pas encore assez pour six, parce qu'il y a ma grand-mère, aussi, et puis Madeleine...

— Madeleine, c'est ta sœur ?

— Non... C'est ma fiancée.

Le gosse a énoncé cette phrase avec une gravité époustouflante. Il ne plaisante pas.

— T'as une fiancée, toi ?

— Oui, m'sieur.

— Tu n'es pas trop jeune ?

— Non, m'sieur, puisque je l'aime.

81

— Fameux ! N'est-ce pas, chérie ? *Don 't be afraid, darling, you can suck your fingers, that's the way...*

Maybelline n'ose pas lécher ses doigts gras de jus de grenouille. Elle sourit timidement à Albert qui l'encourage d'un bon sourire. Mais comprend-il vraiment l'anglais ? Elle n'en est pas sûre. Il ne dit pas grand-chose. Il se contente de la regarder gentiment. Il a dû séduire toutes les femmes qu'il a voulu. Il est beau, avec sa moustache et ses cheveux gris perle.

Edith aussi a dû être belle. Mais ses longs cheveux qui lui tombent jusqu'aux reins lui donnent un air d'austérité qui décourage toute appréciation esthétique.

La deuxième bouteille de sylvaner est à moitié vide. La poêle de cuisses de grenouilles aussi, grâce à Dieu. Maybelline doit reconnaître que ce n'est pas mauvais. Mais c'est culturel, elle n'arrive pas à s'y faire. Elle est à deux doigts de la nausée, alors même qu'elle feint de se régaler pour ne pas désobliger ses hôtes.

Partager le repas d'inconnus, à l'étranger, et encore plus en France, trinquer, baragouiner, rire avec eux, David adore ça. Il veut que tout le monde l'aime, puisqu'il aime tout le monde. Pendant le repas, il a observé attentivement Jean, le petit pêcheur de grenouilles. Le gosse ne s'est aperçu de rien. Il n'a d'yeux que pour sa petite fiancée, Madeleine Hebel. Elle a douze ans, comme lui. Une fontaine de blondeur. Même chez eux, en Floride, où les blonds ne manquent pas, les Robertson n'ont jamais rien vu de semblable à cette chevelure. C'est du soleil palpable, vivant.

Jean la traite comme une princesse. Et *elle le lui rend*... Chacun a pour l'autre des attentions, des gentillesses bien rares chez des êtres aussi jeunes. Ils sont attendrissants. Sans aucune ostentation, avec le naturel absolu des petits animaux sauvages, ils sont *le* couple. Aux grands-parents, cela paraît naturel. David Robertson jubile.

Ces gens confirment sa conviction sur la noblesse innée de l'être humain, qu'une certaine sauvagerie, qu'une certaine solitude, peuvent seules préserver. Car les Laufer — c'est le nom de la famille — vivent relativement isolés, à l'écart d'Eguisheim. Ils sont pauvres. Les mains d'Albert et d'Édith sont des mains de travailleurs. Ils parlent peu et simplement. C'est David qui fait les frais de la conversation, pour l'essentiel. Heureusement Jean et Madeleine sont plus diserts que les deux adultes.

David a regardé avec intérêt tout professionnel le

visage de Jean, et sa cicatrice. Son appréciation sur le travail du chirurgien qui opéra l'enfant, une douzaine d'années plus tôt, est sévère : un bousilleur. David n'a pas encore posé la question, mais il connaît déjà la réponse : à sa naissance, Jean ne présentait sans doute qu'une fente provoquée par l'absence de soudure des deux parties de la lèvre. Pour un tel cas, le plus bénin, la procédure chirurgicale habituelle consiste à refermer la fente dès que l'enfant a atteint 3,5 ou 4 kilos. Une seconde intervention, d'ordre esthétique celle-là, n'est entreprise que vers l'âge de dix-huit mois. Non seulement la première opération n'a pas été pratiquée par un chirurgien émérite, mais la seconde n'a tout simplement pas eu lieu. Il en a résulté une de ces cicatrices à l'ancienne, difforme, mutilante, souvent génératrice de séquelles fonctionnelles ou psychologiques.

En observant le comportement de Jean, David constate que le pire, de ce point de vue, a été évité. Le gosse ne se conduit pas comme un enfant traumatisé. Mais à la vue du handicap injuste dont pâtit ce gamin magnifique et attachant, David Robertson sent sa main d'or le chatouiller.

Il s'éclaircit la gorge d'une petite lampée de sylvaner, puis il se jette à l'eau.

— Euh... Dites-moi, Albert... Le petit, il a bien été opéré deux fois, pour son bec-de-lièvre ?

Albert tourne son regard vers lui, puis le laisse glisser en direction de Jean. Il ne se presse pas de répondre. Il a l'air embarrassé. C'est Édith qui répond pour lui, non sans une certaine sécheresse. Elle doit se demander de quoi il se mêle, ce Ricain qui s'est littéralement invité chez eux. Dès que Jean est en cause, elle est prête à sortir ses griffes. Elle parle bas, dans l'espoir que Jean n'a pas entendu la question et n'entendra pas la réponse.

— Non. Une fois seulement. On ne savait pas. On nous l'a dit, depuis. Mais maintenant c'est trop tard... C'est pas la peine de parler de ca.

David est embarrassé. Terrain miné. Ces gens adorent d'autant plus leur petit-fils qu'ils se sentent en faute vis-à-vis de lui. Ils vont tenter de le protéger contre les fruits de leur propre négligence.

David sait comment faire place nette.

— Non, il n'est pas trop tard. Il faut juste un bon chirurgien...

Les deux Alsaciens échangent des regards. David s'attend à être foutu à la porte, pour avoir enfreint le tabou familial. Il faut parler, parler, convaincre...

— C'est mon métier. Je suis chirurgien. Spécialisé en chirurgie plastique. Pendant la guerre, pas loin d'ici, j'ai réparé des dizaines de garçons transformés en purée par des obus allemands... Après la guerre, je me suis tourné vers la chirurgie correctrice des malformations infantiles. Alors un bec-de-lièvre, même à l'âge de Jean, ça n'est pas un problème pour moi... Je peux réduire sa cicatrice à rien, à presque rien !

Maybelline a compris. Elle vole au secours de son mari.

— Croyez-le, mon mari, c'est le best, le plus bon de tous les surgeons pour les kids !... Il peut arranger ça... Et ça ne vous coûtera rien !

Albert a sursauté. Il ne demande pas la charité.

— L'argent ne compte pas. Mon fils, le père du gamin, est riche. Très riche.

David ouvre des yeux ronds. Un homme très riche peut laisser son fils avec une cicatrice pareille ? Il y a d'excellents chirurgiens en France. Décidément les mentalités sont franchement archaïques, dans ces provinces rurales...

— Je le ferai sans rien demander, reprend-il. Il faudra juste me signer un papier, pour que je puisse utiliser un bloc opératoire à l'hôpital...

— Pourquoi vous le feriez gratis ?

— Parce que... Parce que je sais très bien le faire. C'est bête, c'est... professionnel. Si vous savez faire un truc mieux que tout le monde et que l'occasion s'en présente, vous allez vous proposer, non ? Et puis, vous nous avez invités à partager vos grenouilles...

82

— T'es gonflé, mais t'es pas cap, Laufer !

— Arrête tes conneries, Lengel, lui dis pas ça, il va le faire ! dit Estherazy.

Estherazy est mal à l'aise. Des trois, c'est le plus « raisonnable », ce qui autorise les deux autres à le traiter régulièrement de foie-jaune, comme dans les westerns.

Ils sont attablés à la terrasse d'un café, place Saint-Michel. Ils sont élèves de première. Paul Laufer et Gabriel Estherazy fréquentent le collège Stanislas. Henri Lengel est à Janson. Des élèves plutôt brillants mais qui filent un mauvais coton. Trop d'argent de poche, trop de liberté. Dans les journaux, on parle de « blousons noirs » et de « blousons dorés ». Les blousons noirs, ce sont les petits voyous de banlieue, les zonards, les pauvres... Blousons dorés, en revanche, ça correspond assez bien à ces trois lascars qui sirotent des demis au café.

De l'autre côté de la place, devant la fontaine, il y a un car de CRS. On est en été. Il fait très lourd. Les CRS dans leur car crèvent de chaleur. Pour respirer un peu, ils laissent les portières ouvertes.

— Je voudrais bien voir ça ! ricane Lengel. Mais s'il le fait, alors je dis chapeau !

— Si j'le fais, qu'est-ce que tu me donnes ? demande Laufer.

— Mon admiration pleine et entière.

— Ton admiration, je m'en tape ! Si j'le fais, tu dis à Corinne de coucher avec moi !

— Ça va pas, la tête ? De toute façon, elle voudrait pas : elle aime que moi !

— Si elle t'aime, elle t'obéira. T'as qu'à lui dire que c'est une dette d'honneur. Et d'abord qu'est-ce que tu risques, puisque t'es sûr que je vais me dégonfler ?

Lengel reste quelques instants silencieux. Il pèse le pour et le contre. Avec son visage d'ange, son sourire de premier de la classe et ses bouclettes blondes, Paul Laufer est un démon... On ne sait pas de quoi il est capable. Mais le voir enfin se déballonner, lui faire perdre la face devant Estherazy, ce serait sympa...

— D'accord ! lâche-t-il enfin.

— T'as bien dit d'accord ?

— Oui ! Si tu le fais, tu baises Corinne !

— C'est toi qui arranges tout, hein ? J'aurai pas à la baratiner ni à discutailler ? Elle vient, elle couche.

— D'accord. Te voilà au pied du mur, hein ?

— C'est toi, connard, qui vas t'y retrouver.

À quelques pas des adolescents attablés, sur le trottoir, il y a une merde de chien. Enfin, ils supposent qu'il s'agit d'une merde de chien, parce que d'après la taille de la chose, ça pourrait être l'œuvre d'un extraterrestre...

Laufer s'empare du *France-Observateur* de Lengel qui traînait sur la table entre les verres à bière. Lengel proteste :

— Eh ! Mon journal !

— Tu peux lui dire adieu ! Rendez-vous au Cristal, dans une demi-heure !

Sous les yeux ébahis de ses copains, Paul Laufer se lève et se dirige vers l'immondice qui salit le trottoir. Parvenu près de l'objet, sans marquer la moindre hésitation, il s'arrête, se baisse, et ramasse l'énorme étron à l'aide du magazine de Lengel. Puis il se redresse et continue à marcher sans hâte particulière en direction de la fontaine Saint-Michel et du car de CRS.

De la terrasse du café, Lengel et Estherazy le voient traverser le boulevard, s'approcher du car en tenant d'un air dégagé le magazine chargé jusqu'à la gueule.

— Il va le faire, nom de Dieu ! gémit Estherazy. Il va le faire, ce con !

— Mais non, il bluffe.

— Tiens ! Regarde, s'il bluffe...

Le CRS de garde fait les cent pas le long du véhicule. Laufer a calculé sa trajectoire de façon à atteindre la porte ouverte du car à l'instant où le fonctionnaire se trouvera à l'autre extrémité. Estherazy et Lengel le voient se pencher à l'intérieur, échanger quelques mots avec les occupants des sièges les plus proches, hocher la tête, sourire, saluer... Déjà il s'éloigne. Il croise le CRS de surveillance venu aux nouvelles. Il lui dit un mot en passant. Le CRS acquiesce vaguement...

— Il l'a plus ! Il a plus le journal ! Il l'a fait ! Barrons-nous, crie Estherazy.

— T'es sûr ? Moi je crois qu'il l'a jeté sous le car...

— Tu crois ce que tu veux, mais moi j'me barre !

— Eh, oh ! Faut être sûr ! C'est Corinne, l'enjeu !

— Va vérifier, moi j'dégage !...

Précipitamment, Estherazy jette des pièces de monnaie sur la table. Lengel regarde à nouveau vers le car. Un certain remue-ménage commence à s'y produire.

— Tu crois que...

— À tout à l'heure, au Cristal !

Estherazy se lève et s'éloigne d'un pas rapide. À l'intérieur du car, les silhouettes s'agitent. Des exclamations se font entendre. Un brigadier passe la tête par la portière, l'air furieux. Il apostrophe le factionnaire, lui montre ce qui ressemble à s'y méprendre à un numéro de *France-Observateur* ignoblement maculé... La preuve est faite ! Lengel se lève à son tour pour prendre le large. Il court presque. Il s'attend à être interpellé d'une seconde à l'autre. Rien ne se passe. Si ! On court... derrière lui ? Bruit de cavalcade. Il se retourne, apeuré. Il pousse un soupir de soulagement : ce n'est pas contre lui qu'on en a. Matraques au vent, trois CRS se sont lancés sur les traces de Laufer.

Lengel tourne au coin du boulevard Saint-Michel et de la rue de la Huchette. Hors de vue, il presse encore le pas. Ce n'est qu'à la hauteur de la rue Saint-Jacques qu'il se permet de ralentir. Son cœur bat. Con de Laufer ! Il l'a fait, il l'a fait ! Il a balancé cet énorme étron à l'intérieur d'un car de CRS. Il est gonflé, tout de même! Il a des nerfs d'acier, le salaud! Tout à coup, Lengel se souvient de l'enjeu fixé pour cet exploit. Corinne... Sa Corinne à lui, Lengel, sa petite amie, celle qu'il a eu tant de mal à séduire, et encore plus à convaincre de faire l'amour! Et maintenant, il va devoir lui expliquer qu'elle est censée coucher avec Laufer! Ce qu'il craint, ce n'est pas qu'elle refuse. Au contraire, c'est qu'elle accepte sans trop se faire prier. Paul Laufer est le plus beau garçon de la classe... Ce que Lengel va tenter d'obtenir d'elle en faveur de Laufer, peut-être en rêvait-elle en secret? La vie est cruelle, se dit Lengel, et des types comme Paul Laufer la rendent impossible...

83

— Avec mes frères et sœurs, on est comme les doigts de la main. Toi, ton frère, tu le vois jamais... Ça te rend pas triste?

Dans l'ombre du grenier, Jean est assis sur un vieux cageot. Madeleine est accroupie à ses côtés. Sa tête repose sur les genoux de Jean. Il lui caresse la joue, tout doucement, tout près de l'oreille. Il a dix-sept ans, elle seize. À la campagne, les occasions de s'isoler sont plus fréquentes qu'en ville. S'ils voulaient, ils pourraient être amants. Ils ont décidé de ne pas aller plus loin que des baisers sur la bouche et des caresses par-dessus les vêtements. Ils veulent se marier vierges. C'est dur de se retenir parfois, surtout pour Jean. Mais il a juré à Madeleine qu'il n'essaierait pas. Par moments, Madeleine regrette elle aussi qu'ils se soient donné ces limites. Mais un serment est un serment. Ils attendront. Ils sont sûrs de leur amour.

— Si on avait été élevés ensemble, ça me ferait de

la peine. Mais je l'ai vu une fois par an. C'est comme un étranger.

— Je l'ai aperçu, la dernière fois qu'il est venu. J'étais avec les filles Zimmermann. Elles l'ont trouvé très beau.

— Ah oui ?...

Jean suspend sa caresse et lance un coup d'œil inquiet à Madeleine.

— ...Et toi, comment tu le trouves ?

— Il est mignon... Que tu es bête ! Il est mignon mais il ne me plaît pas.

Jean recommence à la caresser.

— Danièle Schoeller dit qu'il a une mauvaise mentalité, poursuit Madeleine. Il était assis à côté d'elle, au Casino, le soir où vous êtes allés ensemble au cinéma, moi j'ai pas pu venir, j'aidais chez Mme Zimmermann... Eh bien il a essayé tout de suite de l'embrasser. Comme ça, sans même la connaître ! Il savait même pas comment elle s'appelait. Si c'est comme ça, à Paris !...

— Je sais pas, j'y suis jamais allé.

— C'est drôle d'avoir son père, sa mère et son frère qui habitent Paris, et y être jamais allé... Pourquoi tu n'as jamais vécu avec eux ?

Jean toussote, pour masquer son embarras. Il s'est déjà posé la question, bien sûr. Il n'a pas pu se résoudre à croire à la réponse qui lui est venue à l'esprit. Elle donnait de ses parents une image trop cruelle.

Il se tait.

— Tu ne veux pas me le dire ?

— Si, si... Mais c'est sûrement pas ça... Peut-être mon bec-de-lièvre...

— Oh non, c'est sûrement pas ça !

— Tu vois, toi aussi, tu le crois pas...

— Bien sûr que non ! Et puis c'est fini, on voit plus rien depuis longtemps. Crois en ta bonne étoile. Elle t'a fait rencontrer le docteur Robertson...

Cinq ans se sont écoulés depuis. Il faut un œil exercé pour reconnaître en Jean un enfant naguère affecté d'un bec-de-lièvre. Avec le temps Jean a réalisé à quel point cette malformation avait pesé sur sa première enfance, dans ses rapports avec les autres gosses. Tous, à l'exception de Madeleine, le rejetaient. Depuis cette prise de conscience, Jean voue au chirurgien américain une indéfectible reconnaissance.

— Ce qui compte, c'est l'avenir. C'est la boutique. On l'aura, je te le jure qu'on l'aura, et qu'on sera les rois !

Ah, la boutique ! Madeleine est apprentie vendeuse chez M. Zimmermann, le meilleur charcutier d'Eguisheim. Jean vient d'entrer au lycée professionnel. Une charcuterie à eux, c'est le rêve grandiose de ces deux innocents. La famille Hebel est très pauvre. Le père, cantonnier, s'est fait renverser sur la route par un chauffard qui n'a pas été identifié. Depuis, c'est le fauteuil roulant, et une pension d'invalidité misérable. La mère s'occupe des gosses et de la maison. Madeleine est l'aînée d'une nichée nombreuse, dont on se demande bien ce qu'elle mangerait si les allocations familiales n'existaient pas.

Jean ne sait pas qu'il héritera de la moitié d'une des plus belles machines à fabriquer de l'argent de Paris. La Grange n'est à présent qu'un des fleurons du patrimoine familial.

Quelques années plus tôt, quand son frère a finalement succombé à ses blessures, c'est Charlotte Tourasse, née Furet, qui a hérité de la société des brasseries Furet. Terrifiés par l'ampleur de cet héritage, papa et maman Tourasse en ont confié la gestion à leur fille et à leur gendre. Dirigé par la main de fer de Marthe et par cet irrésistible enjôleur de Rodolphe, le groupe Furet, devenu Furet-Tourasse, a encore prospéré et généré des profits toujours plus considérables. Marthe et Rodolphe les ont réinvestis avec audace et clairvoyance. Aujourd'hui, ils sont « les Empereurs de la nuit ».

Tout cela, Jean l'ignore. Il sait seulement que ses parents sont mieux habillés que ses grands-parents, et qu'ils changent tous les ans de voiture américaine.

L'adolescent n'a jamais pensé que sa famille pourrait l'aider. La boutique, Madeleine et lui économiseront pour se la payer.

— J'ai hâte, Jean.

— Moi aussi, mais il faut être patient... Pour tout !

Elle sera patiente. Elle a commencé à économiser sur le minuscule salaire que lui verse M. Zimmermann. Lui ne gagne pas encore d'argent. Il lui faut d'abord décrocher le CAP. Ensuite, trouver du travail chez un artisan ou dans une des grandes charcuteries industrielles de la région. Il préfère la première solution. Les vrais tours de main, les recettes personnelles, les secrets de fabrication, c'est plutôt chez un artisan qu'il les apprendra. Chez Zimmermann, par exemple. Madeleine y travaille, Jean a déjà un pied dans la place. L'enseignement du meilleur charcutier-traiteur d'Eguisheim vaut de l'or, alors il paye son personnel avec un lance-pierres. Les tourtereaux ont confiance : la Providence pourvoira à tout.

— On y arrivera, dis, Jean ?

— Je te le jure.

84

— Goûte-moi cette eau-de-vie de prune, mon colonel... Je l'ai ramenée de chez moi cet hiver. T'en trouveras pas d'aussi bonne dans le commerce, même là-bas. Faut aller chez l'habitant !

Rodolphe débouche la bouteille, dont l'étiquette de cahier d'écolier est libellée à la main, à l'encre violette.

L'alcool limpide coule dans les petits verres anciens, à décor de pampres entrelacés. Les deux hommes trinquent. Alphonse-Aimé avale une gorgée de quetsche et fait claquer ses lèvres de façon très roturière.

— Elle est bonne, dis donc ! Elle a un de ces parfums!... Tout le monde va bien, là-bas? Tes parents, ton fils?...

— Au petit poil. Jean veut devenir charcutier. C'est un bon métier. L'humanité n'est pas près d'arrêter de manger.

— Tu ne le pousses pas à faire des études?

— Eh! Il en faut, des études, pour devenir charcutier!

— J'entends bien, mais... Il pourrait ambitionner autre chose.

— Et quoi donc? Médecin? Avocat? Ça lui dit rien.

— Il est encore très jeune. Il n'a pas réfléchi... C'est à toi de lui expliquer qu'il risque de regretter un jour un tel choix.

— Et pourquoi il devrait le regretter?

— Quand il verra son frère diriger ton empire, par exemple. Même un gros charcutier, c'est un tout petit monsieur, à côté d'un « Empereur de la nuit »!

Rodolphe a réprimé une grimace en entendant cette expression.

— Oh! Tu ne vas pas t'y mettre, toi aussi, avec cette formule de journaliste!

Alphonse-Aimé rigole:

— Je savais que je te ferais plaisir!... Non, sérieux, évite qu'un fossé trop large ne sépare tes deux fils.

Rodolphe vide son verre de quetsche et lève les yeux comme pour remercier le ciel d'un bienfait exorbitant.

— Le fossé existe déjà. J'y peux rien, c'est à cause de l'éducation qu'ils ont reçue, Paul ici, à Paris, et Jean en Alsace chez mes parents.

— Mais pourquoi l'y avez-vous laissé grandir?

Le géant a un geste las.

— Est-ce que je sais? Ça s'est trouvé comme ça... Marthe ne pouvait pas assurer à sa naissance. Elle avait été défigurée, elle allait d'opération en opération... On a casé le bébé là-bas, et puis ça a duré.

— Mais maintenant?

— Maintenant, c'est un petit péquenot. Remarque, il n'est pas malheureux!

— C'est un petit paysan comme toi à son âge.

— T'as raison, tiens ! Mais moi, la guerre m'a tiré de ma cambrousse... Dis donc, ça te préoccupe tant que ça, l'avenir de mes mômes ?

— C'est que je suis leur parrain...

— C'est vrai, j'oubliais... Parrain, ton verre est vide ; je remplis ?

— Vas-y, elle est extra !

— Je vais t'accompagner, juste par politesse.

— Bien sûr. Et d'ailleurs, puisque je suis son parrain, je voulais aussi te parler de Paul. Tu sais que le préfet de Stan' est un vieux copain à moi...

— Je sais ; vous étiez à Saumur ensemble. Et sans toi il aurait pas pris Petit-Paul à Stanislas.

— Eh bien, il m'a parlé de lui. Ton fils fait des conneries, mon vieux !

— Ça me semble normal. Un garçon de cet âge, ça doit faire des conneries, sinon c'est mauvais signe... Rien de méchant, tout de même ?

— Il circule des histoires de surboums un peu... agitées.

— Il n'organise pas des surprises-parties à Stanislas, quand même ?

— Non, ça se passe dans sa garçonnière. Ses copains de Stan y participent, et ils en parlent. Je peux même te dire qu'il n'est question que de ça, là-bas, aux récréations ! C'est normal, quand on fait danser des filles nues sur les tables...

— Sans blague ? Il a fait ça ?

— Nues et saoules. Le préfet de Stan' n'apprécie pas. C'est un ancien aumônier de la cavalerie, très à cheval, si tu vois ce que je veux dire.

Rodolphe se gratte les cheveux, perplexe. Mais bientôt, un sourire revient éclairer son visage.

— Des filles nues... Tu me dirais des garçons nus, je m'inquiéterais, mais là... Il faut bien que jeunesse se passe. Et puis, mon colonel, j'te rappelle que nous aussi, on a fait monter des filles sur la table !

— On en a même fait passer sous la table, à Londres, si tu te souviens, et en Autriche, aussi... Mais on était soldats, c'était la guerre... Et c'était des putes.

Rodolphe redevient sérieux.

— C'est grave, tu crois ?

— Non. Tous les garçons de son âge rêvent de ça. Lui il passe à l'acte, ça prouve qu'il a le sens du réel. Ce qui est embêtant, c'est qu'il ne s'arrête pas là. Il paraît que deux filles sont passées à la casserole, après leur prestation artistique, et qu'une des deux n'était pas vraiment d'accord sur la totalité du programme.

— Un viol ?

— Aucune plainte n'a été déposée. Mais cela aurait pu se produire. Et d'ailleurs, ça peut venir.

Rodolphe ne sourit plus.

— Le petit con ! Comme s'il n'y avait pas assez de nanas consentantes, dans la vie, pour qu'on force celles qui le sont pas. Je vais te lui foutre une de ces danses !

— Tout ne se règle pas par des coups dans la vie. On peut aussi parler. À mon avis, tu devrais parler à ton fils. De ses études, notamment : il ne fout rien. Même s'il n'y avait pas ses petites sauteries sauvages, le préfet hésiterait à le reprendre l'année prochaine. À Stan', on aime les beaux pourcentages de réussite au bac, et Petit-Paul n'est pas parti pour ça.

— Bon. Il est viré du lycée, il organise des partouzes, et il a violé une petite... Tu m'as tout dit, là, ou il en reste à venir ?

— C'est tout ce que je sais, dit prudemment Alphonse-Aimé. Mais il y a peut-être autre chose... D'après mon vieux camarade, ton gamin file vraiment un mauvais coton. Il a de mauvaises fréquentations...

— À t'entendre, on dirait que c'est lui, la mauvaise fréquentation !

— Je te rapporte ce qui m'a été dit. C'est mon devoir. Maintenant, à toi de jouer.

— Merci, vieux. Je vais voir. Ah, les gosses, quelle plaie ! Vous n'y pensez pas, Henriette et toi ?

— On s'y prendrait un peu tard, non ? Pour moi, en tout cas. Elle, elle est encore jeune, mais moi...

— Merci pour lui ! Tu as quoi, cinq ans de plus que moi ?

— Quatre ! J'ai été le plus jeune colonel de l'armée française, je te le rappelle. J'ai pris un certain retard. Et puis, notre relation, c'est du confort, de la bonne compagnie. On ne va pas se mettre à pouponner maintenant, ce serait de mauvais goût ! Bon, je file. J'ai une chasse à Rambouillet, demain matin. Chasse présidentielle. Faut être à l'heure ! Ça ne te dit rien, toi, ces choses-là ?

— Non, moi, je reste un prolo. Mon plaisir, quand j'étais gosse, c'était de pêcher la grenouille au chiffon, chez moi, à Eguisheim...

85

— Eh, Lengel ! Tu connais l'histoire du Belge qui joue à la roulette russe avec un automatique ?

— Va chier, Laufer, avec tes histoires à la con !

— Eh ! Oh ! Poli, hein ? C'est à Laufer que tu parles...

— Je l'emmerde, Laufer !

— Ah ouais ?

En un éclair, Paul a franchi les quelques mètres qui le séparaient de son interlocuteur. Ses yeux lancent des flammes, son visage se tord en une grimace convulsive. Par deux fois, il frappe Lengel en plein visage. Sa victime tombe à la renverse. Jaillissant de son nez écrasé, un flot de sang éclabousse sa chemise et son pantalon. Dans le groupe d'adolescents massé sur le trottoir à l'entrée du lycée Janson, des cris fusent.

— Qu'est-ce que c'est que ce fou furieux ?

— Qu'est-ce qui se passe ?

— C'est un type qui a cogné Lengel...

— Il est pas du bahut, et il vient chercher la bagarre ? Attends, je vais m' le faire, moi...

— Je le connais, c'est Laufer. Attention, c'est une terreur !

Mais déjà Paul passe son chemin. Il a retrouvé le sourire. Il sifflote un petit air guilleret. Estherazy qui l'accompagne se retourne avec inquiétude.

— T'es con, ou quoi ? Tu le savais, que Lengel peut plus te blairer depuis que tu lui as soufflé Corinne... C'était pas la peine de lui adresser la parole, ça ne pouvait que mal finir...

— Corinne, c'est un boudin ! S'il veut la reprendre, il peut... Tiens, j'ai oublié de le lui dire...

Il fait mine de revenir sur ses pas. Estherazy est pris de panique.

— Arrête ! On est sur le territoire des mecs de Janson ici ! Si tu y retournes, tu vas te faire désosser !... Et moi aussi !

À grand-peine, il parvient à entraîner Paul.

— T'as le diable au corps, ma parole !

Petit-Paul ricane.

À l'âge de seize ans, Paul a eu son appartement à lui. Rodolphe a encore déménagé plusieurs fois, depuis le duplex de huit pièces. À présent, Marthe et lui occupent un étage entier, avenue Mozart. L'année dernière, l'Alsacien a acheté pour son fils un petit trois pièces à l'étage supérieur.

Une chambre, un bureau, un salon. Une cuisine, une salle de bains. C'est là que Paul organise ses surprises-parties. Ses invités peuvent faire tout le bruit qu'ils veulent. Rodolphe et Marthe travaillant la nuit, on ne risque pas de les déranger. Le préfet de Stan' ne sait pas tout. La garçonnière de Paul Laufer est connue de tout un petit monde de lycéens, moins soucieux de mener à bien leurs études que d'accumuler des expériences humaines « enrichissantes ».

Paul a laissé Estherazy au métro. Dans l'ascenseur, il a appuyé sur le bouton 4.

Le 3, c'est l'étage de ses parents. Il les verra plus tard. Rien ne presse... Il sort de la cage, marche jusqu'à sa porte, engage sa clé dans la serrure. Il entre, jette son imper sur la banquette avachie du vestibule, pénètre dans le salon... Merde ! Rodolphe.

— Salut, fiston.
— Salut, p'pa...

Rodolphe est assis sur le grand canapé de cuir élimé que les habitués appellent le « foutodrome ». Aux pieds de Rodolphe, mais il a fallu qu'il les y rassemble lui-même, elles traînaient un peu partout dans l'appartement, se trouve un certain nombre de bouteilles vides. Whisky, gin, et, tout de même, Coca-Cola...

— Je suis content que tu n'aies pas bu tout ça tout seul, fiston !

— Euh... Non, bien sûr, tu rigoles !

— J'aimerais pouvoir.

— Je savais pas que t'avais la clé...

— J'avais la clé. C'est la première fois que je m'en sers. J'aurais dû m'y prendre plus tôt... Ouais, je disais que j'étais content que t'aies pas bu tout ça tout seul... Mais d'un autre côté, ça aurait peut-être mieux valu. Tu sais ce que ça coûte, un viol ?

— Ça y est ! Une pétasse qui se vante et ça devient un viol !

Rodolphe esquisse un geste apaisant.

— Y a pas de plainte. Avec un peu de chance, y en aura pas. Mais on n'a pas toujours de la chance. Alors tu vas arrêter tes conneries et t'occuper un peu de tes études. Ils te virent de Stanislas. Va falloir trouver un autre lycée, pour la terminale...

— Tant mieux ! C'est la tasse, Stan' ! T'as qu'à me mettre dans une boîte à bachot, et c'est marre !

— Une boîte à bachot, c'est cher.

— Et alors ? Avec le blé que vous gagnez, m'man et toi, c'est pas un problème.

— Non, c'est pas un problème... Mais l'argent ne peut pas tout acheter. Il faudra que tu travailles, comme les autres. Plus que les autres, même, parce que tu as du retard.

— P'pa, fais pas chier avec les études !... T'as pas ton certif, et tu ramasses du pognon gros comme toi.

— Là n'est pas la question...

— Si, là est la question ! T'es un aventurier, un battant, un baiseur, et tu viens me faire la morale au nom de trucs auxquels t'as jamais cru... La bonne éducation, l'honnêteté, le travail, tu savais même pas que ça existait avant que Parrain t'en parle...

Rodolphe fronce les sourcils. Il s'attendait à devoir argumenter et convaincre. Mais le malentendu entre Paul et lui est plus profond qu'il ne le croyait.

— Attends ! Tu mélanges tout ! Tu confonds bonne éducation et bonnes manières. Les bonnes manières, il n'y avait personne pour me les apprendre. Mais Albert et Édith sont des gens honnêtes, ils m'ont élevé dans cette optique, et... Et j'essaye, je dis bien j'essaye, de m'y conformer. Quant au travail, tu te goures complètement. C'est parce qu'on travaille comme des bœufs qu'on gagne de l'argent, ta mère et moi...

— Bon, bon, vous bossez, vous êtes riches, c'est moral. Mais moi, pourquoi faudrait-il que je m'emmerde avec l'algèbre et le latin ? Je serai pas mathématicien, ni prof. Alors ?

— Qu'est-ce que tu veux faire ?

Paul examine un verre abandonné sur la table, estime son état de propreté suffisant, et y verse le fond d'une bouteille de gin.

— Est-ce qu'il faut absolument faire quelque chose ? Un jour, j'hériterai de tes affaires, non ?

— Oui... De la moitié de mes affaires. Tu sembles oublier que tu as un frère...

— Le plouc ? C'est *vous* qui l'avez oublié...

L'envie vient à Rodolphe d'envoyer son fils dinguer contre le mur. Mais il s'est juré de rester calme. Il parvient à se dominer.

— Même la moitié du groupe, c'est encore très lourd à gérer. Il faut que tu t'y prépares...

— Et le plouc ? Il s'y prépare, dans son bled ?

— C'est un autre problème. On s'arrangera. Tu t'occuperas de ce qui existe déjà, et lui, avec ton aide financière, il créera autre chose, en Alsace ou à Paris. Raison de plus pour que tu te prépares à tes futures responsabilités !

— Non, je veux rouler ma bosse. Comme toi. Après on verra.

86

— Écoute... C'est pas par plaisir que j'ai fait le zouave à Stalingrad, en Afrique du Nord, en Normandie et ailleurs... C'était la guerre, on ne m'avait pas demandé mon avis !

— Eh bien moi, j'en veux.

— Tu veux de quoi ?

— De la bagarre. Des paysages. Des putes. Des aventures. Ce que je vois autour de moi, ces gens qui bossent, tous ces minables obsédés pas l'avancement, les fins de mois, la retraite proportionnelle et le match de foot du dimanche, ça m'débecte !

— J'ai compris. Tu es un romantique.

— Appelle ça comme tu veux. Mais ne compte pas sur moi pour suivre la filière.

— Quelle filière, au juste ?

— N'importe quelle filière !

— Qu'est-ce que tu veux en réalité ? T'engager dans l'armée ? Voir du pays ? Porter le képi blanc ou le béret rouge ?

— Non. Ça, c'est la plus bête des filières. De ton temps, c'était autre chose, c'était la guerre... Je veux vivre mes aventures à moi, pas celle d'un gouvernement à la con ! J'hésitais à t'en parler, p'pa, mais puisqu'on y est... J'ai un coup en vue. Il me faut juste un peu de blé. Si tu voulais m'aider...

— Quel genre de coup ?

— Rassure-toi, il ne s'agit pas d'un braquage. C'est un coup de tabac, comme qui dirait. Un petit voyage en Italie...

— Contrebande ?

— Si tu veux. Tu ne vas pas me dire que tu grattes pas sur le nombre de caisses de champagne, dans tes boîtes ? Le fisc, c'est personne !

— Le fisc, c'est quelqu'un, crois-moi !... Alors, ton coup mirifique ?

— Juste un peu de sport. On charge un chris-craft en Italie, et on fonce de nuit vers la France en longeant la côte.

— Tu le charges avec quoi, ton rafiot?

— Des américaines, bien sûr! Ça peut rapporter cinq plaques en une nuit. Et surtout, c'est excitant...

Tout à coup Petit-Paul change de ton. Sa voix se fait presque suppliante. Il a manifestement très envie de foncer en pleine nuit sur les eaux écumantes, à la barre d'un puissant canot à moteur... Berner les garde-côtes et le fisc, se griser de vitesse, se persuader qu'il est un mec à la redresse, comme Rodolphe, dont il a si souvent admiré les décorations rangées dans un coffret. Rodolphe a été un des héros de la Deuxième Guerre mondiale. Paul se voit en aventurier mais pour son propre compte. C'est la même chose à ses yeux. Il s'agit de montrer «qu'on en a»...

— Il me faut deux plaques pour acheter une part de la cargaison, et une autre pour la garantie du chris-craft.

— C'est une arnaque.

— Hein?

— C'est une arnaque. Qui t'a proposé ça?

— Un copain. Angelo, un Italien. Il a les contacts, là-bas. Ses cousins. Ils fourniront le canot et la marchandise. On n'aura qu'à charger et à foncer!

— Qui, «on»?

— Angelo et moi.

— Qu'est-ce qu'il va gagner, lui, dans l'affaire?

— La même chose que moi, cinq plaques. Il investit comme moi.

— Réfléchis: c'est Angelo qui a tous les contacts. Ses cousins sont dans le business depuis... Depuis la libération de l'Italie, peut-être. Peut-être que c'est la mafia, ses cousins! Et ils ont besoin de toi pour piloter le chris-craft? T'es un as du chris-craft, bien sûr, et ils le savent...

— Tu te fous de moi! Je n'ai piloté que le Zodiac que t'avais loué à Porquerolles... Mais j'apprendrai. C'est pas compliqué, ça se conduit comme une bagnole...

— Et tu as ton permis auto ?
— P'pa ! J'ai pas l'âge, tu sais bien !
— Bref, t'as pas l'âge pour conduire une voiture dans Paris, mais tu l'as pour semer les garde-côtes en pleine nuit, à bord d'un chris-craft bourré de cigarettes de contrebande. C'est ça ?
— P'pa !
Rodolphe en est sûr à présent, cette affaire n'est qu'une *combinazione* pour étouffer trois plaques à un fils à papa naïf.
— Angelo est un escroc, Paul.
— Mais puisque je te dis que c'est un ami !
— Tu l'as rencontré où ?
Paul n'ose pas avouer qu'il a rencontré Angelo dans un bar.
— Je l'ai rencontré dans une soirée, chez des amis à toi, les Gambier-Heurtise !
— Tu m'étonnes. Ils ne fréquentent pas n'importe qui, et sûrement pas des trafiquants de cigarettes !
— Il était peut-être venu avec quelqu'un...
— Peu importe, c'est non. Je te donnerai pas trente mille francs pour que cet Angelo te les sucre... Quand tu t'apercevras que t'as été baisé, où est-ce que t'iras te plaindre ?
Paul se ferme. Angelo est un ami. Paul le connaît depuis deux mois, maintenant. Il a confiance en lui. Ils ont même échangé des nanas. Paul n'avait sous la main que Corinne, l'ancienne de Lengel. Elle est à sa botte. C'est amusant d'avoir une esclave, à dix-huit ans. Ça vous pose auprès des copains. « Tiens, si tu en as envie, tu me dis. Elle fait tout ce que tu veux... » Corinne s'est piquée au jeu de l'avilissement. Paul s'est lassé d'elle, mais Angelo s'en est contenté, le temps d'une nuit, en échange d'une magnifique créature, Cassandra, une Italienne de trente ans, sensuelle et raffinée...
— J'ai compris ! dit-il d'un air buté.
— Laisse tomber. C'est un coup tordu.
— Je me débrouillerai sans toi, c'est tout !
— Je t'interdis...

— Rien du tout ! Je m'appelle Paul Laufer ; on ne m'interdit rien. Personne !

Rodolphe se lève. La beigne claque comme un coup de fusil. Paul va s'écrouler dans un fauteuil. Son verre a volé, répandant son contenu sur la moquette qui en a vu bien d'autres.

— Tu m'as frappé. Tu m'as frappé, balbutie-t-il d'une voix incrédule, en se massant la joue.

— Ouais. Et je recommencerai chaque fois qu'il le faudra. Tu réintègres ta chambre au troisième. Cet appartement, je le vends. Les déménageurs passeront demain matin enlever les meubles. T'as juste le temps de redescendre tes vêtements et tes affaires d'école. Je prends la clé, tu n'auras qu'à tirer la porte en sortant.

Rodolphe rafle sur la table le trousseau de clés que Paul a posé machinalement en entrant.

— À plus tard.

Il sort. Paul reste seul. Les larmes aux yeux, il masse sa joue endolorie.

— Vieux con !

87

— Tout baigne, amore. C'est de Viareggio que vous partirez. C'est là qu'on va. Angelo t'y rejoindra demain soir, juste avant le départ.

— Et le chargement ?

— Il sera là pour le contrôler. Ne t'inquiète pas, il connaît tous les trucs... On ne la lui fait pas.

Cassandra conduit la Chrysler d'une main légère, sur la route de la corniche. Elle vient de prendre Paul à la gare de Nice. Il rayonne. Il connaît les voitures américaines ; son père n'a que ça. Mais celle-ci est décapotable, et surtout c'est Cassandra qui tient le volant. C'est la femme la plus spectaculaire qu'il connaisse. On se croirait dans une superproduction américaine...

Il a casé sa petite valise à ses pieds. Cassandra y a jeté un coup d'œil, accompagné d'un sourire entendu. Elle ne pose même pas la question. S'il est là, c'est qu'il a ce qu'il faut. 30 000 francs en liquide. En 65, ça fait un peu d'argent. Pour sa première affaire, ça n'est pas ridicule, d'autant qu'Angelo doit apporter la même mise de fonds, et qu'ils vont la doubler en quelques heures.

— À la frontière, ça ne risque pas de poser un problème ?...

Il désigne du regard la valise.

— Ce n'est pas nous qui la passerons. Juste avant la frontière, on s'arrêtera dans un routier. On la confiera à un ami. On la récupérera à Viareggio, à l'hôtel...

Elle le voit froncer les sourcils. Elle rit.

— Méfiant, hein ? C'est ce qu'Angelo aime bien, chez toi. Il dit que tu n'es pas un gobeur, que t'as de l'étoffe.

— Il dit ça ?

— Oui, il dit ça. T'inquiète pas, la valise va passer la frontière sans nous, mais moi, je reste avec toi. On aura une nuit et une journée à passer à Viareggio, et demain, Angelo nous rejoindra...

— Un jour et une nuit ?

— On prendra deux chambres. Angelo n'est pas forcé de savoir dans laquelle je coucherai ce soir...

— Vrai ? Est-ce que tu as gardé un bon souvenir de notre...

— Un *excellent* souvenir...

Elle garde les yeux fixés sur la route, mais sa voix s'est faite caressante. Le petit nuage sur lequel Paul est monté en apercevant la Chrysler et Cassandra, à la descente du train, prend encore un peu d'altitude. Pour sa part, il a gardé de leur étreinte un souvenir ébloui. Marre des pisseuses du style Corinne et autres ! *The real thing,* c'est les femmes de trente ans, comme dirait Balzac. Expérimentées, parfumées, faites à cœur !

— Et toi ? demande-t-elle.

— Je serais venu à pied rien que pour toi !

— C'est gentil. Mais... C'est entre nous, hein? Angelo ne doit pas savoir. L'autre jour, l'échange, c'était pour sceller votre amitié. Là, s'il apprenait, il se formaliserait.

— Tu peux compter sur moi. Et lui, comment il l'a trouvée, Corinne?

— Délurée...

— C'est moi qui l'ai formée. Maintenant elle me gonfle. Elle s'accroche, tu imagines?

— Petit salaud!... Si tu n'étais pas aussi mignon...

Il rit. Il est heureux. Bon Dieu, voilà ce qui s'appelle vivre. Une bagnole formidable, un soleil d'enfer sur la Riviera, une fille splendide dans son lit ce soir... Et demain le danger, la vitesse, le cœur qui cogne. Il a fait le bon choix. Aux chiottes les études, vive l'aventure!

— On y est vers quelle heure, à Viareggio?

— Dix heures, par là... On se tape la cloche dans une bonne *trattoria*, et après, carte blanche jusqu'à demain...

Ils ont passé la frontière sans encombre. Auparavant, ils s'étaient arrêtés dans un restaurant pour routiers. Cassandra a pris la valise et lui a dit de l'attendre devant un Martini.

— Bois-le au comptoir, tu n'auras pas à attendre longtemps... lui a-t-elle murmuré.

Elle a dit un mot au patron. Celui-ci a hoché la tête et lui a montré l'arrière-salle.

— Je viens avec toi, a dit Paul.

— À quoi ça t'avancerait? Je confie la valise à un nommé Constanzo, et je reviens... Tu n'as pas confiance?

Elle l'a regardé droit dans les yeux en posant cette question.

— Si.

Une légère inquiétude le prend. Il lui semble entendre la voix de Rodolphe: « C'est une arnaque... » Mais n'a-t-il pas choisi un chemin risqué? Il s'est souvenu d'une boutade de son père, un jour qu'il lui racontait comment c'était, la guerre, quand les obus avaient l'air de chercher tout spécialement votre tête pour exploser à l'aise. « Il faut être fataliste, ou mourir. » Il a laissé partir Cassandra avec la valise. Elle est revenue exactement trois minutes plus tard.

— Tu as fini ton verre ?

— Non... On a encore de la route à faire, jusqu'à Viareggio, et si on veut coucher tôt...

Elle parle parfaitement le français. Elle a dit exprès « coucher tôt » et non « se coucher tôt ». Dans la voiture il l'a embrassée. Elle s'est collée contre lui, pour lui rendre son baiser.

— Allez, vite, à Viareggio ! a-t-elle soupiré en se dégageant.

À Viareggio, l'hôtel est cossu, la vue magnifique depuis la chambre de Paul. Cassandra a d'abord installé ses affaires dans l'autre chambre, puis elle est venue déposer sa brosse à dents dans la salle de bains de Paul. La trattoria est sur le port. Ils dînent de homards grillés, ils boivent du blanc des Pouilles. La nuit est douce, limpide, étoilée. Paul pense fugitivement à Estherazy et à Lengel. Où sont-ils, en cet instant ? Dans un café de Saint-Michel, en train de draguer des boudins boutonneux ? Ou de réviser leurs sciences nat' ? Il réprime une douce envie de rigoler. Quoi qu'il arrive, demain soir, il ne regrettera rien. Cassandra parle avec une vivacité, une animation toutes méditerranéennes. Quand elle se penche vers Paul, ses seins palpitent d'une façon très émouvante, sous son petit débardeur en jersey. La vraie vie !...

88

Un chien perdu sous la pluie, battu, humilié, cocu ! Le grand soleil d'hier a crevé comme une bulle. Déluge. Il pleut à verse sur la route de la corniche, et sur Paul.

Il marche en direction de la frontière française, depuis des heures. Il tire la patte. Ses mocassins ont rendu l'âme. Le coup était bien monté... Angelo et Cassandra l'ont bien eu et il ne peut rien contre eux. Il ne pourra jamais rien prouver ! S'il les revoit, ils évoqueront sans doute avec tristesse cette affaire si bien engagée qui s'est si mal terminée.

Pour la centième fois, il se repasse le film des événements. L'arrivée à Viareggio, l'hôtel, la trattoria, la nuit d'amour, tout ça, parfait ! Cassandra, toujours aussi experte. Un régal ! Il soupire, il aura au moins vécu ça, dans cette équipée catastrophique ; une nuit vertigineuse, les seins de Cassandra, ses cuisses, ses baisers, ses caresses... Après ça s'est gâté !

Pas tout de suite. La grasse matinée prévue, le petit déjeuner vers midi, re-bisous, re-câlins, le bain revigorant dans la piscine de l'hôtel, tout ça aussi était féerique. Vers deux heures, il a picoré un carpaccio de bœuf.

— Mange léger, chou, ce soir tu dois être à la hauteur...

Pendant ce temps-là, Cassandra a récupéré l'argent. Elle l'a vraiment récupéré : elle le lui a rendu. Suprême astuce ! Comment se méfier de gens qui ont eu votre argent entre les mains pendant presque vingt-quatre heures et qui vous le rendent ?

Donc, vers la fin de l'après-midi, arrivée d'Angelo à l'hôtel. Retrouvailles au bar, congratulations, whisky soda (« léger, hein, ce soir on travaille... »). Angelo se charge des deux mises, la sienne et celle de Paul, et s'absente pour « tout arranger ».

Cassandra reste au bar avec Paul. Rien à redire. À son retour, Angelo annonce que tout est en ordre. Rendez-vous dans la nuit sur un petit embarcadère privé, à quelques kilomètres de Viareggio. Tout sera prêt. Il suffit de monter à bord et de cingler vers la France, en traversant le golfe de Gênes.

Paul souhaiterait se familiariser avec le chris-craft, avant d'y aller pour de bon. Angelo balaye ce scrupule du revers de la main :

— Te bile pas, coco, c'est facile, c'est comme une

auto tamponneuse ! T'as un volant, un accélérateur, et basta !

Puisque Angelo le dit... Suit une longue attente en grillant cigarette sur cigarette. Et enfin, vers onze heures du soir, Action. Bise rapide à Cassandra. Paul et Angelo s'engouffrent dans une Fiat conduite par un cousin, direction l'embarcadère et l'aventure...

Question aventure, Paul a été servi. Quand ils arrivent à l'embarcadère, le chris-craft est là. La police aussi... Enfin quelque chose qui ressemble à la police... À peine Paul et Angelo sont-ils descendus de voiture que la danse commence : sirènes, lampes électriques, coups de sifflet, cavalcade de silhouettes en uniformes et en civil... Angelo dégaine un revolver et souffle à Paul :

— Fiche le camp, petit, je te couvre !

— Mais...

Là-dessus, fusillade générale. Paul détale, court comme un dératé, se fond dans la nuit. Il s'en tire comme par miracle... et comme prévu dans le scénario.

Car en une nuit de planque dans la caillasse et plusieurs heures de marche sous la pluie, il a eu le temps de réfléchir : tout ça n'était que simulacre, mise en scène. Bravo, les cousins ! Un scénario à trente mille francs !

Il n'y a sans doute jamais eu de cartons de cigarettes américaines à bord du canot. La tuerie simulée a dû se terminer par une belle rigolade aux frais du p'tit Français.

Paul ne prend plus aucune précaution. Il marche au bord de la route, sans se cacher, en tendant le pouce. Les nombreuses voitures de police, qui circulent dans cette zone frontalière, ignorent ce piéton solitaire.

Il n'a pas une lire sur lui. Il avait prévu de rentrer en France en bateau... À l'hôtel et dans les restaurants, Cassandra réglait tout. Dans le portefeuille de Paul, il y a son passeport et de l'argent français. On est dimanche et les bureaux de change sont fermés. À pied ou en stop, il finira bien par passer la frontière.

Et là, il montera dans un bon vieux train français, direction Paris. C'est là-bas que l'attendent les vrais problèmes.

Les trois millions d'anciens francs qu'il s'est fait barboter par Angelo, il les tenait de son parrain, Alphonse-Aimé. À l'insu dudit parrain. Il les lui a barbotés, sous la forme d'un bronze de Bugatti. Un léopard. Une pièce magnifique. En prêtant à Petit-Paul trente mille francs gagés sur le léopard, le fourgue s'est montré formel : Paul a huit jours pour rembourser cette somme, augmentée de dix mille francs d'intérêt. Passé ce délai, adieu le Bugatti. La transaction remonte au mardi précédent. Paul a deux jours devant lui pour trouver quarante mille francs. Sinon, il lui faudra s'expliquer avec son parrain. Et avec son père...

89

L'appartement des Quétigny-Lamblais surplombe le cours majestueux de la Seine. À la belle saison, Alphonse-Aimé et Henriette donnent des dîners sur la terrasse. L'appartement est nettement moins vaste que celui des Laufer, avenue Mozart. Alphonse-Aimé n'a pas la folie des grandeurs. Il a su se contenter de cent cinquante mètres carrés. Il n'a pas d'enfants... Son modeste cinq pièces-terrasse (les soixante mètres carrés de la terrasse sont à ajouter aux cent cinquante de l'appartement lui-même) jouit d'une des plus belles vues de Paris. À droite la tour Eiffel, et en face le Trocadéro.

Alphonse-Aimé a fait une fin avec Henriette. Ils vivent ensemble depuis plusieurs années. Son amour pour Marthe était sans espoir. Malheureuse, trompée, bafouée, Marthe n'en demeurait pas moins fidèle à Rodolphe. Une alliance entre Alphonse-Aimé et Marthe aurait tenu de l'inceste. Elle avait toujours considéré Alphonse-Aimé comme un grand frère. C'est la raison pour laquelle elle avait été mortifiée qu'il prenne le parti d'Irène, naguère.

Après sa sortie de prison, Henriette Delobet flottait dans la vie comme un bouchon emporté par le courant. En mémoire d'Irène, Alphonse-Aimé lui a apporté son soutien. Elle a accueilli cette sollicitude avec une ironie qui cachait mal son désarroi.

— Vous voulez savoir si j'ai fait l'amour, finalement ? Eh bien, non. Après huit ans de chasteté, on se sent comme au bord d'une piscine... On craint que l'eau ne soit froide.

Il lui a répondu sur le même ton :

— Il ne faut pas plonger directement... La Faculté recommande de procéder par paliers : se mouiller les épaules, puis la nuque...

De fil en aiguille, ce badinage les a effectivement conduits au lit. Ce n'est pas le grand amour. Une amitié amoureuse. Chaleureuse, confortable... Et cossue, chacun d'eux étant fortuné.

Ce soir, Henriette n'est pas là. Elle est partie se reposer dans la maison des hauts d'Antibes que lui a laissée sa mère. Grâce à cette absence, Alphonse-Aimé a pu recevoir Rodolphe. Il est interdit de séjour chez Henriette. Le dîner a été commandé au dernier moment chez le traiteur, un extra fait le service, et Mathilde Foureste, la secrétaire particulière d'Alphonse-Aimé, tient lieu de maîtresse de maison. Marthe est à la caisse, à la Grange. Alphonse-Aimé a improvisé cette soirée. Il veut entretenir Rodolphe d'un sujet délicat, déplaisant même. Il s'est abstenu de l'aborder pendant le repas.

À l'instant du café, Mathilde se retire. L'extra pousse à proximité des deux hommes un chariot doré supportant un assortiment d'alcools et un coffre à cigares. Rodolphe choisit un vieil armagnac, et Alphonse-Aimé une fine champagne. Ils allument des *short panatellas* cubains.

— Quel événement me doit ce traitement de faveur ? demande Rodolphe.

— Une tuile, bien sûr !

La bouche de Rodolphe s'arrondit autour de son cigare.

— Et c'est sur ta tête ou sur la mienne qu'elle tombe ?

— Un peu les deux... Mais à la réflexion, c'est plutôt sur la tienne.

Rodolphe pose son cigare dans le cendrier et pousse un gros soupir navré...

— Allez-y, docteur, sans anesthésie...

— Tu sais que je collectionne les sculptures de Bugatti.

— Tu m'en as déjà parlé. Et alors ?

— Alors on m'en a chouré une. Une belle. *Le Léopard.*

— C'est triste. Mais qu'est-ce que je viens faire là-dedans ?

— C'est ton fils.

— Quoi ?

— C'est Paul qui me l'a piquée. Pas ici. Au siège de ma société, dans mon bureau... Il connaît bien les lieux. Je l'ai emmené au ciné ou au cirque tous les quinze jours pendant des années, et c'est là qu'il venait me retrouver, rue de Villiers...

— Qu'est-ce qui te fait croire...

— C'est simple, je suis un des rares collectionneurs de Bugatti, à Paris. On est connu de tous les commissaires-priseurs, de tous les antiquaires... et de tous les receleurs. Un jeune type a apporté mon *Léopard* à un fourgue. Ils ont d'ailleurs conclu un arrangement inhabituel : une sorte de prêt sur gage. Bref, dès que le gosse a tourné le dos avec le fric, le receleur a décroché son téléphone pour m'appeler.

— Et c'est Paul ?

— Il n'a pas donné son nom, tu penses bien, mais c'est Paul. Blond, visage d'ange, insolent et prétentieux...

— Ça va, c'est lui. Merde ! En plus, je sais pourquoi il l'a fait.

— Pourquoi ?

— Un plan à la con. Un coup de contrebande de

cigarettes entre la France et l'Italie... J'ai refusé de lui lâcher trois briques pour ça.

— C'est bien cette somme-là ! Eh bien, on y voit clair. Qu'est-ce qu'on fait ?

— Première chose, récupérer ton bronze !

— C'est fait. J'ai effacé l'ardoise chez le receleur. Cinq plaques. Trois pour rembourser, une d'intérêt, une pour remercier. Dis donc, 25 pour cent à la semaine, il a l'art de se faire arnaquer, ton fiston !

— Plus que tu ne crois. Sa combine sentait franchement mauvais. Tu préfères un chèque, ou du liquide ? Un chèque, je peux te le faire tout de suite.

Rodolphe veut se lever, prendre sa veste. Alphonse-Aimé l'en dissuade d'un geste.

— Tout à l'heure, en partant... La combine t'a paru douteuse ?

— Pire que ça ! Il s'est vu comme Clark Gable dans *Autant en emporte le vent*, mais avec un moteur au cul...

— J'ai l'impression que tu peux dire adieu à tes cinquante mille francs.

— Nom de Dieu, je pouvais pas avoir une fille ?

La sonnerie du téléphone interrompt les lamentations de Rodolphe.

Alphonse-Aimé décroche.

— Allô, oui ?... Ah, c'est vous, Sonia ? Que se passe-t-il ?... La police ?... Oui... Oui... Compris. Je vous passe Rodolphe. Rodolphe !...

Rodolphe se lève et prend le combiné.

90

Rodolphe est venu chez Alphonse-Aimé en taxi. Ses voitures américaines sont impossibles à garer. Pour gagner l'hôpital, ils ont pris la DS d'Alphonse-Aimé. Un interne a appelé chez Marthe et Rodolphe. Une chance, Sonia s'y trouvait. Elle a les clés. Elles font tout un trafic de robes qu'elles s'échangent et se prêtent, avec Marthe... Paul est aux urgences de Cochin. Sonia n'en sait pas plus, mais au ton de la voix de l'interne, ça lui a semblé grave.

Rodolphe n'a pas voulu appeler Marthe à la Grange. Tant qu'il ne sait pas à quoi s'en tenir sur l'état de Paul, il préfère qu'elle ignore tout. Il sera toujours temps...

Pendant le trajet, ils n'ont échangé que quelques mots. Rodolphe est sombre.

Alphonse-Aimé dépose Rodolphe devant les urgences.

— Je vais me garer, je te rejoins.

Accueil, comptoir, une employée note le nom de Rodolphe sur un calepin. Si vous voulez vous asseoir un instant, je me renseigne et je vous appelle... Rodolphe obtempère. Routine du malheur. Pas de passe-droits, ici.

Attente. Cigarettes. Gorge sèche. Le temps s'écoule, interminable. Des infirmières, des infirmiers passent avec des chariots. Visages blafards des autres naufragés en attente de soins ou de nouvelles. Une femme qui pleure. Un homme avec une fillette. L'homme regarde droit devant lui, la fillette somnole, la joue contre l'épaule de l'homme. Un Arabe à la tête bandée. Il attend des nouvelles de son copain, qui a pris un coup de couteau. Alphonse-Aimé a rejoint Rodolphe.

— Tu vas rester là ? dit Rodolphe. Tu sais comment c'est, dans les hôpitaux, on peut me faire mariner des heures avant de me dire quoi que ce soit...

— Justement, si ça dure trop, j'irai leur montrer mes décorations. Ça impressionne les fonctionnaires... Au fait, tu en es où, toi, dans l'ordre de la Légion d'honneur ? Chevalier ? Officier ?

— Chevalier.

— Scandaleux ! Avec tes huit citations ? Je vais intervenir.

— Te fatigue pas. Je m'en fous.

— Monsieur Laufer ?

Les deux hommes se lèvent. C'est un homme jeune. Il n'est pas en blouse blanche.

— Lequel de vous deux est M. Laufer ?

— C'est moi.

L'homme dévisage Alphonse-Aimé d'un œil aigu, puis revient à Rodolphe.

— Puis-je vous parler seul à seul ?

— Monsieur est un vieil ami...

— Je vous laisse, dit Alphonse-Aimé. Je suis dans le hall, Rodolphe.

Il tourne les talons et s'éloigne.

— Monsieur Rodolphe Laufer, vous êtes le père de Paul Laufer, c'est bien ça ?

— Oui... Vous n'êtes pas médecin ?

— Non. Police criminelle. Votre fils a été hospitalisé après un échange de coups de feu avec des policiers. Il a attaqué une banque. Il s'agit d'une balle perdue. Quand nous sommes intervenus, il a ouvert le feu immédiatement... Un officier de police a été blessé.

— Gravement ?

— Ses jours ne sont pas en danger. Quant à votre fils, les médecins vous diront de quoi il retourne. Mais il est placé sous contrôle judiciaire. C'est un mineur. Vous êtes responsable de ses actes. J'ai des questions à vous poser.

Rodolphe chancelle. Il parvient à se reprendre.

— Je répondrai à toutes vos questions dès que j'aurai vu mon fils.

Le policier se tourne vers un homme en blouse blanche qui attend à quelques pas et lui fait signe de s'approcher.

— Docteur Delmas, interne en chirurgie...

Il prend Rodolphe par la manche, et l'attire à l'écart.

— J'ai assisté le professeur Larivière dans l'opération. Nous avons extrait deux projectiles. Un du poumon gauche... Et un de la boîte crânienne...

Il se tait quelques secondes, pour laisser aux mots le temps de prendre tout leur sens dans l'esprit de Rodolphe. Celui-ci a fait trois ans de guerre. Dans le domaine des blessures par balles, il n'est pas ignorant.

— Il va mourir ?

Il a parlé calmement. Sa voix ne tremble pas.

L'interne le regarde droit dans les yeux, et lui répond sans faux-fuyants.

— Probablement. Je suis désolé !

Rodolphe respire fort. Toute la douleur, tout le stress terrifiant qu'il subit passent par le souffle. Sa gorge se noue. Quelques instants s'écoulent. Enfin, il est en mesure de s'exprimer à nouveau.

— Je peux le voir ?

— Maintenant, non. Il est encore au bloc opératoire, dans le coma, intubé... Le professeur Larivière décidera peut-être d'une nouvelle intervention dans la nuit. Réglez vos problèmes avec l'inspecteur, et rentrez chez vous...

— Non, je reviendrai... J'attendrai ici.

— Vous voulez téléphoner, peut-être à Mme Laufer ?

— Non. Quand on saura.

— Comme vous voudrez. Nous faisons tout notre possible.

— J'en suis sûr, docteur, merci.

91

Les yeux mi-clos, le maître hume la terrine. Elle est froide, à présent. Il est connu pour rabâcher volontiers, Henri Zimmermann. Il est tellement persuadé de l'entière vérité et de l'extrême importance de tout ce qu'il dit qu'il le répète inlassablement. Et une des choses qu'il répète dès que l'occasion s'en présente, c'est « Un plat qu'on mange froid, c'est froid qu'il faut le sentir ! Sinon c'est pas des odeurs qu'on sent, c'est de la vapeur. Et la vapeur elle n'a rien à nous dire ! »

Et le pâté de veau, pas bien compliqué à faire, il a dédaigné de le sentir quand Jean l'a sorti du four, pour son « bout d'essai ». Il a dit : « Plus tard. Un plat qu'on mange froid, c'est froid qu'il faut... » *Et cetera*.

Madeleine l'avait prévenu. Du coup, Jean a nettoyé à fond tous les ustensiles dont il s'était servi pour préparer la fameuse terrine, il a tout essuyé, tout rangé. Ensuite, il est allé saluer le vieux Zimmermann, et il est parti en sifflotant. S'il avait omis de nettoyer et de ranger, la terrine serait passée directement à la poubelle ; Zimmermann aurait considéré que le test était négatif. Mais en constatant que tout était en ordre et étincelant de propreté, et que le candidat apprenti partait en sifflotant, le maître charcutier a pensé que ce petit gars-là avait peut-être l'étoffe d'un charcutier, et qu'il humerait attentivement sa terrine le moment venu. Il dit toujours : « Quand on a bien travaillé, on est gai, c'est naturel. Quand on a mal travaillé, on fait face et on pète noir !... »

Ça c'était le matin. La terrine de pâté de veau est froide, ses graisses se sont rassises comme il faut, elle sent ce qu'elle est. Et Jean ne sifflote plus. S'il ne « fait pas face », s'il ne « pète pas noir », il n'en mène pas large. Il attend le verdict de Zimmermann. Cette terrine, c'est son examen de passage. Si Zimmermann est satisfait, il prendra Jean en apprentissage. Sinon, le gosse sera rejeté dans les ténèbres glacées de la charcuterie industrielle : autant dire dans la fange et le déshonneur, aux yeux d'un seigneur de la cochonnaille comme Zimmermann !

Sous le regard de Jean et de quelques apprentis déjà intronisés, le charcutier saisit un petit couteau au fil tranchant comme celui d'un rasoir. Avant de porter le fer pour de bon, il éprouve l'élasticité de la crépinette. Elle lui paraît de bonne tenue. Elle est blanche, encore. Elle n'a pas jauni. C'est bon signe. Aussi blanche que possible, pas trop molle, mais pas trop dure non plus, voilà comme elle doit être. Il ne résiste pas au plaisir de faire de cette dégustation une véritable conférence au bénéfice de ses disciples. Car pour lui, un apprenti, c'est un disciple, un acolyte, au sens religieux du mot.

— La crépinette, voyez-vous, ça doit être une peau, pas une carapace, pérore-t-il. Il y a des charcutiers — des gens qui ne méritent pas ce beau titre, à dire vrai — qui vous font des croûtes d'un doigt à la surface des pâtés sans croûte... Eh bien leur croûte, c'est de la crépinette cramée, plus un bon centimètre de chair carbonisée en dessous. Leur crépinette, elle n'existe plus, à l'égal des divers ingrédients utilisés, et qui tous doivent concourir à l'excellence de l'ensemble... Tout le monde suit ?

— Oui, monsieur Zimmermann !

— Bien...

Allez, il faut trancher ! Le maître enfonce sa lame dans la peau brune, délicatement veinée de blanc. D'une main légère et précise comme celle d'un chirurgien, il pratique deux entailles profondes et nettes, puis, se servant de la lame ainsi que d'un levier, il extirpe une mince et longue lamelle de pâté. L'élevant à la lumière, il l'examine longuement, puis l'approche de son visage, la livre à l'expertise sévère de ses larges narines agrémentées de poils gris et touffus. Chacun retient son souffle. Jean sent son cœur battre à toute vitesse. C'est son destin qui se joue là. L'adolescent ne s'est pas aperçu que Madeleine a quitté son poste à la boutique pour assister à la scène, à demi dissimulée derrière une énorme marmite.

D'ordinaire si bavard et complaisant à ses propres discours, le maître demeure silencieux. La lamelle de pâté sent-elle bon ? Satisfait-elle au moins en partie ses exigences, que chacun ici sait démesurées, insatiables ? Il ne laisse rien paraître. Après le nez, c'est au jugement des papilles que la lamelle va être soumise. Zimmermann la saisit délicatement entre le pouce et l'index pour la retirer de la pointe du couteau et la porte sans hâte à ses lèvres. Les spectateurs s'efforcent de deviner sur ses traits l'appréciation qu'il porte sur la bouchée qu'il mastique avec lenteur. Sans doute le fait-il exprès : son œil reste inexpressif. Il a d'abord coupé la lamelle en deux d'un coup de dents. Il engloutit maintenant la seconde moitié, avec la même application muette. Jean a les mains moites. Madeleine, dans son coin, se ronge un ongle avec frénésie. Le maître avale enfin la seconde bouchée. La foule des disciples observe pieusement sa déglutition. On a envie de l'interroger : « Alors, c'est bon, ou c'est pas bon ? C'est du lard ou du cochon ? »... Attention, gare au sacrilège ! Nul ne s'y risquera. On attendra qu'il parle.

— Où tu es, petit gars ?

— Je suis là, monsieur Zimmermann.

Jean n'a plus un poil de sec. Cette terrine, il y a mis, bien sûr, de la noix pâtissière de veau, de la poitrine et du gras de porc, du thym, du laurier, deux oignons, trois gousses d'ail, du persil... Mais surtout il y a mis son cœur, ses tripes, et pour faire bonne mesure, son âme ! Il attend le verdict du maître charcutier comme il attendrait celui d'une cour d'assises.

— Eh bien, petit... cette terrine... n'est pas... mauvaise. Non, elle n'est pas mauvaise. Elle est cuite. Elle est saine. Elle est goûtue... Non, franchement, elle n'est pas mauvaise ! Tu pourras l'emporter chez toi et la manger avec tes grands-parents. Mais pour te prouver que moi, Zimmermann, je ne la trouve pas mauvaise, je vais m'en garder une lichette pour me faire un casse-croûte ce soir !

Une véritable ovation monte du chœur des apprentis. Jamais le maître ne s'est laissé aller à des compliments aussi exorbitants, ni surtout à l'inconcevable faveur qui consiste à *manger* ne serait-ce qu'une partie d'une terrine « de probation ». Il faut qu'il ait pressenti en Jean Laufer un futur Michel-Ange, ou un Rembrandt de la charcuterie ! C'est d'un œil nouveau, admiratif ou envieux, qu'on contemple le héros du jour. Derrière sa marmite, Madeleine pleure comme... une madeleine.

— Est-ce que... Est-ce que je pourrai venir apprendre avec vous, monsieur Zimmermann ?

— Oui, petit, oui... Je te préviens, je viens de te faire là des compliments pour trois ans au moins !

Chez moi, il n'y a pas de favoris, et on travaille dur! Compris?

— Oui, monsieur Zimmermann.

— Alors, taille-moi une bonne tranche de ta terrine, et file avec le reste. Sois là demain matin, à six heures et demie, sans faute!

— Bien, monsieur Zimmermann.

— À partir de cette seconde, tu m'appelles patron.

— Jean...

À la voix de sa grand-mère, Jean comprend qu'il s'est passé quelque chose.

— Qu'est-ce qu'il y a, mémé? Qu'est-ce qu'il y a?

Édith est assise à sa place attitrée, devant une page des *Dernières Nouvelles d'Alsace* recouverte de cosses de petits pois. Une lettre est posée sur la table. Édith la tend à Jean.

— Mon petit Jean, ton frère est mort. On l'enterre après-demain. On prendra le train pour Paris demain matin.

Jean dissimule le soulagement qui s'est emparé de lui. Il a eu si peur que ce soit Albert... Il secoue la tête.

— Impossible. Demain matin, je commence chez M. Zimmermann.

— Zimmermann comprendra. Ton grand-père ira lui parler.

— De quoi il est mort, Paul?

— Je ne sais même pas... La lettre est vague. Un accident, sûrement!

92

— Jean, j'ai peur...

Madeleine, sur le point de pleurer, retrouve son visage d'enfant.

Attendri, il la serre contre lui. Ils sont seuls derrière la réserve de foin. Face à eux, les couleurs des bosquets et des arbres se diluent et leurs contours s'estompent. La campagne s'enfonce peu à peu dans l'obscurité. Dans quelques minutes il fera noir, mais les lieux sont si familiers aux deux adolescents qu'ils pourraient s'y mouvoir les yeux fermés.

De tout temps, depuis leur petite enfance, c'est là qu'ils se sont retrouvés pour jouer, pour se montrer leurs trésors, pour cacher leurs larcins.

C'est là qu'ils se sont embrassés pour la première fois. Il avait huit ans, elle sept. C'était très doux, comme boire le souffle de l'autre... C'était un peu effrayant aussi. Est-ce qu'on était bien sûr de ne pas demeurer collés par la bouche, pour toujours ? Ils étaient restés plusieurs semaines sans oser recommencer.

— De quoi tu as peur ?

— Que tu ne reviennes pas...

La petite lève vers Jean son visage à présent baigné de larmes.

— Paris, c'est... tellement autre chose qu'ici. Tu vas rencontrer des filles plus belles que moi, mieux habillées, plus excitantes !

Il éclate de rire.

— Y en a pas ! Et même s'il y en avait, j'aurais pas le temps de les voir... Je fais juste un saut là-bas pour enterrer Petit-Paul, et hop, retour à Eguisheim, direction l'atelier de M. Zimmermann !... Et ma petite Madeleine.

Il l'enlace. Elle rit à travers ses larmes.

— Tu me jures ? Tu vas pas m'oublier ?

— Comment je pourrais ?

— N'empêche, j'ai peur. C'est plus fort que moi. Tu n'as pas juré. Jure !

— D'accord. Je le jure.

— Dis-le ! Dis bien tous les mots !

— Je jure... Que je ne t'oublierai pas. Je jure de revenir très vite, parce que je t'aime, et que je veux passer toute ma vie avec toi, ici ! Je jure que plus tard on aura notre boutique à nous, et des enfants, et qu'on sera heureux comme... Comme personne l'a jamais été...

Jean entend sa propre voix. Elle résonne comme s'il parlait dans une église. Il n'y a pas de murs de pierres autour d'eux, pas de voûte vertigineuse au-dessus d'eux, sauf le ciel. Alors pourquoi sa voix résonne-t-elle comme ça? Il se fait des idées? Sa voix s'étrangle, il se tait.

— *Est-ce qu'ils pleureraient comme ça si c'était moi?*

À proximité de la fosse, la foule est nombreuse. Des amis de Marthe et Rodolphe, des clients, des fournisseurs. La véritable cause de la mort de Paul est demeurée secrète. Même Jean l'ignore. Ses parents ont préféré lui mentir, et les journaux sont muets sur ce fait divers. La presse a été tenue en laisse.

— *Est-ce qu'ils pleureraient comme ça si c'était moi?*

La question tourne inlassablement dans l'esprit de Jean. Il n'a jamais vu ses parents pleurer. Il n'imaginait même pas qu'ils pouvaient sécréter des larmes. La preuve est faite, même s'il a fallu pour ça la mort de Paul.

Rodolphe qui pleure, c'est impressionnant. À l'instant où, soutenu par des cordes, le cercueil descend dans la fosse en oscillant doucement, de grosses larmes coulent sur les joues du géant. Une paire de lunettes noires dissimule son regard, mais elle ne peut cacher ni ses larmes, ni la crispation de ses mâchoires, ni les mouvements de sa pomme d'Adam, par lesquels il s'efforce désespérément de réprimer le sanglot qui l'étouffe.

Près de lui, sous sa voilette et son chapeau, Marthe baisse la tête, écrasée de honte autant que de chagrin. On ne voit rien, à cause de la voilette, plus opaque que celles qu'elle porte d'habitude, mais elle pleure, c'est évident.

Ainsi, les Laufer sont capables d'aimer. Ils ont aimé Petit-Paul, c'est sûr, puisqu'ils souffrent. Alors pourquoi pas lui, Jean?

Il s'absorbe dans la contemplation des gravillons de l'allée, entre ses chaussures neuves. Il a honte de ces chaussures. C'est son grand-père qui les a choisies. Elles n'ont pas grand-chose à voir avec la mode parisienne...

Un bruit de moteur lui fait lever les yeux. Une voiture comme Jean n'en a vu qu'au cinéma remonte l'avenue du cimetière et s'arrête en bordure de la division où l'on enterre Paul.

Même Xavier-Fernand de la Patène, le curé de Saint-Philippe-du-Roule, pourtant blasé, s'est laissé distraire de sa méditation chrétienne. Son œil exercé a reconnu immédiatement une Bentley. Il n'y a rien de plus chic. « Meilleur genre » qu'une Rolls-Royce, à son humble avis.

Marthe et Rodolphe Laufer ressentent confusément qu'ils ne sont finalement pas très riches, qu'il y a au-dessus d'eux des fortunes vertigineuses.

Un chauffeur en livrée grise descend et va ouvrir la portière arrière. Un frisson de curiosité profane parcourt la foule. On retient son souffle. Qui va sortir de ce mirobolant carrosse ? Un nonce apostolique ? Une star du cinéma, la reine d'Angleterre ?

C'est une adolescente. Son corps mince est drapé de soieries aux couleurs éclatantes, incongrues en ce lieu. Une cigarette aux lèvres, suivie de son chauffeur qui porte une magnifique gerbe de roses blanches, elle s'approche. Sa démarche est hésitante. Elle est ivre. Dom Xavier-Fernand de la Patène pressent un esclandre et fronce les sourcils. À présent, elle est tout près. Un visage livide, aux yeux immenses soulignés de cernes. Sa peau a perdu l'éclat de la jeunesse. Les cernes sombres laissent supposer des nuits blanches, trop d'alcool et de tabac.

Les lèvres de la jeune fille se retroussent en une grimace dédaigneuse. Sans cesser de tirer sur sa cigarette, elle dépasse tranquillement les quelques dizaines de personnes qui attendent de pouvoir se recueillir un bref instant au-dessus du cercueil à présent dans la fosse. Au tour de Sonia. Ses traits tirés trahissent son chagrin sincère. Elle a été une seconde mère pour Paul. Effarouchée, elle recule devant l'intruse. Celle-ci se campe au-dessus du cercueil et adresse un signe au chauffeur. Sans hésiter, il jette la gerbe dans la fosse, comme s'il s'agissait d'un sac d'ordures dans une décharge publique. Des cris scandalisés fusent dans l'assistance. L'adolescente tire une ultime bouffée de sa cigarette et la jette elle aussi sur le bois vernis du cercueil. Fou de rage, Rodolphe se précipite sur elle. Impavide, elle lui tend une photographie. Il y jette un coup d'œil. Son visage se décompose.

— J'en ai d'autres. Vous voulez que je les distribue ?

— Ne faites pas ça...

— Alors fichez-moi la paix !

Rodolphe met le cliché dans sa poche et s'écarte pour la laisser passer.

L'adolescente et l'homme en livrée grise s'éloignent et s'engouffrent dans la Bentley. La voiture démarre et disparaît, tel un mirage.

93

En voyant l'appartement de l'avenue Mozart, et au-dessus, celui de Paul, Jean n'en a pas cru ses yeux. Il n'était jamais entré chez quelqu'un de riche. Des planchers cirés, de vrais beaux tapis d'Orient, des meubles cirés, des miroirs et des lustres étincelants, il n'en a vu qu'au cinéma. Et ces splendeurs-là appartiennent à ses parents ! Et son frère, à peine plus âgé que lui, disposait pour lui tout seul de plus d'espace, de plus de confort et de luxe que ses grands-parents et lui-même depuis toujours !

Pourtant, ce n'est pas l'envie qui envahit le cœur de Jean. C'est l'étonnement. Pourquoi cette différence de traitement ? Peut-être osera-t-il un jour poser la question à ses parents. Ce n'est pas le moment. Ils sont hébétés de chagrin. Ils iront tout de même travailler ce soir... Ni la Grange, ni aucun des établissements qu'ils contrôlent n'auront fermé un seul jour à cause du deuil qui les frappe...

Alors qu'il réfléchit, allongé sur le lit dans la garçonnière de Paul, on sonne à la porte. Édith, peut-être ? Mais non, il est trop tard... Ses grands-parents doivent dormir. On les a logés au troisième, dans une des chambres d'amis. Lui, Dieu sait pourquoi, on l'a installé ici, au-dessus. Peut-être pour lui éviter l'ambiance sinistre du troisième ? Peut-être. Peut-être pour une autre raison... Jean a souvent entendu Édith dire que Marthe ne laisse jamais rien au hasard...

Il se lève et va ouvrir. C'est la jeune fille du cimetière. Sur son visage s'imprime une curiosité voilée de tristesse.

— Bonjour... Vous êtes Jean ?

— C'est moi...

— Je suis Corinne... Corinne Estier-Dumouchez. Vous avez entendu parler de moi ?

— Non. Mais je vous ai vue au cimetière.

— Difficile de ne pas me voir. Je vous ai choqué ?

— Plutôt. C'était... inhabituel !

— J'avais des raisons... j'étais une amie de Paul. Une grande amie...

En appuyant sur « une grande amie » sur un ton ironique, elle plonge son regard gris dans celui de Jean.

— Je peux entrer ?

Jean s'efface pour la laisser passer. Elle sent bon. Pas comme Madeleine quand elle s'asperge de violette les soirs de surprise-partie au Club des Jeunes d'Eguisheim. Son parfum est bien meilleur, et sans doute beaucoup plus cher.

Elle s'avance au milieu du salon, et laisse longuement flotter son regard sur ce lieu qu'elle semble bien connaître.

— On a tout nettoyé, dit-elle enfin. Ça fait drôle...

— Pourquoi ? C'était sale ?

— Quelquefois. Tenez, ce soir-là, oui, c'était plutôt crad !

Elle sort de sa poche une photo couleur et la lui tend. Il la regarde. C'est elle, nue, debout sur une table, ici même. La photo a été prise au flash, n'importe comment. Corinne a les yeux rouges. Elle rit. Elle doit être saoule. Elle ne porte que des talons hauts, qui griffent le plateau de la table. Au premier plan, de dos, on distingue des visages de garçons. Ils ont l'air de bien s'amuser. Ils se donnent des bourrades.

— Je peux m'asseoir ?

Elle s'assied sans attendre la réponse.

— Vous fumez ?

Il fait signe que non. Elle allume une Pall Mall d'un geste très élégant. Elle est naturellement élégante, se dit Jean. Et puis il hésite. « Naturellement », vraiment ? Elle a peut-être appris ? Comment le saurait-il ? Il n'est sûr que d'une chose : Madeleine n'a pas appris. Ses gestes n'ont pas cette élégance, cette fluidité. Et la seule fois où il l'a vue allumer une cigarette, elle s'est à moitié étouffée et elle a vomi.

Corinne continue sa confession.

— Après, ils m'ont baisée. Tous les quatre. Ils se relayaient. Il y en avait toujours un de libre pour prendre les photos. Paul, c'était un garçon inventif, il savait s'amuser... Alors comme ça, c'est vous le plouc ?

— Pardon ?

Elle rit. Il y a quelque chose d'excessif dans son rire, d'un peu fou.

— C'est comme ça que Paul vous appelait. Ça vous fait de la peine ?... C'était affectueux, je crois.

— Ce n'était pas affectueux, mais ça m'est égal...

Cette réponse sans détours étonne Corinne. Elle considère Jean avec plus d'attention.

— Vous n'aimiez pas votre frère ?

— On ne peut aimer que quelqu'un qu'on connaît... Nous étions des étrangers.

— Moi, je l'aimais et je le détestais... Vous voyez comme il me traitait... Mais je lui obéissais. J'aurais fait n'importe quoi pour lui. Alors la petite cérémonie de ce matin, ce n'était pas ce que vous croyez. Je voulais vraiment lui dire adieu, j'étais vraiment triste, même si c'était un beau salaud ! On vous a dit de quoi il est mort ?

— Oui. Accident de scooter, fracture du crâne.

— Il n'avait pas de scooter. C'est bon pour les pauvres, le scooter. À Paris les gosses de riches ne se déplacent qu'en taxi.

— On lui en aura prêté un, alors…

Corinne hésite.

— Qu'est-ce que je fais ? Je vous laisse mourir idiot ?

— Je ne comprends pas…

— Il n'y a pas eu de scooter, ni de fracture du crâne… Trop banal ! Non, avec Paul, c'était autre chose. La mort à grandes guides, attaque à main armée et balle dans la tête !

À ces mots, Jean ressent un élan de pitié envers ce frère inconnu, et qui a choisi un destin tragique, théâtral.

— Vous avez déjà couché avec une fille ?

Il sursaute. Il la dévisage avec incrédulité. Il pense à Madeleine, à Eguisheim. Un être avec qui tout est simple, un lieu où on ne vous tend pas des pièges à chaque instant. Il décide de mentir.

— Oui.

— Ça vous a plu ?

— Évidemment, que ça m'a plu !…

— Peut-être que… Peut-être que ça me dirait, avec vous. Et vous ?… Je ne vous plais pas ?

— Si. Vous êtes bien jolie !

Il a conscience de la naïveté provinciale de ces mots. Encore heureux qu'il n'a pas prononcé « *ben* jolie » !…

— Alors ça vous dit de faire l'amour ?

— Là, maintenant, comme ca ?

— Pourquoi pas ?

— C'est que… chez moi, en Alsace, on ne va pas aussi vite. On se connaît, d'abord. Et puis de toute façon, j'ai une fiancée.

— Qu'est-ce que ça fait ? Elle le saura pas.

— Mais moi je le saurai.

— Alors c'est non ?
— Je regrette, mais c'est non.
— Ça tombe bien, j'ai dit ça juste pour m'amuser.
— Vous voyez !...
— Non. Je l'aurais fait. Parce que vous êtes le frère de Paul. Vous lui ressemblez. On dirait lui, mais en plus honnête, en plus humain... Vous êtes sûr, vous ne voulez pas ?
— Oui. Je suis sûr.
— Tant pis pour moi.
Corinne ramasse sur la table son paquet de cigarettes et son briquet.
— On se reverra ?
— Je sais pas. Je dois retourner en Alsace.
— Votre fiancée vous attend ? Comment elle s'appelle ? Elle est belle ?
— Elle s'appelle Madeleine... C'est la plus belle !
— Plus belle que moi ?
Jean ne répond rien. Courtoisie instinctive de petit paysan. Elle rit.
— Vous ne voulez pas me faire de peine, c'est ça ?
— C'est ça.
Elle rit encore plus fort.
— Vous êtes formidable. J'ai pas de veine ! Je suis tombée sur le mauvais Laufer ! Vous dormez ici ?
— Oui...
— Je vous appellerai. On pourrait se voir, si vous restez quelques jours.
— Oui, euh...
À quoi bon lui dire qu'il espère repartir demain soir, si c'est possible ? Il a hâte de revoir Madeleine, d'entrer en apprentissage chez M. Zimmermann, de respirer l'air d'Eguisheim.
— À bientôt peut-être.
— Peut-être.

94

Le téléphone sonne. C'est Marthe.

— C'est maman. Tu descends déjeuner, mon chéri ?

— Euh... Oui, j'arrive.

Elle ne l'a jamais appelé « mon chéri ». Même quand elle venait à Eguisheim avec Rodolphe, à Noël, les bras chargés de cadeaux, elle l'appelait « Jean ». Ou quelquefois « mon petit Jean ». Paul est mort ; maintenant, c'est lui, « mon chéri ».

— On va déjeuner tous les trois, avec ton père.

— Grand-père et grand-mère ne viennent pas ?

Elle ne répond pas à cette question.

— Alors, tu descends ? On t'attend. J'espère que tu aimes le homard...

Le homard ? Il n'en sait rien. Les écrevisses de son petit ruisseau, oui. Mais les homards sont rares, dans les ruisseaux d'Alsace. Et chez le poissonnier ils coûtent trop cher pour la bourse d'Albert.

— Je ne sais pas...

— Tu vas goûter. Si tu n'aimes pas ça, il y a du filet de bœuf, et du fromage, et des gâteaux. Viens vite !

— J'arrive...

Il n'arrive pas à dire « m'man ». Et encore moins « maman », bien sûr. Alors il ne dit rien. Il raccroche.

— M'man... La fille d'hier, au cimetière, qui c'était ?

Une expression de contrariété se peint sur le visage poudré de Marthe. En famille, elle ne porte pas sa voilette. Elle dissimule sous un maquillage chargé ses cicatrices considérablement estompées grâce aux efforts du docteur Orsega.

— Une pauvre folle.

— Une folle en Rolls-Royce ?

— C'était une Bentley.

— Mais ce n'était pas une folle.

— C'est une fille de famille. Les Estier-Dumouchez. Ils sont entrepreneurs de grands travaux, complexes hôteliers, autoroutes... Fortune colossale. Tu vois que l'argent ne fait pas le bonheur : leur fille est une traînée, une alcoolique et une droguée.

— Paul la connaissait ?

Marthe hoche la tête à contrecœur.

— Ton frère n'avait pas que de bonnes fréquentations. Il a même des torts envers cette fille. Mais maintenant, il a droit au pardon. Allons, ne pense plus à tout ça.

Jean n'insiste pas. Il tourne son attention vers la table magnifiquement parée. Il est toujours étonné qu'on puisse manger sur d'aussi belles nappes. Même en faisant attention, c'est fatal, on finit toujours par renverser quelque chose et ces merveilles-là sont tachées ! Chez Édith et Albert, ça n'a pas d'importance ; un coup d'éponge sur la toile cirée, et hop ! Mais où ils sont, au fait, Édith et Albert ?

Il le demande à nouveau à sa mère.

— Ils sont rentrés à Eguisheim. Ils ne pouvaient pas rester plus longtemps. Il faut bien s'occuper des lapins, de la basse-cour...

— Mais le voisin s'en chargeait. M. Bettelheim avait promis...

— Bien sûr, mais c'est tout de même du dérangement, et puis tu sais comme ils sont, tes grands-parents... Si attachés à leur chez-moi.

— Moi aussi. Pourquoi ils ne m'ont rien dit ? Je serais rentré avec eux.

— Toi, tu as tout le temps, mon chéri !

— Mais non ! J'aurais dû commencer avant-hier chez M. Zimmermann... C'est très important ! M. Zimmermann veut bien me prendre comme apprenti... J'ai réussi ma terrine de probation, c'est formidable, non ?

Jean dévisage tour à tour Marthe et Rodolphe. Ils ne partagent pas son enthousiasme, c'est visible.

Rodolphe s'éclaircit la gorge.

— Mon garçon, tu as réussi ta terrine, bravo, tu allais entrer en apprentissage chez ce charcutier, c'est très bien... Mais tu dois comprendre que c'était avant, tout ça !

— Avant quoi ?

— Avant la mort de Paul.

— Et qu'est-ce que ça change ?... Qu'est-ce que ça change pour moi ?

Marthe et Rodolphe échangent un coup d'œil rapide. Manifestement, ils se sont concertés avant le déjeuner. Rodolphe hésite. Marthe l'encourage d'un mouvement des lèvres.

— Ça change tout, forcément... Mon garçon, mon cher garçon, poursuit-il en cherchant ses mots, ta mère et moi... nous... nous sommes conscients... que... enfin, nous sommes conscients d'avoir... des torts envers toi !

Les homards sont sur la table, intacts. Trois gros homards, sur un lit de salades de toutes les couleurs, avec des rondelles de tomate et des petits ramequins de mayonnaise. De même, le pouilly tiédit lentement dans son seau à glace. Personne n'a faim, personne n'a soif. La tête baissée, Jean écrase une boulette de mie de pain entre ses doigts. Ses parents parlent. Il écoute. Ils se relaient pour mieux le convaincre. Rodolphe avance un argument, Marthe un autre. Ils plaident avec l'énergie du désespoir. Jean a froid au cœur. Ce serait plus facile pour lui s'ils commettaient l'erreur de vouloir l'écraser du haut de leur autorité parentale. Mais non, ils sont sincères, c'est le pire ! Ils sont réellement conscients de s'être montrés injustes en l'oubliant pendant dix-sept ans, en ne s'occupant que de Paul. Et maintenant ils sont prêts à tout pour « réparer », comme ils disent. Ils n'ont plus qu'un fils, ils feront tout pour lui, ils veulent le meilleur pour lui, le meilleur de la vie, les meilleurs biftecks, les meilleurs homards, les meilleurs costumes, les meilleurs médecins, les meilleures vacances, les meilleures études, et pourquoi pas les meilleures maîtresses avant de lui trouver la meilleure épouse...

La pensée ne les effleure pas une seule seconde

qu'ils vont peut-être gâcher sa vie en tentant de lui imposer « le meilleur ». Il a choisi sa voie, il a déjà décidé de ce que serait son existence. Ça n'existe pas à leurs yeux. Il est leur fils, il doit donc poursuivre l'ascension qu'ils ont entamée il y a vingt ans maintenant. Ils sont nés pauvres, ils sont devenus riches. Il est né riche, il deviendra richissime.

S'ils prennent des précautions avec lui, s'ils s'efforcent de le convaincre plutôt que de le contraindre, c'est parce que Paul est mort. Ils savent, maintenant, que les enfants peuvent mourir, et qu'alors les parents qui n'ont pas de fils de rechange sont en mauvaise posture. Heureusement, eux, ils en avaient un. Alors ils y tiennent, ils ne veulent pas le perdre comme le premier.

— Réfléchis, Jean. Qu'est-ce que c'est qu'une boutique de traiteur, quand on hérite d'un groupe qui contrôle plusieurs des meilleurs restaurants et dancings de Paris ? Et d'ailleurs, pourquoi ne pas diversifier nos activités ?... Des boutiques de charcutier-traiteur, tu pourras en acheter autant que tu voudras, voyons, et les décorer, les moderniser, les organiser en une chaîne de distribution, centraliser les achats de matière première pour diminuer les coûts...

— Mais je veux juste y *travailler*...

— Y travailler ? Faire des saucisses cocktail, des pains surprise, des canapés ? Toi-même, c'est ça ?

Il ouvre la bouche pour répondre oui. Il y renonce. Sa position est intenable, il le reconnaît. Et en même temps, il sait que c'est son bonheur qui est en balance. Le bonheur. Chose mystérieuse. Tout le monde court après, personne ne sait ce que c'est. Il avait son plan pour l'atteindre, auquel il croyait dur comme fer : entrer chez Zimmermann, travailler beaucoup, épouser Madeleine. Et maintenant on lui démontre que ce n'est pas possible, qu'il était en train de se tromper de destin. Son destin à lui, celui qu'on lui dévoile ce soir, c'est entrer à HEC, travailler comme un bœuf, épouser une quelconque Corinne Dumouchez pour consolider par une belle alliance économique la fortune de la famille. Il n'en veut pas, de ce destin-là. Il préfère l'autre.

— Bien entendu, il n'est pas question de rompre avec tes... amitiés, tes connaissances d'Eguisheim !...

C'est Marthe qui monte à l'assaut. Elle a deviné qu'il y a autre chose que la boutique de M. Zimmermann, quelqu'un d'autre qu'un traiteur localement renommé, pour retenir Jean à Eguisheim.

— Tu y retourneras souvent, poursuit-elle. Tu garderas le contact. Ce sera facile, avec une bonne voiture. Tu vas passer ton permis le plus tôt possible, hein ? Pour le modèle, tu n'auras qu'à choisir... Tu préfères les décapotables ? Il faudra que je t'emmène faire un tour dans ma MG. C'est un tape-cul, mais c'est très chic... Avec une voiture comme ça, les filles d'Eguisheim te feront les yeux doux, tu verras !

95

Jean a le vertige. Une voiture. Un cabriolet décapotable... Ou une DS, ou une américaine, pourquoi pas ?

Tout à l'heure, sa mère lui a dit qu'il allait s'installer là-haut, chez Paul. À la place de Paul. S'il le veut, on changera la décoration, on fera retapisser de neuf, il n'aura qu'à choisir les coloris sur un nuancier. Et si les meubles ne lui plaisent pas, elle l'emmènera en choisir d'autres... En quelques instants, lui qui ne sera majeur que dans quelques mois, il vient de recevoir une garçonnière avenue Mozart, une voiture à choisir et mille francs d'argent de poche par semaine. Un apprenti chez Zimmermann en gagne trois cents par mois.

Il lance une contre-attaque éclair :

— J'ai pas fait le lycée. J'ai que le brevet !

— Et alors ? J'ai même pas le certif, moi ! dit Rodolphe.

— Du moment qu'on est intelligent, tranche Marthe, tout est possible. Tu vas entrer dans un établissement spécial, où on te préparera au bac en deux ans.

— Mais ça me fera dix-neuf ans !

— Quelle importance ?

— Et le service ? En principe je serai appelé l'année prochaine...

— Pas question d'aller perdre ton temps dans une caserne ! Tu n'iras pas. Ton parrain arrangera ça. Crois-moi, mon chéri, c'est le mieux pour toi. Tu étais bien, en Alsace, avec tes grands-parents, mais il est temps que tu connaisses une autre vie, plus agréable, plus brillante... À Paris, la jeunesse a plus d'occasions de s'amuser, tu sais...

Jean se sent pris au piège. Rodolphe et Marthe ont réponse à tout. Alors, comme un animal acculé, il se débat, il griffe, il mord.

— Ça, j'en ai entendu parler... On peut organiser des boums, comme Paul, faire danser des filles nues sur la table, voler des sculptures, ou braquer des banques !...

— Tais-toi !

Rodolphe est devenu blanc. Les yeux agrandis, Marthe considère fixement son fils.

— Qui t'a dit ça ?

— Une fille. Une amie de Paul.

— Ce sont des mensonges ! hurle Marthe. Et cette fille, c'est une traînée, une sale fille, une...

— Non, je crois pas... Elle aimait vraiment Paul. Chaque fois qu'il lui a demandé quelque chose, elle l'a fait. Même quand...

— Tais-toi ! Je ne veux rien entendre ! Ton frère est mort, et toi tu baves sur lui, sur sa mémoire...

Hors d'elle, Marthe se lève et quitte la pièce. Rodolphe parvient mieux à se dominer.

— Tu ne devrais pas faire de peine à ta mère...

— J'irai m'excuser auprès d'elle, avant de partir.

Rodolphe se mord les lèvres. Il regarde son fils droit dans les yeux.

— Tu ne peux pas partir... Elle se tuerait !

— Elle ? Tu t'imagines que je vais croire ça ? Elle a passé dix-sept ans sans moi, sans se faire de bile, et tout à coup, je deviendrais indispensable ?

— Elle se tuera ! s'obstine Rodolphe. Elle est folle de douleur. Si tu t'en vas, c'est comme si Paul mourait une seconde fois... Et elle ne le supportera pas... Jean, je t'en prie, reste ! Tu m'entends ? C'est moi, ton père, qui te supplie... On t'a laissé grandir loin de nous, on a eu tort, c'est vrai. Si tu avais vécu avec nous, avec ton frère, il n'aurait peut-être pas fait toutes ces bêtises... Il serait peut-être encore vivant. Maintenant, tu es tout ce qui nous reste, notre seul espoir. Sinon, à quoi bon nous être donné tout ce mal, pourquoi avoir tant travaillé ? Après tout, qu'est-ce qu'il y a de si important, à Eguisheim ?

— Ma vie. Mon enfance. Mon avenir... Madeleine.

— Madeleine ? Madeleine Hebel, la fille du cantonnier ?

— Oui, c'est ma fiancée.

Rodolphe parvient à encaisser le coup sans broncher. Pourtant c'est un coup dur. Il rêvait de sortir une bonne fois du peuple où il est né en mariant Paul, et à défaut de lui, Jean, à une fille de la vraie bourgeoisie, ou même de la noblesse... Et ce petit merdeux s'est épris d'une fille de cantonnier infirme et chômeur, là-bas, sur les lieux de l'enfance misérable de Rodolphe ! Mais enfin, est-ce que cet ahuri va finir par comprendre que ses parents sont milliardaires ?

Rodolphe s'exhorte au calme, à la diplomatie. Surtout, ne pas brusquer Jean. C'est un Laufer. Si on l'asticote trop, il enverra tout balader. Il faut au contraire aller dans son sens. Nier les problèmes, les escamoter. À n'importe quel prix, obtenir que Jean reste à Paris, qu'il découvre ce que c'est qu'être riche à dix-sept ans. Qu'il se contamine de luxe. Qu'il s'intoxique de cette belle drogue, souveraine, magique : l'argent ! Un amour de gosse n'y résistera pas longtemps. Mais pour ca, il faut qu'il soit exposé, qu'il s'en gave ! Une idée germe dans l'esprit de Rodolphe. Sans doute Jean cédera-t-il sur son entrée chez Zimmermann si on lui cède pour Madeleine, du moins en apparence...

— Eh bien, qu'elle vienne à Paris. Si c'est elle que tu aimes, si tu es sûr de toi, eh bien, d'accord, elle vient, on lui trouve une chambre, un emploi... Vous continuez à vous fréquenter, et dans un délai raisonnable, si vous n'avez pas changé d'idée ni l'un ni l'autre, tu l'épouses. Qu'est-ce que je peux te dire de plus ?

— C'est vrai, elle peut venir ?

— Bien sûr ! Tout ce qu'on veut, ta mère et moi, c'est ton bonheur. Tu comprends ? Tu me crois ?

— Mais M. Zimmermann comptait sur moi !

— Attends, attends... Il avait accepté de te prendre en apprentissage, c'était une bonne chose pour toi... Mais de là à dire qu'il comptait sur toi, il y a de la marge. Il trouvera un autre apprenti, et toi... toi, tu trouveras d'autres maîtres !... Qu'est-ce qui est le plus important ? M. Zimmermann, ou Madeleine Hebel ?

— Madeleine.

— Bon. Eh bien tu lui parleras, et moi je parlerai à ses parents. Parce que, tout de même, elle est mineure, Madeleine Hebel. Son père a son mot à dire. Alors on est d'accord. Si elle veut s'installer à Paris, et si ses parents ne s'y opposent pas, on lui facilite les choses... Et toi, tu reprends tes études dans une institution privée qui te fera rattraper ton retard en deux ans. Oh, ça ne sera pas du tout cuit, il faudra travailler dur. Mais j'ai confiance en toi. Tu es intelligent, tu es travailleur, tu es sérieux... Ah, si ton frère avait été comme ça !... Mais c'était un cheval fou, une tête brûlée... Pauvre Paul.

Rodolphe pose la main sur l'épaule de Jean, et la serre très fort. Il est ému, et cette émotion se communique à l'adolescent. Son père lui parle comme à un homme. C'est la première fois.

— Alors ? Tu es d'accord ?

Le cœur de Jean se met à battre. L'espoir se lève en lui. Et si les deux destins contradictoires pouvaient n'en faire qu'un, harmonieux et cohérent ? Il balbutie :

— Oui, oui... Comme ça, je suis d'accord... Si Madeleine peut venir, alors, oui...

96

— Oui... Ah, c'est toi ? Oui, on est encore couchés. Tu fais bien de nous appeler. Alors ?... ça s'est bien passé ?... Bon, je suis contente... Vraiment ? Eh bien, il a de qui tenir... Bon, il ne faut pas le lâcher, hein ? Je te revaudrai ça... Entendu ! Je te rappellerai dans l'après-midi, pour qu'on accorde nos violons... Oui, oui, merci ! À plus tard, je t'embrasse !

Marthe raccroche le combiné.

— Qui c'était ? demande Rodolphe d'une voix embrumée de sommeil. Il n'a entendu que les derniers mots de la conversation téléphonique de Marthe.

— Liliane Hussler, l'ancienne Blue-Bell. Jean sort de chez elle. Ils ont passé la nuit ensemble.

— Ah, ah ! Alors, ce pucelage n'est plus qu'un souvenir...

Marthe émet un petit rire attendri.

— Affirmatif, et avec mention très bien.

— C'est la moindre des choses, c'est mon fils. C'est un brave gosse, finalement. Il s'est amouraché de sa petite dinde, mais on devrait tout de même en faire quelque chose...

— Laisse-le filer le parfait amour avec Lily pendant quinze jours... Il prendra goût aux demoiselles qui portent des bas de soie et qui sentent le Shalimar. On a besoin d'un peu de temps. Il faudra faire une fleur à Lily. Elle se donne du mal. Toute peine mérite salaire... plaisante Marthe.

— Dis donc, c'est de mon fiston qu'il s'agit. Elle devrait s'estimer heureuse, on lui fait bien de l'honneur ! Beau comme il est, on aurait trouvé des volontaires par dizaines...

— Admettons... Mais Lily est sûre. Elle n'est pas dans le besoin ; elle vient d'hériter. On n'a pas à craindre qu'elle essaye de s'annexer l'héritier Laufer.

Et puis elle est saine. Elle ne me cachera rien de la métamorphose de notre petit paysan du Rhin en play-boy parisien... Elle va lui donner le goût du luxe. La prochaine fois qu'il verra Madeleine Hebel, il ne se souviendra même plus de son nom et nous aurons gagné la partie!

L'institution Davil est une sorte d'Alcatraz lycéen... En plus confortable, en moins carcéral. Si cet établissement évoque la célèbre prison américaine, c'est plutôt par la qualité des élèves qui le fréquentent. Bertrand Davil est à la fois un éminent pédagogue et un homme d'affaires avisé. Moyennant des mensualités vertigineuses, il se charge de transformer en bacheliers la lie des bons à rien renvoyés de tous les lycées de Paris. Il n'y a pas de boursiers, chez Davil. Pas de petits pauvres, pas de petits Chose. Il faut payer et cher. Les cancres mal nés resteront des cancres... M. Davil ne peut pas garantir le succès scolaire à 100 pour cent aux notables consternés qui lui confient leur progéniture. Il ne le garantit qu'à 95 pour cent. Ce pourcentage-là n'a pas de prix.

C'est l'heure de la récréation. Les repris de justice scolaire de chez Davil, Jean les regarde par la fenêtre du salon dans lequel il attend d'être reçu pour un premier entretien d'orientation. Rien que cet entretien-là va coûter la peau des fesses à Rodolphe. Ce n'est pas ce qui tracasse Jean. Ce sont les élèves qu'il va devoir côtoyer et affronter dans quelques jours. Physiquement, il n'a peur de rien. Dans les bagarres entre petits paysans, à Eguisheim, il se comporte comme un lion. Il ne craint pas d'être moins doué qu'eux pour les études... Ils ont été admis chez Davil parce qu'ils sont les plus indisciplinés, les moins attentifs, les moins appliqués. Lui, il n'a pas fait d'étincelles à l'école. Les champs, la forêt, la rivière et l'étang l'appelaient sans cesse. Il ne se sentait vraiment bien qu'au grand air. Son instituteur l'a toujours dit, avec un peu de concentration il aurait été à la tête de la classe. Il s'est laissé vivre, et il est resté dans une honnête moyenne. Son problème n'est pas le même que celui auquel sont confrontés les gosses de riches rassemblés dans la cour de l'institution Davil. Eux, ils ont prouvé leur nullité devant l'obstacle; lui, il n'a même pas commencé à s'y frotter...

— Jean Laufer?

Jean détourne son regard de la cour où une centaine d'élèves des deux sexes habillés comme des gravures de mode bavardent en fumant des cigarettes anglaises. Une secrétaire à lunettes d'écaille et tailleur Chanel se tient devant lui.

— C'est moi...

— Si vous voulez bien me suivre... M. Davil va vous recevoir.

Le directeur tient à ce que sa première entrevue avec les nouveaux ait lieu hors de la présence de leurs parents. Avec ceux-ci, il se montre rassurant et courtois. Entre quelques généralités psycho-pédagogiques, il leur fait approuver les conditions d'inscription et signer le contrat. Avec les élèves son discours change: il sait à qui il a affaire, et il annonce la couleur comme un caïd à des demi-sels.

— Asseyez-vous, mon petit... Vous serez des nôtres dès lundi prochain. Vos parents m'ont parlé de vous. Vous accusez un retard scolaire important. Il n'est pas de votre fait, je le sais. Vous allez devoir travailler dur, mais ils se montrent très optimistes...

D'un geste de la main, M. Davil désigne les élèves, de l'autre côté de la baie vitrée.

— C'est de vos camarades qu'il faudra vous méfier, reprend-il. Vous n'avez rien de commun avec eux. Ils ne tarderont pas à vous le faire sentir. À vous de choisir: ou les imiter pour vous faire accepter, ou rester vous-même, quoi qu'il arrive... Dans le premier cas, vous aurez la vie plus facile, mais vous risquez de perdre votre âme... Dans le second cas, vous allez en baver.

Jean sort du bureau du directeur. La récréation s'achève. Avec une nonchalance affectée, les élèves regagnent leurs salles de cours. Ils ne sont pas plus d'une dizaine par classe, et dans toutes les matières ils disposent des meilleurs professeurs. La méthode

Davil, c'est un étonnant mélange de permissivité et de souplesse dans les rapports humains, et de discipline inflexible, presque inhumaine dès qu'il s'agit du travail.

Parmi un groupe de lycéens déguisés en dandies, un type blond remarque Jean. Il pousse son plus proche voisin du coude en lui murmurant une confidence à mi-voix. Jean le dévisage à son tour. L'œil bleu, l'air supérieur et blasé. Une perpétuelle expression d'ironie plisse ses lèvres minces. C'est un meneur, pense Jean. Mais qu'a-t-il pu dire aux autres ? Les regards se tournent vers Jean. Des moues amusées se peignent sur les visages, des rires fusent. Le directeur connaît bien son monde. Ça commence déjà. Eh bien, soit !

Jean se campe devant le type blond. L'autre le toise, légèrement décontenancé. Il est solidement bâti.

— Jean Laufer, dit Jean.

— À tes souhaits !

Autour d'eux, on s'esclaffe.

— Je m'appelle Jean Laufer, répète Jean. Et toi ?

— Romain Bellefond. Je serai là lundi, à huit heures du matin. Mais si tu veux qu'on se cogne tout de suite, c'est d'accord.

Le silence s'est fait. Maintenant, Romain Bellefond examine Jean avec une extrême attention.

— Se cogner ? Pourquoi ?

— C'est à toi de trouver la raison.

— Allons, en classe ! Qu'est-ce que vous fichez là ? Virgile n'attend pas !

C'est le prof. Un petit sexagénaire tout ridé, blanchi sous le harnais, qui appelle ses ouailles depuis le perron. Sans cesser de regarder Jean, Romain Bellefond esquisse un signe de tête dans la direction du professeur qui s'impatiente.

Jean hoche la tête, lui aussi.

— Entendu. À lundi !

97

— Mes parents ne sont même pas au courant. Je viens de recevoir la lettre. T'imagines, je dansais toute seule sur la route, comme une folle. Si tu savais comme je suis contente ! Et toi, t'es pas contente pour moi ?

— Si, bien sûr... Tu penses, Paris !...

— Paris et Jean !

— Oui, mais alors tu vas nous quitter... Ça, c'est triste.

Madeleine se penche pour embrasser Monique. C'est sa meilleure amie. Souvent, elles dorment ensemble dans le petit dortoir que M. Zimmermann a fait aménager sous le toit pour ses apprenties. Les garçons ont le leur au rez-de-chaussée. M. Zimmermann ne plaisante pas avec la morale.

Avant de céder enfin au sommeil, les deux amies bavardent comme des pies. Dans le noir, elles évoquent leurs relations amoureuses : Madeleine parle de Jean, et Monique de Wolfram, un petit Allemand d'Emmendingen, de l'autre côté de la frontière. Elles cassent les oreilles aux autres, qui leur intiment de se taire sous peine de leur passer les fesses au cirage.

— Et puis, je reviendrai souvent. Ici, j'ai mes parents, et tous mes amis, toi...

— Grethe Zimmermann, par exemple ! précise Monique avec une grimace entendue.

— Oh, celle-là ! Tu as vu sa tête quand j'ai lu la lettre de Jean devant tout le monde, ce matin ?

— Elle était verte de rage. Elle est vraiment amoureuse...

— Oui, mais c'est moi qu'il aime.

Madeleine ressort la lettre de Jean.

— Tu veux bien que je te la relise ?

Monique l'a tellement entendue depuis ce matin

qu'elle la connaît par cœur, mais elle est bonne copine, et le bonheur de Madeleine fait plaisir à voir.

— J'allais te le demander! dit-elle en riant.

Madeleine ne perçoit pas le moins du monde l'amicale ironie de cette réponse. Elle déplie soigneusement sa lettre et commence à lire avec ravissement:

Madeleine chérie,

J'ai une grande nouvelle à t'annoncer. Mes parents sont d'accord pour que tu viennes me rejoindre à Paris, où je vais m'installer pour reprendre mes études. Mon père te trouvera un emploi dans un de ses restaurants. Tu y seras bien mieux que chez M. Zimmermann, qui est gentil, mais qui paye mal. Tu auras un appartement, et on se verra comme on voudra.

J'aurai beaucoup de travail, évidemment, puisque mes parents veulent que je passe mon bac et que j'entre dans une école dont j'ai oublié le nom, mais où il n'y a que de bons élèves. En attendant, ils m'ont inscrit chez Davil, une boîte à bachot très chic. Les types là-bas sont des connards. J'ai déjà rendez-vous lundi matin pour en tabasser un. Je vais lui foutre une de ces dégelées!

Tu vas dire que c'est grave de changer nos plans comme ça d'un jour à l'autre. Mais c'est une chance inespérée, pour nous, de monter à Paris tous les deux. Nous avons vu trop petit, l'apprentissage chez Zimmermann, et plus tard notre boutique à nous, tout ça, c'était bon avant. Il nous aurait fallu des années. Nous devons être plus ambitieux. Ensemble, avec l'aide que nous apporteront mes parents, nous allons accomplir de grandes choses. Je te donne mon adresse. Écris-moi pour me dire quand tu arriveras, je vais tout préparer en t'attendant... Je t'aime. Toi et moi, c'est l'union sacrée.

Je t'embrasse, ma petite Madeleine adorée, et je t'attends avec impatience.

Ton Jean.

— Mince! Quelle chance tu as! s'exclame Monique.

Si Wolfram lui écrivait des choses comme ça, à elle, elle passerait la frontière en courant, et même à la nage...

— J'ai écrit la réponse, après dîner.

— Ah, c'était ça ? Je t'ai cherchée pour m'aider à me faire mes nattes, je t'ai pas trouvée...

— Je m'étais planquée dans le bureau de M. Zimmermann pour écrire bien tranquillement. Tu m'en veux ?

— Penses-tu ! À ta place, j'aurais fait pareil ! Mais moi, je t'aurais demandé de m'aider. Les lettres, j'ai du mal.

— Tu veux que je te la lise ?

— Si je te disais non ?

— Je te grifferais. Écoute... Je commence comme ça : *Mon aimé...* C'est classe, non ?

— Vachement ! Ça fait Moyen Âge.

— Alors j'y vais, je te la lis :

Mon aimé,

J'ai bien reçu ta lettre. Mon cœur a battu très fort quand je l'ai lue. C'est parce que je suis heureuse de cette grande nouvelle, mais aussi parce que nous allons vivre une grande aventure, et que notre amour va encore grandir en affrontant l'inconnu...

— Comment tu trouves ce passage-là ? C'est que le début, hein.

— C'est beau, ma vache ! Continue.

... Je suis prête à aller au bout du monde si c'est avec toi. Nous avions des projets, eh bien nous en changerons. Rien ne doit nous détourner de ce qui compte pour nous : être ensemble, vivre ensemble, la vie entière, mon amour...

— Ça me donne envie de pleurer, dit Monique. Continue.

— D'accord. Après ça, je lui dis... Attends que je retrouve...

... Je sais que tu viendras à bout de toutes les difficultés. Mais essaye de ne pas te battre avec ce connard de chez Davil. Ce serait un mauvais début dans cette

école... Au fond, fais comme tu veux, et casse-lui la tête s'il t'embête. Il faut que j'annonce mon départ à M. Zimmermann. Il sera déçu de ne pas t'avoir comme apprenti.

Tu te souviens comme il avait aimé ta terrine? Je serai à Paris d'ici une dizaine de jours. Mon Dieu, quelle aventure! J'en ai la chair de poule et les jambes qui tremblent...

Je t'embrasse tendrement, mon chéri. Aime-moi comme je t'aime, et nos âmes s'uniront cette nuit dans un rêve.

Ta Madeleine.

— Mais où tu vas chercher tout ça? Moi, je l'aime aussi, Wolfram, mais je ne trouve presque rien à lui dire.

— Ça me vient quand je pense à Jean, c'est tout. Alors tu trouves ça bien?

— Formidable!

— C'est cucul, oui. Il va penser qu'il est tombé sur une gourde, dit une voix sèche, mordante.

La silhouette anguleuse de Grethe Zimmermann se détache dans l'encadrement de la porte du dortoir

— T'es jalouse, Grethe! dit Monique. Tout le monde sait que t'as le béguin pour Jean... Mais il n'a pas voulu de toi, il faudra te faire une raison!

— Toi, ferme-la, pute à Boches!

— Quoi? Attends, je vais te...

— Tu vas t'écraser, sans ça je te fais virer par mon père! D'abord, c'est lui qui m'envoie vous dire de faire moins de bruit: on vous entend jusqu'à Colmar.

— Menteuse! Tu nous espionnais, oui! Tu donnerais n'importe quoi pour être à la place de Madeleine, même ton pucelage, ou ce qu'il en reste!

— T'en fais pas pour mon pucelage... Quant à Madeleine, à sa place je me méfierais. À Paris, c'est pas comme ici, les filles couchent tout de suite, et son Jean risque d'attraper des morpions, sinon pire!

Monique est prête à se jeter sur Grethe. Madeleine l'écarte. Les yeux brillants, elle marche sur Grethe.

— Ça te plaît, de salir ce que tu n'as pas pu avoir?

Jean m'aime, et tu n'y peux rien ! Toi, tu n'existes pas : il ne te voit pas... Et maintenant, au dodo... Bonsoir !

Sur ce dernier mot, Madeleine tend la main vers le commutateur et éteint la lumière. Dans l'obscurité, on entend grincer la voix de Grethe.

— Qui vivra verra, pauvre idiote !

98

Il fait nuit et il pleut. L'eau submerge les champs et les chemins, elle tambourine sur les toits et les volets, comme pour tout envahir, tout noyer une bonne fois pour toutes.

Sur son lit, Vincent Hebel écoute le déluge s'abattre sur le toit de chaume de sa petite maison. Il y a longtemps que le chaume n'a pas été changé. Il ne doit plus être bien étanche. Mais le chaume, il faut le couper soi-même, ou l'acheter. Et Vincent est pauvre comme Job. Pire, il est infirme. Et ce n'est pas sa femme, Vonette, qui peut couper le chaume et le poser toute seule. Leur fille Madeleine pourrait l'aider, c'est vrai... C'est une fille courageuse, elle ne demanderait pas mieux. Mais le chaume, si tu le poses mal, c'est comme si tu n'avais rien fait... Il hausse les épaules. De toute façon, Madeleine n'a pas le temps, elle travaille. C'est elle, petite apprentie, qui ramène le plus d'argent dans cette maison !

Un soir de septembre, des années auparavant, un chauffard a projeté Vincent dans le fossé avec son vélo et sa musette, et le cageot dans lequel il transportait les champignons et les baies cueillis ce jour-là au pied des arbres et sur les haies. La cueillette, c'était les petits à-côtés de son métier de cantonnier. Allez, c'est fini, tout ça. Comme le reste. Presque tout le reste...

— Maman... Maman !

Un bruit de savates traînées sur les dalles de plastique de la cuisine, puis sur le lino du couloir.

Vincent est un de ces hommes qui appellent leur femme « maman ». Il a des excuses : avec ses jambes foutues, il est devenu un grand nourrisson impuissant, et formidablement encombrant. Pourtant, c'était un rude gaillard, avant.

— Tu m'as appelée ?

— Oui. Regarde si l'eau ne passe pas à travers le chaume...

Vonette Hebel aussi a pensé à la toiture. Mais même si l'eau rentrait à flots, qu'est-ce qu'elle y pourrait ? Depuis l'accident, elle a l'impression de ne rien maîtriser... C'est pourtant lui qui en a été victime, pas elle. Encore ce sentiment s'estompe-t-il quand Madeleine est là. Madeleine n'est pas sous le coup du sortilège qui pèse sur ses parents. Elle a encore du pouvoir sur les choses, sur la réalité... Madeleine, c'est leur dernier espoir, aux parents Hebel. Mais ce soir elle n'est pas là. Plusieurs jours par semaine, elle dort avec les autres filles dans une soupente de la charcuterie où elle travaille. Ça lui évite des allées et venues et de la fatigue.

Malva, la chienne de la maison, dort au pied du lit. Tout à coup elle lève le nez et tend l'oreille. Vonette et Vincent se regardent. Une visite, par une nuit pareille ? C'est peu probable...

— Du calme, Malva ! Si tu dois te réveiller chaque fois qu'une voiture passe sur la route...

La maison est en contrebas de la Nationale. Malva ne signale que les voitures qui se sont engagées sur le chemin de terre qui mène chez eux.

— Écoute.

Cette fois c'est sûr : un bruit de moteur, juste devant la maison, et maintenant le chuintement des pneus sur l'herbe gorgée d'eau.

— Va voir, maman...

Vonette sort de la pièce. Malva lui emboîte le pas. De son lit, Vincent entend quelqu'un frapper à la porte. Dans l'obscurité et sous ce déluge, le visiteur ne s'est pas attardé à admirer les plates-bandes... La porte grince. Vonette pousse une exclamation de surprise. Vincent se dresse à demi sur son lit.

— Maman, qui c'est ?...

Vincent entend des baisers qui claquent. Quelqu'un, un homme, rit de plaisir. Mon Dieu, cette voix ! Mais c'est...

— Alors, vieux feignant, on se prélasse ?

— Rodolphe ! Qu'est-ce que tu fous là ?... Quelle bonne surprise !

Rodolphe fait tourner très lentement le contenu de son verre. C'est de la quetsche. Vincent n'en distille plus lui-même, mais il sait où s'en procurer, de la vraie, de la raide, et qui n'a pas payé la taxe.

Ils sont assis devant l'âtre. Vincent dans son fauteuil roulant, Rodolphe dans un vieux club en cuir tout déchiqueté par les chats. Les chats surveillent l'intrus. Leurs prunelles vertes reflètent les flammes. Il ne fait pas froid. Juste humide. Vonette s'est contentée d'allumer une petite flambée. Elle craint toujours que Vincent ne prenne froid. Par sollicitude, par amour, bien sûr, mais aussi par prudence ménagère. S'il fallait l'hospitaliser, leur budget misérable ne s'en remettrait jamais.

Les deux hommes ont parlé du passé. Leur jeunesse commune, à courir les prés et les collines, à pêcher, à braconner, et aussi à trousser les filles, dès qu'ils ont eu du poil au menton, et même un peu plus tôt que ça. Vincent sait fort bien qu'il n'a pas été le premier à coucher avec Vonette. Le premier, ça a été Rodolphe. Les jeunes, ça se cherche, ça se mélange, ça s'essaye, c'est la vie. Vincent en a bien bousculé quelques-unes, lui aussi, avant de s'arrêter à Vonette. Mais une fois qu'on s'est trouvé, alors là, plus de pardon ! Et puis à quoi bon repenser à tout ça ? Vincent est impuissant, depuis l'accident.

Rodolphe et lui ont donc parlé du passé et des copains et des copines de dans le temps, en sifflant une demi-bouteille de quetsche à eux deux, et maintenant ils sont silencieux. Rodolphe fait tourner son verre entre ses doigts, et Vincent n'en finit plus de bourrer sa pipe. Il ne s'impatiente pas. Il a tout son temps devant lui. Rodolphe finira bien par lui dire pourquoi il est venu.

— Mon vieux Vincent...

Rodolphe s'interrompt. La pendule rythme le silence. Rodolphe connaît cette pendule. C'était toute la dot de Vonette. Il a aidé à la porter jusqu'ici, en 45, pendant une de ses rares permissions...

— Mon vieux Vincent, nos enfants se fréquentent...

Vincent laisse venir. Il se doutait bien.

— Elle est gentille, ta gamine, Madeleine... Une belle gosse, et sérieuse.

— Ton Jean aussi, c'est un gars bien...

— Ouais... Vincent, mais ici et là-bas, c'est pas pareil...

Rodolphe ne se presse pas de préciser sa pensée. Vincent n'a pas fait d'études, mais c'est le contraire d'un idiot. Il a déjà compris. Jean, fils de Rodolphe, est riche. Madeleine, fille de Vincent, est pauvre, très pauvre. Rodolphe sait se conduire. Il dédommagera Madeleine à travers Vincent. Généreusement.

— Je me doute... dit simplement Vincent.

— Jean va vivre là-bas, maintenant. Tu sais comment sont les gosses. Ils se font des promesses, des serments, et puis ils suivent des routes différentes. Ça vaut mieux pour eux, souvent. Jean veut faire venir Madeleine à Paris. J'imagine qu'elle sera d'accord... Mais elle est peut-être pas prête. Paris, c'est une ville méchante. Ta fille, c'est la pureté, la naïveté... Là-bas, les purs, ils en prennent plein les dents ! Et Jean va devoir travailler comme un bestiau, s'il veut passer son bac et rentrer à HEC. Il n'aura pas le temps de s'occuper d'elle... Elle risque de souffrir. C'est une ville dangereuse, Paris, pour une petite provinciale... Tu comprends ?

— Oui, je crois...

— Alors, à mon avis, il vaudrait mieux gagner du temps. La garder ici, ta petite, en sécurité, près de vous. La laisser apprendre un bon métier... Elle pourra venir voir Jean, bien sûr, on la recevra à la maison. Mais qu'elle s'installe à Paris, ça me semble risqué, en tout cas prématuré. Tu me suis?

— Je te suis...

— Bien sûr, elle sera déçue. Il faudra la gâter, pour faire passer la pilule... Et puis pour qu'elle se plaise mieux, il faudrait un peu de confort, ici... Tu pourrais arranger la maison, elle en a besoin. Ta toiture, tiens, par des temps pareils, elle s'arrange pas!

— Ça, tu peux le dire! Mais...

— Et une chose aussi, ce serait de préparer l'avenir de Madeleine. Pour l'instant, les gosses ont des projets ensemble. S'ils les réalisent, parfait. Mais sinon? Ta petite aurait rêvé, et elle se retrouverait le bec dans l'eau. Ce serait pas bien. Tandis que si elle disposait d'un petit pécule, bien à l'abri, en banque...

Rodolphe a repris la route de Paris, en pleine nuit, sous la pluie battante, dans une DS de location. Il n'a pas voulu faire le voyage dans son américaine étincelante de chromes. Pour cette fois, il a préféré voyager incognito. Il grille une cigarette. Il est content de lui. Tout ira bien. La petite va morfler, elle sera déçue, bien sûr... Mais la souffrance diluée dans le temps, c'est plus supportable. Et puis, le moment venu, elle n'aura pas à se plaindre. En partant de chez Vincent et Vonette, Rodolphe a laissé un chèque. Deux cent mille nouveaux francs. Vincent ne les aurait pas économisés dans toute sa vie de cantonnier, même s'il était allé jusqu'à la retraite.

99

— Pourquoi ne voulez-vous pas coucher avec moi?

Avec une application maniaque, Corinne Estier-Dumouchez prélève du bout de sa cuiller à café des fragments de la mousse de son crème. Ils sont à la terrasse d'une grande brasserie, avenue Mozart. Elle prétend qu'elle passait là par hasard. Elle l'a invité au café. Il n'a pas osé refuser. Son cynisme le met mal à l'aise. Mais en même temps, elle lui fait pitié.

— Je croyais que vous vous gardiez vierge pour votre petite fiancée alsacienne, avec ses sabots, son tablier et sa coiffe, poursuit-elle. Et en réalité vous vous envoyez en l'air comme n'importe quel merdeux de chez Davil...

Jean la dévisage avec un mélange d'exaspération et de curiosité.

— Comment vous le savez, que je vais à Davil ?

Corinne hausse les épaules.

— Toute la mauvaise graine friquée de Paris y atterrit. Inutile de vous dire que j'y connais du monde ! Je sais même que vous allez vous bagarrer avec Romain Bellefond... Méfiez-vous, c'est un costaud. J'ai couché avec lui, dans une boum.

— Avec qui vous n'avez pas couché ?... Ça ira plus vite.

— Avec vous. Et vous ne m'avez toujours pas dit pourquoi.

— Écoutez, je suis pas mon frère... Je n'ai rien de commun avec lui, que des parents. Et encore... Ils ne m'ont même pas élevé...

— Vous avez un bagage héréditaire en commun. C'est ça qui me plaît. Vous êtes une variante de Paul... Une variante réussie...

— Alors oubliez-le.

— J'y arrive pas. Il a bousillé ma vie ; ça ne s'oublie pas !

— À notre âge, on est résistant.

— Vous peut-être. Moi, je suis déglinguée. Les partouzes, la coke, l'alcool, ça abîme.

— Vous vous complaisez là-dedans. Chaque fois que je vous rencontre, vous me sortez vos photos de partouzes.

— Normal, c'est tout ce que j'ai, comme photos... Comment va la gentille Madeleine ?

— Vous occupez pas d'elle.

— Je ne suis pas digne de prononcer son nom, c'est ça ?

Jean lève les yeux au ciel.

— J'ai pas dit ça...

— N'empêche que vous la trompez, la gentille Madeleine. Ça n'a pas été long, hein ? Liliane Hussler vous a mis le grappin dessus. Remarquez, ça ne m'étonne pas. Les connasses à gros seins, ça plaît toujours aux puceaux !

— C'est un don, chez vous, d'être odieuse...

— Faut pas m'en vouloir, vous êtes le premier bon type que je rencontre, alors je ne sais pas comment m'y prendre.

— Si vous me foutiez la paix, tout simplement ?

— Ça, jamais !

— Si vous étiez un mec, je vous casserais la gueule !

— Paul ne se gênait pas, lui... Allez-y, ça me rappellera de bons souvenirs...

Excédé, Jean se lève et jette des pièces de monnaie sur la table.

— Vous êtes piquée !

— À bientôt, mon amour.

Corinne éclate en sanglots. Décidément, c'est une folle. Jean quitte la terrasse à grands pas.

Jean a trouvé les lettres de Madeleine en rentrant. Il les a lues avec avidité, d'abord dans le vestibule et dans l'ascenseur, puis il les a relues une première fois chez lui, au quatrième. À présent, il relit encore la seconde, dans son bain.

Mon Jean chéri,

Je t'écris cette deuxième lettre qui te parviendra peut-être en même temps que l'autre. Il me sera impossible de te rejoindre aussi vite que je l'espérais. Le ciel m'est tombé sur la tête. Le médecin est venu cette nuit pour papa, en urgence. C'est le cœur. On ne peut pas l'opérer : seuls les médicaments et un repos absolu peuvent être efficaces. Il peut mourir d'un instant à l'autre. On saura dans plusieurs semaines, peut-être même plusieurs mois s'il peut s'en sortir.

Je ne peux pas l'abandonner. Laisser maman confrontée à ce risque. Mon chéri, tu ne vas pas m'en vouloir ?

Tu ne vas pas renoncer à nos projets parce que je ne peux pas quitter Eguisheim pour l'instant ?

Papa est très triste, lui qui rigole avec moi même quand il a des soucis. Il s'est presque excusé d'être malade, et moi je n'ai pas osé lui parler de ta lettre. Je lui dévoilerai nos plans plus tard. Il sera d'accord. Il t'aime beaucoup.

Écris-moi vite pour me dire qu'il n'y a rien de changé et que tu m'attendras jusqu'à ce que mon père soit rétabli.

Madeleine qui t'aime pour toujours.

Pourquoi ne pas le reconnaître, Jean est à la fois contrarié et soulagé par le contenu de cette lettre. Contrarié parce qu'il aime bien le vieux Hebel, parce que tout ce qui touche à Madeleine lui tient à cœur, et que la venue à Paris de la jeune fille est maintenant reportée à une date indéterminée... Mais en même temps il se sent soulagé, parce qu'il n'a toujours pas mis fin à sa liaison avec Lily, et ne sait pas comment s'y prendre. Son inexpérience est totale en matière de rupture. Il était anxieux à la perspective d'avoir à gérer à la fois cette rupture et ses retrouvailles avec Madeleine. La maladie de Vincent Hebel lui accorde un répit. Puisque le rétablissement du père de Madeleine peut prendre des semaines, voire des mois, il devient beaucoup moins urgent de rompre avec Lily. Rien n'a changé au fond de son cœur, c'est toujours Madeleine et Madeleine seule qui compte pour lui, mais il a pris goût aux caresses auxquelles Lily l'a initié. Il a des remords. Il trahit Madeleine. Elle souffrirait si elle l'apprenait. Mais il a dix-sept ans, son sang bouillonne dans ses veines, et il n'est pas le premier à se cogner aux contradictions du cœur et de la chair. Pour se donner des excuses, il se dit parfois que Madeleine bénéficiera bientôt de l'expérience qu'il acquiert auprès de Lily. L'essentiel c'est qu'elle n'en sache jamais rien.

Que penseraient Marthe et Rodolphe s'ils apprenaient sa liaison avec Lily ? Sûrement ils s'en ficheraient. Il se passe des choses autrement folles dans l'Empire dont ils sont les souverains.

100

Heureusement, M. Zimmermann est un brave homme. Il a accepté de garder Madeleine à la boutique jusqu'à son départ pour Paris, quand son père ira mieux. Punaise comme toujours, Grethe Zimmermann ne manque pas une occasion d'asticoter Madeleine en public. C'est facile, Grethe est la fille du patron. Son père l'adore. Si quelqu'un lui déplaît, il lui suffit de glisser un mot dans l'oreille de papa, et l'intéressé ne fera pas de vieux os chez lui. Jusqu'ici Grethe n'a pas osé desservir Madeleine auprès de son père. Supporter Madeleine à la boutique, c'était le prix que Grethe était prête à payer pour voir un jour Jean en cuisine, et tenter sa chance. Mais la situation a évolué. Jean n'entrera jamais en apprentissage chez Zimmermann. Et Madeleine rejoindra Jean à Paris. Là, hors d'atteinte, ils s'aimeront. À cette pensée, Grethe Zimmermann enrage. Elle aime Jean Laufer, elle aussi, depuis sa petite enfance. Elle ne comprend pas qu'il en ait choisi une autre. Elle est un des plus beaux partis d'Eguisheim. Elle n'est pas aussi jolie que Madeleine, elle n'a pas son visage d'ange, ses cheveux blonds et soyeux, sa carnation précieuse, ses longs cils, les fossettes délicatement imprimées dans la chair de ses joues et de son menton qui la font ressembler à une porcelaine de Saxe... Grethe Zimmermann est longue, noire de poil et jaune de peau, déjà sèche comme une saucisse fumée.

Mais elle est riche, orgueilleuse, impérieuse... Et surtout, elle est obstinée.

Grethe a failli baisser les bras quand sa rivale a annoncé que Jean s'installait à Paris et qu'il la faisait venir. Pour la première fois depuis longtemps, elle a pleuré. Chagrin sincère, fortement teinté d'aigreur et d'animosité. À quoi ça sert de s'accrocher à quelqu'un qui ne veut pas de vous ? Et puis son tempérament a repris le dessus. Une opportunité s'offrait à elle : une tante à visiter, là-bas, à Paris, le lieu fabuleux où l'élu s'était établi. Elle ignorait l'adresse des Laufer. Mais celle de la Grange se trouve dans les pages spectacle des journaux.

Il est dix-neuf heures. La charcuterie va bientôt fermer. C'est l'heure où le patron vient voir comment on range, où l'on range, ce qu'on nettoie, et comment on le nettoie. M. Zimmermann, c'est un méticuleux, un perfectionniste. Chaque soir, il fait passer à son personnel une véritable revue de détail. Il commence par la boutique, puis il file à l'atelier. Dans cinq minutes, il en aura fini. Grethe aura alors les mains libres.

— Allez, Madeleine, allez, jeune fille, frotte-moi ça ! La vie parisienne, c'est pas pour ce soir, alors débrouille-toi pour que ce plat brille... Ah ! Les salaisons ! Tu as pendu les salaisons ?

— Oui, monsieur Zimmermann, c'est fait...

— Bien, bien... Ah, Madeleine, je te regretterai. Tu es soigneuse. C'est comme ton étudiant, là-bas ; j'en aurais fait un bon charcutier. Tant pis, il va rater sa carrière, il ne sera que banquier !... Bon, tout ça m'a l'air d'aller. Mettez tout à l'abri, rangez, nettoyez ! Une bonne charcuterie, ça doit être plus propre qu'un hôpital !

Son père parti, Grethe s'approche de Madeleine. La blonde lance à la brune un regard méfiant. Grethe est souriante. Raison de plus pour se méfier.

— Alors... Toujours là ? demande Grethe.

— Comme tu vois... Mon père n'est pas très en forme ces jours-ci. Ce n'est pas le moment de m'absenter. Ton père te l'a pas dit ?

— Non... Tu sais, il ne me tient pas au courant de tous tes faits et gestes... Il doit savoir que je m'en fiche.

— Si tu t'en fiches, pourquoi tu me poses des questions ?

— J'aime causer. Au fait, tu as des nouvelles de Jean ?

Madeleine lorgne Grethe du coin de l'œil. La vipère se prépare à piquer, c'est sûr. Mais Madeleine n'a rien à craindre. Elle a eu Jean au téléphone ce matin. On est mardi. Hier, c'était son premier jour à l'institution Davil. Finalement il ne s'est pas battu avec le connard dont il lui avait parlé dans sa première lettre. Ils se sont jaugés, et ils ont renoncé aux hostilités. Provisoirement. Peut-être deviendront-ils des amis. C'est comme ça les garçons. Les filles quand elles se détestent, c'est pour de bon, songe Madeleine en dévisageant Grethe.

— Il va très bien... Il m'attend.

— Ah oui ? Il doit trouver le temps long...

Madeleine distingue dans la voix de Grethe une nuance d'ironie sournoise particulièrement désagréable. Aurait-elle une carte dans sa manche ? Bah ! Elle se fait du souci pour rien. Loin d'elle, Jean trouve le temps long. Il le lui a confirmé en ces termes ce matin même...

— Ce qu'il y a de bien, là-bas, c'est qu'on trouve toujours de quoi se distraire, reprend Grethe. Surtout quand on a des parents qui possèdent des boîtes de nuit.

— Qu'est-ce que tu veux dire ?

— Rien...

Les autres serveuses ont à peu près fini de ranger et de nettoyer. Elles écoutent la conversation, dont elles savent très bien qu'il s'agit en réalité d'un duel, à fleurets mouchetés, pour l'instant...

— Accouche !... Pourquoi tu me parles de boîtes de nuit ?

— Ça doit être commode pour lui, des fois qu'il aurait envie de se changer les idées.

— Il y est sûrement allé, pour voir...

— Pour voir ? Mon œil !

— Qu'est-ce que tu racontes ? Qu'est-ce que t'en sais ?

— J'en sais ce que j'ai vu... Pendant que j'étais à Paris, j'y suis allée à la Grange. La Grange, ça ne te dit rien ?

— Jean m'en a parlé...

— Mais il ne t'a pas fait visiter? Tiens, regarde donc ça: ça te donnera un aperçu... Vous aussi les filles, regardez, faites passer. Ça vaut le coup, c'est ça les nuits de Paris!

Avec une lueur de triomphe dans le regard, Grethe sort de la poche de son tablier une demi-douzaine de photos en couleurs qu'elle fait circuler à la ronde. Des exclamations et des gloussements se font entendre dans le groupe de serveuses rassemblées autour des deux adolescentes.

— Eh! Mais c'est Jean! Dis donc, il n'a pas l'air de s'ennuyer!

— Fais voir? Ah oui, c'est lui! Dis donc, la nana, t'as vu comme il la tient serrée? C'est un canon!

— Sûr, il doit trouver le temps long, avec des copines comme ça. Pauvre Jeannot, va!

Une des photos est arrivée entre les mains de Madeleine. Elle la regarde en tremblant. C'est bien Jean. Décoiffé, peut-être éméché, il lève sa coupe de champagne à la santé de Dieu sait qui. Blottie contre lui, une créature magnifique, nettement plus âgée que lui. Elle paraît infiniment plus séduisante que Madeleine. Ce n'est pas une enfant, mais une vraie femme, maquillée, élégante, sûre de l'attrait qu'elle exerce.

— Tu... tu as pris ça quand? demande Madeleine d'une voix blanche.

— Avant-hier soir, pourquoi? Il est censé avoir bûché toute la nuit pour avoir son bac?

Madeleine ne répond pas. À mesure que les clichés lui parviennent, elle les regarde brièvement et elle les conserve dans sa main moite de sueur. Ils se ressemblent tous. Jean et cette femme. Ils sont amant et maîtresse, ça crève les yeux, même s'ils ne font rien d'autre, sur les photos, que boire et rire ensemble au milieu d'une foule joyeuse.

— C'est toi qui as pris ces photos?

Grethe se rengorge.

— Au flash, avec mon Leica.

— Et il ne t'a pas vue? Il ne t'a pas reconnue?

— Dans une boîte de nuit, les gens ne font attention à rien. Ils trouvent normal qu'on prenne des photos... Elles sont chouettes, non ?

— Très chouettes.

Madeleine dénoue la ceinture de son tablier, l'ôte, le tend à son amie Monique. D'un mouvement du menton, elle lui montre les quelques plats qu'il lui restait à essuyer avant de partir.

— Tu veux bien ?...

Monique acquiesce et s'empare du tablier.

— Bien sûr, chérie... Rentre chez toi, va, n'écoute pas cette salope !

— Dis donc, Monique Gänzkirchen, crache Grethe, tu sais de qui je suis la fille ?

— Oui, et j'en ai rien à battre !

— Très bien ! Comme ça, quand mon père te foutra dehors, ça ne te fera ni chaud ni froid...

— Détrompe-toi, ça me fera plaisir. J'aurai plus à voir ta sale gueule !...

Madeleine a tourné les talons. Les photos au poing, elle court vers la rue, s'élance sur le trottoir. Son cœur éclate, les larmes ruissellent sur son visage.

101

— Prends les deux ! Comme ça tu n'auras pas de regrets.

— Mais c'est cher.

— Quelle importance ? Rien n'est trop cher pour toi... Tu es mon fils.

Marthe constitue la garde-robe de Jean dans le quartier de la Madeleine, à cinq minutes à pied et à des années lumière des marchands de confection du boulevard de Strasbourg. Là, dans des boutiques semblables à des salons d'apparat, elle le couvre de cadeaux, cravates et chemises de soie, costumes griffés, chaussures de bottiers...

— Je veux que tu sois beau, tu comprends ? Il faut

que toutes les filles se retournent sur toi dans la rue. Au fait, comment va le père de Madeleine ?

Jean hésite.

— Je ne sais pas exactement. Je n'ai pas de nouvelles. J'ai essayé d'appeler Madeleine à la boutique, plusieurs fois. On a fini par me passer une des filles Zimmermann, l'aînée, Grethe. Madeleine était occupée. Elle ne m'a pas rappelé. Je ne comprends pas.

— Tu sais, les filles, c'est capricieux, des fois...

— Pas Madeleine. Si seulement ses parents avaient le téléphone... Mais ni eux, ni mes grands-parents ne l'ont. On se croirait au Moyen Âge, là-bas.

— T'en fais pas : pas de nouvelles, bonnes nouvelles. Quand elle aura quelque chose à te dire, elle t'appellera.

Et puis, si elle ne veut plus venir te rejoindre, tant pis pour elle !

— C'est parce que son père est malade qu'elle reste auprès de lui. Elle n'a pas changé d'avis. Elle m'aime.

— Souvent femme varie...

— Un proverbe...

— Ils recèlent souvent la vérité.

— Tu parles...

Contrarié, Jean repose sur le comptoir les deux chemises que Marthe s'apprêtait à lui offrir.

— J'en veux pas.

— Qu'est-ce qui t'arrive ? Il y a une minute, tu n'arrivais pas à choisir entre les deux...

— Eh bien j'ai changé d'avis. « Souvent garçon varie. » Excuse-moi, m'man, faut que je passe un coup de fil.

Marthe esquisse un geste pour le retenir. Trop tard. L'adolescent quitte la boutique et s'éloigne à grands pas sur le trottoir.

— Quelque chose ne va pas, madame ?...

C'est le vendeur. Il s'inquiète du succès de ses chemises.

— Tout va bien. Mon fils avait un rendez-vous... Je prends les deux. Faites-moi un joli paquet, s'il vous plaît. Et puis ajoutez quatre paires de ces chaussettes en fil d'Écosse, là... Du 44. Et aussi quatre paires en 46, pour mon mari.

— Bien, madame.

Marthe se dirige vers la caisse. Sous sa voilette, un pli soucieux barre la seule partie mobile de son visage. Jusqu'à présent, son plan a fonctionné. Jean a commencé à s'engluer dans la luxueuse toile d'araignée tendue par sa mère. Rien n'est encore assuré. Les jeunes gens sont imprévisibles... Marthe cherche désespérément ce qu'elle pourrait faire pour améliorer son dispositif. Qu'est-ce qui peut retenir un garçon de dix-sept ans, lui tourner la tête au point d'oublier une petite fiancée alsacienne ? Le luxe, le confort, l'argent facile ?... Il a déjà tout ça, et ça ne compte guère pour lui, en réalité. Le plaisir ? Ça oui, c'est plus sérieux... Liliane se dépense sans compter, mais est-ce que ça suffit ? Marthe se mord les lèvres. Jean est le fils de Rodolphe. Il a déjà un tempérament exigeant, au dire de Liliane... Eh bien, s'il lui faut d'autres filles, on lui en trouvera. Des blondes, des brunes, des rousses, des noires, des jaunes... Tout ce qu'il voudra !... Quoi d'autre ? Une moto ? Un cheval ? Un bateau ? Des leçons de pilotage, pourquoi pas ? Tous les gosses de cet âge rêvent de piloter un avion. Marthe et Rodolphe sont prêts à tout. Pour eux, à tout instant, l'ombre de Paul se profile derrière la silhouette de Jean. Rien ne leur paraît trop cher ni trop extravagant, pour tenter d'apaiser leurs remords de parents punis par le sort.

Jean écrase sa cigarette. Pourtant ce sont d'excellentes cigarettes, des Markovitch. C'est rare, c'est cher. Lui qui n'avait jamais fumé que quelques Parisiennes avec les galopins d'Eguisheim, en un rien de temps il s'est mis à griller son paquet par jour. Parce qu'on fume autour de lui. Parce que ça lui permet de se donner une contenance, pendant les récréations chez Davil. Oh, il n'a peur de rien, sauf d'avoir l'air bête, avec ses larges épaules et ses grands bras. Alors il fume. Mais c'est fini. Il en a marre. La fenêtre de son salon est ouverte. Le paquet de Markovitch et le briquet en or que lui a offert Marthe décrivent des courbes harmonieuses à travers la pièce, et disparaissent par la fenêtre. Un court instant, il regrette son geste. Il vient de balancer un briquet en or. Un truc qui doit bien valoir... Il n'en a aucune idée, et il s'en fout.

Il cherche autour de lui sur quoi continuer à passer sa mauvaise humeur. Il a rappelé chez Zimmermann. Il est retombé sur l'aînée des filles. Elle s'est montrée aimable. Très aimable, même. Réellement désolée de ne pouvoir lui passer Madeleine, qui venait de partir. Il n'a donc plus aucun moyen de la joindre avant demain. Il quitte son fauteuil et tourne en rond dans la pièce, comme un chien devenu fou. Il a l'impression qu'une machine s'est mise en marche en lui. Un mécanisme sadique qui va ponctuer chaque minute, chaque seconde, et qui ne lui laissera pas de repos tant qu'il n'aura pas parlé à Madeleine.

On sonne. Quel que soit le visiteur, il se réjouit du dérivatif qu'il est susceptible de lui apporter... À moins que ce ne soit Marthe. La sollicitude de sa mère lui est pénible. Il la trouve excessive et peut-être feinte : irrespirable. Il supporte mieux Rodolphe, qui en fait moins et qui le laisse tranquille. En quelques pas, il est à la porte. Un regard à travers l'œilleton... La tuile ! C'est Corinne Estier-Dumouchez. Il est tenté de ne pas répondre. Mais tout vaut mieux que de rester seul, à remâcher inlassablement le silence de Madeleine.

— Tiens, vous m'avez ouvert !

— Ben oui, vous avez sonné...

— Taratata ! Vous avez regardé dans l'œilleton, vous m'avez reconnue, et vous avez ouvert quand même ! Franchement, je n'y croyais pas. À partir de là, je suppose que je peux entrer ?

— Vous pouvez.

Il s'efface pour la laisser passer. Elle est vêtue d'un manteau de fourrure somptueux, tout à fait hors de saison, et bien trop grand pour elle. Il ferme la porte, se retourne, et laisse échapper une exclamation de surprise.

— Qu'est-ce que...

Elle se tient au milieu du salon, nue comme un ver. Il lui a suffi de laisser glisser son manteau à ses pieds. Elle ne portait rien en dessous. Vêtue en tout et pour tout d'une paire de hauts talons, elle se pavane devant lui, alternant poses érotiques et grimaces enfantines.

— Vous êtes complètement piquée !

— Je suis la vérité... toute nue...

102

Il ne peut s'empêcher de détailler ce corps qui s'offre. Corinne est mince, presque maigre, avec des seins étrangement généreux sur cette charpente fragile. Les hanches sont étroites. Sur la blancheur du ventre légèrement gonflé, le pubis noir dessine un triangle étroit et net. Sa peau d'adolescente se ressent d'une alimentation à base de canapés au saumon et de vodka-orange : des rougeurs, des petits boutons la parsèment et lui donnent un air malsain, peu appétissant.

— Alors, vous n'avez vraiment pas envie de tirer un coup ? Vous aimez les femmes, au moins ?

Jean hausse les épaules. Il est sûr d'aimer les femmes. Toutes les femmes, sauf celle-là. Il est tenté de le lui dire. Mais ce serait cruel. Il a beau se sentir de très mauvais poil, il n'ira pas jusque-là.

— Vous devriez vous rhabiller.

Sourde à ses protestations, elle écarte les cuisses et se renverse en arrière, dévoilant son sexe comme une strip-teaseuse de comice agricole. Elle a dû boire, car elle perd l'équilibre et s'affale sur la moquette les quatre fers en l'air.

— Merde, j'ai loupé mon effet !

Jean n'a pu retenir un éclat de rire. Répandue à ses pieds, elle rit à l'unisson.

— Alors non? Même pas un petit coup vite fait?

— Un autre jour, peut-être.

— Vous n'êtes pas chic…

D'un instant à l'autre, sans la moindre transition, Corinne fond en larmes.

— Vous couchez avec l'autre… grande bringue, et vous ne voulez pas de moi…

— Arrêtez votre cirque!

— D'accord.

Corinne essuie ses larmes sur la manche du vison qu'elle a probablement subtilisé dans la penderie de sa richissime mère. Le rimmel, la poudre et le rouge dont elle s'était tartiné le visage imprègnent la fourrure délicate.

— Mais il faut me donner à boire.

— Ça va, ça va… Qu'est-ce que vous voulez boire?

— Vodka-orange.

— Mais vous vous rhabillez.

— Je vous dégoûte?

— Non, vous allez prendre froid.

— Vous vous foutez de moi? Il fait trente, chez vous.

— Soyez gentille, couvrez-vous… Je vous prépare une vodka-orange.

— Bien tassée, hein?

— Bien tassée.

— Vous n'avez rien à fumer?

— Si… Euh, non, désolé!

— Alors fouillez dans la poche de mon manteau… La poche droite.

Jean obéit. Il plonge sa main dans la poche, et en retire un paquet de Markovitch écrasé et un briquet en or cabossé.

— Tiens…

— Oui, j'ai trouvé ça par terre, devant l'immeuble. Il y a vos initiales, gravées sur le briquet. Vous jetez souvent vos affaires par la fenêtre?

— Je ne fume plus. Si le briquet marche, gardez-le.

Corinne actionne la molette. La flamme jaillit. Elle allume une cigarette.

Il lui tend un verre. Elle s'en empare et avale une longue rasade de vodka-orange. Elle tente sans succès d'enfiler son manteau de fourrure.

— Je ne suis peut-être pas aussi bien roulée que Liliane Hussler, mais je ne baise pas sur commande !

Jean prête à peine attention au discours de cette fille soûle. Il hésite à se servir un verre de vodka. Il vient de renoncer au tabac. Pourquoi ne pas renoncer aussi à l'alcool ?

— Vous n'écoutez pas ce que je vous dis !

— Hein ? Si, si, continuez...

— Liliane Hussler n'en a rien à foutre, de vous ! Elle est en service commandé. Si vous ne débarquiez pas de votre bled, vous le sauriez comme tout le monde à la Grange... Lily, c'est une honorable correspondante.

— Qu'est-ce que c'est que ça ?

— C'est comme ça qu'on appelle les espionnes de votre chère maman. Elle a besoin de créatures à sa solde pour régner sur son empire. Dans chacune de ses boîtes de nuit, elle en installe plusieurs... Lily est tombée dans vos bras le premier soir où vous l'avez rencontrée...

— Oui, peut-être...

— Ça ne vous a pas semblé bizarre ? Vous faites vos premiers pas à la Grange, et la fille la plus bandante de la soirée succombe immédiatement à votre charme. Vous êtes naïf, tout de même ! Marthe a passé la consigne à Lily, c'est évident.

— Pourquoi elle aurait fait ça ?

— Pour vous piéger. Pour vous tenir. Pour vous faire oublier votre petite bécasse, là-bas, au pays...

— Vous dites n'importe quoi. Ma mère est d'accord pour faire venir Madeleine à Paris. Elle serait déjà là, si son père n'était pas tombé malade.

— Peut-être... Peut-être pas !

Hors de lui, Jean repose brutalement la bouteille de vodka sur la table.

— Vous commencez à me courir sérieusement! Alors finissez votre verre et foutez le camp!

— Je m'en vais. Mais je reviendrai. J'ai toujours obtenu tout ce que je voulais, les poupées, les fringues, les mecs... Y a que le bac et vous qui me posez des problèmes! Je vous aurai à l'usure. Je vous le jure, Jean Laufer!

— Vous êtes...

— Qu'est-ce que je suis? Folle? Vulgaire? Ignoble?

Corinne éclate d'un rire hystérique.

— Admettons! Mais réfléchissez à ce que je vous ai dit: ça arrange bien votre mère, votre aventure avec Lily. Madeleine pourrait en être informée. Votre mère est un monstre, Jean. Paul le savait...

— Assez! Dehors!

Il se jette sur elle, la soulève. Le verre de vodka roule à terre. Sans ménagement, Jean traîne Corinne jusqu'à la porte. Il projette la jeune fille à demi nue sur le palier. Il claque la porte. Elle n'a même pas protesté. Il l'entend s'éloigner en direction de l'ascenseur, en claudiquant sur ses hauts talons. Ouf! Il en est débarrassé... Mais le poison du doute qu'elle lui a instillé n'a pas fini d'agir en lui.

103

— Bonjour, Jean... Oh, tu n'as pas l'air dans ton assiette, toi.

— Si, tout va bien, tante Sonia...

Ils sont au 3e. Incapable de tenir en place, Jean est descendu. Il veut s'expliquer avec sa mère au sujet de Liliane Hussler. Ses parents sont absents, occupés à gérer telle ou telle province de leur empire. Il n'a trouvé que Sonia. Elle venait déposer des robes, en prendre, toujours dans ses trafics de chiffons avec Marthe.

Jean la connaît à peine, mais il se sent proche

d'elle. Elle fait partie de la légende familiale. Enfant, à Eguisheim, Jean ne se lassait pas d'écouter Édith lui raconter le sauvetage de Sonia par Marthe, dans le Paris lugubre de l'occupation. Ces récits l'émerveillaient. Ils lui permettaient de croire à la bonté de sa mère, cet être fabuleux qui ne faisait que de rares apparitions dans sa vie, à bord de voitures américaines étincelantes.

— Tu es sûr ? Ne te laisse pas marcher sur les pieds par ces petits cons friqués de chez Davil, hein ?

Jean lance un regard plein de curiosité à l'amie de sa mère. Sonia ne parle pas la langue de bois des adultes. Pour elle, les élèves de l'institution ne sont pas des « camarades », ni des « condisciples », mais tout crûment, des petits cons friqués.

Elle a lu de la surprise et de l'amusement sur le visage de Jean.

— Je t'étonne ? Tu sais, je prends rarement la peine de cacher ce que je pense. J'en ai trop vu quand j'avais ton âge. Ce n'est pas dans les beaux quartiers que j'ai trouvé de l'aide.

— Tante Sonia...

— Oui, mon petit ?

— Tu connais Liliane Hussler ?

Un nuage de contrariété passe sur le visage de Sonia.

— Oui... C'est une habituée de la Grange...

— Est-ce que c'est une « honorable correspondante » ?

Sonia regarde le jeune homme avec inquiétude.

— Qu'est-ce que tu entends par là ?

— Tante Sonia... Tu ne me mens jamais. Est-ce que Liliane Hussler est aux ordres de ma mère ?

— Pourquoi serait-elle à ses ordres ? Elle la connaît, puisqu'elle fréquente la Grange...

— Tante Sonia, est-ce que tu crois que maman a ordonné à Lily de coucher avec moi ?

— Dis donc, petit, tu n'y vas pas par quatre chemins !

— Si tu le sais, dis-moi la vérité, maintenant. J'en ai besoin maintenant.

— La vérité ! T'es drôle, toi ! Qu'est-ce qui te fait croire que je la connais ?

— Tu es l'amie de ma mère, sa confidente...

— Et alors ? J'irais la trahir, comme ça, sur simple demande ?

Jean baisse la tête. Il est impuissant face au réseau des complicités adultes. Marthe, Rodolphe, Sonia, Lily sans doute, tous ceux-là se tiennent, ils se serrent les coudes contre lui, l'innocent, le plouc amoureux... Et il fait leur jeu. Il a trahi Madeleine. Il a failli à son serment. Il se sent misérable. Si elle le veut, Marthe apprendra à Madeleine sa liaison avec Lily pour la désespérer, pour la détourner de lui à tout jamais. Et c'est peut-être déjà fait ! Ce silence soudain, obstiné... Est-ce que Madeleine sait déjà qu'il l'a trompée à peine descendu du train qui l'amenait à Paris ? Alors, tout est perdu... La vie ne vaut plus la peine d'être vécue.

— Tu as raison. Je te demande l'impossible. Excuse-moi...

Il lui tourne le dos et s'apprête à quitter la pièce. Sonia le retient par la manche.

— Attends...

— Quoi ?

En lui, elle se revoit vingt ans plus tôt, seule dans un univers hostile, confrontée à l'égoïsme et aux convoitises des adultes. Bien sûr, Jean n'est pas physiquement menacé comme elle l'était. Il n'est pas affamé, il a un toit, en apparence tout va bien pour lui... Mais il est en danger. Ce qu'il y a d'unique en lui, d'irremplaçable, c'est cet amour d'enfant qui le lie à Madeleine et que Marthe a déjà à moitié détruit. Si cet amour-là disparaît, qu'est-ce qu'il restera de pur, de sublime sur la terre, aux yeux de Jean ? Rien, il ne sera qu'un jeune homme riche et désenchanté à tout jamais. Et cela fait horreur à Sonia. Pourtant, elle n'oublie pas ce qu'elle doit à Marthe. Une main lui broie le cœur... Pourquoi faut-il qu'elle trahisse Marthe pour obéir à sa conscience ?

— Tu ne dois pas juger ta mère. Tout ce qu'elle fait, elle le fait pour ton bien... Pour ce qu'elle croit être ton bien. Elle a beaucoup souffert. Toute sa vie, elle a travaillé comme une bête pour réussir, et puis il y a eu ce... cet attentat qui l'a défigurée, et ensuite les infidélités de ton père...

— Hein ?

— Oui. Ta mère est une femme malheureuse et courageuse. Elle a pris des coups terribles, mais elle est toujours remontée à l'assaut. Et à nouveau, après la mort de ton frère, elle a voulu tout recommencer avec toi...

— Recommencer ? Pourquoi n'avait-elle pas commencé ? Je suis son fils depuis le jour de ma naissance, non ?

— Ne la juge pas mal.

L'aveu ne peut franchir ses lèvres. Jean lui prend les mains et les pétrit entre les siennes, comme pour en extraire la vérité qui le délivrera.

— C'est pour ça qu'elle a chargé Liliane Hussler de « s'occuper » de moi ? C'est ça ? Dis-le !

— Tu arrivais. Tu ne connaissais personne à Paris. Elle a pensé...

— Ça va ! J'ai compris... Une chose encore : qu'a-t-elle fait, ou que va-t-elle faire contre Madeleine, pour tout gâcher définitivement entre nous ?

— Rien. Tu es fou !

— Tante Sonia, dis-moi ce que tu sais, je t'en supplie !

Sonia plonge son regard dans celui du garçon. Elle est prise d'un vertige. Rodolphe était à peine plus âgé quand elle l'a vu pour la première fois. Mon Dieu, comme ils se ressemblent ! La minuscule cicatrice du bec-de-lièvre mise à part, Jean est le portrait craché de Rodolphe, plus encore que Paul. Bien sûr, en 45, Rodolphe sortait de trois ans de guerre. C'était un homme jeune, mais endurci par l'expérience et la souffrance. Ce n'en est que plus émouvant pour Sonia, de deviner à travers Jean un Rodolphe adolescent, encore innocent et fragile, l'homme qu'elle aurait pu aimer, si Marthe n'avait pas été là.

— Elle... Elle ne fera plus rien...

— Alors c'est fait ? Qu'est-ce qui est fait ?

— Ils ont fait comprendre au père de Madeleine qu'il n'était pas souhaitable qu'elle te rejoigne... Que ce n'était pas son intérêt. Mais jure-moi que tu ne diras rien à Marthe ! Elle est dure, elle est méchante, mais j'ai besoin d'elle. Elle seule me relie à... au monde d'avant, tu comprends ?

— Je comprends. Rassure-toi : je ne lui parlerai pas de toi... Je ne lui parlerai plus jamais !...

104

Dans son lit à présent trop petit pour elle, Madeleine se tourne et se retourne sans trouver le sommeil. Depuis le soir où Grethe Zimmermann a montré les photos, Madeleine ne cesse de pleurer.

En quelques jours, son visage encore enfantin s'est creusé et durci. Elle a maigri, minée par le manque de sommeil et d'appétit comme par une maladie foudroyante. Est-ce le souci qu'elle se fait pour son père ou bien une maladie terrible ? pense son entourage. Seuls ceux qui connaissent l'existence de ces maudites photos savent qu'il s'agit d'un chagrin d'amour.

Plus encore que les jours précédents, Madeleine a eu du mal à s'endormir le samedi soir. Le dimanche matin, elle va à la messe. La tentation était grande d'y renoncer. La messe du dimanche, tout le monde s'y retrouve, s'y observe. Il faut y tenir son rang, faire bonne figure.

Madeleine est la fille d'un des hommes les plus pauvres d'Eguisheim. Elle n'a pas de rang social à assumer. Mais après l'humiliation que Grethe Zimmermann lui a infligée, elle aurait perdu la face définitivement si elle n'avait pas affronté le regard des autres.

À la boutique, Grethe Zimmermann triomphe : presque tous ont pris son parti contre elle. Madeleine ne se fait guère d'illusions. À l'église, ce sera la même chose.

Dès son arrivée, elle a constaté qu'on l'épiait sans bienveillance, du moins les filles et les garçons de son âge. Envient-ils l'amour qui la lie à Jean ? Éprouvent-ils le besoin de la faire souffrir pour la punir d'y avoir cru ? Elle l'ignore, mais pendant toute la durée du service religieux, elle a conscience des regards curieux ou moqueurs posés sur elle. Elle surprend des conciliabules, des chuchotements narquois, elle voit des bouches tordues par une ironie mauvaise. C'est d'elle qu'on rit, de son grand rêve d'amour brisé et sali en quelques jours.

Elle garde la tête haute. Elle se force à demeurer impassible. Pourtant, une grosse boule de chagrin se forme dans sa gorge et menace de l'étouffer. Elle se souvient des promesses de Jean, elle croit entendre sa voix se superposer au ronronnement du curé, et les larmes lui montent aux yeux. Jean ! Jean ! Où es-tu, en cet instant précis ? Madeleine ferme les yeux. Ses mains serrent convulsivement l'appui de son prie-Dieu.

Pourquoi le malheur s'est-il abattu sur elle ? C'est un cauchemar. Elle va se réveiller, il y aura sur sa table de nuit un mot de Jean prouvant que tout cela n'est qu'un songe.

Elle ouvre les yeux. Deux travées devant elle, Grethe Zimmermann lui sourit méchamment. Ce n'était pas un cauchemar. Jean l'a bel et bien trompée avec la première venue. Mais dans le regard de Grethe, il n'y a pas l'éclat du triomphe. Grethe aime Jean, elle aussi. Où est sa victoire ? Grethe n'a pas perdu espoir. À elle, Jean n'avait rien promis. Il ne lui a pas menti. Qu'elle doive le disputer à Madeleine Hebel ou à une Parisienne inconnue, qu'est-ce que ça change ? Grethe n'est pas désespérée, comme l'est Madeleine.

Désespérée. Mortellement. Le mot chemine dans sa tête. À quoi bon continuer ? Elle rencontrerait un autre garçon, un jour ou l'autre... Mais elle n'aura confiance en personne, désormais ; Jean l'a trompée, alors qu'il devait l'accompagner jusqu'au bout de la vie. Il n'y a rien à attendre des êtres, sur cette planète. Alors elle va s'en aller. Très loin, et pour toujours.

Elle est croyante et la religion interdit le suicide… Mais elle souffre trop. Dieu comprendra.

Elle sait comment faire. Il y a une carrière, à quelques kilomètres de chez elle. Avec un gouffre profond. Plusieurs désespérés s'y sont déjà précipités, et ils sont morts sans problème…

Madeleine retient son souffle et regarde ses mains crispées sur le dossier du prie-Dieu. Elle fait l'effort de les desserrer, de les poser bien à plat sur le velours râpé. Là, calme, calme… Elle respire à nouveau, lentement. Maintenant que sa décision est prise, elle se sent mieux. Tout ce qu'elle a à faire, maintenant, c'est de prier Dieu, qu'il comprenne et qu'il lui pardonne…

Madeleine sort de l'église et s'avance sur le parvis. Le temps est couvert. Des nuages gris défilent dans le ciel, masquant obstinément le soleil. Elle aperçoit Pimpin Hoggmar, le pauvre de la paroisse, agenouillé dans ses haillons innommables, devant la boîte de conserve qui lui sert de sébile.

Dans quelques instants elle parviendra à lui. Comme son miséreux de père lui a appris à le faire, elle lui lancera une piécette qui tintera contre le fond de la boîte. Ce sera la dernière aumône de Madeleine. Elle fouille dans son porte-monnaie à la recherche de sa plus grosse pièce.

Elle marche seule, en retrait sur le groupe des jeunes filles dans lequel elle se fond d'habitude. Chaque dimanche, quand il ne pleut pas, la foule demeure un bon moment assemblée sur la place de l'église avant de se disperser. On échange nouvelles et commérages, on cancane un peu en patientant devant la boutique du pâtissier, ou chez M. Zimmermann, qui fait toujours un malheur avec ses spécialités, ou au comptoir du café…

Aujourd'hui, c'est elle qui défraie les conversations. Devant le café-restaurant, au centre d'un groupe, elle reconnaît Grethe Zimmermann. La fille du traiteur fait à nouveau circuler des photos.

Madeleine pousse un soupir de lassitude. Bien sûr, est-elle bête ! Elle s'est emparée des tirages, mais Grethe est restée en possession des négatifs. Et elle en fait profiter tous les jeunes du coin.

Quelle importance ça a, maintenant ? Une étrange sérénité a envahi Madeleine. Elle va rentrer chez elle, elle va aller chercher le vieux vélo de sa mère dans l'appentis, et dans une demi-heure au plus, le temps de gagner la carrière et de se jeter dans le gouffre, tout sera terminé.

ÉPILOGUE

Un bruit de moteur détourne la jeune fille de ses pensées. C'est le deuxième passage du car. Tous les dimanches, il coïncide avec la sortie de la messe. Le car amène alors de rares mécréants des environs venus acheter des gâteaux ou des saucisses ou boire l'apéritif chez Bruckner. Dans une heure, il emportera pêle-mêle mécréants et bons chrétiens vers des agapes dominicales. Madeleine regarde machinalement l'intérieur du véhicule. Il est presque vide. Elle ne distingue qu'une silhouette, debout à l'avant, près du chauffeur. Elle détourne les yeux. Elle a trouvé deux pièces de cinq nouveaux francs à donner à Pimpin.

Lentement, le car décrit un arc de cercle autour du terre-plein central, et vient se garer à l'endroit habituel. La porte s'ouvre. L'unique passager descend. Madeleine ne le voit pas. Elle marche vers Pimpin. Soudain, elle perçoit un surcroît d'animation dans le groupe qui se tient autour de Grethe, près du café. Tous regardent dans la même direction. Madeleine réprime un cri. Jean ! C'est Jean ! Le seul passager du car, c'est lui.

Il s'avance tête nue, mal coiffé, pas rasé, blanc comme un linge. Il a dû voyager toute la nuit. Il porte des vêtements que Madeleine ne lui a jamais vus. Même froissés, ils sont très chic. Les bras tendus, il s'élance vers elle. Éperdue, le cœur battant, elle hésite à faire de même. Pardonner? Pardonner quoi? Elle comprend en un éclair qu'elle s'apprêtait à mourir sans savoir exactement pourquoi.

Quand Jean arrive près de Pimpin Hoggmar, il s'arrête un court instant. Il ôte la lourde gourmette qu'il portait au poignet. Sans marquer une seconde d'hésitation, il la laisse tomber dans la sébile du mendiant. Sous le poids du bijou, la boîte de conserve résonne comme une véritable cloche. Stupéfait, Pimpin y récupère la gourmette et l'élève devant ses yeux. À cet instant précis, un rayon de soleil perce la couche des nuages et vient frapper la lourde chaîne d'or qui porte le nom de Jean, gravé par-dessus celui de son frère Paul.

Madeleine se blottit dans ses bras. Ses larmes jaillissent, enfin. Dans la foule, les adultes qui devinent confusément le sens de cette scène ont le cœur serré, eux aussi. Grethe a perdu la partie. Elle pleure de rage en suivant des yeux Jean et Madeleine qui s'éloignent, enlacés, en direction de la maison d'Albert et d'Édith.

La foule se disperse lentement, à regret, comme si elle venait d'assister à un spectacle religieux, à un mystère merveilleux et grave à la fois.

Incrédule, Pimpin ne quitte pas des yeux la chaîne d'or qui brille au creux de sa main.

Du même auteur

La Gagne, Olivier Orban, 1980.
La Nuit des enfants rois, Olivier Orban/Édition° 1, 1981.
Voyante, Olivier Orban, 1982.
La Guerre des cerveaux, Olivier Orban/Édition° 1, 1985.
Substance B, Olivier Orban, 1986.
Les Enfants de Salonique, Olivier Orban, 1988.
La Femme secrète, Olivier Orban, 1989.
Diane, Olivier Orban, 1990.
Vol avec effraction douce, Édition° 1, 1991.
Ennemi, Édition n° 1/J.-Cl. Lattès, 1992.
Les Maîtres du pain, Plon, 1993.
Les Maîtres du pain, II, *L'Héritage*, Plon, 1994.

Composition réalisée par INTERLIGNE

IMPRIMÉ EN FRANCE PAR BRODARD ET TAUPIN
Usine de La Flèche (Sarthe).
LIBRAIRIE GÉNÉRALE FRANÇAISE - 43, quai de Grenelle - 75015 Paris.
ISBN : 2-253-14148-8

31/4148/8